黄金旅程

EgonUrrea

Hase Seishu

馳 星周

集英社

黄金旅程

1

浦河《うらかわ》の町は粒子の細かい霧に覆われていた。この辺りの人間は霧ではなくガスと呼ぶが、朝の名物でもある。

気温は低い。五月の浦河にはまだ冬の名残があり、夏の足音が聞こえてくるのはずっと先のことだ。

わたしはブラックブリザードを引いて馬房から放牧地へ移動した。ブラックブリザードは二十歳になる牡《おす》のサラブレッドである。中央競馬でＧⅠと呼ばれる最高グレードのレースを二勝し、引退後は種馬となった。だが、その産駒《さんく》は期待されたほどの成績を残せず、種馬失格の烙印《らくいん》を押されたのは七年後。以降、民間の乗馬クラブで人を乗せる仕事をしていたのだが、足腰が弱ってきてそれも引退せざるを得なくなった。

ブラックブリザードが食肉加工場に送られそうだと耳にしたのは、わたしがこの牧場を買い取った直後のことで、わたしはすぐに彼を引き取ることに決めた。

人間のために二十年近く働きづめだったのだ。その苦労に報いてやりたかった。

放牧地に放つと、ブラックブリザードは青草を食《は》みはじめた。青草が大好物なのだ。現役の競走馬だった頃も、トレーニングセンターの一角に青草を見つけると、調教そっちのけで食べまくっていたらしい。

ブラックブリザードを放牧地に残し、わたしは隣の放牧地に入った。傷んでいた柵の修繕に取りかかる。霧は濃いままだったが、東の方角から朝日が差し込んできて、その光を霧の粒子が拡散させている。

わたしは霧の中に目を凝らした。拡散された光の中で、ありとあらゆるものの輪郭が滲《にじ》んでいる。子供の頃から数え切れないぐらい目にしている光景だが、見飽きるということがない。

結局、わたしがこの町を離れられなかったのは、馬たちとこの光景のせいなのだと思う。浦河は馬産の町であり、漁業の町であり、そして霧の町なのだ。

深呼吸を繰り返した後で、柵の修繕に戻った。この牧場——和泉《いずみ》牧場はわたしの幼馴染の両親が営んでいた小さな牧場だった。四年前に母の八重子《やえこ》が乳癌で亡くなり、二年後に父の和泉雅明《まさあき》も脳梗塞で倒れた。ひとり息子の亮介《りょうすけ》はその直前、覚醒剤所持の罪で刑務所に入れられた。二度目の逮捕で、もう、執行猶予はつかなかったのだ。

和泉雅明は一命を取り留めたが、自分の足で歩き回ることはかなわなかった。日々衰えていく和泉雅明の元に大手の牧場の経営者たちが入れ替わり立ち替わりやって来た。

手入れされた放牧地が目的だった。和泉牧場は八重子が病に冒される前から馬の生産を縮小しており、いずれ牧場を畳むのだろうと思われていたし、実際、和泉雅明もそのつもりだった。畳んだ牧場は施設ごと大手に売却し、その金で夫婦で余生を過ごす目論見だったのだ。

だが、八重子が先に天に還り、自分の死期も迫ったことで和泉雅明は考えをあらためた。

もう金はいらないのだ。刑務所にいる不肖の息子に金を残してもまたろくでもないことに使うだけだろう。ならば、和泉牧場の名前を残してくれる者に譲りたい。

白羽の矢が立ったのがわたしだった。わたしは亮介とは同い年の同じ月の生まれで、子供の頃から和泉牧場に遊びに来ては馬の手入れなどを手伝っていた。和泉雅明はそんなわたしを実の子供である亮介以上に可愛がってくれたものだ。だから、牧場を譲るならわたしにと真っ先に頭に浮かんだのだろう。

病床で牧場を継いでくれと口にした和泉雅明に、わたしは条件を出した。

サラブレッドの生産はやらない。わたしがやりたいのは、競走馬を引退した馬たちを引き取って繋養《けいよう》する養老牧場である。それでかまわないのなら引き受けてもいい。

もとより、わたしの夢は養老牧場を開設することだった。ただ、土地を手に入れて牧草地を整備するところからはじめるには軍資金がまったく足りなかった。だから、和泉雅明の話は渡りに船ではあったのだ。

和泉雅明はそれでかまわないといい、相場の半分以下の金で牧場をわたしに売ってくれた。和泉雅明が他界したのは契約を交わした一月《ひとつき》後のことだった。

そんな経緯だったから、和泉牧場がわたしのものになる前の一年ほどの間は、牧場の維持に手が回らず、あちこちに修繕の必要な箇所ができていた。わたしの毎朝の日課は、ブラックブリザードを馬房から放牧地に移し、時間のゆるす限り、細々《こまごま》とした修繕作業をすることになっている。

それも午前八時までのことだ。それ以後は、本職で汗を流さなければならない。

ひびが入って今にも折れそうな柵に添え木を打ちつけていると、国道の方から馬の足音が聞こえてきた。

目を凝らすと、霧の中から少女と芦毛の馬が姿を現した。国道二三六号、通称天馬《てんま》街道を挟んだ向かいにある栗木《くりき》牧場の一人娘、栗木恵海《えみ》とカンナカムイだった。

「敬《けい》さん、カムイが落鉄しちゃったんだけど」

恵海は放牧地の入口の前で立ち止まった。半袖のTシャツにジーンズ、乗馬ブーツというでたちちだ。わたしは上着を羽織っているが、その格好を見て若さに少しだけ嫉妬した。

恵海は身長百六十センチほどのほっそりとした少女だ。食べたい盛りだろうに、馬に乗るために自分に食事制限を課している。体重は四十キロほどだろうか。もう少し増えてもなんの問題もないのだが、そこは思春期の少女に特有の心のありようが関わっているのだろう。肌は透き通るように白く、いわゆる道産子美人の部類に入る。

栗木佑一《ゆういち》の自慢の一人娘だ。

「落鉄はわかっている」

わたしは言った。恵海に言われるまでもなく、カンナカムイの足音で右前脚の蹄鉄《ていてつ》が落鉄しているのには気づいていた。

「蹄鉄を打ってまだ二週間しか経ってないぞ。無理な練習をしているんじゃないだろうな」

わたしは恵海を睨《にら》んだ。

「大会が近いから練習時間は増えてるけど、無理はさせてないよ」

恵海が言った。恵海は地元の乗馬クラブに所属し、馬場《ばば》馬術にのめり込んでいる。カンナカムイがその相棒だ。

「蹄鉄の道具は車に積んであるんだ」

わたしが言うと、恵海はカンナカムイを引いてわたしの家の方に歩いて行った。横の放牧地を見ると、ブラックブリザードが草を食むのをやめてカンナカムイをじっと見つめていた。老いぼれでも、牝馬《ひんば》が近くにいると若かりし頃を思い出すらしい。

「馬っ気《うまけ》を出して変な怪我をしたりするなよ」

わたしはブラックブリザードに声をかけ、放牧地を出た。馬っ気とは、要するに牡馬《ぼば》が発情することだ。

カンナカムイはおとなしく恵海の指示に従って歩いていた。現役時代の彼女を知る者なら目を剝いただろう。気性が荒いことで有名な馬だったのだ。隙を見つけては背中に跨がる人間を振り落とそうとするし、パドックやゲート入りする前の輪乗《わの》りの最中に、近くにいる牡馬に嚙みつこうとするのが常だった。

カンナカムイという名前はアイヌ語の雷神に由来する。まさしく、名は体を表すを地で行く馬だったのだ。

その激しい気性がプラスに出れば好走し、マイナスに出れば凡走する。結局、GⅠレースには手が届かなかったが、ファンの多い馬でもあった。

生まれ故郷の牧場に戻ってきてもその気性の激しさは変わらなかったが、なぜか、恵海にだけは従順なのだ。

「どれ」

ハイエースの荷台から装蹄用の道具を出すと、わたしはカンナカムイの前に立って腰を下ろした。普通、現役を引退した馬に装蹄することはない。蹄鉄は激しいレースをする馬の蹄《ひづめ》を守るために必要なのだ。だが、カンナカムイのように、引退後に馬術用の乗馬に転身する馬は例外である。

カンナカムイの右前脚の蹄は剝き出しだった。

「いつ落鉄に気づいた？」

「昨日の練習の後」

わたしは恵海の言葉にうなずき、カンナカムイの右前脚に手をかけて持ち上げた。蹄に問題はない。恵海の言うように、落鉄したのは昨日なのだろう。

「他の蹄鉄もかなりすり減っているから、全部打ち替えよう」

わたしは言った。まず、他の脚の蹄鉄を外し、それから、すべての蹄の底面を専用のカンナで削った。一旦作業を止め、恵海にうなずいてみせる。恵海はカンナカムイを引いて歩かせた。いい歩様《ほよう》だった。歩様に異常が見える馬は、蹄を削る角度を変えるなどの調整が必要だが、カンナカムイにはその必要はなさそうだった。

わたしは鉄製の台の上に蹄鉄を置き、ハンマーで打った。そうやってそれぞれの馬に合うように調整するのだ。今の蹄鉄はアルミ製である。軽いが、以前使われていた鉄に比べると耐久性で劣る。競走馬なら二週間に一度の割合で打ち替えるのが通常だ。乗馬用の馬はもう少し交換のスパンは長い。

カンナカムイとの付き合いは三年以上になる。トレーニングセンターや競馬場専属の装蹄師は別だが、馬産地の装蹄師が一頭の馬を長く見ることはない。ここで生まれ育った馬たちは、二歳になる前に故郷を離れ、競走馬になるべく激しい試練の道を歩んでいく。だから、わたしの体はカンナカムイの蹄鉄をどう打つべきか、しっかりと覚えていた。

ものの数分で調整を終えると、四本の脚に釘で蹄鉄を打ちつけた。蹄の薄い馬は釘を打ちつける場所がなく、釘の代わりに接着剤を使ったりもするのだが、カンナカムイにその必要はなかった。うっとりするほど立派な蹄の持ち主なのだ。

蹄鉄を打ち終えた後で、もう一度歩様を確認した。完璧だった。

「よし。いいだろう」

わたしは恵海にうなずいた。

「ありがとう。明日、家《うち》に来る？」

恵海が言った。

「明日？　ああ、新潟大賞典か」

わたしは答えた。新潟競馬場で開催されている中央競馬の重賞レースがあるのだ。栗木牧場生産の牡馬、エゴンウレアが出走することになっている。

「お父さん、新潟まで応援に行くって息巻いてたんだけど、お母さんに叱られてやめたの。どうせ、来たって二着なんだからって」

恵海は唇をすぼめた。

エゴンウレアは多くの競馬ファンに〈シルバーコレクター〉と呼ばれている。GⅠなど重賞の大レースでも活躍し、二、三着にはよく来るのだが、どうしても勝ちきれないからだ。

実際、エゴンウレアは二年以上、勝ち星から遠ざかっている。

中央競馬の競走馬のクラス分けはその馬の成績に準ずる。一度も勝ったことのない馬は未勝利馬、そこから一勝クラス、二勝クラス、三勝クラスとランクが上がっていき、三勝クラスを突破するとオープン馬と呼ばれる一流馬の仲間入りを果たす。

エゴンウレアは実際は二勝クラスの馬である。だが、重賞などのレースで二、三着を繰り返し、獲得賞金が増えてオープン馬となった。賞金額で言えば、GⅠ馬と遜色のない馬だった。

だが、勝ち鞍《くら》がない。GⅠどころか、GⅡ、GⅢといった重賞でも勝ちきれず、シルバーコレクター、あるいは史上最強の二勝馬と呼ばれて今日に至っている。

「新潟は強い馬が揃ってるし、どうせまた勝てないよ」

恵海が言った。

「どうだろう。本気を出して走れば、エゴンウレアだって負けてないと思うけどな」

わたしは言った。わたしは当歳《とうさい》だったエゴンウレアに装蹄をしていたのだ。初めて彼の筋肉に触れたときの驚きははっきりと覚えている。どんな馬にも感じたことのない柔らかい筋肉だったのだ。関節の可動域も広く、この馬は間違いなく超一流の資質を秘めていると興奮した。

だが、エゴンウレアもまた、カンナカムイに勝るとも劣らない気性の激しい馬だった。プライドが高く、人間に従うことをよしとしないところがあった。だからレースでも手を抜いているとわたしの目には見えてしまう。

調教師や騎手も同じように考え、なんとかエゴンウレアに本気を出させるべく手を尽くしているのだが結果は出ないままだった。

「わたしは勝たない方がいいな」

恵海はカンナカムイの鼻筋を撫でながら言った。

「エゴンウレアが勝たないままだったら、カンナと一緒に馬術に挑戦できる時間が長くなるから」

カンナカムイは繁殖牝馬として栗木牧場に戻ってきた。当然、すぐにでも種馬と交配させたいところだが、恵海がカンナカムイで乗馬をやりたいと言いだしたのだ。

栗木佑一は頑固な牧場主である。いくら可愛い一人娘でも、普通ならその言い分には耳を貸さなかったはずだ。サラブレッドの生産牧場においては、繁殖牝馬に子を産ませることが生活の糧になるからだ。

だが、栗木佑一には夢があった。いつの日か、エゴンウレアがGI馬になり、種牡馬《しゅぼば》として浦河に戻ってきたあかつきにはカンナカムイと掛け合わせ、生まれてきた子でダービーを獲りたいというものだ。

すべてのホースマンが夢見るのは東京優駿《ゆうしゅん》――日本ダービーでの勝利である。有馬《ありま》記念やジャパンカップなど、格式の高いGIレースは他にもあるが、日本ダービーだけは特別なのだ。

どの牧場でも、牡馬が生まれると「未来のダービー馬」と声をかける。

ダービーはここ数年、胆振《いぶり》地方の安平《あびら》に拠点を置く巨大牧場、ノール・ファームに勝ち鞍を独占されている。ノール・ファームは日高《ひだか》の小さな牧場では太刀打ちできないほどの存在なのだが、それでも夢を見てしまうのがダービーなのだ。

栗木佑一は自分が生産したエゴンウレアとカンナカムイに惚れ込んでいた。エゴンウレアはダービー出走さえかなわなかったが、カンナカムイとの間に生まれる馬であれば、ダービーに出走するどころか、勝つ可能性さえあると信じている。だから、エゴンウレアが引退して浦河に戻ってくるまでは、カンナカムイを乗馬として繋養すると決めたのだ。

「どうせ頑張ったってまた二着か三着だよね。あんな馬に夢を見て、お父さん、馬鹿みたい」

恵海は顔を歪めた。今の成績のまま引退したら、エゴンウレアを待っている将来は厳しいものになることがわかっているからだ。

馬に対する競馬界のやり方に怒り、失望し、牧場の跡継ぎとなることを拒否した子供たちをわたしは大勢知っている。恵海もそのひとりだ。栗木佑一は恵海が婿を取って牧場を継いでくれることを願っているが、恵海にそのつもりはない。

馬と関わっていく決心はしているが、競馬界には背を向ける。競馬ではなく乗馬ならば、最後まで馬に心を砕いてやることができるからだ。

「エゴンウレアはいい馬だ。いつか、大きなレースを勝つ日が来るよ」

わたしは言った。

「お父さん、またセラーズでお酒買ってたよ。エゴンウレアが勝って祝杯をあげるんだって。どうせやけ酒になるのに」

セラーズというのは西舎《にしちゃ》と呼ばれる地域にあるコンビニだ。牧場地帯のど真ん中にあって、生産馬が勝った牧場関係者が買っていくのを見越して、田舎のコンビニとしては分不相応ないい酒を仕入れている。

「お母さんに霜降り牛のステーキを焼けって言ってたけど、どうせまたジンギスカンだよ」

「ということは、佑一さんが買ったのは赤ワインだな?」

恵海がうなずいた。

「明日の夕方、必ず行くよ」

「じゃあ、みんなで待ってるね」

恵海はわたしに手を振り、カンナカムイを引いて自分の牧場に帰っていった。

ブラックブリザードがいななないた。

「まだ現役のつもりか、爺さん」

わたしがからかうと、ブラックブリザードは現役時代を彷彿とさせる鋭い視線をわたしに向けた。

2

吉村《よしむら》ステーブルでは馴致《じゅんち》がはじまった馬たちが列をなしてわたしの到着を待っていた。

一口に牧場といっても、その中身は様々だ。大まかには栗木牧場のような生産牧場、吉村ステーブルのような育成牧場、その両方を兼ねる生産育成牧場に分けられる。昨今では、若馬をセリで見栄えがよくなるように調教するコンサイナー牧場も増えている。それから、数は少ないが、わたしがやっているような養老牧場だ。

馴致とは、それまで自由奔放に生きてきた若馬に鞍などの馬具をつけ、人が背中に乗ることに慣れさせ、初期の調教段階まで育て上げることを言う。

育成牧場で馴致が進めば、馬たちはそれぞれの調教師が待つトレーニングセンターや厩舎《きゅうしゃ》へと旅立っていくのだ。

ステーブルのスタッフたちの協力を得ながら若馬たちに装蹄を施していると、社長の吉村雅巳《まさみ》が姿を現した。

「平野《ひらの》君、いつもすまないね」

吉村雅巳は装蹄用具を並べた台を覗きこみながら言った。

「これが仕事ですから」

わたしは馬の蹄にヤスリをかける手を止めた。

「どう？　いい馬はいた？」

「マチルダの子がいい感じでしたよ」

わたしは先ほど装蹄した馬が収まっている馬房に目を向けた。マチルダは中央の重賞をふたつ勝った牝馬だ。そのマチルダが産んだ子は栗毛で柔らかい筋肉を持っていた。

「GⅠ、行けそうかね？」

「それはどうかな。でも、重賞のひとつやふたつは獲ると思いますよ」

「君の予言はよく当たるからな」

吉村雅巳は相好《そうごう》を崩し、スタッフに声をかけた。

「おい、フラウボゥの17はもう装蹄を済ませたのか？」

「この後です」

デビュー前の若馬たちにはまだ名前がつけられていないことが多い。そのため、母馬の名と生まれた年をくっつけて表記したり呼んだりする。

「フラウボゥというと、レーザービームの子ですね」

わたしは三年前に引退した競走馬の名前を口にした。レーザービームは芝の短距離を席巻した名馬だ。中央の芝千二百メートルのGⅠを連勝した後、香港にも遠征し、そこでも海外の強豪馬たちを寄せつけずに圧勝した。

香港から戻るとそのまま引退し、種牡馬となったのだ。今年はその初年度産駒たちが続々とデビューし、勝ち鞍を稼いでいる。ノール・ファームでも種牡馬としての将来を期待されている一頭だった。

「これまでにもレーザービームの子は何頭か預かったことがあるんだが、フラウボゥの17はちょっとものが違うような気がするんだよ」

「それは楽しみですね」

わたしは言い、装蹄の仕上げに入った。装蹄が終わると、馬は馬房に連れていかれ、次の馬がわたしのところにやって来る。

「おまえがフラウボゥの子か」

わたしは芦毛の若馬に声をかけた。初めての装蹄に怯えている。

「優しくするから心配するな」

首筋を軽く撫でてから、芦毛の足もとでしゃがみ込んだ。右の前脚にそっと触れる。芦毛は驚いて後ずさった。厩務員がなだめている間に、もう一度右前脚に触れた。今度はだいじょうぶだった。わたしは右前脚をゆっくり持ち上げた。

「ほう……」

思わず声が漏れた。筋肉の質感がまるでゴムのようだ。関節の可動域も広く、つなぎと呼ばれる蹄と球節の間の部分も柔らかい。

「この子は走りますよ」

わたしは吉村雅巳に顔を向けた。

「やっぱりそうか」

吉村雅巳の顔が輝いた。

「谷永《たになが》牧場期待の馬なんだ。こりゃあ、久しぶりに浦河からＧＩ馬が出るかもしれないな。体形的にも親父と同じ短距離が合いそうだ」

「マイルまでは行けると思いますよ」

わたしは言った。マイルというのは千六百メートルのことである。競馬で設定されるレースの距離は様々だが、千二百メートル、千六百メートル、二千メートル、二千四百メートルなど四百で割れる距離は根幹《こんかん》距離と呼ばれる。それ以外は非根幹距離だ。一般的に千二百から千六百までは短距離、千六百を超えて二千メートルまでを中距離、それ以上は長距離とされる。どの距離が適正なのかは、その馬の血統や体格などで判断されるのだが、目の前の芦毛は短距離に強かった父親と、中距離で重賞を制した母親のよいところを受け継いでいるように見えた。

「打倒千歳《ちとせ》グループの悲願が叶えられるぞ、おい」

吉村雅巳はそばにいたスタッフに笑いかけた。

千歳グループとは、日本競馬界の異端児と呼ばれた中村栄吉《なかむらえいきち》が千歳市の郊外に作った千歳牧場を母体とする大牧場の集合体だ。中村栄吉はすでに鬼籍に入ったが、三人の息子たちがそれぞれ、千歳牧場、ノール・ファーム、登別《のぼりべつ》ファームという三つの牧場を率いて中小の生産者たちを圧倒する成績を挙げている。

浦河だけではなく、日高地方のほとんどすべての生産者たちは、千歳グループ、中でもノール・ファームの一強状態に歯噛みしているのだ。

吉村雅巳は芦毛に近づき、その首筋を優しく撫でた。芦毛を見つめる目つきは、夢見る者のそれだった。

若馬のセリを「夢の奪い合いだ」と言った者がいる。日本ダービーを勝つ馬を、それが無理でもＧＩを勝つ馬を。生産者も馬主も調教師も騎手も厩務員や調教助手も、自分たちのもとにやって来る馬たちに夢を見る。

サラブレッドは騎手だけではなく、ホースマンたち、そしてファンの夢も背中に乗せてターフを疾走するのである。

＊　＊　＊

仕事を終え、堺町《さかいまち》にある生協で買い物を済ませて牧場に戻った。生協の近隣にはドラッグストアやホームセンター、家電量販店などもある。

浦河は年々人口が減り続け、今では約一万二千人の小さな町だが、ものに事欠くことはない。たいていのものはよそに行かずとも手に入るのだ。

わたしの家の前に見慣れぬ車が停まっていた。レンタカーのようだった。

夏休みに北海道へ来て、日高の牧場巡りをする競馬ファンは多い。だが、養老牧場は素通りされるのが常だ。

ハイエースを横に停め、レンタカーの車内を覗きこんだ。

座席をリクライニングさせて、和泉亮介が居眠りをしていた。

そろそろ刑務所を出てくるというのはわかっていたが、出所日は失念していた。

わたしはクラクションを鳴らした。亮介が跳ね起きた。

ハイエースを降りると、亮介もレンタカーから出てきた。

「いつ出所した？」

「一週間前だ」

わたしたちは向き合った。相変わらず線が細い。身長は百六十五センチ、体重は五十キロといったところだろうか。現役の騎手だったころと体形は変わっていない。

「少し太ったな、敬」

亮介が無遠慮な目をわたしの体に這わせた。わたしは百七十三センチの六十キロ。最近、脇腹の肉がだぶつくようになっている。

「装蹄だけで馬には乗ってないのか？」

わたしは亮介の言葉にうなずいた。

「馬乗りのセンスはあったのに、背が伸びて落ちこぼれだもんな」

亮介はわたしを嘲笑した。

わたしと亮介は子供の時から馬に乗り、共に騎手になる夢を見た。中学を卒業すると、一緒に中央競馬の競馬学校騎手課程を受験し、揃って合格した。競馬学校に入学できれば、プロの騎手になることは保証されたも同じだ。わたしは有頂天になった。

だが、騎手課程で学ぶ生徒には厳しい体重制限が課せられる。決められた体重を何度か超過すると、即、退学処分が下されるのだ。

競馬学校に入った直後のわたしは百六十センチそこそこの身長しかなく、体重のコントロールも容易だった。だが、二年目にいささか遅い成長期がやって来て、身長がぐんぐん伸びた。それに伴って体重も増えていき、やがて、どれだけ食事量を制限しても規定体重を超えるようになってしまったのだ。

一流騎手として活躍し続ける武豊《たけゆたか》は身長百七十センチである。だが、一度も体重コントロールで苦労したことはないと語っていた。そういう体質なのだ。わたしは武豊にあやかりたいと夜な夜な神や仏に祈ったが願いが聞き入れられることはなかった。

わたしは武豊ではなかったのだ。

「覚醒剤で騎手を落ちこぼれるやつよりはマシだろう」

わたしは亮介に辛辣な言葉を放った。亮介は肩をすくめただけで、視線を放牧地にさまよわせた。

「繋養しているのは一頭だけか」

「ブラックブリザードだ。おまえはよくあいつの産駒に乗っていたっけ」

「これだけの放牧地に老いぼれ馬が一頭だけか。おまえなんかに牧場を売るなんて、親父も相当耄《もう》碌《ろく》してたんだろう」

「おまえが真っ当に生きていたら、おまえに譲るつもりだったはずだ」

「だったら、今、おれに譲れ」

亮介は視線をわたしに戻した。

「いや、おれのものを返せと言った方が正しいか」

「断る」

わたしは即答した。

「金がいるんだ」

「働けよ」

亮介は乾いた笑いを発した。

「覚醒剤の所持と使用で前科二犯の男に、競馬の世界で働き口があると思うか」

公明正大が競馬界のモットーだ。それに生き物に接する仕事でもある。クスリでラリっている人間に馬を託すわけにはいかない。いずれ働き口は見つかるかもしれないが、今すぐは無理だろう。

「馬に乗らなくても仕事はある」

「おれは馬に乗ることしかできないんだ。知ってるだろう」

今度はわたしが肩をすくめた。結局は自業自得なのだ。現状が自分の思い通りにならないからといって駄々をこねたところでどうにもならない。

「和泉牧場はおれの牧場だ。だれかに譲るつもりはない」

「養老牧場だってな。なんだってそんな金にもならない道楽をはじめたんだ」

「競馬に関わっている人間としての責任を負わなきゃならないと思ったからだ」

わたしは言った。今はブラックブリザード一頭しか養えないが、いずれは、頭数を増やすつもりでいる。人間のために命を賭けて走る馬に、誰かが報いてやらなければならない。

「すべての馬を救うことなんてできないぜ。どの馬を救ってどの馬を見捨てるんだ？」

「おれはおれにできることをやるだけだ。おれのように考える人間は増えてきている。今は無理でも、いつか、すべての馬が天寿を全うできる時代が来るはずだ」

わたしは言った。亮介が顔をしかめた。

「おまえ、変わったな」

「おまえだって変わっただろう。とにかく、牧場は売らん。貸す金もない」

「本当に金が必要なんだよ」

亮介は縋《すが》るような目をわたしに向けた。

「クスリを買う金か？」

亮介の目が吊り上がった。

「くそったれ」

わたしに背を向けるとレンタカーに乗り込み、乱暴にドアを閉めた。車を発進させる直前、わたしに向けて右の中指を突き立ててみせた。

わたしは走り去る車の後ろ姿を見送った。レンタカーはかなり使い込んだ小型車だった。亮介には似合わない。

亮介は花形騎手だった。デビューした年から勝ち鞍を重ね、翌年には重賞にも乗せてもらえるようになった。初めてGⅠに出走したのは五年目の皐月賞《さつき》。GⅠタイトルを手にしたのはその年の秋の天皇賞だった。

以後、一流騎手として脚光を浴び、その派手な性格とあいまって一般のマスコミも賑わすほどの人気者になった。乗り回す車もポルシェやフェラーリで、そんな車が亮介にはよく似合った。

だが、三十歳を過ぎた頃から、亮介も体重のコントロールに苦しむようになったらしい。苦行のような食事制限を続け、やがて、覚醒剤を使うようになったのだ。覚醒剤を使えば、空腹でも活力に満ちた騎乗ができたと最初に逮捕されたときの裁判で証言していた。

騎手は過酷な職業である。わたしは初手で脱落したが、亮介もまた、脱落者となったのだ。

＊＊＊

日曜日は本業の定休日だ。ブラックブリザードを放牧地に出してやると、馬房を掃除し、放牧地周りの草刈りに取りかかった。気温は低いとはいえ、太陽の下での草刈りは体にこたえる。午前中に済ませてしまうのがわたしのやり方だった。

作り置きのカレーで昼食を終えると、午後は修繕作業である。

和泉牧場の総面積はおよそ十ヘクタールある。日高地方のサラブレッド生産牧場としては小さな方だが、従業員がわたしひとりだけということになると広すぎる。あちらを修繕すればこちらにガタが来て、こちらを修繕すればあちらにガタが来るということの連続で、修繕は永遠に続くのだ。

腰の痛みに作業の手を止め、背筋を伸ばした。ついでに腕時計を覗きこむと、すでに午後二時をまわっていた。

新潟の発走は午後三時二十分である。わたしは修繕用具を片付け、ブラックブリザードを馬房に戻して飼い葉を与えた。

家に戻り、大急ぎでシャワーを浴びて汗を洗い流し、清潔なだけが取り柄の服に着替えると、もらい物の焼酎のボトルを抱えて家を出た。

国道を渡った向かいが栗木牧場だ。隣同士といっても敷地が広いので、家から家までは歩くと相当な距離がある。だが、酒を飲むことを考えると車を使うわけにもいかず、わたしは歩いて栗木家へ向かった。

広々とした放牧地には母馬とねっこ――当歳馬たちの群れや若馬たちの群れが放たれ、思い思いに草を食み、仲間同士で戯れたりしている。若馬の群れのボス格の馬がわたしのことをじっと見つめていた。

エゴンウレアの全弟《ぜんてい》だ。兄同様激しい気性の持ち主で、栗木佑一の期待のホープである。

わたしが笑顔で手を振ると、彼はぷいと顔を背け、仲間のもとへ駆けていった。この群れの馬たちも、いずれは育成牧場へと旅立つことになる。空いた放牧地には、母馬から乳離れさせられたとねっこたちが入れられ、また新たな群れをつくるのだ。もう何十年も変わらぬ光景だ。そうやって、日高地方の牧場地帯の時間は動いていく。

わたしは中に声もかけずに家に入った。靴を脱ぎ、自分でスリッパを取り出して履き替える。廊下を進むと、テレビから流れる競馬中継の音が聞こえてきた。

「敬ちゃん、遅いよ」

わたしが居間に入っていくと栗木佑一がテレビからわたしに視線を移した。

すでにビールを飲んでいる。

「レースには間に合ったじゃないですか」

わたしは栗木佑一の脇を素通りして台所へ向かった。

「お邪魔します。これ、手土産です」

ジンギスカン用の野菜を刻んでいる妻の睦美《むつみ》に声をかけ、焼酎をシンクの脇に置いた。

「ビール飲むなら、冷蔵庫から勝手に出して」

睦美はわたしには目もくれなかった。エゴンウレアのレースがある日はいつもそうなのだ。

「遠慮なくいただきます」

わたしは言った。

「今度は勝ってくれるかしら？」

「さあ、どうかな。強いメンバーが揃ってるから」

缶ビールを片手に居間に戻った。栗木佑一はソファに座っていたが、わたしはラグの敷いてある畳に直《じか》に腰を下ろした。レースが終わったばかりで、どうやら波乱は起きなかったらしい。

「一番人気から三番人気で決まりだよ。つまらん。鞍上《あんじょう》はなにを考えているんだろうな。強い馬にそのまま走らせたら勝てないに決まっているだろう」

栗木佑一は顔をしかめ、ビールに口をつけた。競馬は馬の力が七割、騎手の力が三割と言われる。鞍上が無様な騎乗をすると、勝つ力のある馬でも勝てないのが競馬だ。

わたしは缶ビールのタブを開け、栗木佑一に掲げた。栗木佑一も自分の缶ビールを持ち上げる。ビールに口をつけた。一気に半分ほどを飲み干す。草刈りと修繕作業で汗を掻いた分、ビールの味は格別だった。

テレビの画面に新潟大賞典の単勝オッズが映った。エゴンウレアは六番人気である。

栗木佑一が舌打ちした。

「天皇賞で二着に二回も入った馬だぞ。それを六番人気だなんて、馬鹿にしやがって」

シルバーコレクターと呼ばれるエゴンウレアだが、今年の春先は成績がぱっとしなかった。それを反映しての人気なのだが、栗木佑一は気に入らないらしい。

「また単勝を買ったんですか？」

わたしは訊いた。

「ああ。いつもの通り、五万円」

栗木佑一は右手を開いた。エゴンウレアの単勝はおよそ二十倍のオッズがついていた。一着で来れば百万円になって返ってくる。

「複勝にしろって口が酸っぱくなるほど言ってるのに」

睦美がトレイを抱えてやって来た。トレイにはワイングラスと赤ワインのボトル、それにチーズが並んだ皿が載っている。

「敬ちゃん、どうせビールは最初の一本だけでしょ」

睦美が栗木佑一のソファの前のテーブルにトレイを置いた。

「いつもすみません」

「いいのよ。カンナの蹄鉄、いつもただで打ってくれてるんだから、これぐらい」

睦美はわたしに穏やかな目を向けた。すぐに夫に顔を向ける。その目つきはわたしに向けたものとは正反対だった。

「毎回毎回馬鹿のひとつ覚えみたいに単勝を買って損して。複勝にしておけば、恵海の学費、丸々払えるぐらいのお金になってるのに」

「複勝じゃ意味がないんだ」

栗木佑一が答えた。顔が歪んでいる。

「せめて馬連とかワイドにしてくれればねえ」

睦美は苛立たしげに首を振り、また台所へ戻っていった。

「エゴンは今日は勝つぞ」

栗木佑一は妻の背中に声を放ち、乱暴にビールを飲んだ。

テレビからファンファーレが流れてきた。出走馬たちがゲートに入り、やがてレースが始まる。

「恵海、時間だぞ」

栗木佑一が天井に向けて声を上げた。返事の代わりに階段を駆け下りてくる足音が響いた。

「敬さん、いらっしゃい」

恵海はスウェットの上下姿で、わたしの隣に座った。わたしが缶ビールを飲み干すと、グラスにワインを注いでくれた。

「ありがとう」

「どういたしまして」

わたしは恵海にグラスを掲げ、ワインを啜《すす》った。

「今夜は遅くまでいてね。じゃないと、お父さんとお母さん、また喧嘩はじめるから」

恵海はわたしの耳元で囁《ささや》いた。

「酔い潰れないよう、頑張るよ」

わたしは答えた。画面では馬たちのゲート入りがはじまっていた。

今回はこれという逃げ馬がいない。つまり、レースのペースは遅くなり、直線を向いたところでよーいどんの瞬発力勝負になる可能性が大きかった。

新潟競馬場は直線が長いコース形態をしている。エゴンウレアは力のいる重い芝のターフは得意としているが、直線での瞬発力勝負は明らかに分が悪い。

勝つためには周回中の位置取りが重要になる。前めにつけて、他の有力馬たちより先にスパートする必要があった。

ゲートが開いた。各馬が横に広がりながらターフを駆けていく。エゴンウレアはわずかに出遅れた。

「なにやってんだ、クマちゃん」

栗木佑一が叫んだ。エゴンウレアの主戦騎手は熊谷智久《くまがいともひさ》というベテランだ。怪我や騎乗停止を食らっていないかぎり、エゴンウレアの背中に跨がり続けている。騎手の乗り替わりが当たり前のように行われる昨今では珍しいコンビだった。

エゴンウレアは二の足を使って出遅れを取り戻した。馬群の中にするすると潜り込んでいく。他の馬たちと比べると、その小ささはよく目立った。

エゴンウレアの馬体重は四百三十キロ前後である。大型化が進んでいる最近のサラブレッド、それも牡馬にしてはかなり小さな方だ。

だが、その小さな体に積まれているエンジンは強力だった。だからこそ、小さな体でも重賞戦線で活躍できるのである。

レースは大方の予想通り、スローペースで坦々と進んだ。エゴンウレアの位置取りはちょうど真ん中あたり。できればもう一列前につけたいところだったが、レースが落ち着いた今は迂闊《うかつ》に動けない。

「それじゃだめだって言ってるだろう、クマ。動けよ。動かないとやられちまうだろう」

栗木佑一がテレビに向かって叫んだ。

熊谷はエゴンウレアに折り合いをつけさせて、上手く騎乗している。もう三十戦以上しているのだ。馬の能力も気性も知り尽くしている。

向こう正面の直線の終わりから三コーナーの入口にかけて、レースが動き出した。後方や中段に構えていた馬たちが、最後の直線に向けて態勢を整えはじめたのだ。

エゴンウレアも動いていく。小さな体をゴム鞠《まり》のように弾ませて馬群の間を縫って前進していく。

直線に入ったところで、馬たちが一斉にスパートをかけた。先行していた馬たちが後ろから来た馬たちに飲み込まれていく。

直線半ばで抜け出したのは三番人気の五番の馬だった。エゴンウレアが懸命にその背中を追いかけている。エゴンウレアの馬番は十番。熊谷が被る帽子は黄色である。

鞍上がオレンジの帽子を被った十三番の馬がエゴンウレアを追い抜いた。そのまま三頭でゴールラインを駆け抜けた。

エゴンウレアは三着である。

「だから、もっと前につけてたら一着だったろう」

栗木佑一がテーブルを叩いた。

「出遅れたんだからしょうがないじゃない」

恵海が腰を上げた。

「これでまた銅メダルがひとつ増えたね。お母さんの言うとおり、複勝買っておいた?」

「うるさい」

「またお金をドブに捨てたんだ。どうせなくなるんだから、わたしのお小遣い増やしてくれればいいのに」

「うるさいと言っているだろう」

栗木佑一の頬が赤いのは酒のせいではない。

「敬さん、また後でね」

恵海は居間を出ていった。

栗木佑一が空になったビール缶を握りつぶした。わたしはトレイに載ったもうひとつのグラスにワインを注ぎ、栗木佑一に渡した。

「まだだ。GIでハナ差の二着に来る馬が、どうしてGⅢごときで勝てないんだ？」

「展開が向きませんでしたね。それに、出遅れも痛かった」

「そうじゃないんだよ、敬ちゃん。あいつ、また本気で走ってないんだ。本気で走ればさ、あの程度の馬たちなんて軽くぶっちぎる。そういう馬なんだぜ、あいつは」

だれもエゴンウレアが本気で走ったところを見ていないんですよ——わたしは頭に浮かんだ言葉を口には出さず、曖昧に微笑んでワインに口をつけた。

レースの着順が確定し、配当が表示された。一着は三番人気、二着には一番人気の馬が来た。三連単は五万円を超える配当がついた。複勝は二百円、一着から三着に来る馬のうち二頭を当てるワイドは、エゴンウレアが絡んでも千円に届かない。

複勝やワイドの配当がエゴンウレアの単勝の配当に比べて低いのは、エゴンウレアの二着や三着を予想して馬券を買うファンが多いからだ。

「複勝にしてれば十万にはなりましたね。ワイドならもっとだ」

わたしは言った。

「エゴンが勝つまで、単勝以外、買うつもりはない」

「小田《おだ》さんは鞍上を替えるつもりはないんですかね」

わたしの言葉に、栗木佑一の目尻が吊り上がった。

「クマちゃんを替えろっていうのかい？」

「熊谷さんがよくやってるのはわかりますよ。でも、ここまで結果が出ないんだ。鞍上を替えてリフレッシュさせるというのも手だと思いますけどね」

「おれはさ、クマちゃんが背中に乗ってるエゴンが勝つところを見たいんだよ」

「大事なのは騎手ですか、馬ですか？」

わたしは語気を強めた。

「考えるまでもない。馬ですよね。このままじゃ、エゴンは種馬になれないんです。それでいいんですか」

わたしの言葉の勢いに押されたのか、栗木佑一はソファの背もたれに深く体を預けた。

「今度、小田さんが門別《もんべつ》に来るんだ。その時、話してみるよ」

小田はホッカイドウ競馬所属の競走馬も所有している。

「敬ちゃんも一緒に行くかい？」

栗木はわたしの機嫌をうかがうような表情を浮かべた。

「無理にとは言わないけどな」

「行きますよ」

わたしは答えた。栗木の眉が吊り上がった。

「いいのか？」

「かまいません」

「よし、話は決まりだ。今夜は飲もう。秋の天皇賞でエゴンウレアがＧⅠ馬になる前祝いだ。おい、肉を焼け。酒もだ」

栗木は台所に向かって叫んだ。

3

国道二三五号を胆振方面に向かった。国道のすぐ左には海岸線が迫り、右手は小高い山が連なっている。山が途切れると町や放牧地が広がり、しばらく進むとまた山が視界を遮る。日高はそんな景色が連続するエリアだ。

高速の入口には向かわず、そのまま国道を直進した。高速を使おうが下道を通ろうが、目的地までの時間はさほど変わらない。信号自体が少ないし、なにより北海道のドライバーは飛ばす者が多いからだ。

浦河から新ひだか町、新冠《にいかっぷ》町と通過していくと、次が門別競馬場のある日高町だ。かつては門別町と呼ばれていたが、平成の大合併で日高町へと生まれ変わった。新ひだか町も、かつては三石《みついし》と静内《しずない》というふたつの町だった。

わたしは二十代の五年を、この日高町で装蹄師の見習い及び、新米装蹄師として過ごした。

身長と体重のせいで騎手になることを諦めざるを得なかったわたしは、それでも競馬の世界と繋《つな》がっていたくて、栃木にある装蹄教育センターの門を叩いたのだ。

そこでは装蹄師の育成が行われている。

厩務員ではなく装蹄師を目指すことにしたのは、子供の頃から、蹄鉄を打つ装蹄師の姿にそこはかとない憧れを抱いていたからだ。

教育センターを卒業した装蹄師見習いは、その後、先輩の装蹄師に師事してさらなる技術の習得に努めることになる。

わたしを招いてくれたのは門別競馬場の装蹄師、渡辺光徳《わたなべみつのり》だった。

頑固だが、腕のいい装蹄師として知られており、それまで、弟子を取ることはなかった。わたしが弟子になれたのは、騎手の夢を諦めるしかなかったわたしを憐れに思った浦河の大手牧場の口利きがあったからだ。

渡辺は昔気質《むかしかたぎ》の寡黙な職人だった。指示は一切出さない。弟子であるわたしは師匠のやることを見て、盗むしかなかった。だが、おかげで、普通の人間なら半年はかかる技術の習得を半分ほどの時間で成し遂げることができたと思う。

口で教えてもらえないなら、自分の頭で考えるしかないからだ。

渡辺のもとで三年修業し、独立した。渡辺と同じ、門別競馬場のトレセン内で開業したのである。渡辺がすべての厩舎にわたしを連れて行き、可愛がってやってくれと頭を下げてくれた。

開業初年度から仕事が順調に回ったのはそのおかげだ。

寡黙ではあるが、渡辺はわたしの努力を評価してくれていたのだ。

だが、その師匠の恩義を、わたしは仇《あだ》で返すような真似をしてしまったのだ。

あれは門別競馬、シーズン最終日の最終レースでの出来事だった。

わたしが装蹄を担当した馬が、競走中に故障して、安楽死処分にされてしまったのである。

第一指関節開放性脱臼という怪我だった。馬は脚を一本でも怪我すると自分の力で立つことができなくなる。四百キロを優に超える体を、四本の脚で辛うじて支えているのだ。

立てなくなった馬は死ぬ。それも苦しんで死ぬことになる。だからこその安楽死処分なのだが、何度繰り返されても慣れるということがない。

将来を嘱望《しょくぼう》されていた馬であり、その人懐っこい性格から、厩舎の人間すべてに愛されていた馬でもあった。

競馬に事故は付きものとはいえ、一年を締めくくる最後のレースでの安楽死処分は心にこたえた。

そんなときだ。帰り支度をはじめていた騎手たちの中に、その馬に跨がっていた権藤《ごんどう》という騎手がいた。

デビュー三年目、威勢のいい騎乗ぶりで勝ち鞍を増やし、人気も高まりつつあった騎手である。

その騎手が、笑いながら話すのを聞いてしまったのだ。

「まったく、一年の締めくくりのレースが馬の故障なんてやってられないっすよ。ちゃんと最後まで走れっての」

その言葉を聞いた瞬間、わたしの血が沸騰した。気がつけば、権藤に馬乗りになって顔を殴っていた。他の騎手たちに制止されなければ半殺しの目に遭わせていただろう。

もちろん、わたしの暴力行為は大問題になった。権藤はわたしを刑事告訴するとまで息巻いていたらしい。

そうならなかったのは、大先輩の騎手である工藤勘太郎《くどうかんたろう》が諭したからだと後で耳にした。

他の騎手たちも、普段の権藤の態度や言い草に苦々しい思いを抱いていたらしい。

結局、示談で話はついたが、門別競馬場にわたしの居場所はなくなった。

最後の挨拶に訪れたとき、渡辺が口にした言葉は今でも忘れられない。

「あんなことをして、死んだ馬が喜ぶとでも思っているのか。競走中の事故で死ぬ馬はまだいい方だ。ほとんどの馬がどこで死んでいくか、おまえも知っているだろう。そういう馬を少しでも減らすためになにができるか。それを考えるのがおれたち競馬村の住人の責任だ」

あのときから、いつか養老牧場を開きたいというのがわたしの漠然とした夢になったのだ。

日高町に入ると、わたしは〈いなば食堂〉という蕎麦屋に立ち寄った。競馬関係者がよく利用する蕎麦屋で、もちろん、味も保証付きだ。

店の壁には調教師や騎手のサイン色紙がこれでもかというぐらいに飾られている。

カウンター席で名物の鴨蕎麦とたこ飯を頬張っていると、店主の稲葉康雄《いなばやすお》が近づいてきた。

「久しぶりだな、敬ちゃん」

「ご無沙汰してます」

わたしは稲葉に頭を下げた。

「珍しいことってのは立て続けに起こるもんだな。つい先日、和泉亮介も顔を見せていったんだぜ。敬ちゃん、あいつの幼馳染なんだろう?」

「亮介が?」

「ああ。花形騎手だったのに、うらぶれた感じで見てられなかったな」

「ひとりでしたか?」

稲葉が首を振った。

「安永《やすなが》さんと一緒だったよ」

「調教師の?」

わたしは思わず眉をひそめた。安永貞男《さだお》は門別競馬場の調教師だ。成績は中の下というところだろうか。馬を酷使する傾向があり、評判がいいとは言えない調教師だ。中央の騎手だった亮介と接点があったとは思えない。

「亮介が安永さんとね……」

わたしは呟《つぶや》いた。

「ちょっと話しかける雰囲気じゃなかったんで放っておいたんだわ」

稲葉が言った。

注文が入ったらしく、厨房から稲葉を呼ぶ声が響いた。

「悪い、仕事だ。また寄ってくれよ。一緒に飲みながら思い出話に花を咲かせよう」

「是非」

わたしは稲葉に頭を下げた。見習いの頃はよくただ飯を食わせてもらっていたのだ。蕎麦を頬張りながら、壁に飾られた色紙に目をやった。地元の調教師や騎手はもちろん、中央の名だたる調教師や騎手のサインもある。

競馬関係者は日本の馬産の中心地である日高をよく訪れるのだ。その折にはよくこの店に立ち寄る。

だが、壁に亮介の色紙は見当たらなかった。現役時代の亮介は、ついぞ日高に足を踏み入れることがなかった。安平のノール・ファームにはちょくちょく顔を出していたから、それを揶揄《やゆ》する生産者も少なくなかった。

和泉雅明は中央で活躍する息子を誇らしく思う一方で、肩身の狭い思いもさせられてきたのだ。

「日高の馬に跨がったってでかいレースは勝てない」

かつて、亮介が口にした台詞《せりふ》が耳の奥にこびりついている。

そんなことはないと反論したかったのだが、わたしにはできなかった。

今年のGⅠ勝馬のほぼ七割がノール・ファームの生産馬である。秋のGⅠ戦線をリードするのもノール・ファームに間違いない。

それでも、日高の生産者たちは夢を見る。自分の牧場で生まれた馬がGⅠを制する日を。ダービーを勝ち獲る日を。

その思いを知っているからこそ、調教師も騎手も日高詣でをやめないのだ。

＊＊＊

駐車場で栗木、小田のふたりと落ち合い、栗木の車に乗って、まずは厩舎エリアに向かった。

小田が所有馬を預託している谷岡靖《たにおかやすし》調教師に挨拶に行くのだ。小田が前もって訪れることを告げていたからか、谷岡が厩舎の前で待っていた。

挨拶を交わし、談笑をはじめる三人に断りを入れ、わたしはその場を離れた。門別競馬場を訪れたからには、なにを差し置いても師匠に挨拶するのが礼儀というものだろう。

渡辺の家は谷岡厩舎から徒歩で五分ほどのところにある。第一レースがはじまる二時半まではまだかなりの時間があった。渡辺はいつものように家で腹ごしらえをしてから装鞍所へ向かうはずだ。競馬場所属の装蹄師は、レースのある日は万が一の落鉄などに備えなければならない。

「ごめんください」

インタホンも押さず、ノックすることもなくいきなりドアを開けた。

渡辺の妻の一枝《かずえ》が出てきて目を丸くした。

「あらまあ、敬ちゃんじゃないの。いつ以来かしら。さあ、入って」

「お邪魔します」

わたしは一礼して靴を脱いだ。

「お父さん、敬ちゃんが来たわよ」

玄関から入ったすぐ先が居間になっていて、食事をしている渡辺の姿が目に入った。

「敬か。なんだいきなり」

渡辺は食べ続けながら口を開いた。

「馬主の小田さんの付き添いで来ました。まず、師匠に挨拶しなきゃと思って」

「ここに来るのはあれ以来か？」

「はい。自分には競馬場に来る資格はないと思ってましたから」

「今はあると思ってるのか？」

「もう、時効かなと」

渡辺の口元が綻《ほころ》んだ。

「他のやつならとっくに時効にしている。まったく、頑固なところはこれっぽっちも変わっておらんな。座れ」

渡辺は箸を置いた。食卓には焼き鮭と漬物、味噌汁が並んでいた。

「敬ちゃん、なにか食べる？」

台所へ移動した一枝の声が響いた。

「〈いなば食堂〉で鴨蕎麦とたこ飯を食べてきたんです」

「それじゃあ、今からコーヒーを淹《い》れるわね」

「よろしくお願いします」

一枝に返事をして、わたしは渡辺に目を向けた。

「ご無沙汰していて申し訳ありません」

「いいんだ。おまえの評判は時々耳に入ってくる。精進しているようだな」

「先生の名前を汚すわけにはいきませんから」

「養老牧場を始めたそうじゃないか」

渡辺はお茶の入った湯飲みに手を伸ばした。

「はい。和泉牧場の先代が安く譲ってくれたもので」

「和泉さんか。息子があんなことになって大変だったろうな」

渡辺の言葉で亮介が安永と会っていたということを思い出した。

「先生は安永さんのところの馬にも装蹄をしていましたよね」

「ああ。それがどうした？」

「安永さん、最近はどうですか？」

「あまりよくないな。馬を酷使するっていう評判がたたって、預託する馬主の数も減っている。あまり勝ち鞍も上げられていないし、そうすると、馬の数が減っていくばかりだ。悪循環というやつだな。安永になにかあるのか？」

「〈いなば食堂〉で、亮介が安永さんと一緒に来たという話を耳にしたものですから」

「和泉亮介か……出所したのか」

「ええ。先日、ぼくのところにも来ました。中央の騎手だった亮介と安永さんにどんな接点があるのか、少し気になって」

「本人に訊いてみればいいじゃないか」

渡辺はそう言うと口を閉じた。わたしの顔を久々に見たことで口が軽くなっていたが、どうやら喋り疲れたらしい。

「お待たせ」

一枝がコーヒーを運んできた。

「いただきます」

わたしはマグカップに手を伸ばし、コーヒーを啜った。一枝がわたしの隣に座った。

一枝は見習い時代のわたしを、年を取ってから作った子供のようだといって可愛がってくれたものだ。渡辺が弟子を取らなかったから新鮮でもあったらしい。

「ほんとに親不孝なんだから。もっと顔を見せに来てくれてもいいでしょうに、はんかくさい子だね」

一枝は微笑みながら言った。はんかくさいというのは、馬鹿らしいなどという意味の北海道弁だ。わたしは申し訳ない気持ちで胸が一杯になった。

「すみません」

「頑固で不器用なところはちっとも変わってないのね。元気にしてたの？」

「ええ、おかげさまで、渡辺装蹄師の弟子だったというだけで、放っておいても仕事が来ます」

「はんかくさいことを言うな」

渡辺がきつい口調で言った。珍しく照れている。

「今日は競馬を見に来たの？　夜はどうするの？　よかったら、家で晩ご飯を食べていく？」

一枝は矢継ぎ早に質問を放ってきた。わたしは苦笑しながら首を振った。

「今日は馬主の小田さんのお供なんですよ。競馬のあとは、小田さんに付き合わないと。泊まる宿も小田さんが手配してくれてるんで。今度、競馬のない日にゆっくりお邪魔しに来ます」

わたしは言った。なぜもっと早くに顔を見せに来なかったのだろう。なににこだわっていたのだろう。

一枝が言ったように、わたしは頑固すぎて不器用すぎるのだ。

おそらく、それが答えだ。

「敬ちゃん、まだひとりなの？」

一枝が言った。

「ええ。結婚の予定はないですね」

「早く身を固めないと」

「養老牧場なんてやってる装蹄師のところに嫁に来たいなんていう女性を見つけるのは大変なんですよ」

「笑い事じゃないのよ。敬ちゃんにもしものことがあったら繋養している馬たちはどうなるの？　結婚して、跡継ぎを作らなきゃ」

わたしは答えに窮した。一枝の言葉がもっともだったからだ。日高の生産牧場の多くが頭を悩ませているのが後継者問題である。

牧場の仕事はきつく、辛い。馬という生き物の死に何度も直面しなければならない。どれもこれも、今の若い人間なら遠慮したくなるようなことばかりだ。

「今度、新しい獣医さんが来たのよ。まだ三十代の女の人。独身よ。美人だし、どうかしら？」

わたしは苦笑した。

「もう、その辺で勘弁してやれや」

渡辺が助け船を出してくれた。わたしはコーヒーを飲み干した。

「それじゃあ、ぼくはこれで失礼します」

「もう行っちゃうの？」

一枝が名残惜しそうな目をわたしに向けた。

「師匠の支度もありますし」

わたしは一枝の視線から目を逸《そ》らして腰を上げた。

「先生、また来ます」

「うん。いつでも好きなときに来い。ここはおまえの実家みたいなもんだ」

「ありがとうございます」

一枝に見送られながら家を後にし、今度は安永厩舎に足を向けた。厩務員はいたが、調教師の姿はない。

「安永先生はどちらに？」

わたしは厩務員に訊いた。三十代の半ばといったところだろうか。知らない顔だった。

「さあ、さっきまでいたんだけど……」

厩務員は雑務に忙殺されており、わたしに顔を向けることもなかった。

「失礼します」

わたしは礼を言い、栗木たちのところへ戻った。ちょうど、談笑も終わりを迎える頃合いだった。

「渡辺さんに挨拶してきたのか？」

栗木が訊いてきた。

「ええ。久しぶりだったもので」

わたしが答えると、谷岡が目を細めた。

「どこかで見たことがあると思ったら、平野か？　平野敬」

「ご無沙汰してます」

わたしは谷岡に頭を下げた。

「久しぶりだな。あの事件以来か」

「ええ。そうなります。あのときは、大変ご迷惑をおかけしました」

谷岡は、わたしを訴えると息巻いていた権藤をなだめてくれたひとりだと聞いていた。

「いいんだ。権藤もおまえに殴られたのがこたえたんだろう。馬を大切にするいい乗り役になったぞ」

乗り役というのは競馬業界でよく使われる言葉で騎手を指す。対して調教師は『テキ』と呼ばれることが多かった。語源は明確ではないが、騎手という漢字を反対から読んだことから来ているという説がもっともらしかった。

「じゃあ、行こうか」小田が口を開いた。「先生、シドレリアのこと、よろしく頼みます」

シドレリアは栗木が生産し、小田が馬主となったサラブレッドだ。中央でデビューしたもののふるわず、ホッカイドウ競馬に転籍して、今日がその初戦だった。

中央で成績を残せずに地方競馬へ移籍しても、そこである程度の成績を収めることができれば中央へ返り咲ける。

小田はシドレリアの中央再転入を望んでいる。

たいていの馬主は同じ希望を持つ。なにしろ、中央と地方では賞金の桁が違うのだ。地方競馬では大きな競走でも賞金は百万単位。南関東の大井《おおい》競馬では一千万単位の賞金が出るレースもあるが、それにしたってさほど多くはない。

だが、中央なら、未勝利戦という一番グレードの低いレースでも一着の賞金は数百万になる。GⅠレースなら、億を超える。

シドレリアは小田が八百万ほどの値段で競り落とした。せめて、損をしない程度の賞金を稼いでもらわなければ馬主稼業は長くは続けられない。

だが、ホッカイドウ競馬や所属する調教師にとっては頭が痛い問題でもある。必死に育て上げ、調教し、競走で力強く走れるようになってきたと思ったら、その馬は中央なり大井なりに移籍してしまうのだ。

強い馬がいなくなるということは売り上げに直結するし、調教師にとっては手塩にかけて育てた馬を横取りされたような気分になる。

ホッカイドウ競馬は二歳馬の育成、調教に定評があるし、実際、門別で鍛えられた二歳馬は強い。馬産地にある競馬場だということも理由のひとつだが、地方競馬の馬主たちが、所有する素質馬をまず門別に預け、成績が上がってきたところでもっと賞金のいいところへ移籍させたいと目論んでいるからでもある。

「シドレリアはよさそうですね」

車に乗り込みながら栗木が言った。小田は嬉しそうにうなずきながら後部座席に収まった。わたしは助手席だ。

「とにかく二連勝してもらいたいんだよ。年内に中央に移そうと思っているんだ」

小田の言葉に、栗木も嬉しそうにうなずいた。生産者にとっても、自分の生産した馬が中央で活躍することは喜びなのである。

「厩舎はどこへ？」

栗木が訊いた。

「須藤《すどう》さんのところにするつもりだよ」

小田が答えた。須藤厩舎は小田がエゴンウレアを預託している。

「須藤先生、新潟大賞典のことはどう言ってました？」

「また、全力で走らなかったと。まともに走れば、重賞ぐらいすぐに獲れるのにと苦笑いしていたよ。こっちは苦笑いしている余裕なんてないんだけどな」

小田は唇をへの字に曲げた。小田は東京で会計事務所を営む税理士だ。馬主の世界に足を踏み入れたのは十年ほど前。十年のキャリアではじめてＧＩに手が届きそうな所有馬がエゴンウレアだ。

「須藤先生と話したんだけど、エゴン、放牧に出そうということになって、来週から吉村ステーブルに行くよ」

「エゴンウレアが帰ってくるんですか」

栗木の声のトーンが上がった。

「秋の天皇賞に向けて英気を養うためだってさ。ここのところ、レースの間隔が詰まって気が立っているんだそうだ。もともと気が荒いのに、困ったもんだよ」

小田が振り返った。

「エゴンが吉村ステーブルにいる間、装蹄は平野君に頼みたいんだけど」

「任せてください」

わたしは微笑んだ。

「天皇賞、行けますかね？」

栗木の問いに、小田は曖昧に首を振った。

「どうかな。間違いなく勝つ力はあるんだが……馬が本気で走ってくれないことにはな。須藤先生も、長い調教師人生でもこんなに扱いづらい馬は初めてだって言うぐらいだしな。こんなことなら、馬名も素直につけておくべきだったかもしれん」

エゴンウレアという馬名の由来はバスク語である。フランスの南西部とスペインの北東部に跨がる地域で、そこに住むバスク人は、ヨーロッパの他の言語とはまったく異なる言語を話し、独特の歴史と文化を持つという。

小田はスティービー・ワンダーのお気に入りの曲名をセリで落とした馬につけようと考えたという。『ステイゴールド』という曲がそれだ。黄金のようにいつまでも輝いていてくれという意味を持つ。

だが、曲名をそのままつけるのはベタすぎると当時中学生の孫に言われたのだそうだ。

それで、学生時代、一年近く旅を続けたヨーロッパで最も気に入ったバスク地方の言葉に置き換えることにしたのだ。

ちなみに、シドレリアはバスク地方のシードルの醸造所を意味する言葉だ。

駐車場に戻ると三人で車を降り、関係者入口から競馬場内に入った。

小田は馬主席へは向かわず、関係者席へ足を向けた。わたしと栗木もその後に従った。

関係者席には今日のレースに出走する馬たちの厩舎の人間や生産牧場の人間たちが集まっていた。

その中に安永の顔もあった。わたしは栗木たちに断りを入れ、安永のいる方に足を向けた。

「安永先生、ご無沙汰してます」

頭を下げ挨拶をすると、安永は瞬きを繰り返した。

「装蹄師の平野です」

安永の瞬きが止まった。

「ああ、敬か。懐かしいな」

安永はわたしの肩を叩いた。調教師になる前は騎手だったから、背はわたしより低い。だが、体重はわたしよりずっと重そうだった。

「こんなところにいるなんて珍しいじゃないか」

「今日は馬主の小田さんのお供です。ひとつ、お訊きしたいことがあるんですが」

「なんだ？」

「〈いなば食堂〉で亮介と一緒だったと聞いたんですが、本当ですか？」

「ああ、本当だよ」

安永は屈託なく答えた。

「朝の追い切りが終わって、厩務員と一緒に飼い葉の支度をしてたら、見慣れないやつが厩舎エリアをうろついてたんだ。観光客が迷い込んできたんなら追い払わなきゃと近づいていったら、和泉亮介だったんだよ。刑務所から出てきて、両親の墓参りに行く途中、懐かしくなって立ち寄ったと言ってな。立ち話もなんだから、飯でも食いに行くかということになって、〈いなば食堂〉に行ったんだ。それがどうかしたか？」

「いえ。安永先生と亮介というのがなんだかピンと来なくて不思議に思っただけです。そういう経緯でしたか」

「まだ刑務所にいるもんだと思ってたから驚いたけどな」

安永は笑った。

「亮介とはどんな話を？」

「仕事はないかって言われた。出てきたばかりで大変なのはわかるが、覚醒剤で二回も捕まった男をすぐに雇うわけにもいかんしな。馬乗りが上手なのはわかってるから、一、二年したら、調教助手として雇ってやることはできるかもしれんと答えておいたよ。もったいないよな、性格はともかく、馬乗りの技術は中央の騎手の中でも五本の指に入ったのに」

「ええ、本当に」

亮介は騎乗フォームの美しい騎手だった。

「悪いが、そろそろ馬のところに行かなきゃならん。第三レースに出走なんだ」

安永が言った。

「お時間を取らせました」

わたしは再び頭を下げた。安永が立ち去ると、わたしは関係者席を出た。

これだけの人間が集まるところに顔を出すのは久しぶりなので、なんだか人酔いしたような気分だった。外に出て、パドックの近くのベンチに腰を下ろした。羊を焼く匂いが漂ってくる。気の早い競馬ファンがジンギスカンを食べているのだろう。

インターネットによる馬券の発売がはじまって、地方の競馬場の雰囲気は劇的に変わった。それ以前は売り上げが落ちる一方でどの競馬場も青息吐息だったのだが、潮目が変わったのだ。

売り上げが伸びると同時に競馬場にも活気がよみがえり、地元のレストランが出店したり、農家たちが野菜の直売所を運営したりと、競馬ファン以外の集客にも力を貸している。

自販機で買ったミネラルウォーターを飲んでいると、女がこちらに向かってくるのが目に入った。百七十センチ近い大柄な女性で、その体格に似合った大股で歩いている。髪の毛は短く、胸を張って歩く姿は自信に満ちあふれていた。着ているものはアクティブで、そのまま登山にでも向かえそうだった。首からなにかをぶら下げていた。初めは大きなペンダントだと思ったが、よくよく見ると聴診器だった。

「あなたが平野敬さん？」

　女はわたしの目の前で立ち止まった。

「そうですが？」

「こんな人なんだ。想像とは全然違ったわ」

「失礼ですが……」

「ああ、ごめんなさい。わたし、藤澤敬子《ふじさわけいこ》です。平野敬さんの敬と同じ字で。獣医をしてます」

　藤澤敬子が手を差し出してきた。わたしはその手を握り返した。指が細く長く、そして温かい手だった。

「ここに来た歓迎会の席で、調教師の先生方が思い出話に花を咲かせちゃって、その時に、平野さんのことが出てきたんです。昔、騎手を殴って首になった装蹄師がいたって。騎手を殴った理由がいいなと思ったし、なにより、名前に同じ字が入っているからずっと気になってたんですよ。そうしたら、さっきから平野敬が来てるぞって噂になってて、会ってみたくなっちゃって」

「そうですか」

　わたしはどう応じていいかわからず、とりあえず当たり障りのない笑みを浮かべた。

「権藤さんに馬乗りになって殴りかかったっていうから、もっと厳《いか》つい人をイメージしてたのに、優しそうな人だから……」

「若い頃は頭に血が昇ると喧嘩っ早かったんです」

「今は違うんですか？」

「生き物と関わる人間は穏やかじゃないとね」

　わたしの言葉に、藤澤敬子が破顔した。

「おっしゃるとおり」

藤澤敬子はわたしの隣に腰を下ろし、スマホを取りだした。

「あんまり時間がないんです。電話番号とかメアド、交換してもらってもいいですか？　ＬＩＮＥのアカウントでもいいですけど」

わたしは首を振りながら自分のスマホを手に取った。藤澤敬子は強引な性格のようだった。

わたしたちは電話番号とメールアドレスなどを交換した。

「生き物と関わる人間は穏やかじゃなきゃ、か。肝に銘じなきゃ。わたしも、すぐにかっとなっちゃう質《たち》なんです。それじゃ、連絡しますね。食事にでも連れて行ってください。門別は狭くて、競馬村はさらに狭くて」

藤澤敬子は腰を上げ、大股で立ち去った。わたしはその後ろ姿を呆気にとられたまま見送った。

＊　＊　＊

パドックに人が集まってきた。まもなく、レースに出走する馬たちがパドックに姿を現す。競馬ファンたちは馬の体つき、歩き方、テンションの高まり具合などを見て、馬券予想の参考にする。毛艶や筋肉の張り具合、皮膚の薄さ、歩様など、調子のいい馬は初心者が見てもそれとわかる。問題は、そういう馬は一頭だけではないということだ。明らかに調子の悪そうな馬は置いておくとして、調子のよさそうな馬からどの馬券を買うのか。競馬ファンは呻吟《しんぎん》する。

久々に現役の競走馬の馬体を見たくなって、わたしはベンチから腰を上げた。人が本格的に集まってくる前にと、パドックの前方に移動した。

厩務員に引かれて馬がパドックに出てくる。人がさらに集まってきた。

馬産地で装蹄師を営むわたしが装蹄するのは、ほとんどが若駒である。生まれた子馬はしばらくの間は母馬や、他の親子の群れと過ごし、やがて、離乳期を経て育成牧場へと旅立っていく。わたしの出番はそこからはじまる。そして、彼らがセリにかけられ、またあらたな育成、調教の場に旅立っていくと共に、わたしとその馬の付き合いも終わるのだ。中には休養のため、生まれ故郷の牧場や育成牧場に戻ってきてリフレッシュに努める馬も出てくる。その場合も装蹄するのはわたしだが、それほど数が多いわけでもない。

わたしが携わるのは若駒だけと言ってもよいぐらいだ。だから、現役の競走馬を間近で見られる体験はそうあるものではない。

厩務員に引かれての周回が終わると、最後は騎手が背中に跨がっての周回になる。それが終わると、競走馬たちはレースに向けて、本馬場に向かっていく。

それぞれの馬に目を光らせていて、わたしはある視線に気がついた。ちょうどわたしのいる位置の反対側、パドックから少し離れたところで、射るような視線で馬を見つめている若者がいた。

その視線が孕《はら》んでいるのは憎しみや怒りに近いものだった。だが、時として愛情に満ちた温もりが見え隠れしたりもする。

若者は十代の半ばといったところだろうか。髪の毛は短く、細長い精悍《せいかん》な面持ちだ。どこかで見覚えのあるような気がしたが、はっきりとは思い出せなかった。

若者のことが気になって、わたしはその場を離れようとした。次の瞬間、騎手を背にした馬たちが再びパドックを周回しはじめ、間近で見ようと競馬ファンたちが前に詰めかけてきた。

身動きが取れない。

わたしは移動を諦め、騎手たちに目を向けた。昔馴染みのベテランもいれば、顔を知らない若手もいる。

五番の馬に乗っている騎手と目が合った。権藤だった。権藤もわたしに気づいた。権藤はわたしに目礼すると、背筋をぴんと伸ばし、職人の顔つきになって馬と共にわたしの目の前を過ぎ去っていった。

権藤はパドックを出る前に、馬の首筋を何度も撫でた。

よろしく頼むぜ——馬にそう伝えているのだ。

かつて、怪我した馬を罵倒した傲慢《ごうまん》な若者の顔はすっかり消えていた。ヘルメットやゴーグルを装着した横顔は、馬への愛と感謝に彩られている。

馬の周回が終わると、パドックに集まっていた人間たちが散りはじめた。わたしは若者がいた場所に顔を向けた。

若者の姿はどこにもなかった。

4

栗木たちと合流すると、馬主席へ移動して競馬を見た。

わたしと栗木は馬券は買わなかったが、小田はいくつかのレースで当ててご機嫌だった。我々とは馬券に使う金額が違う。当たれば返ってくる金額も違う。

「今夜の宴会代と君たちの宿代を出してもお釣りが来るな。これで、シドレリアが勝ってくれれば言うことはないな」

小田は言った。シドレリアが出走するのは第八レースである。ホッカイドウ競馬に移籍してきての初戦になるが、今のところは一番人気だ。

中央では勝てなかったが将来を嘱望されている血統馬だし、調教のタイムもいい。三歳のうちに二勝すれば、中央への再転厩が可能になるし、大方もそうなると見ている。

「平野さんですか？」

背後からわたしの肩を叩く者がいた。わたしは振り返った。

「門田《かどた》厩舎で厩務員をやっている野口《のぐち》といいます」

男が言った。

「権藤さんが、十レースが終わった後に、少し時間を取れないかと言っているんですけど」

それで納得がいった。門田厩舎は、パドックで権藤が跨がっていた五番の馬を管理している。

「権藤さんは今日は騎乗、十レースが最後なんです」

「かまわないよ。検量室の近くにいるようにする」

「わかりました。権藤さんにはそう伝えます」

野口が去っていった。

「大丈夫か？　権藤は因縁の相手だろう？」

聞き耳を立てていた栗木がわたしの顔を覗きこんできた。

「さっき、パドックで見ましたが、あの頃とは違う男になっているようでしたよ」

「そうか、君は権藤を殴ってここから出ていく羽目になったんだったな」

今度は小田が口を挟んできた。

「経緯は聞いているが、大丈夫だよ。今の権藤は懐が深いベテランジョッキーだ。そんなことより、君たち、このまま馬券を買わないつもりじゃないだろうな？　シドレリアの一着は鉄板だぞ。こんなに堅い馬券を買わない手はないだろう」

シドレリアの出走する第八レースは次の次だ。わたしは単勝馬券を一万円だけ買おうと思っていた。今のところシドレリアの単勝オッズは一・八倍になっている。八千円の儲けが出るならそれで御の字だ。

「三連単のヒモをどうしようか悩んでいるんですよ」

栗木が言った。三連単とは一着から三着までの三頭の馬を着順通りに当てる馬券だ。難しいが、当たれば配当は大きくなる。

栗木と小田は、予想紙を覗きこんで馬券の検討をはじめた。

わたしは室内のモニタに映し出される次レースのパドックの様子に目を移した。

権藤は第七レースにも騎乗する。九番の馬で、単勝の人気は五番手だった。単勝のオッズは十倍ちょっと。

「やってみるか」

わたしはマークシート式のカードに手を伸ばした。権藤の乗る馬の単勝に五千円を投じた。当たれば五万円ほどの払い戻しになるが、まず、無理だろう。この五千円は権藤に対する慰謝料だと自分に言い聞かせた。

馬券の券売機を離れると、顔見知りの馬主たちがわたしに笑顔を向けてきた。

「ここで平野敬の顔を見られるようになるとはな」

そう言ったのは長沼《ながぬま》という馬主だ。札幌で焼き肉のチェーン店を経営している。馬主歴は長く、門別競馬の馬主組合の中心的な存在だった。

「ご無沙汰してます」

わたしは長沼とその背後にいる馬主たちに頭を下げた。

「当歳馬を見るために毎年のように浦河には行くが、育成牧場にまではなかなか足を運べないからな。何年ぶりだ？」

長沼は独立したばかりのわたしになにかと目をかけてくれた恩人でもある。

「十年以上になりますね」

「まあ、元気にしているとは聞いていたから、心配はしなかったけどな。少しは気の短いのも収まってきたか？」

「おかげさまで」

わたしは苦笑した。

「次のレースの馬券を買ったのか？　おれの馬も出るんだぞ。人気はあまりないが、調教の動きは抜群だ。穴をあけるかもしれんぞ。極秘情報だ」

長沼は顔を寄せてきて囁いた。

「九番のファイヤーワークだ」

「その馬なら単勝を買いました。長沼さんの馬だとは知りませんでしたが、権藤ジョッキーが乗っているので」

わたしは長沼に馬券を見せた。

「権藤はうちの主戦だぞ。そんなことも知らんかったのか」

「すみません」

長沼は微笑みながら、スーツの内ポケットから馬券を取りだした。ファイヤーワークの単勝に十万円を注ぎ込んでいる。

「おれがこの馬券を買ったら、それまで千五百円だった配当が千円まで落ちた。まあ、それでも、当たれば百万だ」

「来るといいですね」

「来るさ。権藤がつきっきりで調教をつけてるんだ。絶好調だよ。お、レースがはじまるな。話し込んでいる場合じゃない」

長沼はコースを見渡せる窓際に移動していった。わたしはモニタに顔を向けた。

レースは、好スタートを決めたファイヤーワークが先手を奪い、最後の直線に入ると後続の接近をゆるさず、差を広げてゴールした。完璧な逃げ切り勝ちである。

「平野、見たか」

長沼がこちらを振り返った。

「おめでとうございます。ぼくも取らせてもらいました」

わたしは言った。

「なんだよ、敬ちゃん、今の馬券取ったのかよ」

栗木が近づいてきた。

「権藤ジョッキーが乗っているから、慰謝料のつもりで五千円買いました。そうしたら、たまたま長沼さんの馬で」

「五千円か。どうせなら一万円突っ込めばよかったのに」

わたしは苦笑した。馬券が当たると、もっと金額を入れておけばよかったと考えるのは競馬ファンの常だ。

「三連単の買い目は決まったんですか?」

「パドックの様子を見てから決めるよ。そろそろはじまるぞ」

栗木はモニタに目をやった。第八レースに出走する一番の馬のパドック周回が映し出されていた。

シドレリアは三番である。

シドレリアはふたりの厩務員に引かれてパドックに姿を現した。ちゃかちゃかと歩き、頭を前後左右に激しく振っている。

「二人引きとは聞いてないぞ」

小田が首を傾《かし》げた。

「テンションが上がってますね。汗も相当掻いている」

栗木が言った。

「元々こんなにテンションが高い馬じゃないんだ。普段はおとなしすぎるぐらいで、それが競馬の結果に繋がらない原因だって言われていたのに……今朝も落ち着いていたっていう話だぞ」

小田の顔に不安の色が漂っていた。馬のテンションは競馬においては重要なファクターだ。勝つためには適度なテンションが必要とされる。だが、競走前にテンションが高くなりすぎると、馬はその能力を十全には発揮できなくなる。

「まあ、馬はちょっとしたことで火がついたりしますけどね。鞍上は小嶋《こじま》だし、大丈夫なんじゃないですか」

栗木が小田を慰めるように言った。小嶋は最近頭角を現してきた若手で、南関東や中央でも騎乗し、勝ち鞍もあげている。

「だといいんだが……」

モニタに映る単勝のオッズ表では、シドレリアのオッズが二倍に上がっていた。パドックでのテンションの高さが嫌われたのだ。

わたしはマークカードにシドレリアの単勝を買うための印をつけた。勝とうが負けようが今日はシドレリアの単勝を買うと決めていたのだ。

「シドレリアの単勝馬券、買ってきますよ」

小田に声をかけた。小田は心ここにあらずという感じでうなずいた。横を見ると、栗木もマークカードに書き込んでいた。シドレリアの一着固定で、二着、三着には四頭の馬を流すようだ。

券売機でまずファイヤーワークの当たり馬券を換金した。そこから一万円を抜き出し、シドレリアの単勝馬券を購入する。

隣の券売機では小田が十枚ほどの一万円札を機械に投入しているところだった。券売機から出てきた馬券がちらりと見えたが、どの馬が連に絡んでも数十万から百万円近い配当になりそうだった。

「今までの勝ち分、全部投入ですか」

わたしは小田に訊いた。

「もちろん」小田は微笑んだ。「シドレリアには相当期待しているんだ。ぽんぽんと連勝してすぐに中央に返り咲いてもらわなきゃな」

「そうなるといいですね」

小田はわたしの言葉にうなずき、買ったばかりの馬券を丁寧に財布にしまった。これまでの馬券とは大違いだ。

「ちょっと喉が渇いたな。平野君、悪いが、ビールを買ってきてくれないかな」

小田は財布から一万円札を抜いた。わたしは首を振った。

「奢《おご》ります。さっき、長沼さんの馬で勝たせてもらったから、資金は潤沢なんですよ」

小田がなにかを言う前に背を向け、馬主席を出て売店に向かった。今夜の食事代も宿代も小田が持ってくれるのだ。生ビールを奢ったところで罰は当たらない。

わたしも栗木も車の運転があるので、小田のビールだけを買って馬主席に戻った。

第八レースの発走直前だった。小田と栗木が眉をひそめて本馬場を見下ろしていた。

「どうしました？」

わたしは訊いた。

「シドレリアが相当焦《い》れ込んでるんだ。返し馬の時に放馬《ほうば》しそうになった」

栗木が答えた。

放馬というのは馬が暴れるなりして厩務員を振り切ったり、ジョッキーを落馬させることを言う。

わたしは小田にビールを渡し、シドレリアの姿を追った。すでにウォーミングアップである返し馬は終わり、ゲートに入る前の輪乗りが行われていた。他の馬たちは落ち着いてゲート裏を周回しているが、シドレリアだけは一頭、ぽつんと離れたところで厩務員に手綱を握られている。パドックを周回していたときと同じで、頭を激しく振っていた。

「あんな馬でしたっけ？」

わたしの問いに、小田が首を振った。

「こんなのは初めて見た」

ゲート入りがはじまった。まず、ゲートに誘導されたのはシドレリアだった。

普通、ゲート入りは奇数番号の馬から行われる。次いで偶数番号、最後に大外《おおそと》の馬だ。ただし、例外があって、時間がかかると思われる馬は、最初にゲート入りさせられることがある。その馬がなかなかゲートに入らなければ、ゲート入りして待っている馬たちに不利になる恐れがあるからだ。

これまで、シドレリアがゲート入りを渋った姿は見たことがない。よほど、返し馬での焦れ込み具合が激しかったのだろう。

シドレリアは頭を激しく振り、後ろ脚で後方を蹴る尻っぱねと呼ばれる仕草を繰り返してゲート入りを嫌がった。

ジョッキーや係員がなんとかなだめ、ゲートに入れるのに数分を要した。ゲートに入った後も明らかに落ち着きを失っている。

他の馬たちが続々とゲートインして、ようやくスタートの態勢が整った。

ゲートが開き、馬たちが一斉に飛び出す。シドレリアは出遅れた。先を行く馬たちに追いつこうと鞍上が手綱をしごくと凄まじい勢いで走り出した。鞍上が慌てて手綱を引いたが、シドレリアのスピードは落ちなかった。

俗に言うところの「掛かって」しまったのだ。

鞍上は腰を落とし、折り合いをつけようと必死で手綱を引いているが、シドレリアはそれを無視して走り続けた。馬群を追い越し、先頭に立ち、それでもスピードを緩めない。

場内がざわついていた。

ダントツの一番人気に支持された馬が掛かりっぱなしで走っているのだ。この走りでゴールまで保《も》つ馬はいない。多くの馬券がレースが終わる前に紙くずと化してしまった。

わたしは隣の小田の顔を盗み見た。ビールを飲むのも忘れ、呆然としている。

鞍上がなんとかシドレリアを落ち着かせることに成功したのは、三コーナーに入る直前だった。

三コーナー、四コーナーと回り、最後の直線に入った時にはシドレリアはガス欠になっていた。

脚色《あしいろ》ははっきりと鈍り、後ろから来た馬たちに次から次へと追い越されていく。

結局、一着になったのは三番人気の馬で、二着には二番人気が来た。シドレリアは大差の最後着だった。

「なんてこった……」

小田が嘆息した。栗木は口をへの字に曲げている。

長沼をはじめとする馬主たちがやって来て、小田を慰めはじめた。わたしと栗木はその場を離れた。

「シドレリアが勝って、今夜は祝勝会のはずだったんだが、とんでもないことになっちまったな」

栗木が嘆息した。これではエゴンウレアの鞍上を替える相談などできない。

「ええ。ちょっと焦れ込み方が尋常じゃなかったですね。次の競走に影響が出なければいいんですが」

「小田さんは間を置かずに使う腹づもりだったと思うが、さて、どうするのかな」

わたしと栗木は振り返り、小田を見た。

小田は青ざめた顔に作り笑いを浮かべ、他の馬主たちにうなずいている。

「ありゃ相当ショックを受けてるな」

「ええ。酷い競走でした」

わたしは答えた。

＊＊＊

検量室のそばで待っていると、権藤が外に出てきた。

「わざわざ呼び出したりしてすみません」

権藤が言った。身長は百六十二センチ、体重は四十八、九キロといったところだろうか。騎手としては平均的な体軀《たいく》だが、上腕の筋肉が発達している。

「あのときは申し訳なかった」

わたしは深々と頭を下げた。まずは謝罪すべきだと思っていたのだ。

「ぼくも申し訳なかったです」

驚いて顔を上げると、権藤もわたしと同じように頭を下げていた。

「権藤君――」

権藤が頭を上げた。

「あの頃のぼくは天狗になってました。殴られてもしょうがないろくでなしだった。後で、師匠や先輩たちに散々たしなめられましたよ。悪いのはおまえだ。おまえのせいで、若くて腕のいい装蹄師が競馬場からいなくなったって」

「理由はどうあれ、暴力をふるったのはこっちだ。本当にすまなかった」

権藤が歯を見せた。

「ぼくはもう気にしてません。もし、ぼくに気兼ねして競馬場に来なかったんだとしたら、もう、気にしないでください」

わたしは言った。

「君に気兼ねしたというより、自分に罰を与えていたんだ」

「変わった人ですね」

「自分ではいたって平凡な人間だと思っているんだけどね」

権藤が右手を差し出してきた。わたしはその手を握った。

「今は、馬のおかげで食っていけるんだ、馬への感謝を忘れずに、そう自分に言い聞かせて馬に跨がってます」

「騎手だけじゃない。生産者も馬主も調教師も、そしておれたち装蹄師も、馬のおかげで食っていける」

「そうですね。今度、飲みに行きましょう」

わたしはうなずき、手を離した。

「そうだ。君もさっきの八レース、騎乗していただろう？　シドレリアはどうしてあんなに焦れ込んだんだろう？」

権藤が首を傾げた。

「さあ。こっちで走るのは初めてですしね。そのせいかな。十何年騎手をやってるけど、馬はわからないことだらけです。この前は簡単に折り合いがついてスムーズに走れたと思ったら、次のレースじゃまったく言うことを聞いてくれない。そんな馬もたくさんいるし」

「普段はおとなしい馬だと聞いてたんで、ちょっと気になったんだ」

「あれぐらい、競馬じゃ普通ですよ」

「そうだよな。変なことを訊いてすまない。明日からも、騎乗、頑張って」

「ありがとうございます」

わたしは手を上げ、権藤に背中を向けた。

年月は権藤という男に深みを与えた。わたしはどうだろう。考えてみたが、ちっとも変わっていないような気がしてならなかった。

5

ブラックブリザードの馬房の掃除を終えて外に出ると、霧が晴れていた。

栗木牧場から馬のいななきが聞こえてきた。母馬と当歳馬が放たれた放牧地で、恵海が一頭の当歳馬と戯れている。母馬のルメートルが草を食みながらその様子をうかがっていた。

ルメートルは気のいい牝馬で、恵海のお気に入りの一頭だ。ルメートルの産んだ子も当然お気に入りのようで、暇を見つけては遊んだり手入れをしたりしている。

その隣の放牧地では、カンナカムイが一頭で、悠然と草を食んでいた。別の馬と同じ放牧地に入れると、カンナカムイが他の馬を襲いはじめるので一頭で放牧するしかないのだ。

強い競走馬はたいてい、気の強さが備わっているが、カンナカムイのそれは困ったものだ。

柵の修繕をしていると、スマホに着信があった。

吉村雅巳からだった。

「おはようございます」

わたしは電話に出た。

「平野君、栗木さんにも連絡したんだが、ついさっき、エゴンウレアが到着したよ」

「そうですか。じゃあ、後ほどお伺いします」

わたしは言った。日曜はわたしの定休日だが、エゴンウレアが戻って来るのであれば、休日返上で脚の様子を見ると吉村には告げてあった。

「おれはいないかもしれないけど、スタッフが万事心得ているから」

「わかっています。じゃあ、後ほど」

わたしは電話を切ると、修繕用具を納屋に戻し、車に乗り込んだ。国道を横切り、栗木牧場に乗り付けた。

恵海のいる放牧地の横に車を停めた。

「おはようございます」

恵海がわたしに笑顔を向けた。ルメートルの子馬がその横にぴったりとくっついている。まるで本物のきょうだいのように懐いている。

「カンナカムイは機嫌が悪そうだな」

わたしは言った。

「この後、練習だってわかってるの。本当に練習嫌いなんだから」

「なるほど」

子馬が恵海の気を引こうとして上着の袖を噛んだ。

「小豆《あずき》、噛んじゃだめだって言ってるでしょう」

恵海が子馬を睨んだ。子馬はすぐに噛むのをやめた。

普通、子馬に名がつけられるのは馬主の手元に渡ってからだ。生産牧場で子馬の面倒を見る者たちは適当に名づけて呼んでいることが多い。名前がないのはやはりなにかと不便だからだ。

恵海が可愛がっている子馬は鹿毛《かげ》だが、生まれたときは小豆のような色をしていたという。それで、みなから小豆と呼ばれるようになった。

「敬さん、今日はお休みでしょう？」

恵海が言った。

「エゴンウレアが戻ってきたんだ。お父さんと一緒に、これから吉村ステーブルに様子を見に行こうと思ってね」

「ああ、そうか。今日戻って来る日だったね。だからお父さん、朝からそわそわしてるのか。まるで、久しぶりに恋人に会うみたい」

「お父さんの秘蔵っ子だからね」

わたしは恵海に手を振って栗木の家に向かった。

玄関にニンジンやリンゴの入った段ボール箱が置いてあった。エゴンウレアに食べさせるつもりなのだろうか。それにしても量が多い。恵海の言葉が思い出されて、わたしはひとり、微笑んだ。

「敬ちゃん、吉村さんから連絡が行ったか？」

栗木が顔を見せた。

「ええ。一緒に行きませんか」

「行こう、行こう。もうちょっとだけ待っててくれるか？」

わたしがうなずくと、栗木はまた姿を消した。穿《は》いているジーンズも羽織っている上着も洗濯したてのようだ。

まさしく、久しぶりに恋人に会いに行く少年だ。

五分ほど待っていると、栗木が慌ただしい足音を立てて戻ってきた。

「待たせたな。行こう」

栗木は長靴を履くと、段ボール箱を担ぎ上げた。

「まさか、それ、全部エゴンウレアに食べさせるつもりですか？」

「あいつはニンジンとリンゴが好きなんだよ」

家を出ると車に戻った。恵海が、カンナカムイに跨がって、馬場馬術の練習をしていた。

「見事なもんだろ？　本当にあのコンビでオリンピックに出ちゃうかもしれないぞ」

栗木が段ボール箱をわたしの車に積みながら言った。

馬場馬術はドレッサージュとも呼ばれる。決められた歩様や歩度、運動課目などで馬場に図形を描いていくような競技だ。馬と騎手によるフィギュアスケートと表現されることもある。

恵海はカンナカムイにピアッフェをさせていた。その場で足踏みをする歩様だ。カンナカムイのピアッフェは上げる脚の高さも一様で美しい。鞍上の恵海も背筋をピンと伸ばして優雅だった。

練習がはじまる前は不機嫌そうだったカンナカムイだが、今は、恵海と共に集中していた。

「高校は地元ですけど、大学は強い馬術部のあるところですか」

わたしは訊いた。栗木の表情が曇った。

「できれば、ずっと浦河にいてもらいたい。大学に行くために浦河を出て、そのまま戻って来なかった牧場の子供たちがどれほどいるか、敬ちゃんも知ってるだろう」

「進む道を決めるのは本人ですよ」

「この牧場をおれの代で潰したくないんだ」

栗木の声は切なく響いた。

「なるようにしかなりませんよ」

わたしはそう言って車に乗り込んだ。栗木が助手席に座るのを待ってエンジンをかけた。

「おれがくたばる頃には、浦河の牧場も半分ぐらいに減ってるんだろうな。そうなってからじゃ手遅れだっていうのに、ＪＲＡは見て見ぬふりだ。日高の生産馬がいなくなったら、それこそ競馬はノール・ファームの運動会になっちまうぞ」

「バイアリータークが待ったをかけますよ」

わたしはアクセルを踏んだ。車をＵターンさせ、国道に出る。

バイアリータークはＵＡＥの王子が持つ世界的なサラブレッドの管理団体だ。王子は数年前に日高町の広大な土地を買い、ミレニアムという牧場を設立した。生産から馴致育成まで、すべての施設を網羅した大牧場だ。

できてからまだ日が浅いため、ノール・ファームと拮抗《きっこう》するまでの力はないが、その資本力からして、いずれ、ノール・ファームを脅かす存在になると見られている。

「あんなもん、日高にあっても日高の生産者とは言わん」

栗木は吐き捨てるように言った。中小の生産者はみな同じ思いだろう。だが、ノール・ファームのひとり勝ちに待ったをかけるためにも、バイアリータークの存在は大きいのだ。

吉村ステーブルにはいつもの倍以上の車が停まっていた。エゴンウレアの姿を見ようという人間が集まっているらしい。

エゴンウレアは重賞さえ獲っていないというのに、当代きっての人気馬なのだ。

段ボール箱を抱えた栗木とともに事務所を訪れた。吉村は我々と入れ違いに出かけて行ったらしい。厩務員たちを束ねる落合《おちあい》という男がやって来た。

「栗木さん、これ、全部エゴンに食わせるつもりですか？」

落合は段ボール箱の中身を見て目を丸くした。

「数日に分けて食わせてやってくれ」

栗木は段ボール箱を足もとに置いた。

「あいつはいずれGIを獲るんだ。体力をつけてもらわないとな」

どこからともなく失笑が漏れたが、栗木は気にする様子も見せなかった。

「今、エゴンを連れてきますよ。長距離輸送の後でえらく気が立ってるから気をつけてください」

落合に従って事務所の外に出た。事務所の周りには人だかりができている。浦河の牧場関係者がエゴンウレアのファンを引き連れてきているようだった。

「人気者ですね」

「当たり前だ」

わたしの言葉に、栗木は鼻息荒く答えた。

ざわめきが起こった。エゴンウレアがふたりの厩務員に引かれて馬房から出てきたのだ。

「綺麗」

いくつかの声が上がった。

エゴンウレアは尾花《おばな》栗毛の馬だ。馬体は栗毛だが、鬣《たてがみ》と尾の毛が透き通るように白い。西日を受ければ、その白い毛は黄金色に輝く。

小田が黄金の意味を含む馬名をつけたのは、この尾花栗毛のためでもある。

エゴンウレアがいななた。激しく首を振り、立ち上がろうとする。自分の自由を制限する厩務員たちを振り払おうとしているようだった。

思うようにいかないとわかると、鼻息を荒くし、歯を剥き、厩務員たちを睨んだ。

「当歳の頃から手を焼かされましたが、猛獣ぶりに拍車が掛かってますねえ」

落合が嘆息した。

栗木牧場にいたときも、吉村ステーブルに移ってからも、もちろん、調教師の厩舎でも、エゴンウレアの渾名《あだな》は猛獣である。

ある日、厩舎の馬房で暴れ狂うエゴンウレアを見た須藤調教師が漏らしたという言葉がエゴンウレアという馬をよく表している。

「肉をやったら食うんじゃないのか、この馬」

馬は草食動物だ。肉を食うわけがない。だが、長年馬に携わってきた調教師にそう言わせるほど、エゴンウレアは猛々《たけだけ》しい馬だった。

「エゴン」

栗木がエゴンウレアに声をかけた。エゴンウレアが栗木に視線を向けた。鼻息は荒いままだったが、エゴンウレアは暴れるのをやめた。

栗木のことを覚えているらしい。

栗木牧場では馴致や調教などの嫌な思い出はないから、栗木のことも好意的に思っているのかもしれない。

エゴンウレアが静かになると、あちこちで写真を撮る音が響いた。

「元気そうでなによりだな。早くＧＩ馬になってくれよ。種馬になって、カンナカムイと子供を作るんだ。頼むよ、エゴン」

栗木はエゴンウレアに語りかけ続けた。耳は絞られたままだが、エゴンウレアは静かにその声を聞いていた。

耳の動きは馬の感情を表す。耳が外側に開いているのは馬がリラックスしているときだ。反対に、耳を後ろに伏せている場合は、耳を絞っていると言い、怒りや不快感を抱いていることが多い。耳を絞っている馬には迂闊に近づくべきではない。

「平野君、後で、エゴンウレアの爪、見てやってくれる？　トレセンの人の話じゃ、新潟の前に蹄鉄打ったのが最後らしいんだ」

「もちろんです」

わたしは落合にうなずいた。

栗木とエゴンウレアがまだ見つめ合っている。エゴンウレアの目は、思慮深さに満ち溢れていた。賢く、誇り高い馬なのだ。

だから、人間の言いなりになることをよしとしない。もし野生に生まれていたら、類《たぐ》い希《まれ》なるリーダーシップを発揮して群れを率いていることだろう。

＊＊＊

エゴンウレアが落ち着くのを待って、装蹄作業に入った。

馴致を受けていた頃に世話をしていた山崎《やまざき》という厩務員がエゴンウレアをなだめ、もうひとりの厩務員がいざというときのために待機している。

「大丈夫、心配するな。蹄鉄を替えるだけだ」

わたしは話しかけながら、エゴンウレアの足もとにひざまずいた。エゴンウレアは最初は脚に触れられることを嫌がったが、根気よく話しかけているうちに諦めたようだった。

右の前脚をそっと持ち上げる。

溜息が出そうになった。

これまでわたしが触れてきたどの馬より筋肉が柔らかく、しなやかだ。関節の可動域も大きい。

これで重賞を勝てないというのは不思議という他はない。

やはり、この馬は本気でレースを走っていないのだ。

「凄いな、おまえは」

わたしはエゴンウレアを見上げた。エゴンウレアは鼻から息を吐き出した。

早く終わらせろと言っているかのようだ。

古い蹄鉄を外し、蹄を削り、ヤスリをかける。エゴンウレアは蹄も丈夫だった。速く走る馬の中には爪が弱いものもいるのだが、この馬は違う。筋肉も関節も蹄も完璧に近かった。

まともに走れば、名馬と呼ばれるに相応《ふさわ》しい器だ。

すべての蹄鉄を打ち終え、歩様を見るために山崎に指示を出してエゴンウレアを歩かせた。

エゴンウレアは体重四百三十キロ前後だ。昨今のサラブレッドの中では小柄と言っていい。だが、その小さな体には力感が漲《みなぎ》っている。

ゆったりと歩くエゴンウレアを見ていると、不意に、強い衝動がこみ上げてきた。

あの背中に跨がってみたい。全力で疾走するエゴンウレアを感じてみたい。

騎手になることを諦めて以来、まったく感じたことのなかった衝動だった。

「どうです?」

山崎に声をかけられて我に返った。

「これで大丈夫でしょう。歩様がおかしいと感じたら、いつでも連絡をください。飛んできますから」

わたしは言った。

背中に跨がるのは無理だとしても、せめて、陽光の下、黄金色に輝く鬣と尾をなびかせながらターフの上を走るエゴンウレアを見てみたいと切実に思った。

＊＊＊

午前中の装蹄の仕事が終わり、堺町の生協で買い物をしていると、スマホに着信があった。

スマホを手に取ると、藤澤敬子の名前が表示されていた。

「平野さん？　こないだ門別競馬場でお目に掛かった獣医の藤澤ですけど」

電話に出ると、藤澤敬子の機嫌のよさそうな声が耳に流れ込んできた。

「その節はどうも」

わたしは言った。

「平野さん、今夜、時間空いてません？　実は、夕方、ちょっとした用で浦河に行くんですけど、その後、食事でもどうかなと思って」

わたしは自分のカートに視線を向けた。なんだか生魚が食べたくなって、刺身を数種類、買い物かごに放り込んだところだった。

「ぼくと藤澤さんでですか？」

「わたしとデートは嫌ですか？」

「そういうわけじゃありませんが、急なものだから」

「ごめんなさい。浦河に行くというの、ついさっき決まったんです。どうせ浦河行くなら平野さんと食事しなきゃって、思いついたら実行に移さないと嫌な性格なの」

わたしは電話に出ながら刺身の入ったパックを元の売り場に戻した。

「いいですよ。なにか、食べたいものはありますか？」

「お任せします」

藤澤敬子の声のトーンが上がった。

「そちらの用事が終わるのは何時頃ですか?」

「六時前には終わると思います」

「堺町の生協はわかりますよね?」

「検索かけます」

「じゃあ、生協の駐車場で六時半に落ち合いましょう。ぼくの車は白いハイエースです」

「わたしは赤いジムニーです」

赤いジムニーを運転する藤澤敬子の姿がすぐに脳裏に浮かんだ。似合っている。

「じゃあ、後ほど」

「凄く楽しみです」

電話が切れた。わたしは首を振り、行きつけの居酒屋に電話をかけ、予約を入れた。

＊＊＊

生協からの帰りに堺町のパン屋と大通りの肉屋に寄ってから帰途についた。浦河は、人口の割に暮らしやすい町だ。

ここで手に入らない物は、新ひだか町の静内まで行けば事足りるし、それでも手に入らない物は、気晴らしついでに札幌まで足を延ばせばいい。インターネット通販を活用すれば、町から出る必要はこれっぽっちもなかった。

和泉牧場の敷地に入ったところでわたしは車のスピードを落とした。家の前に見慣れぬ車が停まっている。黒塗りのワンボックスカーだった。柄の悪い男がふたり、車の外で煙草を吸っている。

ひとりはすらりと背が高く、高級そうなスーツを着ていた。もうひとりは背の低い小太りで、スカジャンを羽織っている。

わたしはワンボックスカーの横に車を停めて降りた。

「牧場内は禁煙だ。常識だぞ」

「なんだと、こら？」

小太りがわたしを睨んできた。いかにもやくざ然とした男だ。

「牧場には燃えやすいものがたくさんあるし、なにより、煙草は馬の健康に有害だ」

「だれに口利いてるんだ、この野郎」

小太りは煙草を投げ捨て、わたしに詰め寄ってきた。わたしは小太りを無視し、捨てられた煙草を靴底で踏みにじってからつまみ上げた。

「出ていけ。ここは最低限のマナーも守れないやつらの来るところじゃない」

「てめえ――」

小太りが眦《まなじり》を吊り上げてわたしに向かってきた。

「やめろ、杉本《すぎもと》」

スーツを着た男が小太りを一喝した。

「だけど、兄貴、この野郎が偉そうに――」

「やめろと言ったんだ」

男の声音は静かだったが、貫禄があった。小太りは口を閉じ、後ろに下がった。

スーツの男は携帯用の灰皿を取り出し、そこに煙草の吸い殻を入れた。

「それもこっちに」

男がわたしが手にした吸い殻を見てうなずいた。わたしは灰皿に吸い殻を落とした。

「そりゃそうだよな。ここは生き物のいる場所だ。煙草を吸っていいわけがない。すまんすまん。都会から来ると、これだけだだっ広いと煙草を吸ったところでどうってことはないと決めつけちまう」

「わかってくれればいいんです」

わたしは言った。

「以後、気をつける。それで、和泉はどこだ？」

男はじっとわたしを見つめた。小太りのように眦を吊り上げるわけでも言葉を強めるわけでもないが、気圧《けお》されそうだった。

「和泉さんなら亡くなりました」

「息子の方だよ。元ジョッキーの。ちょいと用があるんだ。どこにいるのか教えてくれたら恩に着る」

「数日前に顔を見せましたがそれっきりです。どこでなにをしているのかは知りません」

「おい。嘘をついてもすぐばれるんだぞ。正直に野郎の居場所を歌った方が身のためだぞ」

小太りが割り込んできた。

「おまえは黙ってろ」

男が小太りを再び一喝した。小太りは首をすくめ、わたしたちに背を向けた。

「ジョッキーさんは、ここを売ると言っていたんだが、あんたの持ち物になってるんだな？」

「借金取りですか？」

わたしは男に訊いた。

「こりゃすまない。まだ名乗ってなかったな」

男はスーツの内ポケットから金無垢の名刺入れを取り出した。左手首の腕時計も金無垢だ。

わたしは受け取った名刺に目を落とした。札幌の北村《きたむら》金融の専務という肩書きが記されている。名前は国重春彦《くにしげはるひこ》となっている。

「国重さんですか……」

「和泉におれに連絡するよう言ってくれないか」

「言ったでしょう。どこにいるかも知らないんです。あいつが刑務所に入るずっと以前から連絡は途絶えていたし、この前顔を見たのも数年ぶりです。電話番号さえ知らない」

「あいつの好きにさせてもいいんだぞ」

国重がわたしに顔を近づけてきて囁いた。あいつというのは小太りのことだ。

「どうぞ」

わたしは言った。

「怖くないのか?」

「ぼくの本業は装蹄師です。馬の足に蹄鉄を打つ。ときおり、馬が暴れて蹴られることがあります。何度か、入院もしました。馬に蹴られることと比べたら、人間に殴られることなんてなんでもありませんよ」

「なるほどな」

国重が笑った。

「馬に蹴られるのは事《こと》だよな。杉本、行くぞ」

「は、はい」

小太りがワンボックスカーに乗り込んだ。

「また、来る」

国重が言った。

「無駄足になるだけですよ」

「無駄足だと思っていても、あちこちに訪ねて回るのがおれの仕事なんだ。もう、どこの牧場でも煙草は吸わねえよ」

国重はわたしに手を振り、ワンボックスカーに向かっていった。気障《きざ》ではあるが、板についた振る舞い方だった。

ワンボックスカーが走り去っていく。その姿が見えなくなるのを待って、わたしはスマホを取りだした。

渡辺に電話をかけ、安永調教師の電話番号を訊きだした。

その番号に電話をかける。

「もしもし、どなた?」

「装蹄師の平野です。先日はどうも」

「おお、平野君か。どうした? 君から電話なんて珍しいな」

「師匠の渡辺から番号を聞きました。つかぬことを伺いますけど、安永先生は亮介の連絡先をご存じありませんか?」

「亮介って、和泉亮介か? 知らんなあ」

「だれか、亮介の連絡先を知ってそうな人はいませんでしょうか。至急、連絡を取りたいんですが」

「そうは言ってもなあ……あいつは中央の騎手だったし、門別にも滅多に騎乗しに来なかったから、知り合いなんていそうにないぞ」

「そうですか……」

「ああ、そうだ。こないだ、あいつと会ったとき、齋藤寛人《さいとうひろと》と少し話し込んでたぞ。寛人は亮介に憧れていたそうだ」

斎藤寛人は門別競馬に所属する若手騎手だ。

「よろしかったら、斎藤君の電話番号を教えてください」

安永は素直に電話番号を教えてくれた。わたしは丁重に礼を言って電話を切り、教わった番号にかけ直した。

「はい？」

眠たげな声が聞こえてきた。

「斎藤寛人さんですか？　ぼくは浦河で装蹄師をやっている平野敬と申します」

「どうも」

斎藤寛人の声にはあからさまな戸惑いが滲んでいた。

「先日、和泉亮介と話をしていたと安永先生から聞いて、この番号を教わりました。不躾《ぶしつけ》で申し訳ないんですが、亮介の連絡先を知りませんか？」

「連絡先は交換しましたけど……」

斎藤寛人の声は歯切れが悪かった。

「至急連絡を取りたいんです。教えていただけませんか」

「だれにも教えるなって釘を刺されているんです」

憧れていた亮介と交わした約束を簡単に破るとは思えなかった。

「それなら――」わたしは攻め方を変えた。「亮介にぼくに電話をかけるように言ってください。どうしても話したいことがあると。ぼくの番号は着信履歴に残っているでしょう？　ぼくの名前は平野敬です」

自分の名前を繰り返した。

「伝えることは伝えますけど」

「それで結構です。よろしくお願いします」

わたしは電話を切った。

「こんなところまで怖い借金取りが来るなんて、おまえ、いったいなにをしやがった？」

国重たちの乗ったワンボックスカーが走り去った方角に目を向け、わたしは呟いた。

＊＊＊

亮介からの電話はかかってこなかった。ブラックブリザードを馬房に戻し、飼い葉を与えると、わたしは生協に向けて車を出した。

海沿いを走る国道二三五号は混み合う時間帯だ。わたしは車を北に向け、山間《やまあい》へ迂回するルートを選んだ。距離的には遠回りだが、信号などがほとんどない分、時間的には国道を通るのと変わらない。

山間の道を二十分ほど走ると町並みが見えてくる。そこが堺町だ。生協の駐車場に入ると、赤いジムニーが端の方に停まっていた。

わたしはジムニーの隣のスペースにハイエースを停めた。運転席の窓を開ける。ジムニーの助手席側の窓も開いた。

「約束の時間より早いですね」

わたしは言った。

「せっかちな性分なんです。平野さんも早いじゃないですか」

「律儀な性分なんです」

わたしは笑いながら答えた。

「ついてきてください。ここから二、三分のところです」

「はい」

ジムニーのエンジンがかかるのを待って、わたしはアクセルを踏んだ。駐車場を出ると、南に向かう。数百メートル先のセイコーマートというコンビニのところを右折した。コンビニの裏手にあるのが居酒屋〈深山〉だ。浦河で晩年を過ごした稀代の名馬、シンザンにちなんだ店名である。

営んでいるのはわたしの同級生の深田典夫《ふかだのりお》だ。典夫は高校卒業と同時に料理人を目指して上京し、赤坂《あかさか》の高級料亭で腕を磨いた。独立しようと決めたときに、東京ではなく生まれ故郷で店を開くことにしたのだ。

〈深山〉が開店したのは三年前。以来、浦河では珍しい高級居酒屋として繁盛している。

「こんな店があるんですね」

ジムニーを降りてきた藤澤敬子が店構えを見て目を輝かせた。

「ぼくの同級生がやっているんですが、味は保証します」

「楽しみ」

わたしは彼女を促して店に入った。

「いらっしゃいませ」

深田典夫の妻であり、店の女将でもある有美《ゆみ》が笑顔で迎えてくれた。

有美もまたわたしの同級生である。たまたま東京で再会し、恋に落ちたらしい。

「敬ちゃん、女性連れなら予約するときに言ってよ」

「連れが男だろうと女だろうと関係ないだろう」

わたしは答えた。

「女性だと、器の選び方から変わってくるの。どうせ、牧場関係の人と一緒に来るんだろうと思ってたわ。すぐ、典夫に伝えないと。カウンターでいい？　それとも座敷にする？」

有美は思わせぶりに微笑んだ。

「カウンターでいいよ」

「じゃあ、適当に座ってて」

有美はそう言い残し、厨房に消えていった。

「お客さんによって器も変えるんですか？」

藤澤敬子が訊いてきた。

「亭主も女房も凝り性なんですよ」

我々はカウンターの真ん中の席に腰を下ろした。わたしが右で、藤澤敬子が左だ。

〈深山〉の店内は六人ほどが座れるカウンターと、これまた六人掛けのテーブル席が三つあるだけだ。テーブル席は板張りの座敷になっている。

「いらっしゃい」

厨房から出てきた深田典夫が不躾な視線を藤澤敬子に向けた。

「有美が敬が女の人を連れてきたっていうから、どうせオバさんだろうと思ってきたんだが、綺麗な人じゃないか」

「それが客に向かって言う言葉か。失礼だろう」

わたしは言った。

「わたしはだいじょうぶ。綺麗って言われて嬉しいです」

藤澤敬子は微笑んでいる。

「門別競馬場で獣医をなさっている藤澤さんだ。こちらは大将の深田。子供の頃は運動しか取り柄のない男だったんですが、まさかまさかの凄腕料理人です」

「運動しか取り柄がなかったのはおまえと亮介だろうが。深田です。獣医さんですか。今後ともよろしくお願いします。飲み物はどうしますか？」

「おれは生ビールを」

わたしは言った。ここに来るからには、帰りは代行を使うと決めている。

「わたしも同じものを」

藤澤敬子の言葉に、わたしは眉をひそめた。

「泊まりですか？」

藤澤敬子がうなずいた。

「せっかくのデートなんだもの。素面《しらふ》で帰るのはもったいなくて、ホテル取っちゃいました」

わたしはなんと応じていいかわからず、唇を舐めた。

「おやすくないねえ。生ビール二丁！」

深田典夫はわたしを冷やかし、厨房に声をかけた。

「料理はおまかせだ」

わたしは言った。

「そんなこと言ってると、ウニを死ぬほど出すぞ」

深田典夫は微笑みを浮かべたまま応じた。

「わたし、ウニ大好きです」

藤澤敬子が右手を挙げた。

「今朝、漁師が捕ってきたやつを、そのまま海水の水槽に入れてあるんです。新鮮ですよ」

「涎《よだれ》が出てきそう」

「じゃあ、最初は少し何か食べて、締めにウニ丼といきますか？」

藤澤敬子がわたしを見た。目が少女のように輝いている。わたしは肩をすくめた。女性にそんな目で見つめられてノーと言えるほど、人間ができてはいない。

「じゃあ、締めはウニ丼で。あとは、お造りの盛り合わせと、鰈《かれい》の干物を焼きましょう。野菜はどうします？　女房が作ってる朝採れのアスパラガスがあります。炭火で焼くと、これがまた美味《うま》い」

「それもお願いします」

ウニもアスパラガスもこの辺りの特産品だ。出汁《だし》を取る昆布も浦河の井寒台《いかんたい》というエリアで採れる高級品を使う。肉料理は猟師が獲るエゾシカ。チーズも十勝《とかち》の農場から取り寄せたものだし、ワインも北海道のワイナリーのものを数多く揃えている。

深田典夫は地産地消にこだわった料理人だった。

「生ビール、お待たせいたしました」

有美がジョッキとお通しを載せた盆を持って姿を現した。お通しは三種類。マダコの煮物とイクラ、それに山菜の佃煮だった。蛸や鮭もまた浦河の特産品だ。おそらく、刺身の盛り合わせにはツブ貝も出てくるだろう。今夜は浦河の特産品のオンパレードだ。支払いがどれぐらいになるかは考えないことにした。

「乾杯」

藤澤敬子がジョッキを掲げた。わたしもそれに応じ、彼女のジョッキに自分のジョッキをぶつけた。

ビールを半分ほど、一気に飲み干す。昼間の作業で干からびた体の隅々にビールが染みこんでいくようだった。

「門別競馬場の人たちに、平野さんのこと、いろいろ訊いちゃいました」

藤澤敬子はジョッキを置くと、口を開いた。ジョッキの中身はわたしと同じぐらい減っている。なかなかの飲みっぷりだ。

「渡辺さんの後継者として期待されていたんですね」

「若気の至りで全部、ぶち壊しにしてしまいました」

「でも、あれは権藤さんが悪いんだってみんな言ってましたよ」

「理由はどうあれ、暴力をふるってしまったのはぼくだ。ぼくが悪い」

藤澤敬子が笑った。

「ごめんなさい。一枝さんの言葉を思い出しちゃって」

藤澤敬子は渡辺夫妻にも話を聞いたようだった。

「なんと言っていたんですか？」

「敬ちゃんは頑ななところがあって、若いのにちょっとじじ臭いって」

「そうかもしれないな」

わたしは笑った。

「敬ちゃんのお嫁さんにどうって、何度も言われましたよ」

「ぼくも、美人の獣医さんが来たから、嫁にもらえと言われました」

「平野さんのこと、本当の息子さんみたいに大事にしてるんですね」

「ぼくは親不孝の放蕩《ほうとう》息子です」

わたしは残っていたビールを飲み干した。

「ビールの後は日本酒ですか？　それとも白ワインかなにか？」

「白ワインでお願いします。日本酒は好きなんだけど、すぐに眠くなっちゃうんです」

わたしはうなずき、魚を捌《さば》いている深田典夫に白ワインのボトルを頼んだ。

「本当は乗り役になりたかったんだって聞きました」

「背が伸び過ぎちゃったんですよ。それでも、競馬の世界に未練があって、装蹄師になることを選んだ」

「養老牧場もやっているんですよね？」

「まだ、引退馬は一頭しか繋養していませんけどね」

「わたしが知ってる養老牧場の人たちは、みんな競馬にはいい思いを持ってません。競馬さえなくなれば、悲しい末路を迎える馬もいなくなるのにって。平野さんは違うみたい」

わたしは空になったジョッキをしばし見つめた。

「ごめんなさい。会ったばかりなのに、変なこと言ってしまって」

藤澤敬子が恐縮したように首をすくめた。

「この世に競馬は必要なのかと思うことはしばしばあります」

わたしは口を開いた。

「絶対に必要なものじゃない。競馬がなくたって世の中はまわっていくし、実際、日本人の大半は競馬になんか見向きもしない。そんなもののために、毎年、七千頭近くのサラブレッドを生産し、その大半を死なせていく。競馬がなくなったっていいじゃないか。そう思いますよ、確かに。でも――」

深田典夫がワイングラスとワインのボトルをわたしたちの目の前に置いた。やはり、北海道産のワインだった。

「でも？」

藤澤敬子がわたしに話の続きを促した。

「馬が競馬に勝った瞬間がどうしても忘れられなくて」

わたしの言葉に藤澤敬子は首を傾げた。

「生産者、育成牧場のスタッフ、トレセンの調教師、厩務員、調教助手、そして、ジョッキー。みんな、自分と巡り会った馬をなんとか勝たせようと全力を尽くす。馬もそれに応えようと必死で走る。そして、勝った時の人間たちの喜びようと、馬の誇らしげな表情。人馬一体という言葉があるけれど、人馬が一体とならないと、勝てない」

藤澤敬子がうなずいた。

「やはり、競馬は美しい。その思いがね、消えないんだ。一頭の勝利の陰で、何十頭、何百頭という馬が一勝も挙げることができずに死んでいくという現実を踏まえても、やっぱり、競馬は美しい」

わたしは言葉を切り、ふたつのグラスに白ワインを注いだ。藤澤敬子がグラスを一つ、手に取った。

「ある一頭の馬の勝利に自分が少しでも力になれるなら、全力を捧げてあげたいと思う。競馬がなくなるのは寂しい。そう思う自分もいる。矛盾してるけどね」

わたしは白ワインを口に含んだ。酸味が強い、爽やかな飲み口だった。

「競馬をなくせないなら、その責任を取って一頭でも多くの馬に、幸せで穏やかな余生を送らせてやらなきゃ。そう考えて、養老牧場をはじめたんだ」

「平野さんみたいに考える人がもっと増えればいいのに」

藤澤敬子はワインを飲み、目を丸くした。

「美味《おい》しい……」

「少しずつだけど、増えてるよ」

わたしは答えた。

「はい、お造りの盛り合わせ」

深田典夫が刺身の載った大皿をカウンターに置いた。

「敬が熱く語るなんて珍しいじゃないか。そんなにこの人が気に入ったか」

「やかましい」

わたしは深田典夫を睨んだ。

「こいつはね、本当に馬鹿がつくぐらい馬が好きなんですよ。子供の頃、どうして自分の家は牧場じゃないんだって父親に食ってかかったぐらいですからね。気をつけないと、馬鹿が移りますよ」

藤澤敬子が笑った。

「わたしも馬馬鹿ですよ」

「そりゃ失礼。さあ、乾かないうちに召しあがってください」

深田典夫に促され、藤澤敬子はツブ貝の刺身に箸をつけた。

「コリコリしてて美味しい」

「浦河はサラブレッドと海産物ぐらいしか名物がないですからね。その代わり、名物はどれもこれも美味いですよ。藤澤さんっておっしゃいましたっけ？」

「敬子って呼んでください」

「それじゃあ、敬子先生。敬のこと、よろしくお願いしますよ。女房がいつも、このままじゃ敬は一生独身だって心配してるんです。小さな町だから、相応しい相手がなかなかいなくて」

「そう言われても、まだ会ったばかりなんです。今夜が二度目」

藤澤敬子が言った。深田典夫は目を丸くしてわたしを見た。

「会ったばかりの女を口説いたのか？　奥手のおまえが？」

「いい加減にしろよ、典夫」

わたしが声を荒らげると、深田典夫は「おっかねえ」と呟きながら厨房の奥に消えていった。

「すみません」

「いいの。楽しいわ」

藤澤敬子は鯛の刺身を口に運んだ。

スマホの着信音が鳴った。ディスプレイには「非通知」という文字が表示されていた。

「ちょっと失礼」

わたしはスマホを手に取り、店の外に出た。悪乗りした深田典夫のせいで火照《ほて》った体に夜の冷たい風が心地よかった。

「もしもし？」

わたしは電話に出た。

「おれだ。なんの用だ？　牧場を売る決心がついたか？」

亮介の声が耳に流れ込んできた。

「今日、借金取りがおれのところに来たぞ。国重という男だ」

舌打ちが聞こえた。

「刑務所から出てきたばかりだというのに、もう借金か？」

「刑務所に入る前に借りた金だ」

「いくらだ？」

「そんなこと、おまえに教える義理はないだろうが」

「こんな田舎くんだりまで足を運んでくるんだ。はした金じゃないな」

牧場を売れば、一千万近い金にはなる。亮介がそれで借金の返済を目論んでいたとすれば、借りた金は五百万を超えていそうだった。

「金を貸してくれ」

亮介が言った。

「装蹄師兼養老牧場の場主だぞ。人に貸す金なんかあるか」

「だろうな……」

「騎手時代に稼いだ金はどうした。相当稼いでいたはずだぞ」

中央競馬の騎手はまず、騎乗手当として、一般の競走なら一レースごとに二万六千円、重賞なら四万三千円、GIレースなら六万三千円の収入がある。その他に、一レースごとに騎手奨励手当が支払われる。さらに、馬が獲得した賞金の五パーセントを進上金として受け取る。デビューしたばかりの新人騎手でも乗鞍が多ければすぐに一千万以上の年収を稼ぐことができるのだ。

亮介は花形騎手で、毎年、いくつもの重賞やGIレースを勝ってきた。その年収は軽く一億を超えていただろう。

「残ってねえよ、そんなもん」

亮介は吐き捨てるように言った。

「服を着替えるみたいに次から次へと高級車を買ってよ、栗東《りっとう》だけじゃなく、京都や東京にも高級マンションを借りてた。女ができりゃ、馬鹿みたいに金を使って、海外に行けばカジノ三昧だ。稼いだ金は右から左に流れていくだけだったよ」

わたしは溜息を押し殺した。栗東というのは滋賀にある中央競馬のトレーニングセンターのある場所だ。東は茨城の美浦《みほ》にある。亮介は栗東所属の騎手だった。

「今、どこにいるんだ？」

「教えりゃ、牧場を売って金を作ってくれるか？」

「言わなくていい」

また、舌打ちが聞こえた。

「てめえのケツはてめえで拭くよ。それでいいんだろう？」

「おまえはおれの幼馴染だし、恩人の息子だ。心配でしょうがない」

「相変わらずだな、敬。頑固なお人好しだ」

「一緒に和泉牧場で働かないか？　たいした給料は出せないが、寝るところと食うものは提供する。そうなったら、おまえの親父さんも草葉の陰で喜ぶぞ」

「おれに馬のボロの後片付けをしろっていうのか」

ボロとは糞のことだ。

「競馬学校時代はやっていたじゃないか」

「おれには無理だよ。そういうことのできる性格じゃないんだ」

「人間は変われる」

わたしの頭の奥に、権藤の顔が浮かんでいた。

「いやだ。馬と関わる仕事に就くなら乗り役だ。それ以外はごめんだね」

「覚醒剤で二度も捕まった男を雇ってくれる調教師なんてどこにもいないぞ」

「そんなことはわかってる。切るぞ。金策で忙しいんだ」

「亮介――」

電話が切れた。わたしはスマホを上着のポケットに押し込んだ。

店から出てきたときは心地よいと感じた夜風が、今はただ冷たく感じられるだけだった。

中に戻ると、藤澤敬子と有美がカウンターを挟んで楽しそうに話していた。深田典夫の姿はない。

厨房で仕事に勤しんでいるのだろう。

カウンターにはマツカワガレイの干物が置かれていた。白ワインのボトルは半分に減っている。化粧の薄い藤澤敬子の頬が赤みを帯びていた。

「だめよ、敬ちゃん。女性を待たせて長電話なんて」

有美がわたしを睨んだ。

「亮介の電話だったんだ」

「亮介、もう刑務所を出たの？」

そう言ってから、有美は慌てて手で口元を覆った。横目で藤澤敬子の反応をうかがっている。

「ああ、何日か前におれのところに来た。金に困っているみたいだった」

「亮介の性格じゃ、騎手時代に稼いだお金も馬鹿みたいに使ってたんだろうしね」

わたしはうなずいた。

「亮介って、和泉亮介のことですか？」

藤澤敬子が話に割り込んできた。

「ええ。あいつもおれたちの同級生なんですよ」

厨房から深田典夫が出てきた。焼いた野菜の載った皿をカウンターに置いた。

「敬、なんだったらうちで働けって亮介に伝えておいてくれよ。たいした給料は出せないけど、力になりたいって」

わたしは微笑んだ。

「おれも亮介に同じことを言ったんだが、鼻で笑われた」

「そういうところは変わっていないんだな」

「自尊心が人間の皮を被って歩いている」

「前科者のくせに、なにが自尊心だ。浦河の人間の気持ちを裏切っておいて」

深田典夫は唇を噛んだ。わたしと同じだ。亮介に対して愛憎半ばする思いを抱いている。

浦河出身の花形ジョッキーを鞍上に、浦河の生産馬がGIを勝つ。

浦河町内にそういう雰囲気が満ちるようになったのは、亮介が初めてGIを勝った頃からだった。ほとんどのGIレースを千歳グループ、中でもノール・ファームが独占するようになって久しい。浦河をはじめとする日高の生産馬は、どんなに頑張っても重賞勝ちがせいぜいだった。

亮介がトップジョッキーになれば、浦河の生産馬に積極的に乗ってくれるようになるだろう。そうなれば、いずれはGIホースが浦河から生まれるに違いない。

生産者はもちろん、町長でさえ、公《おおやけ》の場でそんなようなことを頻繁に口にしていた。

だが、亮介は日高の馬には見向きもしなかった。上級戦や重賞で乗るのは決まって千歳グループの馬だ。新馬戦や未勝利戦で日高の馬に跨がることはあっても、少しでも上の条件に進めば、日高の馬を簡単に見捨てる。

希望が失望に変わるのに、さほど時間は要さなかった。

亮介のやり方は、頂点を目指す者としては当然だった。勝てる馬、勝つ馬に乗りたいと願うのは騎手としては当たり前の心理だ。実際、亮介の元には強い馬の騎乗依頼が殺到していたはずなのである。

リーディングジョッキーになりたい――それはまだデビューする遥《はる》か前からの亮介の夢だった。最多勝利騎手。日本中の騎手が、その座を巡って鎬《しのぎ》を削っているのだ。ひと鞍ひと鞍ベストを尽くし、取りこぼしを減らしてなお、その座はまだ遥か遠くにある。

日高の馬になんか乗ってられるか――亮介が言い放ったというその言葉は、夢への執着心が言わせたのだ。

結局、亮介はリーディングジョッキーの座に手が届かなかった。もっとも接近したのは年間百五十勝をあげた年だ。リーディングでは三位。トップの騎手との差は二十二勝。

その二年後、亮介は覚醒剤使用の疑いで逮捕されることになる。

「温かいうちに食えよ」

深田典夫は眉間に皺を寄せ、わたしたちに背を向けた。また厨房に戻ろうとする。

「なんだよ、今夜は忙しいのか？」

「三十分ぐらいしたらキサラギさんが来るんだよ」

深田典夫が言った。キサラギさんというのは、名物馬主の真木芳治《まきよしはる》のことだ。所有するサラブレッドの馬名にキサラギという冠をつけることから、競馬関係者や馬産地の人間は「キサラギさん」と呼ぶ。

長野の諏訪《すわ》にある精密機械を造る会社の会長で、馬主としては三十年以上のキャリアを誇っていた。馬産地の日高が潰れれば日本の競馬も潰れてしまうと、千歳グループの生産馬には目もくれず、日高、とりわけ浦河の生産馬を買うことで知られていた。浦河ではキサラギさんのおかげで破産せずに済んだという牧場がいくらでもあるほどだ。

「この時期にキサラギさんが浦河に来るなんて珍しいじゃないか」

わたしは言った。キサラギさんは、夏の一ヶ月を浦河で過ごすことが恒例になっている。牧場を巡り、馬を見、釣りを楽しみ、生産者たちを招いては宴《うたげ》に興じる。とうに八十歳を超えているのだが、そのバイタリティは衰えることを知らないかのようだった。

「なんでも札幌で商談があって、突然、おれの炊き込みご飯が食べたくなったんだそうだ。札幌から車を飛ばしてきて、飯を食ったらまた札幌に戻るそうだ。相変わらず、元気な爺さんだよ」

「キサラギさんって、あのキサラギさんですか？」

藤澤敬子がわたしに訊いてきた。

「そう。あのキサラギさん。ここの料理が大好きなんだ」

わたしは答えた。

「和泉亮介にキサラギさんか。凄い店ですね、ここ」

「浦河なら、キサラギさんが出入りする店は腐るほどあるし、亮介はここの出身だから」

「それにしても、です」

「急いで食べましょう」

わたしは言った。

「キサラギさんが来ると、典夫も有美もぼくたちの相手なんかしてられなくなるから」

藤澤敬子は目を丸くした。わたしはワインに口をつけた。途端に胃が鳴った。亮介のせいで、食事にはほとんど手をつけていない。箸を手に取り、刺身や干物を飢えた子供のように口に運んだ。

＊　＊　＊

キサラギさんはひとりで店に入ってきた。百八十センチ近い長身に、上品なスーツを着ている。豊かな頭髪は総白髪というより銀髪で、吸血鬼の役をよくやっていた外国の映画俳優によく似ていた。

「いらっしゃいませ」

有美が厨房から出てきた。キサラギさんをカウンターの左端に案内する。そこがキサラギさんの定位置だ。いつもそこに座って、自分が招いた生産者たちの馬鹿話をにこにこしながら聞いている。

「炊き込みご飯だけでよろしいですか?」

有美が訊いた。

「うん。明日、朝一番の飛行機で帰らなきゃならん。食べたらすぐに札幌のホテルに戻る」

「お茶にしますか？　それともビールかなにか？」

深田典夫が厨房から顔だけ覗かせてキサラギさんに訊いた。

「お茶でいいよ。それと、おまえのお吸い物。日高昆布で出汁取るやつな」

「かしこまりました」

深田典夫が厨房に姿を消した。

「すぐに用意しますから」

有美も厨房に消えていった。わたしは腰を上げ、キサラギさんのところへ行った。

「装蹄師の平野です」

「うん。敬ちゃんだったな？　何度か会ったことがある。一度でも会った人間の顔は絶対に忘れないんだ」

キサラギさんはわたしの顔を見て何度もうなずいた。

「こちらは、門別競馬場で獣医師をしている藤澤敬子さんです」

わたしは藤澤敬子を紹介した。

「藤澤です」

「へえ、獣医師。女医さんなんだ。若い女医さんなんて珍しいよな？」

キサラギさんはわたしに言った。

「最近は増えているみたいですよ。若い男は大量の血を見ただけで気持ちが悪くなるらしくて。その点、女性は肝っ玉が違う」

「そうかもしれんなあ……敬ちゃんはたしか、和泉の牧場を継いだんじゃなかったかな？」

「ええ。ただし、サラブレッドの生産はやっていません。養老牧場にしたんです」

「そうか。養老牧場か。今度、引退したおれの馬の面倒を見てもらおうかな」

「その時は是非、声をかけてください」

「お待たせしました」

有美が戻ってきた。湯気の立つ炊き込みご飯と吸い物、お茶をキサラギさんの前に並べていく。

「和泉さんの息子の亮介、覚えてらっしゃいますか？」

わたしはキサラギさんに言った。

「乗り役の亮介だろう？　もちろん覚えている。いい腕をしてたのに、覚醒剤に走るなんて馬鹿なやつだ」

「その亮介が先日、出所しました。馬に乗ることしか取り柄がない男で、金に困っているようなんです。不躾なお願いなんですけど、もし、なにかあいつにでもできるような仕事があったら紹介してやっていただけませんか」

「馬鹿だけど、和泉の息子だしな……なにか、考えておくよ」

「ありがとうございます。食事の邪魔をしてすみませんでした」

わたしは深々と頭を下げた。

「敬ちゃんは友達思いだな。養老牧場なんてやってると、自分だって金欠だろうに」

「馬に関することは苦労を苦労と思わない質《たち》なんです」

わたしは笑い、自分の席に戻った。

「気さくな方なんですね」

藤澤敬子が囁くように言った。

「怒ったら怖いよ」

わたしは答えた。数えるほどしかないが、キサラギさんが激高している場に遭遇したことがある。口から火を吹いて、怒っている相手を焼き殺してしまうのではないかと思うほどの剣幕だった。絶対にこの人を怒らせてはいけない――わたしはきつく戒めた。

「ちょっとイメージと違ったな」

藤澤敬子は炊き込みご飯を頬張るキサラギさんの横顔を見つめながら、白ワインを口に含んだ。

＊　＊　＊

キサラギさんは本当に炊き込みご飯を食べただけで帰っていった。

我々も酒の肴《さかな》を平らげた。ワインのボトルも空だ。藤澤敬子の酒量はたいしたものだった。

「じゃあ、ウニ丼をお持ちしますね」

空になった皿を片付けに来た有美が言った。

「ワイン、なくなっちゃいましたけど、どうします？」

「少し、日本酒をもらおうかしら。後はホテルに戻って寝るだけだし」

藤澤敬子は有美とこれから飲むべき日本酒について相談しはじめた。

わたしは腕時計に目をやった。午後八時をまわったところだった。馬産に関わる人間たちの夜は早い。わたしも軽い眠気を感じていた。

飲むべき日本酒が決まり、有美が厨房に消えていった。

「そういえば、この前のレースの時、シドレリアの様子がおかしかったけど」

「普段はおとなしい馬がレース前から焦れ込んで負けちゃったってやつね。レースの後、ざっと診てみたけど、別に問題はありませんでしたよ。なにか、気に障ることでもあったんじゃないかしら」

「そうか……」

「馬主さん、連勝させたかったみたいだけど、もう少し時間がかかることになりそうね。あ、そうだ」

藤澤敬子はなにかを思い出したというように、両手をぱんと叩いた。

「シドレリアの馬主って、エゴンウレアの馬主でしたよね？」

「そうだけど」

「エゴンウレア、今、浦河に放牧に帰ってきてるんですよね？　会えないかしら。わたし、あの馬が大好きなんです。綺麗な尾花栗毛で、ハンサムで、でも、気むずかし屋で。あんな馬、なかなかいないですよ」

「会いに行く？」

わたしは言った。

「行けるんですか？」

藤澤敬子の目が輝いた。

「生産者とも育成牧場の社長とも懇意にしてるんだ。だいじょうぶだと思うよ」

「お願い。会わせて」

藤澤敬子はわたしの腕に手をかけた。

「じゃあ、明日、八時に。そうだな、ＡＥＲＵの駐車場で待ち合わせしよう」

わたしは言った。ＡＥＲＵというのは西舎にある総合宿泊施設だ。大浴場があり、乗馬やアスレチックの施設に、だだっ広い芝生のサッカーコートがある。ダービー馬のウイニングチケットといった引退したかつての名馬が繋養されていることもあり、馬好きには人気の観光スポットだった。

「嬉しい。噂通りの馬なの？」

「無闇に近づくとなにをされるかわからないよ。今朝も、ベテランの厩務員が肩を思い切り嚙まれていた」

「荒ぶる王様ね」

藤澤敬子はスマホを手に取って操作した。画面をわたしに向ける。

競走中のエゴンウレアの写真が表示されていた。レース中、隣を走る馬に嚙みつきにいったときの一瞬を捉えたものだ。

このレースは重賞だったが、エゴンウレアはまたしても二着に終わった。

あんなことをしなければ勝てたはずだ、まったく、困った馬だよ——レース後、鞍上の熊谷の言葉もあって、エゴンウレアの長大な神話を形成するエピソードのひとつとなっている。

「このレースの時、わたし、府中《ふちゅう》にいたんですよ」

藤澤敬子はスマホを元に戻した。

「ターフビジョンに嚙みつきにいったエゴンウレアの姿が映し出されて、それでいっぺんにファンになっちゃったの」

「馬主も厩舎のスタッフも生産者もみんなあれにはがっかりしたんだけどね」

「でも、エゴンウレアらしいじゃないですか。おれ様の隣を偉そうに走ってしゃらくさいって嚙みつきにいく」

「競走馬は勝たなきゃ意味がないんだ」

わたしは言った。自分で思っていた以上に、言葉に寂寥《せきりょう》感が漂っていた。

「今はだめでも、いつか、勝ちますよ。あの馬は必ずＧⅠ馬になる。なんだか、確信があるんです」

「お待たせ」

深田典夫が丼を両手に持って厨房から出てきた。

「わあ」

藤澤敬子は白米が見えないほどたっぷりと載ったウニに、再び目を輝かせた。

「ウニ、多すぎるだろう」

わたしは抗議した。これは、丼一杯五千円を軽く超える量だ。

「エゴンウレアの話が聞こえたんで、ついついウニの量が多くなっちまった」

深田典夫は悪びれるふうもなかった。彼もまた、エゴンウレアの熱狂的なファンなのだ。エゴンウレアが出走する日は、場外馬券売り場のＡｉｂａに行けば、十中八九、深田典夫の姿が見つかる。

「敬、おれもエゴンウレアに会ってみたいな」

「いいよ」

わたしは答えた。

「本当か？　明日の朝、八時だな？」

「遅れるなよ。八時ちょうどに出発するからな」

「おれが遅刻なんてしたことあるかよ」

「約束した時間通りに来たことなんて一度もないだろうが」

我々のやりとりに、藤澤敬子が笑った。

「わたしのことはかまわずに、どうぞ続けて。わたしはウニをいただいてますから」

藤澤敬子はそう言って、ウニを口いっぱいに頰張った。

＊　＊　＊

深田典夫は時間通りにやって来た。藤澤敬子がいるからだろう。わたしとふたりだけの約束なら、平気で二十分は遅れたはずだ。藤澤敬子は昨夜、ウニ丼の後に日本酒をひとりで二合飲んでいたが、二日酔いに苦しんでいるようには見えなかった。

挨拶もそこそこに、我々はそれぞれの車に乗ってAERUを出発した。吉村ステーブルまでは五分の道のりだ。

前もって連絡していたせいか、落合が事務所の外でわたしたちを待っていた。

「わざわざすみません」

わたしは車を降り、落合に頭を下げた。藤澤敬子を紹介する。

「栗木さんが来ているんですか？」

わたしは駐車場の隅に停まっている栗木の軽トラに目をやった。

「エゴンがトレセンに戻るまで、毎日来るんじゃないかな」

落合が苦笑した。

「じゃあ、行きましょう」

落合に先導され、我々はエゴンウレアのいる厩舎に向かった。

「どうしよう。ドキドキしてきた」

「おれもだ」

藤澤敬子と深田典夫がアイドルのコンサートに行くティーンエイジャーのような会話をはじめた。

厩舎の入口で落合の足が止まった。わたしたちを振り返り、厩舎の中に人差し指を向けた。

声が聞こえる。わたしたちは気配を殺して厩舎の中を覗きこんだ。馬房の前で、栗木がエゴンウレアに話しかけていた。

「おれにはわかってるんだ、エゴン。おまえの才能は飛び抜けている。その気になりゃ、いつだってGIを勝つことができるんだ」

わたしは深田典夫と顔を見合わせた。

「なんだって本気で走らないんだ？　GI勝たなきゃ、種馬にはなれないんだぞ。たとえおれが小田さんに頼み込んで種馬にしたって、GIを勝ってない馬に自分とこの牝馬付けようなんて生産者はいないんだ。一度でいいから、本気出して走ってくれよ」

エゴンウレアの姿は見えなかった。おそらく、馬房の奥で栗木を睨みつけているのだろう。

「おれはな、夢なんか見るのはやめようって、ずっと自分に言い聞かせてたんだ。おれたち日高の弱小生産者がノール・ファームに太刀打ちできるわけがない。GI馬、ダービー馬だなんて夢を見るのはやめて、地道に馬をつくって、恵海を大学卒業まで面倒みてやれるだけの金をなんとか稼げばいい。そう思ってやってきた。だけどよ、聞いちまったんだよ、エゴン。おまえが馴致のためにここに来て、初めて敬ちゃんに装蹄してもらったときのことだよ。敬ちゃんはおまえの脚触ってびっくりした顔をしてこう言ったんだ。『こいつは物が違う』って。それを聞いたら、やっぱ、夢を見たくなるじゃないか。毎年、何百頭っていう若馬に蹄鉄打ってる男がそう言ったんだぞ。おまえは物が違うんだって」

栗木はそこで言葉を切り、溜息を漏らした。馬房の中で、エゴンウレアが身震いする音が聞こえてきた。

「夢をかなえてくれよ。そんな大それた夢じゃないだろう？　おまえがGI馬になったら、恵海だって、牧場を継ぐって言ってくれるようになるかもしれない。エゴン、この通りだ。本気で走ってくれ。本当の本当のおまえを、日本中の競馬ファンに見せてやってくれよ」

栗木は顔の前で両手を合わせ、拝んだ。

「平野さん、ちょっと……」

落合が我々に下がるよう促した。

「栗木さん、そっちにいます？」

わたしたちが後退すると、落合が芝居がかった声を出した。栗木が慌てて顔を拭《ぬぐ》った。

「おう。エゴンの馬房のところだ」

栗木が答えた。

「平野さんたちがお見えですよ」

落合が歩き出し、我々はその後に従った。栗木の瞼《まぶた》が腫れぼったい。エゴンウレアに語りかけながら、涙ぐんでいたのだろう。

「おはようございます」

わたしは微笑みながら栗木に声をかけた。

「おはよう、敬ちゃん。今日は何頭に蹄鉄打つんだ？」

「さあ。それより、今日はエゴンウレアの大ファンを連れてきましたよ。門別競馬場の獣医の藤澤さんです」

「初めまして、藤澤です」

藤澤敬子が朗らかな声を出した。

「ああ、話には聞いてるよ。新しく入っためんこい女医さんが、エゴンの大ファンだってな。エゴンはここだ。好きなだけ見ていくといい。でも、手を出しちゃだめだよ。必ず噛みつきに来るから。なんだ、典夫も来てるのか」

藤澤敬子がはにかみながら微笑んだ。めんこいというのは美しいとか可愛いという意味だ。

「おれが来ちゃだめなのかよ」

深田典夫が唇を尖らせた。

「失礼します」

藤澤敬子が栗木の隣に立って馬房を覗きこんだ。エゴンウレアは明らかに苛立った顔つきで、しきりに前脚で寝藁《ねわら》を掻いていた。こんなときに迂闊に馬房に入ると蹴りが飛んでくる。蹴る、噛む、壁に押しつける――エゴンウレアは人の嫌がることはなんだってやってのけるのだ。

「荒ぶってますね」

藤澤敬子が言った。

「本当に気の荒い馬だからね。これでも、今日はおとなしい方だよ」

そう応じる栗木の声は、子を自慢する親のそれだった。

＊　＊　＊

「栗木さんも可愛いところあるよな」

エゴンウレアについて熱く語り出した栗木と藤澤敬子を馬房の前に残して、わたしと深田典夫は厩舎を後にした。

「生産者はみんなああだよ」

わたしは答えた。

サラブレッドの生産者は金のためだけに馬を生産しているのではない。金は大切だが、それ以上に夢を託して馬を作るのだ。

もし、自分の生産したサラブレッドがＧＩに勝って種馬になったら。産駒たちが好成績を残したら。その馬の血統は脈々と受け継がれていくことになる。

そんな名馬を、大種牡馬になるような馬を作りたい。日高の地に馬産が根づいた当時から、生産者たちは経済と夢を天秤にかけて仕事に従事してきたのだ。

「責任重大なんじゃないか、敬。栗木さんがあんなにエゴンウレアに入れ込んでるの、おまえの一言のせいみたいじゃないか」

「本当に物が違ったんだ」わたしは言った。「まさか、栗木さんが聞いているとは思わなかったけどな」

「見込み違いだったんじゃないのか」

わたしは首を振った。

「走る能力がぬきんでているのは間違いない。後は、気性との兼ね合いだ。それと――」

わたしは言葉を切り、エゴンウレアの馬体を頭に思い描いた。

一年前と比べると、トモの筋肉がかなり発達したように見える。トモというのは腰から尻にかけての辺りを指す。

もしかすると、エゴンウレアは晩成型の体質なのかもしれない。サラブレッドとして完成するのは六歳になってからか。それでも、並み居る強豪馬たちと互角に渡り合えてきたのは、やはりエゴンウレアの持つ類い希な競走能力のたまものだ。

「なんだよ、最後まで言えよ」

「なんでもない」

わたしは首を振った。

「とにかく、おれは、エゴンウレアが本気で走ったらＧＩのひとつやふたつ、簡単に獲れると信じてるよ」

「本気で走ったら、か。いつ、本気で走るんだよ」

「それぱっかりはだれにもわからないな」

わたしは車のドアを開けた。装蹄の道具を運び出すのを深田典夫が手伝ってくれる。

「実はな、昨日、おまえたちが帰った後、亮介から電話がかかってきた」

わたしは右の眉を吊り上げた。

「金の無心だよ」

「だろうな。いくら貸してくれと言われた？」

深田典夫は右手を広げた。

「五百万か……」

「貸してやりたくたってそんな金あるわけがないだろうって怒鳴りつけてやったけどな。あいつ、相当困ってるみたいだ」

「ああ。おれのところにも借金取りが来たよ」

「おまえのところに？」

「和泉牧場だからな。亮介から金を取り返せないなら、親からとでも思ったんだろう。あいにく、牧場がおれのものになっていて当てが外れたって顔をしていた」

「今度、三人で飲もうって話をしておいた。おれやおまえがいくらあいつを助けてやりたくても、金はない。だったら、三人寄れば文殊の知恵じゃないけど、三人で頭を捻《ひね》ればなにかいい解決策が出るかもしれないだろう」

わたしは国重の顔を思い浮かべた。唯一の解決策は、亮介が借りた金を耳を揃えて返すことだけだろう。

「おれはかまわんよ」

わたしは言った。

「じゃあ、亮介と話して日にちをすり合わせておくわ」

「ちょっと待て」

わたしは作業の手を止めた。

「おまえ、亮介の電話番号を知ってるのか？」

「ああ。昨日、着信があったからな。その番号をメモリに入れた。それがどうした？」

「あいつ、おれには番号を教えてくれない」

「妬《や》いてんのか？」

「馬鹿言え」

深田典夫は鼻の頭を指で掻いた。

「おまえも亮介も、なんて言うんだっけ？　ああ、競馬サークルの人間だろう。だから、おまえに弱みを見せるのは抵抗があるんじゃないのか。しかも、向こうは元花形ジョッキーで、おまえは田舎のしがない装蹄師だしな。その点、おれは部外者だ。おまえには言えないことも、おれには言えるのかもしれないぞ」

深田典夫が唐突に言葉を切った。厩舎から、栗木たちが外に出てきた。落合が歩きながらスマホを耳に押し当てている。

「敬ちゃん、エゴンが走るぞ」

栗木が言った。栗木たちとすれ違うように、エゴンウレア担当の厩務員がふたり、厩舎に入っていく。

「少しずつ動かしていって、秋になる前にはそれなりに仕上げてトレセンに送り返すんだそうだ」

わたしは栗木の言葉にうなずいた。秋から冬にかけては、エゴンウレアが得意とする距離の重賞やGIレースが目白押しだ。

どのレースに使うのかはわからないが、十月の頭にはトレセンに戻るのだろうと思っていた。

藤澤敬子もスマホでだれかと話しはじめた。電話を終えると、わたしに向かって言い訳がましく言った。

「出勤は午後からにしてもらったわ。だって、エゴンが走るのよ。見ないわけにはいかないでしょ」

わたしは肩をすくめた。

「走るといっても、今日はキャンターぐらいだよ」

キャンターというのは駈歩《かけあし》のことだ。全力疾走にはほど遠い。

「それでも見てみたいの」

わたしはもう一度肩をすくめた。

エゴンウレアがふたりの厩務員に引かれて厩舎から出てきた。ステーブルを出て道を渡り、JRA育成牧場に向かうのだ。

「BTCの屋内トラックで軽く走らせます」

電話を終えた落合が言った。

JRA育成牧場の調教施設の大半は、BTC——軽種馬《けいしゆば》育成調教センターが運営を委託されており、競馬関係の人間は育成牧場を指してBTCと呼ぶことが多い。

「敬ちゃんも見に行こうぜ」

わたしが仕事をはじめる支度を整えていると、栗木が焦《じ》れったそうに声をかけてきた。

「ぼくは仕事があるんで」

「三十分、もらいました」

落合がスマホを指さして言った。

「そういうことなら」

わたしはうなずき、栗木たちの後を追った。藤澤敬子はエゴンウレアを追って、とうに道を渡っている。

BTCの敷地に入ると、乗り役のインド人が待機していた。

馬産地も例に漏れず、人手不足に喘《あえ》いでいる。最初の頃は、オーストラリアやニュージーランドから人を招いていた。それがフィリピン人に代わり、今は大半がインド人だ。イギリスの文化の流れを汲《く》んでいることから、馬の扱いに長けた人間が多いからだ。もちろん、人件費が安くつくという理由もある。

浦河の人口は一万二千人ほどだが、浦河の牧場関連施設で働くインド人の数は百数十にのぼる。

乗り役を背中に乗せる前に、エゴンウレアは一暴れした。乗り役に噛みつこうと突進し、手綱のせいでそれがかなわぬと知ると立ち上がった。それでも人間が怯《ひる》まぬと、左右の後脚を回し蹴りのように振り回す。厩務員は慣れた様子だったが、インド人の顔は恐怖で引きつっていた。

「落合さん、わたし、この馬、無理。怖いよ。乗れないよ」

インド人が言った。

「一度跨がればだいじょうぶだよ」

落合は答えたが、自分でも自分の言葉を信じていないようなニュアンスだった。

「無理。わたし、絶対に無理。この馬、荒ぶる悪魔だよ」

インド人はヘルメットを脱ぐと、落合が制止するのも聞かず、立ち去っていった。

「困ったな。他の乗り役を呼ぶにしても時間がかかるし……」

落合が頭を掻いた。

「ここに乗り役がいるじゃないか」

栗木がわたしを見つめて言った。

「馬鹿言わないでくださいよ」

わたしは顔をしかめた。

「競馬学校時代は、あの和泉亮介とタメを張ってたんだぞ。ブランクがあったって、キャンターぐらいならまだまだ行けるだろう」

「栗木さん――」

「ここで運動をやめるわけにもいかないんだ。エゴンのためにやってくれよ、敬ちゃん」

わたしは救いを求めるように落合を見た。

「馬主や調教師がうんと言わないでしょう」

「まあ、それはそうですよね」

落合が言った。

「ちょっと待ってろ――」

栗木が電話をかけはじめた。わたしは溜息を漏らした。相手はどうせ、小田だろう。

「もしもし、小田さん、どうも、栗木です。実はですね……」

栗木はわたしたちに背を向けて話をはじめた。電話はすぐに終わった。

「キャンターぐらいだったら問題ないだろうって。エゴンより、敬ちゃんが振り落とされないか、そっちの方が心配だって言ってたぞ」

「栗木さん……」

「ぐだぐだ言ってないで支度しろよ。もう、大勢は決しちゃってるんだからよ」

わたしはまた溜息を漏らし、エゴンウレアに顔を向けた。

インド人が言うところの荒ぶる悪魔はわたしを睨むといななないた。

必ず落馬させてやる——そう宣言しているようにわたしには聞こえた。

＊　＊　＊

プロテクターを胴体に装着し、ヘルメットを被った。右手には借り物の鞭——今ではステッキと呼ぶのが普通だ。

落合の助けを借りてエゴンウレアの背中に跨がった。エゴンウレアはその瞬間、体を震わせた。

溜息が出るような背中の乗り味だった。とにかく柔らかい。これでこの馬が本気で走ったら、どんな世界が広がるのだろうか。鐙《あぶみ》に足を掛け、膝を曲げる。

手綱を両手で握り、前へ進むようエゴンウレアを促した。最初は常歩《なみあし》で。ダートの馬場に入ると駈歩に変えた。

エゴンウレアは盛んに首を上げ下げしてわたしの指示に抗《あらが》おうとする。わたしは彼をなだめようと懸命に手綱を操った。

まさしく荒ぶる悪魔だ。隙あらばわたしを振り落とそうと虎視眈々《こしたんたん》と狙っている。

だが、わたしもかつてこの体に宿っていた感覚を徐々に取り戻しつつあった。

駈歩で馬場を一周したところから、少しずつ速度を上げさせた。

競馬で発揮する力を十割だとしたら、五、六割の力で走っているだけだろう。それでも、エゴンウレアの完歩《かんぽ》は大きく、走っているというよりは宙を飛んでいるような感覚に包まれた。

競馬学校時代にわたしが乗せてもらっていた馬たちの力などたかがしれている。それを踏まえても、同種の生き物だとは思えないような力強さであり、軽やかさだった。矛盾するふたつの要素が、この馬の中では共存しているのだ。

頭の奥に、競馬場でエゴンウレアに跨がっている自分の姿が浮かんだ。あまたの名馬たちを蹴散らし、先頭でゴールするエゴンウレアの背中にわたしが跨がっている。十万を超えるファンの大声援がわたしとエゴンウレアを称え、馬主と調教師が涙に濡れた顔でわたしたちを待ち構えている。

それまで、馬場の真ん中を走っていたエゴンウレアが突然、右に向かっていった。

普通、馬が真っ直ぐ走らず、右や左に走ってしまうことを「ささる」と言い表すのだが、エゴンウレアはささっているわけではなかった。明らかに、馬場の外ラチに向かって突進している。

「だめだ、止まれ」

わたしは叫び、手綱を引いた。それでもエゴンウレアの走る速度は変わらない。見る間に外ラチが迫ってくる。

激突する——そう思って目を閉じた瞬間、エゴンウレアが急激に走る方向を変えた。遠心力でわたしの重心が右に逸れた。それを待っていたというように、エゴンウレアが後脚だけで立ち上がった。

天と地が逆さになった。視界の隅に、あっという間に遠ざかっていくエゴンウレアの後ろ姿が映った。

背中から地面に叩きつけられた。呼吸が止まり、次いで痛みが襲いかかってくる。わたしは体を丸め、痛みに耐えた。

栗木と落合が叫んでいるのが聞こえた。

わたしは空気を求めて喘いだ。幸い、ダートの馬場はクッションが効いている。骨折のような痛みはない。背中を苛《さいな》む痛みは打撲によるものだ。

息ができるようになると、今度は咳き込んだ。咳をする度に背中に痛みが走る。わたしは目をきつく閉じて痛みをこらえた。

「だいじょうぶか、敬ちゃん」

栗木の声がすぐそばでして、だれかがわたしの上半身を抱え起こした。

「まったくあの野郎……」

落合の声が耳元でする。抱え起こしてくれたのは落合なのだ。

「先生、ちょっと診てやってください」

栗木の声が響いた。

「わたしは獣医なんですよ」

藤澤敬子が応えた。わたしは目を開いた。涙で濡れた視界に、藤澤敬子の顔が映った。

「だいじょうぶですか？」

わたしはうなずいた。

「背中を打っただけです。たいしたことはない」

落合が背中をさすってくれた。

「いやあ、ラチに激突すると思って気が気じゃなかったよ」

栗木が言った。

「エゴンウレアにもしものことがあったらどうしようと思ってな」

思わず笑みがこぼれ、それがまた痛みの引き金になってわたしは呻《うめ》いた。

栗木にとっては、わたしの体よりエゴンウレアの無事の方が大事なのだ。

エゴンウレアは馬場の反対側にいた。脚を曲げてラチの隙間に頭を突っ込み、馬場の外に生えている青草を食んでいる。

「まったく、人の気も知らないで。なんて馬だ」

栗木が溜息を漏らした。

落合の手を借りて立ち上がった。吉村ステーブルのスタッフたちがエゴンウレアに向かって走っている。

今後も数千万から億の賞金を稼ぐだろう馬だ。怪我をさせるわけにはいかない。

「プロテクターを外して、シャツをめくって」

藤澤敬子がわたしに言った。わたしは指示に従った。藤澤敬子が背後に回り、わたしの背中に冷たい手を這わせた。

「骨は折れてないと思う。打撲ね」

「だから、そう言っている」

「馬に使う湿布、持ってきてあげましょうか」

「遠慮するよ」

わたしは首を振った。

「よし、捕まえた」

栗木が叫んだ。吉村ステーブルのスタッフたちがエゴンウレアの頭絡《とうらく》と呼ばれる頭に巻いた馬具に紐を付けたところだった。

「災難だったな、敬ちゃん」

栗木がわたしに顔を向けた。悪びれるふうもない。

「でも、エゴンの背中、凄かっただろう?」

「ええ」

わたしはうなずいた。

「あれでGI馬になれないなんて、嘘だよな。敬ちゃんもそう思っただろう？」

わたしはそれには応えず、振り落とされる前に頭に浮かんだ光景を反芻《はんすう》した。

あれは有馬記念だ。

年末に行われる日本でもっとも熱いGIレース。世界一馬券が売れ、熱心なファンは数日前から競馬場の入口前に並ぶ。ファン投票と獲得賞金によって選ばれた馬しか出走できない特別なレースは、六月に行われる宝塚記念と並んでグランプリと称される。

少年時代のわたしの夢は同じ年にダービーと有馬記念で勝つことだった。

できれば同じ馬で。その馬は年度代表馬に選ばれ、わたしはダービージョッキー、リーディングジョッキー、そして獲得賞金ナンバーワンのジョッキーという三つの栄冠を勝ち獲る。

とっくの昔に頭の中の箪笥《たんす》の奥にしまい込んで、そのまま引き出すこともなく、そこにしまったことさえ忘れていた幼い頃の夢だ。

エゴンウレアがその夢を思い出させた。

スタッフに引かれたエゴンウレアが戻ってきた。エゴンウレアはわたしを一瞥《いちべつ》すると、鼻を鳴らした。

おまえにおれに跨がる資格はない。

そう言われたような気がした。

「GI獲れよ。獲って、みんなを喜ばせてやれ」

わたしは離れていくエゴンウレアに向かって呟いた。

6

〈深山〉の駐車場には深田典夫の四駆と、おんぼろの札幌ナンバーの軽自動車が停まっていた。

今日は定休日だ。つまり、軽自動車に乗ってきたのは亮介ということになる。

典夫が幹事となって、ちょっとした同窓会を開くことになったのだ。開始時間は七時と聞かされていた。時刻は六時四十五分だ。わたしの知る亮介は時間に無頓着な男だった。

わたしは軽自動車の内部を覗きこんだ。後部座席に無造作に畳まれた毛布と枕が並んでいた。見てはいけないものを見たような気がして、わたしは慌てて軽自動車から離れた。

「ごめんください」

声をかけながら中に入る。亮介と典夫が座敷の真ん中のテーブルで向かい合わせに座っていた。ふたりの目の前にはつまみを並べた皿とビールの入ったジョッキが置かれている。ジョッキの中身はどちらも半分ほど減っていた。

「抜け駆けかよ」

わたしは言った。

「七時からって言ってなかったか?」

「亮介が三十分以上早く来たもんだから、先にはじめさせてもらった」

典夫が答えた。わたしは亮介に顔を向けた。頬が赤い。元々、酒はさほど強くない体質なのだ。

「聞いたぞ。エゴンウレアに落とされたんだって?」

亮介は嬉しそうに言った。

「現役の乗り役だって簡単に振り落とされる馬だ。しょうがないだろう」

「ビール飲むなら自分で注いでこい」

典夫が言った。わたしはうなずき、厨房に入った。食器棚からグラスを取り、サーバーでビールを注いでいく。厨房は片付いていた。テーブルに並んでいるつまみは昨日の仕込みの余りと、典夫の顔の利く魚屋に持ってこさせたものだろう。

わたしはジョッキを片手に座敷に戻った。

「乾杯」

三人でジョッキをぶつけ合い、ビールを飲んだ。

「考えてみると、亮介と酒を飲むの、初めてだ」

典夫が感慨深そうに言った。

「中学卒業すると、すぐに競馬学校だろう？　敬は戻ってきたけど、おまえは浦河に立ち寄ろうとしなかったからな」

「そんな暇、なかったんだよ」

亮介は顔をしかめながらイカの刺身を口に放り込んだ。

「今、どこでなにをしてるんだ？」

わたしは亮介に訊いた。

「苫小牧《とまこまい》でコンビニのレジ打ちのバイトだ」

亮介は即答した。嘘をつくときの癖だ。ばれないようにと焦るのか、間を置かずに言葉を発してしまうのだ。

「コンビニのバイトじゃ、借金はなかなか返せないだろう」

「余計なお世話だ」

わたしは箸を手に取り、煮物を口に運んだ。

「アパートかなんかを借りているのか？」

典夫が亮介に訊いた。

「ああ。おんぼろアパートだが、住めば都だ」

亮介は間を置かずに答え、ジョッキに残っていたビールを飲み干した。

「もう一杯、いくか？」

わたしの言葉に、亮介は首を振った。

「ビールを飲むとすぐに腹が一杯になる。せっかく典夫がご馳走を用意してくれたんだ。焼酎の水割りがいいな」

「わかった。作ってくるよ」

わたしは腰を浮かしかけた典夫を制し、カウンターの内側に向かった。水割り用のグラスに製氷機の氷を入れ、わたしがキープしているボトルの焼酎を申し訳程度に注いでから水を足した。

「冷蔵庫にレモンが入ってるぞ」

典夫の声が飛んできた。厨房の冷蔵庫を開けると、小ぶりのタッパーにレモンのくし切りが丁寧に詰められていた。

お盆を見つけ、水を入れたピッチャーと氷を入れたバケット、焼酎のボトルとグラス、レモンの入ったタッパーを載せる。

亮介と典夫の口から聞き覚えのある名前が何度も出てくる。同級生たちの動向を教えてやっているらしい。

我々は西幌別《にしほろべつ》にある浦河第二中学校に通っていた。一学年は三十八人。その大半は浦河を出たまま戻ってこない。

お盆を持って座敷に戻った。

「木村《きむら》先生なら、一昨年《おととし》、亡くなったぞ」

典夫が言った。木村というのは、我々が中学三年生の時の担任だ。

「木村先生が……」

「おまえが刑務所に入ってすぐの頃だったかな」

「そうか」

亮介の顔に影が差した。わたしと亮介が高校には進学せずに、競馬学校に行くと決めたとき、反対する親たちを説得してやりたいことをやれと背中を押してくれたのが木村だった。

「お待たせ」

わたしはお盆をテーブルの端に置いた。亮介が手を伸ばしてグラスを取り、中身を呷《あお》った。

「薄いな。水じゃないのか、これ」

「おまえ、薄い水割りしか飲まないだろう」

二十歳になったばかりの頃、京都まで出かけて行って亮介と飲んだことがある。飲み食いの代金はすべて亮介持ちだった。デビューして三年目。亮介は一千万を優に超える年収のジョッキーになっていた。

その時、わたしはしこたま飲んで酔い潰れ、亮介は薄い水割りをちびちび飲んで酔い潰れた。

「訓練して多少は飲めるようになったんだよ」

亮介はボトルの焼酎をグラスに注ぎ足した。

「おれはワインにするけど、敬はどうする？」

「おれもワインをもらおう」

典夫が腰を上げた。わたしはビールを飲み、刺身をつまんだ。

「木村先生が死んだとはな……」

「七十歳ちょうどだったかな。ちょっと早すぎる。死ぬ直前にお会いしたんだが、おまえのことを心配していたよ」

「墓参りに行かないとな。木村先生がいなかったら、おれ、ジョッキーにはなってなかったかもしれない。墓のあるところ、知ってるか？」

わたしはうなずいた。

「一緒に墓参りに行こう」

典夫が白ワインのボトルとワイングラスを三つ持って戻ってきた。

「とっておきのやつなんだ。亮介も一杯やらないか？」

典夫はいかにも高そうなラベルの貼られたボトルをかざしてみせた。だが、亮介は首を振った。

「おれ、ワインとか日本酒はだめなんだ。すぐに眠くなる」

「そうか。じゃあ、おれと敬だけで飲むよ。本当は敬に飲ませるのはもったいないんだけどな」

「そんな高いワイン、どうせ飲むやつなんていないだろう。せいぜいキサラギさんぐらいか？」

わたしは嫌みで応じた。

「この店はな、馬主さんの接待用に、生産者に大人気なんだぞ。大馬主が来たときなんかは、一本数万円のワインだってばんばん出る」

典夫はワインのコルクを抜き、ふたつのグラスに注いだ。グラスを合わせ、ワインを口に含む。

「うまい」

わたしは言った。

「だろ？」

典夫は破顔した。

「おまえたちは仲がいいな」

亮介が言った。

「地元にいる数少ない同級生だからな」わたしは言った。「話は変わるが、亮介、おまえ、吉村ステーブルで乗り役をやらないか？」

亮介が虚ろな目をわたしに向けた。

「おれがエゴンウレアに落とされた話は聞いたんだろう？　インド人の乗り役たちが、みんなエゴンウレアを怖がって乗ろうとしないそうなんだ。おまえなら、ちゃんと乗りこなせるんじゃないかと思ってな」

「おれはヤク中の前科者だぞ」

亮介が自虐的に言った。

「吉村さんに頼んでみた。おまえを雇ってくれないかと。クスリには二度と手を出さないという誓約書を書くなら、雇ってくれるそうだ」

「それはおれも初耳だぞ」

典夫も目を丸くしていた。

「どうせコンビニのバイトなんて嘘っぱちだろう。おまえが嘘をついているときは、おれにはすぐわかる。なにをやって食っているのかは知らないが、どうせまともなことじゃないだろう」

「あちこちのＷＩＮＳやＡｉｂａで予想屋の真似事をやってる」

亮介はわびしそうに微笑んだ。ＷＩＮＳもＡｉｂａもＪＲＡの場外馬券売り場だ。

「午前中に爺さんたちを集めてメインレースの予想をしてやるんだ。みんな、おれのことはまだ覚えてくれてるからな。騎手だったんだから、競馬のことはなんでもわかるって嘘八百並べて、ひとり千円で予想を売ってやる。みんな群がってくるぜ。凄いときには五万円近い稼ぎになったこともある。一応、真剣に予想はするが、当たるかどうかは神のみぞ知るだ。レースがはじまる前におれはとんずらさせてもらう」

「せこいことをやっているもんだ」

わたしは言った。

「ああ、せこい。だが、それぐらいでしか金が稼げない」

「そんなんじゃ、家賃だって払えないだろう」

典夫が言った。

「外に停まってるおんぼろの軽自動車がこいつの家だよ」

わたしはワインを呷った。典夫が溜息を漏らした。

「どうだ。乗り役、やってみないか。吉村さんも困ってるんだ。トレセンに返す前に、ある程度馬体を仕上げておかなきゃならないのに、乗り役がいない」

亮介は焼酎を口に含んだ。

「もしその気があるんだったら、寝泊まりは家ですればいい。家賃はいらないし、おれの作るまずい手料理でよければ飯代もタダだ。ただし、手の空いてるときに牧場を維持するための手伝いはしてほしい」

「前に言っただろう。ボロの後始末とかはおれには無理だ」

「草刈りとか、傷んだところの修繕をやってほしいんだよ」

わたしは言った。

「おれでいいのか」

亮介は手にしたグラスに視線を落とした。

「エゴンウレアの調教役が必要なんだ。吉村さんはおまえならって喜んでた」

「誓約書を書けっていうんだな？」

「クスリの方はどうなんだ?」

「やめた。二度と手を出すつもりはない。おかげで、親の死に目にも会えなかったし、おれが継ぐはずだった牧場もおまえのものになっちまった」

「やるのか、やらないのか」

わたしの言葉に、亮介がうなずいた。

「やるよ。いつからだ?」

「明日にでも面接を受けろ。今夜から家に泊まれ。車中泊よりはよっぽどマシだ」

「どうしておれにそこまでしてくれるんだ? おれは……酷い男だった」

「おまえのためじゃない。エゴンウレアのためだ。おれは——おれたちは、あいつがGⅠで勝つところを見たいんだ。そのためにできることはなんでもする。最高の乗り役が近くにいるなら、そいつに乗ってもらうまでだ」

「典夫、おれにもそのワインをくれよ」

亮介が言った。

「おう。飲め、飲め。敬はいいやつだ。ちょっと意固地で女にはもてないが、こんな友達思いのやつはいない」

「やかましい」

典夫は笑いながら空だったグラスにワインを注いだ。わたしたちは再び乾杯し、ワインを啜った。

「エゴンウレアはどんな馬だ?」

亮介が訊いてきた。

「金色の悪魔だよ」

わたしは答えた。

＊＊＊

廊下を歩く足音で目が覚めた。唸《うな》りながら枕元のスマホを手に取った。

午前四時だった。

典夫の店で開いた宴を終えたのは午後十時ぐらいだったろうか。ワインで酔い潰れた亮介をふたりでわたしの車に運び、代行で帰宅した。

到着したころには、亮介もなんとか自分の意志で立つことができるようになっており、居間のソファで横になるのを確認してからわたしも寝支度をはじめたのだ。

ベッドから抜け出し、パジャマのまま部屋を出た。

「起こしちまったか？」

亮介は台所に立ち、コンロで湯を沸かしていた。

「なんにも変わってないな、この家」

「自分好みに改装したかったんだが、いかんせん、金がない」

わたしは言った。

「コーヒー飲むか？　二日酔いで頭ががんがん痛む。こういうときはコーヒーに限るんだ。豆はどこだ？」

「冷蔵庫の中だ」

「コーヒーメーカーは？」

「そんなものはない。どけ。おれが淹れる」

わたしは冷蔵庫からコーヒー豆の入った缶を出し、電動ミルで豆を挽《ひ》いた。お湯が沸くとペーパーフィルターを使ってコーヒーを淹れた。

「美味い」

亮介はわたしが渡したマグカップに口をつけると、目を細めた。カップを持つ手が震えていた。緊張しているのだ。今日の午後一時に吉村雅巳と会い、簡単な面接を受けることになっている。騎手一筋で生きてきた男だ。面接など、競馬学校の入学試験以来だろう。

「おまえ、客間で寝起きしているのか」

わたしは亮介の言葉にうなずいた。和泉夫妻が使っていた寝室で寝る気にはなれず、かつて亮介が使っていた部屋は、八重子が集めた亮介に関する新聞記事や雑誌、写真が整然と並べられていて手をつけるのが躊躇《ためら》われる。

「好きな部屋を使えよ」わたしは言った。「おれはこれを飲み終えたらビービーを放牧に出して馬房を掃除してくる」

「ビービー?」

「ブラックブリザードのことだ」

頭文字を取ってビービー。いちいちブラックブリザードと声をかけるのが面倒で思いついた呼び名だ。ブラックブリザードもそう呼ばれるのを気に入っている節がある。

「ちょっとおれの部屋を見てもいいか?」

「どうぞ」

わたしは不思議な気分を味わいながら答えた。ここは元々亮介の実家だったのだ。その亮介がわたしの許可を求めている。

亮介はマグカップを両手で持ち、居間を横切っていった。廊下に出ると、しっかりした足取りでかつての自分の部屋に向かった。わたしはその後をついていった。

「なにも変わってないな」

「ああ。二十年分、古びただけだ」

わたしは言った。

亮介はドアの前で立ち止まり、息を吐いた。マグカップを左手に持ち直し、ドアを開けた。そのまま、凍りついたように動かなくなった。部屋の壁には至る所にサラブレッドに跨がる亮介の写真が飾られている。八重子が新聞社や雑誌の読者プレゼントに応募して当たったパネルだ。どれも、重賞で亮介が勝ったときのもので、中には初めてＧⅠで勝ったときの写真もあった。

「これは……」

「おふくろさんが集めていたそうだ」

わたしは亮介の横に並んだ。騎手は因果な商売だ。競馬は一年中開催されるため、お盆も正月もない。休日は基本的に月曜日だけで、火曜、水曜と調教で馬に跨がり、木曜と金曜はトレーニングや他の仕事で潰れる。土日が本業の競馬だ。

プロの騎手としてデビューしてから、亮介が実家に立ち寄る機会はなかっただろう。八重子の葬儀のときも、ホテルに部屋を取ってこの家には足を踏み入れなかった。

亮介が部屋の中に入った。部屋の左右の壁には本棚があって、新聞や雑誌が整然と並んでいる。勉強机の上には、八重子が切り貼りした記事を並べた何十冊ものスクラップブックが置かれている。八重子は大きなレースだけではなく、亮介が騎乗したありとあらゆるレースの記録を残していた。息子のことを心から誇らしく思っていたのだ。

「昔から細かい人だったんだ」

亮介はマグカップを机の隅に置き、一冊のスクラップブックを広げた。

「こんなの、ストーカーと変わらないじゃないか」

「おまえの活躍がなによりも嬉しかったんだよ」

亮介の視線が机の上の壁に飾られている写真に移った。

新馬戦を勝った亮介とピルグリムの写真だ。ピルグリムは和泉牧場の生産馬だった。亮介が自分の実家が生産した馬に跨がったのは、後にも先にもこの馬一頭だけである。

「ピルグリムか……」

新馬戦を勝ったピルグリムは大きな期待を背負うことになったが、次の競馬を目指しての調教中に、心不全を起こして天に還った。

あれほどの巨軀を誇りながら、馬はあっけなく死ぬ。嫌になるほど簡単に死んでしまう。

ピルグリムの死以降、亮介は和泉牧場の生産馬の騎乗依頼を断るようになったのだ。

「クラシックは無理でも、重賞のひとつやふたつは獲れる馬だったな。おれと一緒に重賞を勝ったら、親父やおふくろがどれだけ喜ぶだろうかって思いながら跨がったもんだ。だけど、死にやがった」

「知ってるよ」

「あっけなくだ。おれが跨がってたならまだしも、厩舎の乗り役が調教してるときにだ。自分が関わった馬が死んで、あんなに悲しかったことはなかったよ」

馬はあっけなく死ぬ。だから、馬に関わる人間にとって馬の死は日常茶飯事といってもよい。悲しみや無念さを胸の奥に押し込み、また次の競走を目指して前に進む。人間にできることはそれだけだ。

そんな日常を送っていた亮介が悲しかったと言ったのだ。ピルグリムが特別な馬だったことは間違いない。

ブラックブリザードがいなないていた。わたしがなかなか現れないことに憤《いきどお》っている。

「ビービーのところに行ってやれよ。待ちくたびれてるみたいだぞ」

「ああ」

わたしは亮介を残して部屋を出た。手早く顔を洗い、上着を着込むと外に出る。

相変わらず、冷え込みが厳しい。気温の上昇はゆるやかで、本格的な夏が来るのは七月の終わりだ。しかし、お盆が過ぎると夏は去っていく。九月には紅葉がはじまり、葉が散ると初雪の季節がやってくる。

そして長く過酷な冬がはじまるのだ。

日高地方が馬産地となる礎《いしずえ》を作ったのは御料《ごりよう》牧場だ。明治時代、皇室用の馬を生産育成するために広大な土地を必要とした当時の宮内省は北海道に目をつけた。牧場の候補地はいくつかあったのだが、その中で日高が選ばれたのは起伏の少ない土地と、道内としては少ない降雪量のためだ。日高地方の積雪量はせいぜい二、三十センチである。これが一メートルを超えると馬を運動させることが困難になる。適度な積雪量が牧場を構えるには最適だったのだ。

今の新冠町のほぼ全域が御料牧場となり、やがて、日高全体で馬産が主要産業になっていった。全盛期に比べれば、牧場の数も馬の生産頭数も減っているが、日高が潰れれば日本の競馬も潰れる。

日高とはそういう地域だった。

厩舎に入っていくと、ブラックブリザードがわたしを睨んだ。

「そう怒るなよ。十分ぐらい遅れただけじゃないか」

わたしは馬房の中に入り、ブラックブリザードの足もとをチェックした。異常はない。頭絡に引き綱をつけ、ブラックブリザードを外に出す。放牧地に入れて引き綱を外すと、ブラックブリザードはわたしへの当てつけであるかのように猛然と走り出した。

「年なんだから無理はするなよ」

ブラックブリザードに声をかけると、わたしは厩舎に舞い戻った。馬房の中のボロを片付け、寝藁を掻き出す。ネコと呼ばれる一輪の手押し車に藁を積んで厩舎の外に運び出していると、亮介が姿を現した。

「寝藁を敷くの、おれがやっておくよ。こんなことやるの、あんちゃんの頃以来だけどな」

あんちゃんというのは競馬界の隠語で新人ジョッキーのことを指す。

「おまえは朝飯の支度してくれよ。腹ぺこだ」

「ここはな、人間より馬優先なんだ。もう少し我慢しろ」

馬房は亮介に任せることにして、わたしはブラックブリザードの飼い葉を用意することにした。燕麦《えんばく》をメインに、ニンジンなどの野菜や果物、サプリメントを混ぜたものがブラックブリザードの食餌だ。

野菜は知り合いの農家が商品として出荷できない傷物を安く譲ってくれたものである。

飼い葉の用意が整うと、わたしは家に戻った。先日買った食パンがまだ余っている。玉葱とジャガイモのスープを作り、細かく刻んだハムを混ぜたオムレツを焼く。食パンをトーストし終えると、それで朝食の支度は整った。

騎手を目指す者は若いうちから食事量を制限するようになる。わたしも小食な方だが、亮介はもっと食べない。

「朝飯だぞ」

台所の窓を開け、外に声をかけた。亮介は放牧地の柵にもたれかかって草を食むブラックブリザードの姿を見つめていた。

「わかった。今行く」

亮介の声を聞きながら、わたしはオムレツと食パンを載せた皿を食卓に並べ、スープボウルにスープをよそった。

家で他人と朝食を摂《と》るのは初めてだ。気恥ずかしさを感じている自分に気づき、わたしはひとり、首を振った。

「いい匂いだな」

亮介が居間に入ってきた。わたしの向かいに腰を下ろすと、いただきますと声にしてスープを啜った。

「まあまあだな」

「黙って食え」

「おれの車、典夫の店の前に停めたままだ」

「ビービーに飼い葉を与えた後で、仕事に出かける。その時、店まで乗せていってやるよ」

「仕事って、装蹄か？」

「他になにがある」

今日はふたつの育成牧場をはしごする予定になっていた。

「面接、付き合ってくれよ」

亮介は生真面目な顔をわたしに向けた。

「ガキじゃあるまいし、なにを言ってるんだ」

「不安なんだ。おれは、いろんなことをしくじってきた。今度もしくじるんじゃないかと考えるとおかしくなりそうだ」

「これをしくじったら、ここでビービーのボロの後始末をすることになるぞ。それか、詐欺まがいの予想屋に舞い戻るかだ」

「しくじるわけにはいかないな」

亮介はトーストをかじり、オムレツを口に運んだ。

「一時には吉村ステーブルにいるようにするよ」

わたしは言った。

「頼む」

亮介は生真面目な表情のままだった。

＊　＊　＊

装蹄の仕事を終えると、軽い昼食を済ませて西舎へ向かった。吉村ステーブルでは牧場のスタッフたちが昼休みをのんびりと過ごしていた。

亮介の車はどこにも見当たらなかった。わたしは車を降りながら腕時計を覗きこんだ。十二時五十二分。約束の時間までは十分を切っている。

亮介のスマホに電話をかけてみたが通じなかった。

わたしは事務所に顔を出した。落合が愛妻弁当を食べていた。

「和泉亮介から連絡はありませんか？」

「いや。ありませんけど」

落合が顔を上げた。

「社長は？」

「社長室にいますよ」

落合は視線を外に向けた。社長室は別棟にある。

「ありがとう」

わたしは外に出て、吉村の元へ向かった。社長室のある建物に入り、ドアをノックする。

「どうぞ」

吉村の声に促されて入室した。吉村はパソコンのモニタを睨んでいた。

「今年のセレクションセールは粒ぞろいだぞ」

吉村が言った。セレクションセールは一歳馬のセリだ。日高の一歳馬のセリとしては年内最初のものになる。

「いいダート馬がいましたか？」

わたしは訊いた。吉村はこの育成牧場の社長であると同時に、中央競馬、地方競馬の馬主でもある。日本の競馬界はフランスの凱旋門賞《がいせんもん》にばかり目が行きがちだが、吉村の夢は自分の持ち馬がアメリカのケンタッキーダービーを制することだ。ヨーロッパは芝の競馬が主流だが、アメリカはダートである。だから、吉村の持ち馬の大半はダート血統だった。

「亮介から連絡はありませんか？」

吉村は腕時計をひと睨みした。

「もうこんな時間か。連絡はないぞ」

「そうですか？」

不安が胸にこみ上げてくる。亮介は結局、この面接をすっぽかすつもりかもしれない。吉村は時間に厳しい男だった。約束の時間に遅れてくるような人間を雇うとは思えない。

「そんな顔をするな。まだ、三分ある。おれも最近は大人になってな。遅刻も五分までならゆるすことにしてるんだ」

吉村は微笑んだ。

「平野君、エゴンウレアって、ダートでも走るんじゃないかな。君はどう思う？」

「馬場は問わない気がしますね」

「だろう。まあ、小田さんはあいつをダートで使う気はこれっぽっちもないだろうけど、産駒に期待してるんだよ、おれは。ダート血統の牝馬にエゴンウレアをつけたらかなり走る馬が生まれるんじゃないかってさ。もしかすると、エゴンウレアの子がおれの夢を叶えてくれるかもしれない」

「そのためにも、エゴンには競馬で結果を出してもらわなきゃなりませんね」

「そうなんだよ。だからこそ、亮介には期待してるんだ。超一流のジョッキーが放牧中の馬に調教をつける。もしかしたら、エゴンウレアも変わるかもしれん」

吉村が口を閉じた。廊下から慌ただしい足音が聞こえてくる。わたしは腕時計を見た。午後一時ちょうどだった。

「すみません。遅れました」

声と同時にドアがノックされた。

「どうぞ、入って」

吉村が言うと、ドアが開いて亮介が中に入ってきた。わたしを一瞥し、軽くうなずいた。

「和泉亮介です」

思わず失笑しそうになった。亮介は吉村のデスクの前で直立したのだ。

「そんなにかしこまらなくてもいい。競馬の世界にいて、ましてや、この浦河で、和泉亮介のことを知らない人間はいない」

「ですが……」

「もうクスリはやっていないと平野君から聞いたが？」

「やってません」

「今後もやらない自信はあるのか？」

「あります」

「そうか。ならいい」

吉村はスマホを手に取り、電話をかけはじめた。

「すっぽかすつもりかと思ったぞ」

わたしは小声で亮介を詰《なじ》った。

「道を間違えたんだ」

亮介は顔をしかめた。

「どうだ、エゴンの準備はできてるか？」

吉村が電話の相手に言った。わたしと亮介は顔を見合わせた。

「わかった。じゃあ、これから和泉亮介に跨がってもらおう」

吉村が電話を切った。

「社長、今から亮介をエゴンに乗せるんですか？　面接はどうするんです？」

「さっきも言ったじゃないか。和泉亮介だぞ。面接なんかする必要があるかよ。おれが見たいのは、和泉亮介がエゴンウレアを御せるのか、無理なのか。それだけだ。上手く乗れたら雇う。そうじゃなきゃ――」

吉村は肩をすくめた。

「中央のトップジョッキーだったといっても、ブランクがあるからな。今でも乗り役がちゃんとできるのかどうか、見させてもらうよ。さ、行こう。エゴンが待っている」

吉村に促され、わたしたちは部屋を出た。

「今日、馬に乗るなんて聞いてないぜ」

　亮介が言った。

「ここは育成牧場だし、おまえは乗り役としての腕を買われたんだ。文句を言ってないで、きちんと乗りこなしてみせろよ」

「まあ、おまええみたいに落とされることはないけどな」

　亮介は笑った。負けず嫌いは昔のままだ。

　一旦、事務所に立ち寄り、亮介がヘルメットとプロテクターを装着するのを待った。

「今の体重は？」

「五十五キロです。刑務所は三食出てくるので、少し太りました。雇ってもらえるなら、落とします」

　吉村の問いに、亮介は胸を張って答えた。

「今のままでいいよ。競馬に乗るわけじゃないからな」

　吉村と共にステーブルを出てＢＴＣの敷地に入った。先日、わたしが振り落とされた馬場で、エゴンウレアが亮介を待っていた。

　日差しを浴びて、鬣と尾が黄金色に輝いている。

　エゴンウレアはわたしを一瞥すると、鼻を鳴らした。

　何度来ても振り落としてやるだけだぞ――ぎらつく目がそう語っている。

「そろそろきちんと乗らないと、トレセンに戻す前に馬体を作れなくなりますよ」

　エゴンウレアの引き綱を持っていた落合が吉村に言った。

「わかってる。亮介君、頼むよ」

「はい」

亮介は息を吐き、手にしたステッキを一振りした。エゴンウレアを真っ直ぐ見つめる。エゴンウレアがいなないた。わたしとは違い、亮介が強敵であることを認めたのだ。

わたしが手を貸し、亮介をエゴンウレアに跨がらせた。亮介が鐙に両足を掛けると、エゴンウレアが立ち上がった。後脚だけで馬場を数歩進み、体をくねらせた。

亮介は顔を強張《こわば》らせながらもエゴンウレアにしがみついている。両足をしっかり鐙に掛け、手綱を強く引いていた。

エゴンウレアの前脚が地面についた。

「放してください」

亮介が落合に言った。引き綱が外された。エゴンウレアが激しく首を振った。完全な戦闘モードだ。

「ここまでテンションが高いのは初めて見たな」

吉村が呟いた。

エゴンウレアは首を曲げた。ツル頸《くび》と呼ばれる姿勢だ。亮介が手綱を緩めると、ツル頸のまま駆けだしていく。

亮介はエゴンウレアの背中の上で膝と腰を曲げ、背中を伸ばしていた。だれからも美しいと評された騎乗スタイルだ。

エゴンウレアはわたしの時と同じように外ラチに向かって突進していった。亮介が手綱を左に引き、右からステッキを入れた。エゴンウレアは駄々をこねるように首を振ったが、進路が左に逸れた。今度は内ラチに向かおうとしたが、亮介がそれをゆるさなかった。手綱とステッキを巧みに操り、エゴンウレアの好き勝手をゆるさない。

「さすがだな」

「ええ。トップを張ってただけのことはありますね」

吉村と落合が亮介の騎乗に唸っていた。

エゴンウレアは馬場をジグザグに走り、なんとか亮介の束縛から逃れようと抗い続けていたが、走る速度が落ちはじめた。無駄なエネルギーを使い続けて体力が削がれたのだ。馬場を一周して戻って来る頃には、エゴンウレアは抵抗を諦めているように見えた。

目に宿る闘志はそのままだが、亮介を振り落とそうとする素振りは見せなくなったのだ。

「もう一周してきます」

亮介はそう叫んで、エゴンウレアに気合いをつけた。我々の目の前を、エゴンウレアが疾駆していく。黄金色の鬣と尾が風になびき、汗を掻いた栗毛の馬体が日差しを浴びて煌《きら》めいている。

走るサラブレッドはみな美しいが、エゴンウレアのそれは群を抜いていた。亮介の騎乗フォームもあいまって、まるでこの世のものではないようにさえ思えた。

「決まりだな」

吉村が言った。

落合が応じた。

「決まりですね」

「エゴンだけじゃなく、他の馬の調教も格段にレベルが上がりますよ。ノール・ファームが外厩《がいきゅう》で仕上げる馬たちと互角に戦えるようになるかもしれません」

落合は興奮していた。

「そうだな。いずれ、関ケ原に行ってもらう線もありだな」

吉村が言った。吉村ステーブルは関ケ原に外厩を構えている。栗東のトレーニングセンターにいる馬たちの休養と調教の施設だ。吉村ステーブルで調教を受けた馬や、吉村の持ち馬たちが優先的に使用できるようになっている。

外厩システムも、ノール・ファームのひとり勝ち状態が続いていた。調教のためのノウハウとシステムが他の追随をゆるさないのだ。

競馬ファンの間では、馬券を買うならノール・ファームの外厩帰りの馬を狙えというのが必勝法として喧伝されはじめている。

種牡馬と繁殖牝馬の質で大きく引き離されている日高の生産者たちがノール・ファームに少しでも追いつくためには、外厩のさらなる整備が必要とされていた。

向こう正面でエゴンウレアの走る速度が落ちた。亮介がそうさせたのだ。三コーナーから四コーナーと、速度はさらに落ち、エゴンウレアはやがて常歩となって我々のところへ戻ってきた。

亮介の顔がほころんでいる。馬に騎乗したのは何年ぶりになるのだろうか。自分の持てる技術を存分に発揮できた満足感が顔に張りついていた。

亮介の慢心を見抜いたのだろうか。エゴンウレアがいきなり全速力で走りはじめた。亮介に手綱やステッキを使わせる余裕など与えるものかと言わんばかりに体を沈め、急旋回する。遠心力が亮介のバランスを失わせた。

亮介の小柄な体は宙に放り出され、やがて地面を転がった。

「まずい」

わたしは亮介に向かって駆けた。エゴンウレアが立ち止まり、地面に這いつくばる亮介を見下ろしていた。

エゴンウレアの鼻息は荒い。だが、わたしの時とは明らかに態度が違った。亮介を見下ろす目は穏やかで、怒りや侮蔑といった感情は見受けられない。

乗り役としての亮介を認めたのかもしれない。

「だいじょうぶか」

わたしが声をかけると、亮介が右手を挙げた。

「だいじょうぶだ」

亮介は腰をさすりながら立ち上がった。

「性悪だな、こいつは……」

細めた目をエゴンウレアに向けた。

「御し甲斐がありそうだ」

「怪我は？」

「これぐらい平気だ。さすが、ＢＴＣだ。馬場もよくクッションが効いているよ。みっともないところを見せて、すみませんでした」

亮介は遅れてやってきた吉村に頭を下げた。

「謝る必要はない。こいつ、子供の時からよく乗り役を落とすんで有名だったんだ。気を抜いたときに、突然、やる。困ったもんだよ」

「社長、それで、ぼくは？」

「合格だ。明日からでも乗り役として働いてくれ」

「ありがとうございます」

亮介は再び頭を下げた。弾む言葉に、喜びが滲んでいる。騎手を辞めて以来、まともに給料をもらえる仕事にありつけたのは初めてに違いない。

「こいつ以外にも、びしっと追い切ってもらいたい馬が何頭もいるんだ。よろしく頼むよ」

吉村が亮介に右手を突き出した。亮介はその手を両手で握って、もう一度頭を下げた。

7

渡辺一枝から電話がかかってきたのは、日曜の夜だった。渡辺光徳が倒れたとわたしに伝える声は幼子のようにか細く、震えていた。

翌日の仕事をキャンセルし、ブラックブリザードの世話を亮介に任せ、わたしは朝一番で門別に向かって車を走らせた。

一枝によると、渡辺が倒れたのは日曜の夕方。心筋梗塞だということだった。

まだ六十代だが、競馬に関わる仕事はどれも過酷だ。いつ肉体が悲鳴をあげてもおかしくはなかった。

渡辺が入院している日高町立門別国民健康保険病院の駐車場に車を停めると、病院の入口から一枝が出てきてわたしに手を振った。その顔は不安に塗り潰されている。

「先生の容体は？」

わたしは車を降りると真っ先に訊いた。

「重体ってわけじゃないの。お医者さんは軽い心筋梗塞だって。でも、しばらくは安静が必要だって」

わたしはほっと息を吐いた。昨夜、電話をもらった時点では渡辺はまだ治療中で詳しい病状などはわからなかったのだ。

「わざわざ来てもらってごめんなさいね。でも、主人が敬ちゃんと話したいって」

「行きましょう」

わたしは一枝を促し、病院の中に入った。一枝の案内で、消毒液の匂いが漂う院内を歩き、病室に到着した。四人部屋だった。

「お父さん、敬ちゃんが来てくれたわよ」

渡辺の病床は部屋の左奥にあった。渡辺は一枝の声に顔だけを我々に向けた。

顔色はさほど悪くない。ただ、目の下にできた隈《くま》と、右腕から伸びる点滴のチューブがわたしのよく知る渡辺とは不釣り合いだった。

「すまんな、敬」

渡辺はそう言うと咳き込んだ。一枝が慌てて枕元に近寄り、ベッドのリクライニングを調整して渡辺の背中をさすった。

「思ったより酷くなさそうでほっとしました」

「本当に初期の軽い心筋梗塞なんだそうだ。カテーテルで詰まりかけてた血管を広げてもらったよ」

渡辺は顔をしかめながら言った。

「それはよかった」

「そうでもないんだ。一週間は様子を見るために入院しなきゃならんし、退院しても、しばらく仕事は休めと言われた」

「休むって、いつまで？」

「できれば十分に暖かくなるまでと言われた。しばれると、血管が収縮してよくないんだそうだ」

しばれるというのは方言で寒いという意味だ。北海道に夏がやってくるのはまだ先のことだった。

「夏になるまで二ヶ月はありますね……」

「シーズンの後半には復帰するつもりだが……」

門別競馬場で競馬が開催されるのは毎年、四月から十一月までの間だ。冬は馬場が凍りつくので競馬はできない。

「そこで、ひとつ、おまえに頼めないかと思ってな」

渡辺が芝居がかった感じで言葉を切った。それで、わたしにも渡辺の用件がわかった。

「それは無理ですよ」

わたしは渡辺が口を開く前に言った。渡辺はせめて七月まで、自分の代わりに門別競馬場で装蹄師の仕事を引き継いでくれとわたしに頼みたいのだ。

「浦河で仕事がありますし」

「浦河にはおまえの仕事を肩代わりしてくれる装蹄師はたくさんいるだろう」

いることはいる。今日だって、知り合いの装蹄師に仕事の肩代わりをお願いしてきた。

「それを言うなら、門別にだって装蹄師はたくさんいるじゃないですか」

渡辺が首を振った。

「おれの代わりを務めるんだぞ。そんじょそこらの装蹄師じゃだめだ」

「ぼくだって、そんじょそこらの装蹄師です」

「おまえはおれの弟子だ」

「不肖の弟子ですよ」

「ああ言えばこう言うというところはちっとも変わっておらんな」

渡辺が溜息を漏らした。

「ちっとも成長してなくてすみません」

わたしは頭を下げた。

「夏になるまでだ。後、二ヶ月とちょっとじゃないか」

「本気で言ってるんですね？」

「ああ。本気だ」

「困ったな」

わたしは腕を組んだ。

「考えることないじゃない。門別競馬場で働けば、あの女医さんにしょっちゅう会えるようになるわよ」

一枝が思わせぶりに言った。わたしが目を向けると、一枝はなんでも心得ているという表情を浮かべて微笑んだ。

「浦河でデートしたんでしょ？」

「どうしてそんなことを知ってるんですか？」

「あら、競馬場内の女性陣の間じゃ、この前からその話で持ちきりよ」

わたしは溜息を押し殺した。深田夫妻がわざわざ門別までやってきてあの夜のことを吹聴してまわるとは思えない。となると、わたしと食事をしたと、藤澤敬子本人が周囲に話したのだ。

「付き合いのある調教師の先生たちには、夏になるまではおまえに任せようと思っていると話してある。みんな、同意してくれた。あとはおまえの腹ひとつだ」

「しかし、浦河には繋養している馬もいますし――」

「和泉亮介が戻ってきてるそうじゃない。一緒に住んでるんでしょう？　馬のことは彼に任せられないの？」

昔から一枝は地獄耳だった。

「ずっと門別にいなきゃならないわけじゃないし、こっちにいる時は家に泊まればいいし」

「しかし、ぼくにも事情というものがありまして――」

「師匠が頭を下げて頼んでいるのよ」

一枝がわたしを睨んだ。渡辺から頭を下げられた覚えはない。だが、逆らっても無駄なのはわかっていた。

「検討してみます」

わたしは言った。

「やってくれるのか。それはよかった」

「検討すると言ったんです。やるとは言ってません」

「断るんじゃなく検討するというなら、やるってことだろう。一枝、谷岡先生に電話してくれ。敬が引き受けてくれたと伝えるんだ」

「はいはい、わかりましたよ」

「ちょっと待ってください」

止めようとするわたしの声を軽くはねのけて、一枝は病室から出ていった。

「夏になるまでだ」

渡辺が言った。

わたしはわざとらしい溜息を漏らしたが、渡辺は気にする素振りも見せなかった。

＊　＊　＊

せっかく日高町まで来たのだからと、浦河に戻る前に門別競馬場に立ち寄ることにした。渡辺の家の前に車を停め、谷岡調教師の家を訪れた。

「おお、平野か。渡辺さんから話は聞いている。よろしく頼むよ」

谷岡は穏やかな笑みを浮かべ、わたしを家に招き入れた。

居間にはまだ炬燵《こたつ》が出されたままになっており、炬燵の上には広げたノートが折り重なって置かれている。自分が管理する馬の調子や具合、調教の内容などを書き込んでいるらしい。

谷岡が多くの馬主から信頼されるのは、こうした細やかさがその一因だ。

「コーヒーでもと言いたいところだが、女房が出かけていてな。おれは馬のこと以外はからっきしなんで、お茶がどこにあるのかもわからない」

「お気になさらずに。ご挨拶に伺っただけですから」

谷岡に促されてソファに座りながらわたしは言った。谷岡は炬燵に下半身を潜り込ませて座った。

「それで、渡辺さんの容体は？」

「大事はなさそうです。ただ、一週間は入院するようですし、医者からは十分に暖かくなるまでは仕事を控えるようにと言われたとか」

谷岡がうなずいた。

「それで、渡辺さんの代わりに君が装蹄をやるということか」

「強引に押しつけられました。もし、他に代わりのできる装蹄師がいるんでしたら、そちらの方に頼まれても――」

「いや、今朝、他の調教師たちとも話したんだが、平野にやらせてみようということで意見が一致した。みんなさ、平野が渡辺さんのところで修業してたときのこと、覚えてるんだわ。こりゃ、いい装蹄師になるぞって話してたからね。あんな事件さえ起こさなけりゃ、今頃、渡辺さんは引退して、自分の仕事、全部君に任せてたんでないかい」

「恐縮です」

わたしは頭を掻いた。

「早速だが、明後日《あさって》、うちの馬を何頭か装蹄してもらうことになってたんだ。浦河から通ってくるのは大変だろうから、他の調教師にも話を通して、水曜と木曜に集中してやってもらおうと思ってる。それ以外の日の備えはなんとかする」

それならば、水曜の早朝に浦河を発って、木曜の夜には帰ることができる。渡辺の家に泊まらせてもらうとはいっても、当の渡辺は入院中で、家には一枝しかいないのだ。気を遣うことになるのは間違いないし、できれば、滞在日数を少なくできないものかと思っていたから渡りに船だった。

「それでいいのなら助かります」

「ちょっと訊くけど、競馬場専属の装蹄師になる気はあるかい？　今回は大事に至らなかったけど、渡辺さんだってもういい年だしさあ、後継者がほしいところではあるんだ」

「ぼくは浦河で養老牧場もやってますし、そのつもりはありません。申し訳ないですけれど」

「そうだよなあ。浦河の牧場からも頼りにされてるって聞くし、無理だよなあ」

「ただいま」

玄関のドアが開く音がして若々しい声が流れてきた。

「明良《あきら》、どうした、今日はえらく早いな」

「調子悪くて、早退《はやび》けしてきた」

少年が居間に姿を現した。

「息子の明良。明良、こっちは装蹄師の平野さんだ」

明良がぺこりと頭を下げた。

「装蹄師の平野さんって、あの権藤さんを殴ったっていう？」

「こら、はんかくさいこと言うんでない」

谷岡が息子を睨んだ。

「事実ですから、いいんですよ」

わたしは明良を見つめながら言った。どこかで見た顔なのだが、はっきりと思い出せない。

「おれ、ちょっと横になってくる」

「熱があるのか？」

「熱はないけど、なんか怠《だる》いんだ。失礼します」

明良はわたしにもう一度頭を下げ、踵《きびす》を返した。その横顔で、どこで見たのかを思い出した。

パドックで思い詰めたような顔をして馬を見つめていた少年だ。

「おいくつですか？」

わたしは谷岡に訊いた。

「高一だ。乗り役になりたいと言っているんだけど、背が高くなりすぎた」

わたしはうなずいた。明良の身長は百七十五センチを軽く超えているように見えた。

「ただ、本当に馬が好きな子でね。騎手になれないなら、厩務員になるとまで言い出して。親としてはさ、騎手ならともかく、厩務員みたいなきつい仕事、できるならさせたくはないのさ」

一般的に厩務員の仕事は給料制だ。加えて、担当する馬が獲得する賞金の五パーセントをもらえることになっている。中央競馬の厩務員なら給料だけで五百万を軽く超えるし、担当の馬が重賞を勝てば、収入も一気に跳ね上がる。だが、地方競馬はそもそも給料が安いし、競走の賞金も遥かに安い。その実態をよく知っている調教師としては、子供が馬が好きだから厩務員になりたいと言って、いいだろうとうなずくわけにもいかないだろう。

「どうしても厩務員になりたいなら、中央でやれとは言ってるんだけどさ」

「今時、牧場や厩舎の子供で馬の仕事をやりたいって言うだなんて珍しいじゃないですか」

「そりゃそうなんだけど……中央なら、厩務員や調教助手からはじめて、いずれは調教師なんて夢も見られるんだけど、地方じゃだめだ。とてもやらせられん。おれだってスタッフの給料上げてやりたいけど、そんな余裕ないもの」

谷岡は溜息を漏らした。

＊　＊　＊

わたしのハイエースの後ろに、一枝の軽自動車が停まっていた。病院から戻ってきたのだろう。

「一枝さん、おれ、一旦、浦河に帰ります。水曜と木曜に装蹄の仕事することになりましたから、水曜の夜、泊めてください」

ドアを開け、家の中に声をかけた。家に上がると話が長くなると思ったからだ。

「もう帰るの？　昼ご飯の用意をしようと思ってたのに」

一枝が廊下に姿を現した。

「引き継ぎとか、いろいろやらなけりゃならないことがあるんです」

「女医さんにも会っていかないの？」

「そんな仲じゃないですから」

わたしは苦笑した。

「あら、さっき、帰ってくるときにすれ違ったから、敬ちゃんが来てるわよって言ったら、凄く嬉しそうにしてたわよ」

「水曜日に挨拶に行きますよ。それじゃあ、これで」

これ以上話が長引く前にと、わたしはドアを閉めた。ハイエースに乗り込み、エンジンをかける。ギアをドライブに入れてアクセルを踏もうとした瞬間、こちらに向かって走ってくる赤いジムニーがルームミラーに映り込んだ。

わたしは溜息を漏らした。門別競馬場の女性たちは、わたしを浦河に帰らせたくないらしい。

エンジンを切り、車から降りた。ジムニーが一枚の軽自動車の背後に停まった。

「平野さん、ここで装蹄するんですって?」

藤澤敬子がジムニーから降りてきた。ジーンズとカットソーの上に白衣を羽織っている。

「地獄耳だな」

わたしは言った。

「さっき、一枝さんから聞いたの。一枝さん、凄く嬉しそうだったわ。久しぶりに放蕩息子が帰ってきたって感じで大はしゃぎ。旦那さんが倒れたっていうのに」

わたしは肩をすくめた。

「渡辺さんの代理を務めるんなら、門別で寝泊まりすることになるんでしょう? 浦河でご馳走になったお礼に、今度はわたしが食事を奢るわ」

「泊まるのは毎週水曜日だけなんだ」

「あら、それは残念ね」

藤澤敬子はさほど残念そうではない口調で言った。

「とりあえず、今日はこれで浦河に帰る。水曜の朝イチにまた来る」

「水曜の夜はもう予定が入っているの?」

わたしは谷岡の顔を脳裏に思い浮かべた。歓迎会をやろうと言い出すに決まっていた。

「多分、今週の水曜は無理だな」

「じゃあ、来週の水曜で決まり。他の予定、入れないでね」

藤澤敬子はスマホを手に取って、予定を入力した。わたしもそれに倣《なら》う。

「居酒屋のようなところでいい? それとも洋食がいいなら、苫小牧まで遠出してもいいけど」

「居酒屋でいいよ」

「わかった。それじゃあ、また」

藤澤敬子はわたしに背を向けた。

「ああ、ちょっと――」

「なに？」

藤澤敬子がジムニーのドアを開けながら振り返る。

「谷岡先生の息子さんだけど、どんな子？」

「どうしてそんなことを訊くの？」

「いや、さっき、会ったんだけど、学校早退したみたいだし、なんとなく気になって」

「いい子よ。動物が大好きなの。少し、真面目すぎるところがあるけど」

「そうか」

なにがどうというわけではないが、パドックで馬を見つめる怒りと悲しみの入り交じった目が引っかかっていた。

「じゃあ、来週の水曜日に」

わたしは言って、ハイエースに乗り込んだ。わたしがドアを閉める前にジムニーが走り去っていった。

＊＊＊

牧場に戻ると、ブラックブリザードが放牧地の雑草の上に横たわって昼寝をしていた。亮介がその反対側の放牧地の柵を修繕している。

「今日の調教は終わったのか」

「ああ。調教は午前中で終わりだ。渡辺さんの容体はどうだった？」

亮介は手にしていた金槌《かなづち》をジーンズの腰のところに差して腰を伸ばした。

「大事はないみたいだ。ただ、しばらく仕事はできないから、おれが代わりに門別競馬場で装蹄師の仕事をすることになった」

「ここを離れるのか？」

わたしは首を振った。

「競馬場で仕事をするのは毎週、水曜と木曜の二日だ。水曜に向こうで一泊して木曜の夜には戻ってくる」

「そうか。まさか、牧場の手入れやあいつの世話を全部おれひとりでやらなきゃならないのかと焦ったぜ」

「ビービーに跨がったのか？」

わたしは訊いた。

「どうしてわかった？」

亮介は悪びれずに訊き返した。

「こんな時間に昼寝なんて珍しいからな」

「運動不足を解消してやろうと思って、十五分ぐらい、常歩で歩かせただけだ。やめろっていうなら、もう二度とやらねえよ」

「ビービーは喜んでたか？」

「そこまではわからないが、興奮はしてた。元気だったころを思い出したんだろう」

「だったら、たまに思い出させてやってくれ」

「お、おう」

「一休みしてコーヒー飲もうぜ」

わたしは家の方に首を振った。

「コーヒー、淹れてくれるのか？」

「缶コーヒーだ。決まってるだろう」

わたしはハイエースの助手席に乗せておいたコンビニのレジ袋を手に持って、玄関の脇に設置してある丸太を半分に切っただけのベンチもどきに腰を下ろした。

亮介がやってきて、わたしの左隣に座った。わたしは袋の中の缶コーヒーを手渡した。もちろん、無糖だ。元騎手と、騎手を目指したことのある人間は、摂取カロリーには敏感になる。

タブを開けてコーヒーに口をつけた。気温は比較的高く、空は目に染みるほど青い。放牧地の緑とのコントラストがまるで絵画のようだった。空気は乾いており、北に目を向ければ日高山脈の稜線がくっきりと浮かび上がっている。

わたしの大好きな景観だった。

「エゴンはどうだ？」

わたしは水を向けた。

「あいつは、人間が嫌いなんだな」

亮介はコーヒーを啜りながら言った。

「っていうか、人間にあれこれ命じられるのが気にくわなくて仕方がないんだ」

わたしはうなずいた。

「そういう馬はいっぱいいる。せっかくいいものを持ってるのに、ヤネの指示に抗うばかりで、競走で力を発揮できない」

ヤネというのは競馬界でよく使われる言葉で、騎手を指す。

「そういう馬に当たった調教助手はいつも愚痴をこぼすんだ。おれたち騎手も、調教に乗ってくれと言われると胃が痛くなる。どうせ競馬に使っても走らないんだ。調教なんてするだけ無駄だってな」

亮介はコーヒーを一気に飲み干した。修繕作業で喉が渇いていたのだろう。この時期、外で長時間働いても汗はあまり掻かなくなるが、乾燥しているので体内の水分は確実に失われる。

「だけど、あの馬はちょっとヤバいな。普段、競馬に乗ってるのはクマさんだっけ」

亮介は熊谷騎手の渾名を口にした。

「ああ、そうだ」

「クマさんの気持ちがわかるぜ。こういっちゃ悪いけど、エゴンとは合わない。エゴンはな、うまく御すことができれば、そんな騎手に栄光を味わわせてくれる馬になるかもしれねえ。背中に跨がってると、あいつが他の馬と違うのがひしひしと伝わってくるんだ。調教や競馬で言うことを聞かなくても、ときに振り落とされても、絶対にこの馬は手放したくない。そう思わせるんだ」

わたしはコーヒーをちびちび啜りながら、熱く語る亮介の口調を心地よく感じていた。

中学生だったころ、ここでこうしてふたりで座りながら、お互いの夢を熱く語り合ったことを思い出す。

あの頃のわたしたちは純粋だった。そして今、エゴンウレアという馬が、亮介にあの頃の純粋さを取り戻させているような気がしていた。

「このまま終わる馬なのかもしれねえ。だけど、一変すれば化け物になる。もし、おれの力がその助けに少しでもなるんなら、おれの人生にも意味があるんじゃねえかってな、背中に跨がってるとそんなことを考えちまう」

「力になってやってくれ」

わたしは言った。亮介がわたしを見た。

「栗木さんはあの馬がGIを勝つことを夢見ている。もしそれが実現したら、浦河の他の生産者たちも同じ夢を見るようになる。今の日高には夢が必要だ。たくさんの夢がな」

わたしが浦河で装蹄師をはじめてからも、いくつもの牧場が消えていった。日高が潰れれば、日本の競馬も潰れる。それがわかっていても、現実は辛く厳しく、競走馬の生産という仕事は人を引きつけることができなくなっている。

「エゴンはホワイトライオットの子だよな。栗木さん、相当奮発したんだな」

亮介は感慨深そうに言った。

ホワイトライオットはアメリカでGIを六勝した名馬だ。引退後、千歳グループの総帥だった中村栄吉が高額で買って種牡馬として日本に連れてきた。

アメリカの競馬の主流はダートである。ダート馬を芝がメインの日本に連れてきて種牡馬にするなど、馬鹿げている。それもとてつもない金を払うとは、ついに中村栄吉も惚けはじめたかと嘲笑《あざわら》う人間が大勢いたそうだ。

だが、ホワイトライオットの産駒たちはそうした人間たちを瞬く間に沈黙させた。

勝ちまくったのだ。

文字通り、ホワイトライオットは日本の競走馬の勢力図を塗り替えた。

クラシックはもちろん、古馬になってからのGIでも、ホワイトライオットの血を引く馬たちは破竹の快進撃を続けた。

日本中の生産者たちがホワイトライオットの血を求めて殺到したのは当然だ。種付け料は跳ね上がり、千歳グループは他の生産牧場を圧倒する資金力を持つにいたった。

エゴンウレアはそのホワイトライオットのラストクロップ。最後の年の産駒である。種付け料は二千万。栗木はあちこちから金をかき集めて自分の持つ繁殖牝馬にホワイトライオットの種をつけさせたのだ。

二歳でセリに出されたエゴンウレアには七千万の値がつけられた。これがノール・ファームの繁殖牝馬の産んだ馬なら間違いなく一億以上の値がついただろう。日高の弱小生産者とノール・ファームの格の差がそこにも現れるのだ。

ともあれ、エゴンウレアは無事に生まれ、無事に育ち、買われていった。栗木は賭けに勝ったのだ。後は、エゴンウレアがGIを勝てば、栗木の夢は完結する。

「そうだ、奮発したんだ。でも、金を稼ぎたいからじゃないぞ。夢を見るために、ホワイトライオットの血に賭けたんだ」

「おれだってホワイトライオットの産駒にはたくさん乗ってきたんだ。あの血を引く馬が別格だってことはわかってる。その中でも、エゴンウレアは特別だ。もしかしたら、ビートサレンダーに匹敵する能力を持っているかもしれないぜ」

わたしは目を丸くした。ビートサレンダーはホワイトライオットの最高傑作と言われる牡馬だ。デビュー戦から無敗のままクラシック三冠をすべて制し、GIタイトルを都合七つ獲得して種牡馬入りを果たした。現在は、ホワイトライオットの後継種牡馬としての地位を確立し、その産駒は常に高い評価を得ている。実際、ビートサレンダーの子たちも勝ちまくっている。

「それは少し言いすぎじゃないか」

亮介が首を振った。

「問題は気性なんだよ。あれだけ人間を嫌ってちゃ、どれだけ才能があってもだめだ……」

亮介は空になった缶を右手で潰した。華奢《きやしや》な体軀からは想像もできない握力だ。

「話は変わるけど、吉村さんのところ、イケる馬が何頭もいるよ。特に、ダートが合いそうなやつが。フェブラリーステークス勝つやつ、出てくるんじゃないかな」

フェブラリーステークスは文字通り、二月に行われるダートのＧⅠ競走だ。中央競馬は芝とダートのレースが行われるが、地方競馬の大半がダートだけで行われる。芝で走りそうな馬を作っても、千歳グループの馬と比べられれば見劣りがし、実際、大きなレースではなかなか勝てない現状がある。だから、日高の牧場は地方競馬向けにダート血統の馬を多く生産しようとする傾向が強まっていた。

裏を返せば、飛ぶ鳥を落とす勢いのノール・ファームも、ダート馬の層は厚くないということだ。中小の生産者にとって、つけいる隙があるとすればダートの重賞ということになる。

国道を走っていた車が和泉牧場の敷地に入ってきた。

車は国産のワンボックスカーだった。

「借金取りかもしれないぞ」

わたしは言った。

「ああ、そうみたいだな」

亮介が応じた。覚悟はできているという口ぶりだった。

ワンボックスカーがハイエースの後ろで停まった。運転席から杉本が降りてきて、後部座席のドアを開けた。やはり、国重だった。

「やっと会えたな、和泉亮介」

国重は歯を見せ、亮介に向かって手を振った。

「どうも」

亮介は軽く頭を下げた。国重が近寄ってくる。国重の顔つきは穏やかだったが、杉本は喧嘩腰だった。

「友達から聞いてるだろうが、おれは札幌の北村金融ってとこのもんだ。大阪の南田《みなみだ》さんから頼まれて、あんたの借金を回収しに来た」

「金は今はありません」

亮介が言った。国重の右の眉が吊り上がった。杉本が亮介との間合いを詰めた。

「舐めた口利いてるんじゃねえぞ、こら」

「ないから、ないと言ってるんです」

亮介は怯む様子を見せなかった。昔から肝は据わっている。

国重が杉本を制し、前に出た。

「まあ、一気に返せる金があるとは思っちゃいないがな。ちょっとドライブでもしながら返済計画について、話をしようじゃないか」

「警察を呼ぼうか」

わたしは亮介に耳打ちした。

「その必要はないよ」

「別に警察を呼んでもかまわないんだぜ。おれは違法行為をしているわけじゃない」

「行きますよ。話をつけましょう」

亮介はきっぱりと言って、ワンボックスカーに向かって歩きはじめた。

「さすがは、トップジョッキーだった和泉亮介だ。度胸がいい。おまえがＧＩに騎乗したら、必ず馬券買ってたもんだよ」

国重が亮介の肩に腕を回し、気安く語りかけた。亮介はされるがままになっていた。

亮介と国重がワンボックスカーに乗った。杉本がドアを閉め、運転席に移動する。ワンボックスカーは土埃《つちぼこり》を立てながら走り去っていった。

いななきが聞こえた。

振り返ると、寝ていたはずのブラックブリザードが起き上がり、ワンボックスカーの走り去った方角を見つめていた。

＊＊＊

やきもきしながら亮介の帰りを待った。だが、晩飯時になってもなんの音沙汰もない。

ひとりで餃子を焼き、チャーハンを作ったが、食欲は湧かなかった。結局、ビールをちびちび啜りながら餃子を二、三個、口に運んだだけで晩飯は終了した。チャーハンと餃子は容器に移し替え、冷蔵庫に放り込んだ。

車のエンジン音が聞こえたのは八時過ぎだった。外に出ると、タクシーが我が家に向かってくるのが見えた。

わたしはサンダルを履いて外に出た。タクシーが家の前に停まり、亮介が降りてくる。

「悪いな、敬。タクシー代、貸してくれ」

亮介はそう言ってわたしの肩を叩くと家に入っていった。わたしは運転手に代金を支払った。三千円と少々。金額から推測するに、亮介は堺町辺りでタクシーに乗ったようだった。

「あいつ、どこでこのタクシーに乗りました？」

わたしは運転手に訊いた。

「堺町の〈みどり鮨〉ですよ。呼ばれて迎えに行きましたから」

〈みどり鮨〉は浦河でも高級な方に属する鮨屋だ。生産者たちが、馬主や調教師たちを接待するのによく利用する。

「わかった。ありがとう」

わたしは運転手に礼を言い、家に戻った。亮介はすでに、居間でビールに口をつけていた。

「どうなった？」

「どうもクソもない。向こうは金を返せと言うし、おれは返したいけど金がないと言う。その繰り返しだ」

わたしは亮介を見つめた。

「で？」

「ない袖は振れないわけだから、吉村さんからもらう給料の中から少しずつ返していくことになった」

「あいつらがそれで納得したっていうのか？」

「利子が増えるんだ。やつらにとっても、一括返済よりそっちの方が旨みがあるんじゃないのか」

亮介は欠伸《あくび》をかみ殺した。

「これ飲んだら、おれ、寝るわ。明日も調教あるしな」

瞬きを繰り返しながら腰を上げ、自分の部屋に向かっていった。

わたしは釈然としない思いを抱えながら、その背中を見つめた。

亮介の給料は安い。その中から月々返済する額などたかがしれている。ああいう連中が、そんな金で満足するとはどうしても思えなかった。

だが、亮介を問い詰めたところでまともな答えが返ってくるはずもないということもわかっている。

わたしたちの性格は基本的には正反対だが、ひとつだけ、双子のように似ているところがあった。

意固地だということだ。

こうと決めたらなにひとつ譲らない。譲れない。

それで何度も喧嘩になったことがあるが、しばらくすると、またつるむようになる。周りに、自分たちのように馬に興味を持つ者がいなかったせいもある。お互いの夢や希望を分かち合える人間が他にいなかったのだ。

わたしは溜息を漏らし、飲みかけのビールに手を伸ばした。口をつけて飲み、顔をしかめた。ビールはいつの間にかぬるくなり、気も抜けている。ただ苦いだけだった。

わたしは中身をシンクにぶちまけ、冷蔵庫から新しいビールを取り出した。

腹が鳴った。

やり場のない怒りを感じると同時に空腹感がよみがえったのだ。

餃子とチャーハンを温め直し、食べた。

「あいつは鮨を食ってたんだぞ、くそ」

亮介を罵りながら、米の最後の一粒まで綺麗に平らげた。

＊＊＊

吉村ステーブルの若駒たちへの装蹄を終え、駐車場に戻ると、ＢＴＣでエゴンウレアに調教をつけている亮介の姿が見えた。

角馬場《かくばば》と呼ばれるエリアで、馬術のドレッサージュのようにエゴンウレアを動かしている。

遠目にもエゴンウレアが怒っているのがわかった。だが、亮介はエゴンウレアの我《わ》が儘《まま》をゆるさず、手綱捌きだけでエゴンウレアを御していた。

亮介もエゴンウレアも、近寄りがたい雰囲気を色濃く漂わせている。片や御そうとし、片や御されまいと真剣勝負を繰り広げている。

レクサスの四駆がステーブルの敷地に入ってきた。吉村の車だ。吉村は車から降りると、真っ直ぐわたしの方へ歩いてきた。

「いい雰囲気じゃないか？」

角馬場に目を向けながら言った。

「ええ」

「亮介君がエゴンウレアを変えてくれるかもしれないな」

「だといいんですが」

「現役のジョッキーは忙しすぎだ。毎週末は競馬があって、休みは月曜だけ。週の中日は追い切りに乗って、馬に跨がらない日はトレーニング。馬と接する時間が極端に短い」

吉村はそこで言葉を切り、目をわたしに向けた。

「常々もったいないなあと思ってたんだ。馬を御す技術はジョッキーが一番だ。なのに、そのジョッキーが馬と過ごす時間が短すぎる。ジョッキーと馬が過ごす時間が長くなれば、気性に問題のある馬ももっと御せるようになるんじゃないか？　そうすれば、能力を発揮できなかった馬も、走るようになるんじゃないか？　ずっとそう考えていたんだよ」

「おっしゃるとおりですね」

わたしは言った。馬と一番長い時間を過ごすのは厩務員だ。馬房を清潔に保ち、飼い葉を与え、運動の後には体を洗ってやる。たいていの馬は厩務員には気をゆるす。しかし、たまにしか顔を合わせない人間が自分に跨がり、ああしろこうしろと指示を出してくる。従順な馬ならそれでもいいが、気性の荒すぎる馬は、やがて、騎手の姿を遠くから見かけただけで気持ちを昂《たか》ぶらせるようになってしまう。

人間と同じで、馬もいかに平常心で走るかが大切だ。気持ちの昂ぶりは力みを生み、力んで走る馬は最後まで息を保てなくなる。

もし、騎手がもっと長い時間を馬と過ごせるのなら、いずれ難しい馬も騎手に心をゆるすようになるだろう。騎手の指示通り、競馬で走るようになるだろう。

「あいつも山あり谷ありの人生を歩んできたんだろうが、馬にとっちゃ、ああいう一流のジョッキーが毎日のように調教をつけてくれるって状況は幸せなことだと思うんだよな。君が亮介君を紹介してくれたとき、これは、千載一遇のチャンスだと感じたもんだよ。ノール・ファームの外厩にだって、元一流ジョッキーの肩書きを持つ働き手はいないんだからな」

「上手くいくといいですね」

わたしは言った。頭の奥に、国重の顔が浮かんでいた。借金問題がなんとかならないかぎり、亮介はまた問題を起こす。

いやな予感が胸から消えなかった。

8

調教師はもちろん、厩務員や騎手たちが集まってきて、やりづらいことこの上なかった。

ほとんどの人間がわたしが装蹄するところを見たことがないのだ。どれだけの腕前なのかと興味を持つのは致し方ない。だが、それにしても集まりすぎだ。

みな、わたしの作業を見ながら口々に勝手なことを言い、それが自ずと耳に入ってくる。それでも、三頭目の装蹄を終えるころにはあらかたの人間は立ち去っていった。

残ったのは自分の管理する馬の装蹄を待つ厩務員がほとんどだった。中に数名、調教師も交ざっている。

四頭目の装蹄を終え、持参したペットボトルの水を飲んでいると、調教師のひとりが近づいてきた。安永貞男だった。

「平野君、あんた、接着剤使った装蹄も上手いって聞いたんだが、本当かい？」

エクイロックスという接着剤を使った装蹄技術はアメリカで開発された。何人かの装蹄師がアメリカでその技術を学び、日本にも導入されたのは二十年ほど前のことだ。わたしもひととおり学び、独自の工夫を施した装蹄を行っている。

「ええ。上手かどうかは自分ではわかりませんが、できますよ」

「うちに一頭、えらく爪の薄い馬がいるんだわ。後で見てもらえんかね」

「かまいませんよ」

通常、蹄鉄は専用の釘で蹄に打ちつける。だが、中には蹄が薄かったり弱かったりして釘ではなかなか固定できない馬もいる。接着装蹄はそんな馬に装蹄するために開発されたものだ。今は接着剤自体も改良が進んでいるし、装蹄技術も格段の進歩を遂げている。

「じゃあ、終わったらうちの厩舎に寄ってくれって」

わたしはうなずき、次の馬に装蹄する支度をはじめた。

「渡辺さんは、なかなか接着装蹄になじめなかったみたいでな」

立ち去った安永と入れ替わるように谷岡が近づいてきて口を開いた。

「頼めばやってくれたけど、決して上手とは言えない。本人には内緒だぞ」

「わかってます」

わたしは苦笑した。

「それでさ、今夜、競馬が終わった後に、平野君の歓迎会をやりたいんだけど」

「いいですよ。多分そうなるだろうと思って予定は入れてませんから」

「競馬終わった後だと、十時過ぎになるけどさ」

ナイター競馬の最終レースの発走時刻は通常、八時四十分である。レースはものの数分で終わるが、レース後の諸々を考えれば、宴会がはじまるのは十時半ぐらいと考えるのが妥当だった。

わたしにとっては渡りに船だ。明日も競馬は開催される。となれば、みな、深酒をするわけにもいかないから深夜になるころに宴会はお開きとなるだろう。延々と酒に付き合わされる恐れはない。

「じゃあ、後で時間と場所、連絡するから」

「わかりました」

わたしはうなずき、次の馬の足もとに屈み込んだ。

＊＊＊

競馬場は静かな熱気とでもいうべき空気に包まれていた。

四月にはじまった今シーズンの競馬が、いくつかの重賞を控えて本格化しつつあるのだ。ダービーとも呼ばれる北海優駿もすぐにやってくる。

ホッカイドウ競馬は、昔から二歳馬の能力が他の地方競馬より抜けていることで知られている。馬産地に近い立地条件もあって、若駒に無理な遠距離輸送を経験させることなくトレーニングセンターに送って育成できるという有利があるからだし、馬産地の競馬を舐めるなという関係者たちの気概もある。

だが、皮肉なことに、ホッカイドウ競馬で優秀な成績を収めた二歳馬のほとんどが、三歳になると別の地方競馬へ転厩していくことになる。

厳しく長い冬のため、競馬の開催は年に半年行われるだけだ。馬主としては通年で競馬が開催される競馬場に馬を預けて、少しでも賞金を稼ぎたいと思うのが道理だ。

そして、ホッカイドウ競馬で頭角を現した二歳馬というのは、どの競馬場へ行っても通用すると思われる。

プライドを懸けて二歳馬を育成し、強い馬に仕立てても、次の春にはその馬はもう厩舎にはいないのだ。調教師たちはやるせない思いを胸に秘め、また新しい二歳馬たちに調教をつける。

馬産地の競馬は悲哀に満ちている。

それでも、そこに夢と喜びがあるから人々はめげることなく前を向いて進むのだ。

わたしは装鞍所の近くに陣取って競馬が行われていく様を眺めた。競走が始まる前に落鉄する馬などに対処するために、装蹄師は競馬の間中、待機していなければならない。

夜気が体温を奪っていく。わたしは両手をさすった。体を動かしていれば気にならないのだが、じっとしていると応える寒さだ。

競馬場の熱気が一段と高まってきた。今夜のメインレースは重賞の赤レンガ記念である。二千メートルのダート戦で、一番人気に支持されている谷岡厩舎が管理するオールモッドコンズはこのレースに勝てば、大井競馬に転厩する予定になっていた。

勝って花道を飾りたいと、陣営は元より、ファンも強く後押ししているのだ。

「今夜はしばれますね」

昼間、装蹄の時に馬を引いてきた厩務員が、温かい缶コーヒーを持ってきてくれた。谷岡厩舎の厩務員だ。わたしは礼を言って受け取った。

「ぼくたちはまだいいですよ。厩務員は朝も早いし、この時期でも馬を洗うのはえらいでしょう」

わたしは言った。えらいというのは大変という意味の北海道弁だ。

「まあ、もう慣れっこになってますから」

タブを開けた缶コーヒーを掲げて乾杯の仕草をしてから口をつけた。冷えた体に熱いコーヒーが染み渡る。

「おや？」

わたしは眉を上げた。谷岡明良が馬房の方に歩いていくのが見えたのだ。

「あれは、谷岡先生の息子の……」

「ああ、明良ですね。あいつ、馬が好きでね。用もないのに馬房に来ちゃ、馬を可愛がっていくんですよ。馬もよく懐いていてね」

「へえ」

わたしは生返事をしながら谷岡明良の様子をうかがった。慣れた足取りで、馬房が並ぶ厩舎へ入っていく。

「この後、うちのホープが出るんですよ」

厩務員の声のトーンが高くなった。わたしは馬房に向けていた注意を厩務員に向けた。

「ライザリズリーっていう牝馬なんですけど、足もとが弱くてデビューが遅れたんですよね。でも、素質は抜群。デビュー戦を逃げて後ろをぶっちぎりました。今日も勝ちます。馬券、買っておいた方がいいですよ。勝ちは決まってるんだから、後は相手を探すだけです」

厩務員の頬がうっすらと赤く染まっていた。文字通り、自慢の馬なのだ。おそらく、彼が担当しているのだろう。

「あ、でも、馬券買えないか」

厩務員が頭を掻いた。

「馬券がなくても応援しますよ」

「必ず中央に行く馬なんで。ダートでも強いですけど、絶対、芝の方が合うはずなんです。そのうち、重賞も勝つんじゃないかって夢見てるぐらいなんですよ」

「それは楽しみですね」

「もう次のレースがはじまるな。長々と喋っちゃってすみません」

厩務員はわたしに手を振って去っていった。わたしは丸めて持っていたレーシングプログラムを開いた。ライザリズリーはこの後、第九レースに出走する予定になっていた。二歳馬によるダートの千六百メートル戦。

生産はバイアリーターク。父親は中距離のGIを二度制したイートンライフル、母は海外のマイル重賞戦線を賑わせたシェリーダーリン。良血である。

バイアリータークとしては、できれば中央でデビューさせたかった馬なのだろう。だが、脚部不安のため、大事を取って地方でデビューさせることにしたのだ。才能が開花すれば、すぐに中央に転厩できるという目論見もあっただろう。

わたしはネットで第九レースの前売りオッズを確認してみた。ライザリズリーは単勝一・二倍の圧倒的な一番人気だった。これでは馬券を買っても旨みがない。

わたしはレーシングプログラムを再び丸め、缶コーヒーを飲み干した。空き缶を自販機の横にあるゴミ箱に捨て、元の位置に戻った。気温はぐんぐん下がっていく。缶コーヒーがもたらしてくれた温もりはあっという間に奪い去られていった。

レースは何事もなく順調に進んでいった。今日は堅い決着が多い。レースが終わるたびに、スタンドから失望に似た溜息が聞こえてくる。

装鞍所に、第九レースに出走する馬たちが姿を現した。ライザリズリーは三枠三番のゼッケンをつけていた。目がくりっとした鹿毛の馬で、表情がなんとも愛らしい。先ほど缶コーヒーを差し入れてくれた厩務員が引いている。厩務員のことを信頼しているのだろう。嫌がる素振りのひとつも見せずに従っていた。

「可愛いだろう」

声に驚いて振り返った。谷岡が腕を組んで鞍を装着されているライザリズリーを見ていた。

「もう長いことこの仕事をしてるけど、あんなめんこい馬はなかなかいない。気性も素直で、甘えん坊。でも、競走になると強い。うちの期待の馬だが、このまま順調に勝っていくと、冬には大井競馬に転厩することになってる。そこでも勝てば、中央だ」

わたしは谷岡の言葉にうなずいた。

「ずっとうちにいてくれりゃ、重賞もすぐに勝てるし、交流重賞だって夢じゃないんだけどなあ」

日本の競馬では、ダートの競走は、中央馬も地方馬も同じ格付けが適用されている。したがって、中央馬と地方馬が激突する交流競走は頻繁に行われているのだ。

「厩務員さんは芝の方が走るって言ってましたよ」

「血統を見りゃ、そうだよな。父系も母系も芝の血統だ。なのに、ダートでも走る。夢を見たくなっちゃう馬なんだよ」

谷岡は溜息を漏らすと、腕組みを解いた。

「さ、鞍上と打ち合わせしてこなけりゃ。後で、歓迎会な」

「はい」

わたしが返事をすると、谷岡は口笛を吹きながら検量室の方へ歩いていった。レーシングプログラムによると、ライザリズリーの鞍上は権藤である。デビュー戦で跨がったのも彼だった。

次のレースがはじまった。千二百メートルのスプリント戦だ。一分程度でレースは終わる。これもまた堅い決着で、穴党《あなとう》たちの悲鳴が聞こえるような気がした。

装鞍を終えた第九レースに出走する馬たちがパドックを周回しはじめた。

以前と同じ場所に谷岡明良がいた。鋭い視線を馬たち——とりわけライザリズリーに向けている。

他の馬たちに交じって、ライザリズリーの馬っぷりはぬきんでていた。装鞍所にいるときは厩務員に甘えていたが、パドックに移動すると瞬時に気合いが入ったようだった。歩き方が堂に入っている。四肢のバランスがよく、背中から尻にかけてのラインは溜息が出るほど優雅だった。トモの筋肉もよく張っている。毛艶もぴっかぴかで、皮膚も薄い。

皮膚が薄いということは、代謝がいいという証拠である。代謝のいい馬はエネルギーの消費効率が高い。車で言うところの燃費がいいのだ。

「なるほど、この馬は走るな」

わたしは思わず呟いた。

厩務員に引かれてパドックを数周回ると、今度は、騎手が背中に跨がっての周回となる。それが終わると、本馬場へ向かって返し馬、ついでレースの開始だ。

ライザリズリーは権藤が跨がっても堂々としていた。だが、パドック周回が終わって本馬場に向かう途中で急に立ち上がった。鞍上の権藤が必死で背中にしがみつき、厩務員がなだめようと悪戦苦闘する。パドックであれほど落ち着いていたのとは違う馬ではないかと思うほどの変わりようだった。

鞍上と厩務員が必死でなだめながら本馬場へとライザリズリーを誘導した。だが、ライザリズリーのテンションは上がる一方だった。不機嫌そうに首を振り、隙あらば権藤を落とそうと身構える。

厩務員が近くにいる馬に気を取られた次の瞬間、ライザリズリーは再び立ち上がり、激しく首を振った。権藤が背中から地面に落ち、厩務員の手から引き綱が離れた。その瞬間を待ちわびていたと言わんばかりにライザリズリーは走り出した。

放馬である。

ライザリズリーは凄まじい勢いでコースを駆け抜けていく。あれでは、体力の消耗が激しすぎてレースには出られないだろう。あちこちで溜息や罵声が聞こえてくる。圧倒的な一番人気が出走しないのだ。必死で考えて買った馬券なのに、元も子もなくなるのである。

ライザリズリーはなんとか止めようと手を尽くす係員たちを嘲笑うようにコースを周回し続け、五分後にエネルギーを使い果たして走るのをやめた。全身は汗で濡れ、口の周りは泡だらけだった。だれが見ても、レースに出られる状態ではない。

係員に引き綱をもたれたライザリズリーはおとなしくスタート地点まで戻ってきた。藤澤敬子が馬場に出ていって、ライザリズリーの状態を確認する。彼女はすぐに首を振った。

著しい疲労のため、出走取り消しである。

すぐにその旨の場内アナウンスがあり、ライザリズリーは装鞍所に引き返していった。

わたしは腰をさすりながら検量室に戻る権藤の後を追った。

「ライザリズリーになにがあったんですか？」

「わかんねえよ。突然、暴れ出しやがった」

権藤は乱暴に答えた。相当頭に血が昇っているらしい。

「いつもと変わったところは？」

「なにもない。パドックを出るまではこの前と同じだった」

権藤は背中に腹立ちを漂わせたまま検量室に消えていった。本馬場の方に向き直ると、藤澤敬子の姿が目に入った。

「あの馬に異常は？」

「疲れている以外は特になにも」

「シドレリアと同じような状態に見えたよ」

わたしは言った。

「そうね。あの馬もこんな感じだったかも。後で血を抜いて調べてみるわ」

歓声が上がった。一番人気抜きのレースがはじまっていた。

＊＊＊

歓迎会はなんともいえない雰囲気に覆われていた。ライザリズリーのせいで、幹事の谷岡が心ここにあらずといった風情だったからだ。

宴はビールでの乾杯にはじまり、海鮮や鹿肉の料理で集まった全員が舌鼓を打った。

「ライザのことが心配ですね」

わたしは谷岡にビールの酌をした。

「ああ。今まで、あんなことはなかったからなあ。父親が気の悪い馬だったから、その血は流れているけど、母親が素直な馬で、そっちの血を引いているんだと思っていたよ」

イートンライフルはレース直前のゲート入りで、激しく抵抗することで有名だった。一度ゲートに入ってしまえば落ち着くのだが、入る前は係員に激しく抵抗したり、尻っぱねを連発したりと暴れまくる姿が有名で、ファンも多かった。

「権藤もわけがわからんと言っていたし、今回だけならいいが、これが癖になるようだとわやだ」

谷岡は顔をしかめ、ビールを啜った。「わや」は北海道弁で大変だという意味だ。

ふすまが開き、藤澤敬子が姿を現した。

「遅れちゃってごめんなさい」

頭を下げながら座敷に入ってくる彼女の姿に、場の空気が和んだ。女性厩務員が二名いるのだが、ふたりともまだ若く、中年男の話し相手を務めるには荷が重そうだった。藤澤敬子なら、如才なく振る舞えるだろう。

みなに勧められて、藤澤敬子はわたしと谷岡の間に座った。どうやらわたしと彼女が浦河で食事を共にしたという情報は全員の耳に入っているらしい。冷やかすような視線が多かった。

再び乾杯をし、藤澤敬子がグラスの中身を一気に飲み干すと、みなの顔に屈託のない笑みが浮かぶようになった。

結婚式はいつだという、野次のような声も飛んでくる。

「まだ一度デートしただけなんですよ」

藤澤敬子は野次にそう応じ、わたしにいたずらっ子のような笑みを向けてきた。

「そんなことを言うと、みんな勘違いするじゃないか」

「あら。わたしは勘違いされても全然かまわないけど」

わたしは溜息を押し殺し、ツブ貝の刺身に箸をつけた。

「ライザはどうだった?」

谷岡が訊いてきた。藤澤敬子は、ライザリズリーの検査をしていて宴に遅れたのだ。

「体調にはなにも問題なし。血を採って簡易検査してみたけど、禁止薬物も検出されなかったわ。ただ、虫の居所が悪かっただけみたい」

「そうか。それならいいんだが」

谷岡はそう応じたが、苦虫を嚙みつぶしたような表情は変わらなかった。原因がわからないというのは、それはそれで厄介なのだ。

「谷岡先生から、接着装蹄もできるって聞いたけど、どこで勉強したのさ？　浦河にもトレセンはあるけど、ほとんどが若駒で、接着装蹄するような機会はあんまりないべ？」

津村《つむら》という調教師がわたしに声をかけてきた。すでに顔が赤い。

「繋養している馬に協力してもらってるんです」

わたしは説明した。ブラックブリザードは余生を過ごすためにわたしの牧場にいる。もう、装蹄する必要はないのだが、わたしは現役の競走馬と同じローテーションで装蹄している。技術向上のため、他の馬にはなかなかできないようなアイディアを試すのだ。

「なるほど。それで養老牧場なんかやってるのかい」

「それだけのためじゃないですよ」

わたしは冗談めかして言った。養老牧場というのは、競馬界においては扱いが難しい存在なのだ。

「昔、おれが見ていた馬でさ、引退して乗馬になったのがいるんだわ。そいつが、脚傷めて、乗馬も今度引退することになったんだが、引き取り手が見つからない。かつての馬主に連絡してみたけど、引退馬にまわす金なんてないってけんもほろろでさ。あんたんところで面倒見てもらうわけにはいかんかね」

「すみません。ぼくもボランティアでやってるわけではないので……よかったら、引退馬協会を紹介しましょうか？　協会に引き取ってもらえたら、ぼくのところでなんとかできるかもしれません」

引退馬協会が関わる馬を繋養すれば、協会から補助金が下りる。それで命を救われる馬もたくさんいるし、一息つける牧場経営者も大勢いる。

「ああ、よろしく頼むわ。うちの厩舎に初めて重賞獲らせてくれた馬でさ。なんとかしてやりたいんだわ」

「わかりました。明日、すぐに手配します」

かつて、引退した競走馬にどんな未来が待っているのかを口にするのはタブーだという時代が長く続いた。みな、心を痛めているのだが、だからといってなにもできない。だから、見て見ぬふりをする。

だが、ここ数年、風向きが変わってきた。引退馬のセカンドライフ、サードライフをなんとかしようと声を上げる調教師の数が増え、実際に、いくつかのプロジェクトが動きはじめていた。

これまでは引退馬協会のような、競馬サークルの外の人間たちしか動かなかったものが、大きなムーヴメントとなりつつあるのだ。

「他にもさ、自分が関わった馬のことで頭を痛めてる調教師がいるんだけど、そいつらにも話してみてもいいかい？」

「もちろんです」

わたしは津村に向かってグラスを掲げた。

「そういえば、今日、競馬場に和泉亮介が来てたらしいぞ」

座敷の奥の方でだれかがそう話す声が聞こえてきた。

「気づいたファンが群がってサインをねだったらしいけど、煩わしそうな態度で、さっさと帰ったって話だけどさ」

わたしは谷岡と藤澤敬子に断りを入れ、話の主のそばに席を移した。

「今日はわざわざありがとうございます。平野敬です」

わたしは男のグラスにビールを注いだ。

「これはわざわざどうも。田中《たなか》厩舎で厩務員やってる園田《そのだ》です」

わたしたちはグラスをぶつけ合い、ビールに口をつけた。

「園田さん、今の和泉亮介の話ですけど、あいつが競馬場にいたのはいつ頃かわかりますか？」

わたしは訊いた。亮介は競馬場に行くとは一言も口にしていなかったのだ。

「さあ、多分、七レースぐらいじゃないかなあ。あ、ちょっと待ってくださいよ」

園田はスマホを手に取って操作した。

「これこれ。SNSでファンが投稿してるの」

わたしは園田が差し出してきたスマホの画面に目をやった。

〈門別競馬場で和泉亮介発見！　サインをお願いしたら、マッハで断られた。相変わらずの何様～〉

投稿には、ファンに囲まれる亮介の写真も添えられていた。タイムスタンプを確認すると、第八レースの発走直前だ。

「なるほど」

「そういえば、平野さんは和泉亮介と一緒に暮らしてるんじゃなかったかい？」

園田の横にいた男が口を開いた。

「ええ。こっちに来るとは聞いていなかったもので、ちょっと気になって」

わたしは適当にごまかし、違う話題に会話を誘導した。

＊＊＊

「引退馬のことで津村先生と話してるときの顔、ほんと、嬉しそうだった」

藤澤敬子が言った。我々は彼女のジムニーの後部座席に座っていた。宴会からの帰りだ。運転をしているのは代行業者だった。

宴会に参加したほとんどの人間が代行を使って競馬場内の自宅に戻る。わたしも宴会場に向かったときと同様、谷岡の車に乗せてもらうつもりだったのだが、酔った調教師や厩務員たちが乗る車が違うと言って、わたしを彼女の車に押し込んだのだ。

「そうかな」

わたしは生返事をした。わたし自身も相当酔っている。そんなに飲むつもりではなかったのだが、次から次へと酌をされ、グラスを空にしていくうちにもう、なにもかもがどうでもよくなってきたのだ。

「馬で生活を立てている人が、馬の行く末を気にするようになったら、辛いわよね」

「ああ。辛すぎて、この世界から去っていった人が大勢いるよ」

わたしは答えた。

「辛くても、競馬が好きなのね？」

「人馬一体という言葉に接するだけでドキドキしてくる変態なんだ」

わたしは茶化した。藤澤敬子が右手を伸ばしてきて、わたしの左手を握った。わたしも握り返した。

藤澤敬子はそのまま、わたしに寄りかかってきた。

「このまま平野さんと寝たら、みんなにやっぱりって思われるの癪《しゃく》だから、今夜は我慢する」

耳元で囁く。濡れた声がわたしの神経を刺激した。だが、彼女の言うとおりだ。わたしは天邪《あまのじゃ》鬼《く》だし、彼女もそうなのだろう。

車の速度が落ちた。

彼女の家は、渡辺の家の遥か手前にある。

「運転手さん、わたしの家は後でいいから、装蹄師の渡辺さんの家に先に向かって」

藤澤敬子が運転手に声をかけた。

「いや、君の家の前で降りるよ。少し、夜風に当たって酔いを覚ましながら帰る」

「だいぶ冷え込んでるわよ」

「慣れたもんさ」

「一枝さんが待ち構えてるわよ。敬ちゃんの歓迎会に行くのよねって、わたし、何度も確認されたもの」

車が停まった。藤澤敬子が支払いをしている間にわたしは車を降りた。

彼女の言ったとおり、冷え込みがきつい。まだ夏は来ないと思わせる気温だった。

藤澤敬子と代行の運転手が車から降りてきた。運転手はついてきた車に乗り込んだ。

「ああ、さぶ。夏はいつ来るの？」

「まだまだ先だよ」

「みんなそう言って脅かすの」

代行の車が走り去っていった。車のリアランプが視界から消えると、わたしは彼女を抱き寄せた。

「おやすみ」

そう言って、彼女が答える前に唇を奪った。彼女は驚いたが、嫌がる素振りは見せなかった。

「そんなことされると、朝まで一緒にいたくなっちゃう」

「今夜はここまで」

わたしは彼女から離れた。

「風邪引かないでね」

「君こそ」

わたしは彼女に手を振り、渡辺の家に向かって歩きはじめた。

どこかの馬房で馬がいなないた。冷やかされているような気分になって、わたしはひとり、頬を赤らめた。

9

仕事帰りに吉村ステーブルに立ち寄った。亮介のことが気になっていたのだ。国重が来て以来、わたしと亮介は言葉を交わす頻度が極端に減っていた。亮介がわたしを避けるのだ。

亮介は馬の洗い場にいた。エゴンウレアの体を丁寧に洗っている。エゴンウレアは暴れるでもなく、亮介の好きにさせているようだった。

「この前から、亮介君、率先してエゴンの体を洗うようになったんですよ」

遠くで亮介とエゴンウレアの様子をうかがっていると、落合が近づいてきた。

「エゴンも満更でもなさそうに見えませんか？　二、三日前から距離がぐっと詰まってきたようないい感じです。調教の時も、亮介君を振り落とそうとはしなくなりました」

「そうですか」

わたしは落合の言葉にうなずいた。亮介が馬の体を洗うのは、新人騎手だった頃以来のことだろう。楽しそうではなかったが、それでも手を抜くことはなかった。

「他の馬の調教もうまくやってくれるし、さすが元トップジョッキーだって、うちのスタッフたちも喜んでますよ」

「馬乗りとしては超一流ですからね」

「もったいない話ですよ……昨日、社長と飲んだんですけど、亮介君を鞍上にしてケンタッキーダービーに行きたかったって何度も言ってました。酔ってたけど、本音だと思いますね」

作業を終えた亮介が、エゴンウレアを馬房に引いていった。

「亮介の仕事はもう？」

落合に訊いた。

「ええ。今日はもう上がりのはずです」

「じゃあ、昼飯にでも誘おうかな」

わたしは落合に会釈して、亮介が入っていった馬房に足を向けた。入口から中を覗く。亮介がエゴンウレアの体を親しげに叩きながら、馬房の扉を閉めていた。

「昼飯、食いに行かないか。奢るぞ」

わたしはその横顔に声をかけた。

「ラーメンがいいな」

亮介が答えた。

「よし。〈八雲《やくも》〉に行こう」

〈八雲〉は堺町にあるラーメン屋だ。札幌の有名店で修業した店主が、独立を機に地元に戻って開いた店である。味噌ラーメンが絶品だった。

それぞれの車に乗って堺町を目指した。西舎から向別《むこうべつ》を通って堺町へと向かうルートを取った。

〈八雲〉に到着したのは午後一時をちょうどまわった時刻で、客足も一段落していた。混んでいるときは三十分ぐらい平気で待たねばならない店なのだ。

亮介は味噌ラーメンを、わたしは週替わりの担々麺を注文した。

「エゴンウレアはどうだ？」

注文を済ませると、わたしは亮介に水を向けた。

「いい感じだ。少しはおれのことを見直してくれているみたいだぜ」

「まさか、おまえが馬を洗うだなんてな」

「前科があるのに雇ってもらってるんだ。自分にできることはしなくちゃな」

わたしは微笑んだ。亮介はエゴンウレアを相当気に入っているはずだ。トップジョッキーだったころの感覚で、ぬきんでた力を持つ馬はそれとわかるのだろう。その背中に跨がるのは楽しいはずだし、なんとか持てる力のすべてを発揮させてやりたいと思うのが乗り役の人情というものだった。

「あいつは、本気出して走れば、GⅠのひとつやふたつ、すぐに獲れる馬だ」

亮介が言った。

「敬、おまえ、あいつの馬主と親しいんだろう？　だったらさ、鞍上を替えるように言ってくれよ」

「そうはいっても、エゴンウレアは熊谷さんのお手馬だし――」

「クマさんはベテランだし、いい馬乗りだよ。だけど、エゴンみたいな馬には合わない」

「だれならいいんだ？」

好奇心を刺激されて、わたしは訊いてみた。

「邦夫《くにお》さんだよ。あの人しかいない」

亮介は迷うことなく即答した。競馬界で邦夫と言えば、武藤《むとう》邦夫である。この二十年、ナンバーワンジョッキーとして中央競馬会に君臨し、数え切れないほどの勝利と栄誉を手にしてきた。

「そりゃ、邦夫さんが乗ってくれるなら最高だけど……」

わたしは言葉を濁した。武藤邦夫に自分の所有馬、自分の管理馬に乗ってほしいと願う馬主、調教師はそれこそ掃いて捨てるほどいる。邦夫が乗れば勝つ確率が三割方上がる――そう言われるほどの名手なのだ。乗る馬は選び放題。逆を言えば、GⅠどころか重賞を勝った実績もない馬に乗ってくれとは頼みづらい。

「邦夫さんに乗り替わるなら、クマさんのプライドもそれほど傷つかないだろう？」

亮介が言った。わたしはうなずいた。

「邦夫さん、クールだって思われてるけど、本当は情に篤い人なんだよ。エゴンみたいに力はあるのになかなか勝てない馬がいると、自分が乗って勝たせてやるって思うはずだ。な、敬、馬主に言って、邦夫さんに乗ってもらえよ。邦夫さんなら当たりも柔らかいし、エゴンも反抗しない」

「そんなにエゴンのことが気に入ったのか」

「勝てる力があるのに勝てない馬を、腐るほど見てきた。そういう馬が、将来どうなるのかわかっていても、なんにもできなかった。しょうがねえと思ってたのさ。これが競馬だ。競馬界に生きる馬と人間の宿命だってな。だけど、おれはもう騎手じゃない。だったら、騎手のときは考えもしなかったしやりもしなかったことをやってみてもいいだろう？」

ラーメンが運ばれてきて、亮介は口を閉じた。わたしたちは割り箸を割り、ラーメンを啜った。相変わらず、スープの味が絶妙だ。

「あいつは種馬になるべきだと思う」

亮介がレンゲでスープを掬《すく》いながら言った。

「そのためには重賞なんて言ってられない。なにがなんでもGIを勝たなきゃ意味がないんだよ。そのための邦夫さんだ」

「機会があったら、小田さんに言ってみるよ。いや、栗木さんに言った方が早いかな。あの人こそ、エゴンにGI獲らせたくてうずうずしてるんだから」

「頼む。絶対に邦夫さんだ」

わたしがうなずくと、亮介はやっとスープを啜った。

「うめえ」

目を丸くして、今度は麺に口をつける。そこからは一気呵成《いっきかせい》だった。よほど腹が減っていたのだろう。わたしは亮介の健啖《けんたん》ぶりに苦笑しながら、自分のペースでラーメンを食べた。

「そういえば、この前、競馬場に来てたんだってな」

亮介がスープを飲み干すタイミングを見計らって話を変えた。

「ああ」

エゴンウレアのことを話すときとは違って、亮介の口は明らかに重い。

「来るなら来ると教えてくれればいいのに」

「ステーブルの仕事が終わって暇だったから、ちょいと覗いてみるかと思っただけだ。でも、ファンに気づかれてサインをねだられたから、這々《ほうほう》の体《てい》で逃げ帰った」

亮介の説明に矛盾はなかった。

「ちょっと迂闊だったな。次は目立たないようにしないと」

亮介が腰を上げた。わたしのラーメンはまだ三分の一近く残っている。

「先に行く。ごちそうさん」

「食べ終わるまで待ってくれたっていいだろう」

「野暮用があるんだ。じゃあな」

亮介は店を出ていった。

＊　＊　＊

栗木は放牧地の真ん中で、ひとり、雑草取りに励んでいた。わたしはハイエースを栗木の軽トラの横に停めた。栗木が顔を上げ、腰を伸ばした。その後で、わたしに手招きをする。

わたしは牧草地の中に入った。

「だいぶ緑が濃くなってきたな」

栗木は日高山脈に目を向けていた。日高山脈に向かって広がる無数の放牧地の草が、茶色から黄色、そして緑へと色を濃くしていく様がよくわかる。

「エゴンと亮介、いい感じだそうじゃないか」

栗木がわたしに向き直った。満面の笑みが浮かんでいる。

「小田さんと話したんだが、秋になる前にトレセンに戻して、ジャパンカップから使う予定だそうだ」

「天皇賞はパスですか」

わたしは言った。秋以降に開催される古馬の中長距離のＧＩレースは天皇賞、ジャパンカップ、暮れの有馬記念と続く。昨年、エゴンウレアはその三つのレースすべてに出走したし、今年も同じローテーションを守るものと思っていた。

「小田さんは天皇賞も使うつもりだったんだけど、吉村さんが、もう少し亮介に任せた方がいい結果になるって説得したみたいなんだよ」

「そうですか」

「小田さんも、エゴンの勝つところを見たいだろうからな。吉村さんの提案を受け入れたってわけさ」

「その亮介とさっきまで話してたんですけど――」

栗木は興味津々という顔つきでわたしを覗きこんできた。

「エゴンの鞍上、邦夫さんに頼んだらどうかって」

「邦夫って、武藤邦夫か」

「他にだれがいるんですか」

「熊谷じゃだめだっていうのか？」

「手が合わないんじゃないかと亮介は言ってました。熊谷さんは馬を力でねじ伏せるような乗り方じゃないですか。エゴンはそうされると抗うんだって」

「そりゃあ、邦夫が乗ってくれるなら小田さんだって文句は言わないだろうけど……でもジャパンカップにしろ有馬記念にしろ、邦夫にはお手馬がいるだろう」

栗木は唇を尖らせた。その通りだ。武藤邦夫ほどの騎手になれば、レースの数ヶ月前、下手をすれば一年前から乗る馬が決まっていたりする。

「そうなんですよね。それで考えてみたんですけど、中日新聞杯を使うっていうのはどうなんですかね」

わたしはここへ来るまでの車中で温めていたアイディアを口にした。

「中日新聞杯？」

栗木が右の眉を吊り上げた。

中日新聞杯は十二月初旬に中京競馬場で行われる重賞だ。距離は二千メートル。ジャパンカップと有馬記念への出走を予定している馬にとってはスケジュール的にとても厳しいローテーションになるが、そのレースなら、武藤邦夫がエゴンウレアに乗るチャンスがある。それに、エゴンウレアは多少短い間隔でレースに使われても音を上げる馬ではなかった。

「中日新聞杯か……」

栗木が顎に手を当てた。集中しはじめたときの癖だ。

「ちょっと待っててくれ」

栗木はスマホを手に取り、電話をかけはじめた。相手は小田に決まっている。

「どうも、栗木です……」

電話が繋がると、栗木はわたしに背を向け、放牧地の端に向かって歩き出した。五分ほど話をすると、スマホを耳から離して戻ってくる。

「小田さんだけど、中日新聞杯とチャレンジカップの両天秤で邦夫に話してみるってさ」

チャレンジカップも十二月初旬に阪神競馬場で行われる芝二千メートルの重賞だ。中日新聞杯よりも一週早く、ジャパンカップの翌週に行われるため、わたしはハナから選択肢に入れていなかった。

「でも、チャレンジカップに出走となると、ジャパンカップはどうするんですか？」

「邦夫がどちらかで乗ってくれるなら、今年のジャパンカップは諦めるってさ」

「本当ですか？」

「とにかく、まず重賞をって。GⅠで二着に来るような馬が重賞獲ってないんだからな。まずは、タイトル。小田さんはそう思ってる。家に入るべ。少し冷えてきたし、お茶でも飲みながら小田さんの連絡を待とう」

「連絡を待つって――」

「善は急げって、今、邦夫のエージェントと話してるはずだ」

小田はもともとせっかちな男だが、やることが早すぎる。栗木の言うとおり、エゴンウレアに重賞を獲ってもらいたくて仕方がないのだろう。

栗木の家の中にはだれもいなかった。栗木が自ら台所に立ち、コーヒーを淹れはじめた。

「しかし、亮介が邦夫のこと言い出すなんて、エゴンのこと、相当買ってくれてるんだな」

「今朝、調教の後でエゴンの体を洗ってましたよ。あいつが馬を洗うなんて、あんちゃんの時以来じゃないですか」

「そうかあ、そんなに気に入ってくれたか」

栗木はサーバーの中のコーヒーをカップに注ぎ、居間に運んできた。わたしは礼を言ってカップを受け取った。

栗木のスマホから着信音が鳴りはじめた。

「早いな」

栗木が電話に出た。

「もう、話が決まったんですか？」

栗木はそう言って口をつぐみ、電話の相手——小田の話に耳を傾けた。ときおりうなずくだけで、一言も発しなかった。

わたしもコーヒーカップを持ったまま、口をつけるのも忘れて栗木の様子を見守った。

「わかりました。それでお願いします」

栗木が電話を切った。

「中日新聞杯なら邦夫が乗れるそうだ」

「ジャパンカップは？」

「諦めるってさ。中日新聞杯で重賞獲って、その足で有馬記念に向かう。熊谷には小田さんが説明するそうだ。邦夫は有馬ではエゴンに乗れないが、熊谷を鞍上に戻すこともないって」

胸がちくりと痛んだ。熊谷騎手がエゴンウレアを勝たそうと持てる力のすべてを注いでいたのは間違いない。それでも、結果が出なければ切られてしまうのが騎手という職業の厳しい掟だ。

「邦夫が乗れば、エゴンは勝てるかな？」

栗木が言った。質問というよりは独り言に近い。

「勝つ可能性は上がります」

わたしは答えた。競馬に絶対はない。たとえ、武藤邦夫がエゴンウレアの力を百パーセント引き出す完璧な騎乗をしたとしても、負けることもあり得る。それが競馬なのだ。

「どうしよう、敬ちゃん。中日新聞杯はまだずっと先なのに、胸がドキドキして止まらなくなっちゃったよ」

栗木が泣き笑いのような表情を浮かべた。栗木の気持ちは痛いほどわかった。わたしは静かにうなずいた。

＊　＊　＊

家に戻り、牧草地の草刈りの支度をはじめた。例年は七月に行う作業だが、今年は草の生育が速いのだ。まず、栗木から借りるコンバインで牧草を刈る。刈った牧草はそのまま天日で数日干してから、ベーラーと呼ばれる機械を使ってロール状に固め、ラップを巻く。かつてはサイロを使っていたが、今ではラップを使うのが一般的だ。

牧草はラップの中で発酵する。それを馬の冬用の飼料として使うのである。

サイロで発酵させていた頃は、牧草をサイロの中に入れるのが重労働だった。夏休みに、北海道の牧場での生活に憧れて、都会から学生たちが住み込みのバイトにやって来るという時代があった。わたしや亮介がまだ子供のころの話だ。

だが、この草刈りの仕事が大変で、また、大量に現れる虫に嫌気が差して、多くの学生がバイト期間を満了せずに夜逃げするように牧場からいなくなったものだ。

時代は変わった。最新のテクノロジーが我々牧夫の仕事を簡略化し、都会から学生がバイトに来ることもなくなった。

普段は使っていない放牧地にコンバインで入っていき、草刈りをはじめた。

隣の牧草地ではブラックブリザードがのんびりと草を食んでいる。のどかな午後だ。

草刈りが半分ほど進んだころ、突然、ブラックブリザードがいなないた。

コンバインを止めて様子を確かめる。一台の車が牧場の敷地に入ってくるのが見えた。わたしは溜息を漏らした。普段は人が訪ねてくることなどない。亮介が来てからは、この牧場もずいぶんと賑やかになった。

車は深田典夫のものだった。深田典夫は車から降りると放牧地の入口でわたしに手招きをした。

わたしはもう一度溜息を漏らし、コンバインから降りた。

「どうして仕事の邪魔をする」

わたしは怒鳴るように言って、深田典夫の元に向かった。

「これを見せたくてさ」

深田典夫はスマホをかざした。

「エロ動画なら間に合ってる」

「そうじゃない。亮介のことだよ」

「亮介？」

わたしは首を傾げて深田典夫のスマホを覗きこんだ。

「三津谷《みつや》って覚えてるか？　小学校のドンパ」

わたしは曖昧にうなずいた。北海道では同級生のことをドンパと言う。名前に聞き覚えはあるが、顔が思い出せない。

「今は札幌に住んでるんだけど、何年か前に同窓会やったろ？　おまえは来なかったけど。その時、何人かでＬＩＮＥをはじめたんだよ。それで、ときおり連絡を取り合ってる」

「それで？」

わたしはわざとらしく鼻を鳴らした。

「三津谷、週末の楽しみは競馬って男なんだけど、こんなもの見つけたって、今朝、ＬＩＮＥで送ってきたんだ」

深田典夫はスマホの画面に指を走らせた。

〈元ＪＲＡトップジョッキーが独自の情報網を駆使して当たり馬券を予想!!〉

仰々《ぎょうぎょう》しい背景に、仰々しい文字が躍っている。掃いて捨てるほどある馬券予想サイトの宣伝文だ。

高額な入会金を取り、なおかつ、馬券の買い目も金を払わなければ教えてもらえない。そして、その馬券が外れても文句は言えないことになっている。

元ＪＲＡトップジョッキーという文言から目が離れなかった。

「亮介か？」

わたしの言葉に深田典夫がうなずき、また画面をスライドさせた。

画像が切り替わり、プロフィールが表示される。プロフィールの下には〈入会はこちらから〉というクリックボタンがあった。

プロフィールには亮介の騎手時代の主な成績が記され、馬主や調教師はもちろん、厩務員から生産牧場に至るまで、元ジョッキーだった人間にしか持ち得ない情報を駆使して高額配当馬券を連続的中させているとあった。

「入会金はいくらなんだ？」

わたしは訊いた。

「五万。それとは別に月会費が一万。もちろん、馬券の買い目を知るにも金がかかる」

「ぼったくりサイトだな」

「三津谷はこれを見つけて、幼馴染のよしみでこっそり教えてもらうことはできないかって言ってきたんだ」

深田典夫は苦笑しながら言った。

「高額配当の馬券がばんばん的中するんなら、そんなもん人に教えずにひとりでしこたま稼ぐに決まってるだろうって言っておいたけど」

「騙されるやつが多くて呆れるよな」

「だけど、これ、マズくないか？」

「マズい」

サイトの運営は法律に触れるわけではない。馬券の予想など、そもそも当たるはずがない。それに金を払うのは自己責任だ。

しかし、信用は失う。このことを知ったら、ほとんどの競馬関係者は眉をひそめるだろう。

借金は自分でなんとかする――亮介が言っていたのはこのことなのだ。おそらく、サイトを裏で運営しているのは国重だろう。亮介は肩書きを貸し、サイトの売り上げの一部を借金返済に充てているのだ。

「どうする？　三津谷が気づいたぐらいだから、そのうち、みんなの耳に入るぞ」

「亮介と話すよ」

わたしは言った。

「借金返すためだろうけど、こういうのはヤバいってこと、わからないのかよ、亮介は？」

わかっているのだ。わかっていても、背に腹は代えられない。

「とにかく、今夜、亮介と話をする」

「どうしても借金返せないっていうなら、おれ、貯金が百万ぐらいならあるんだ。それを貸してやるって――」

「今さら亮介は受け取らないよ」

「だけど――」

「わかってるだろう。プライドだけは馬鹿みたいに高いんだ」

深田典夫は俯《うつむ》いた。

「なんていうか……やるせないな」

「ああ、そうだな」

わたしは答え、隣の放牧地に目をやった。ブラックブリザードがこちらを見ながら草を食んでいる。その目は、人間ってのは本当に馬鹿な生き物だなと語っているように見えた。

＊　＊　＊

亮介が戻ってきたのは午後九時過ぎだった。勢いよく家に入ってくると、心持ち紅潮した顔でわたしに向かって口を開いた。

「ちょっと考えたんだけどよ、離れはなんに使ってるんだ？」

牧場の敷地にあるボロ小屋が離れだと気づくのに時間が要った。確かに、離れとして建てられたものだがわたしが牧場を引き継いだときには、もう使われなくなって何年も経っていた。

「おまえの親父さんが使ってた細々としたものを置いてあるが、あそこがどうした？」

「あの離れを改装してゲストハウスにするってのはどうだ？」

話の行き着く先が見えなくて、わたしは瞬きを繰り返した。

「ここは養老牧場なんだろう？　今後はブラックブリザードだけじゃなく、いろんな馬を繋養していくんだろう？」

「そのつもりだ」

わたしはうなずいた。

「引退馬協会からの補助金だけじゃきついだろう。結局は持ち出しになる」

それは覚悟の上だった。

「和泉牧場で引退馬支援の会を作るんだよ。年会費を払ってもらう。その代わり、あの離れをゲストハウスにして、寝泊まりはただ。いるだろう、夏に牧場巡りするファンが。そういうやつらに、離れを拠点として使ってもらうんだ。年会費払っても、ホテルに泊まるより安いってんなら、乗ってくるやついるんじゃないか」

わたしは腕を組んだ。亮介の話がやっと頭の中で像を結んだ。

「年会費二万ぐらいで二十人も会員になってくれればありがたいが、離れを改装する金なんて逆立ちしたって出ないぞ」

「おれたちでやるんだよ」

亮介が言った。

「おれたち？」

「そう。ＤＩＹって言うんだっけ？　装蹄師ならトンカチとかヤスリ掛けとかお手の物だろう」

「装蹄と大工仕事を一緒にするな。おれがやったことがあるのはせいぜい、柵の修繕ぐらいだぞ。おまえはどうだ？」

亮介が肩をすくめた。ノコギリを手にしたことすらないだろう。

「馬のためだ。なんとかしようぜ」

「そんなことを言って、結局、おれがひとりですべてやる羽目になるんだ。昔からそうだった」

わたしは言った。

「おれもちゃんと手伝うよ。育成牧場の馬乗りなんて、調教が終われば暇なんだ」

馬券サイトの話を切り出すなら今だった。だが、亮介の昂揚した顔つきがわたしに待ったをかけた。

亮介が真剣に和泉牧場の将来に思いを馳せている。そのことが嬉しく、せっかくの提案に水を差したくなかったのだ。

亮介が欠伸をした。

「頭を使うなんて柄にもないことをしたから、眠くてしょうがない。今日はもう寝るわ。明日も早いしな」

「おやすみ」

わたしは言った。亮介は台所に移動し、歯を磨きはじめた。

わたしは冷蔵庫から缶ビールを取り出し、タブを引いた。

「乾杯」

亮介には聞こえないよう小声で言って、ひとり、祝い酒を飲んだ。

10

マイホームタウンが軽快な足取りで坂路《はんろ》を駆け上がっていた。馬主は吉村雅巳で、ダートを主戦場にしている三歳馬だ。二歳時にはあまり目立つ成績を残せなかったが、明けて三歳になってからは二着、三着と好走を見せ、続く未勝利戦を勝ち上がると、三連勝を果たした。いわゆる、一変したのである。

あと一勝すればオープン入りで、吉村の期待も大きかった。

調教をつけているのは亮介だ。

亮介の馬乗りとしての才能は、吉村の心をがっちりと摑んだようだった。

マイホームタウンの後にも、調教を待つ馬が多数、控えている。

亮介が吉村ステーブルで馬に調教をつけはじめたという話はＪＲＡの調教師や馬主たちの耳にも届いているようで、休養に充てる馬を預けたいという依頼が増えていると聞いた。

坂路のスタート地点近くに設置されたモニタを、インド人の馬乗りたちが食い入るように見つめていた。亮介の技術を盗もうと必死なのだ。馬乗りの技術があがれば収入も増える。彼らにはそれがよくわかっている。

マイホームタウンが走っているのは全長千メートルの屋内坂路である。最大勾配は五・五パーセント。ウッドチップが敷き詰められ、馬の脚への負担を極力減らした上で、心肺機能を高めるためのトレーニングを行うことができる。

「熱心に乗ってくれているだろう？」

馬の走りを見るためのモニタルームに吉村が入ってきた。顔つきがゆるんでいるのはマイホームタウンの走りに満足しているからだろう。

「ええ」

「あいつはもうすぐ帰厩する。今の力ならすぐにオープン入りするぞ。まずは重賞を獲ってもらって、来年、フェブラリーステークスが目標だ」

ダート競走は芝のレースに比べてＧⅠのレースが少ない。才能に恵まれたダート馬たちにとって、フェブラリーステークスは最大の目標のひとつである。

「もし、ＧⅠで勝てたら、来年の秋にはブリーダーズカップに連れていこうと思っている」

そう語る吉村の目は子供のそれのように輝いていた。

ブリーダーズカップはアメリカの競馬の祭典だ。高額な賞金がかけられ、様々なカテゴリーのGIレースが二日間に亘《わた》って行われる。

「亮介に、向こうで騎手免許を取らせるっていうのは無理かな？　可能なら、亮介に乗ってもらいたいと思ってるんだ」

吉村が言った。

「さあ、どうなんでしょう」

あいにく、アメリカのシステムはよく知らない。

「まあ、無理だろうな」

吉村は首を振った。坂路を登り終えたマイホームタウンがスタート地点にゆっくり戻ってくる。

「それじゃあ、社長、ぼくはこれで失礼します」

「なんだ。昼飯に誘おうかと思ってたのに、デートか？」

わたしは苦笑した。

「〈深山〉の大将と約束してるんです」

「そうか。じゃあ、今度は〈深山〉で飲もう」

「よろしくお願いします」

わたしは吉村に一礼し、モニタルームを出た。吉村ステーブルまで徒歩で戻り、ハイエースに乗ると、浦河の市街地を目指した。

町の総合文化会館とショッピングモールやホテルなどが併設された建物の二階の駐車場にハイエースを停めた。ここには場外馬券売り場であるＡｉｂａもある。

階段を使って一階に降り、〈タケホープ〉という名のスープカリーの店に入った。タケホープは言わずと知れた浦河生まれのサラブレッドだ。一大ブームを巻き起こしたハイセイコーにダービーと菊花賞《きっか》で土をつけた名馬である。

深田典夫は一番奥のテーブルでスマホと睨めっこをしていた。わたしに気づくとスマホをテーブルに置き、わざとらしく腕時計を指さした。わたしも自分の時計を見た。十一時四十五分。約束したのは十一時半だった。吉村の話に付き合ったせいで遅刻してしまったのだ。

「十五分ぐらい、大目に見ろよ」

わたしは深田典夫の向かいに腰を下ろした。すぐに小野塚《おのづか》緑《みどり》が近づいてくる。この店の店主で、わたしたちの同窓生でもある。

「ふたり揃って食べに来るなんて珍しいじゃない。なにかの悪巧み？」

「そんなんじゃないよ。おれはいつもの」

わたしは言った。

「おれもいつもの」

深田典夫も言った。

わたしがここでいつも食べるのは〈タケホープ〉オリジナルのチキンスープカリーである。他のスープカリーも美味しいのだが、気づけばいつも同じものを食べている。

「たまには違うものも注文してよ」

小野塚緑は厨房に向かってわたしたちの注文を告げた。寸胴鍋を相手に格闘しているのは彼女の妹だ。

「そういえば、こないだ、亮介が来てくれたわよ。敬もあんまり食べないけど、亮介は輪をかけて小食ね」

「騎手だからな」

わたしは言った。

「今度、同窓会やろうよ」

小野塚緑はそう言うと、厨房に戻っていった。

「それで、相談ってなんだよ？　亮介のことか？　あいつ、なんて言ってた？」

「いや、今日はそのことじゃないんだ。おまえ、あの店の内装、有美とふたりでやったって言ってたよな」

「金がなかったからな。知り合いにも手伝ってもらったから、ふたりだけでやったってわけじゃないけど」

「亮介が、離れを改装しようって言うんだ」

「離れ？　あの牧場にそんなもんあったっけ？」

深田典夫が首を傾げた。わたしは亮介のアイディアを話して聞かせた。

「なるほど。それ、一石二鳥のナイスアイディアじゃないか」

「だろう？　ただ、問題がひとつある」

「なんだよ？」

「おれも亮介も日曜大工は素人だってことだ」

「まさか、おれに手伝えって言ってるんじゃないだろうな」

「そこまでは頼めないよ。ただ、アドバイスが欲しいと思ってさ」

「おれだって素人だぞ。店の内装も、仕方なく自分たちでやったんだ。金があれば、プロに頼んでた」

「それでも、おれたちより一日の長はある」

深田典夫が溜息を漏らした。

「わかったよ。おれにできることなら協力する」

「頼む。早速だが――」

わたしは家の改装に必要な大工道具を訊いた。柵や馬房の壁の修繕に使う程度の道具なら持ち合わせているが、他になにが必要なのかはさっぱり見当がつかない。

ふたりで話し込んでいるうちに、スープカリーが運ばれてきた。

小野塚緑は札幌の名店で修業した後、この店を故郷に開いた。味は折り紙付きだ。道外からやってくる競馬関係者やファンにも評判がいい。

「お待たせ」

小野塚緑はカリーとライスをテーブルに置くと、深田典夫の隣に腰を下ろした。

「あのさ、堺町でカットハウス開いた長田《ながた》君って知ってる？」

わたしと深田典夫は同時にうなずいた。髪を切ってもらったことはないが、腕がいいと町内の女性たちが殺到していると耳にしたことがある。

「イチゴ農家をやってる鈴木《すずき》君は？」

わたしと深田典夫はまたうなずいた。

長田も鈴木も移住者だ。どちらも浦河に住み着いて五年ほどになるだろうか。長田は独り身だが、鈴木は妻子と共に移住してきた。長田は町の雰囲気が気に入り、鈴木は農業に従事しようとする移住者に対する受け入れ体制がよかったと、地元のタウン誌で語っていたのを覚えている。

「ふたりとも、やっと暮らしと仕事が落ち着いて、せっかく馬産地に住んでるのに競馬やったことがないってのはどうなのって話になって、今度、みんなで門別競馬場に行こうってことになったのよ。でも、わたしも含めて、競馬の素人ばっかで。敬君か亮介がアドバイザーとして参加してくれないかなと思って」

「スケジュールが合えば、おれはかまわないよ。亮介はどうかわからないが」

わたしは答えた。競馬の発展に寄与することも、競馬で食わせてもらっている人間の義務だった。

「わあ、即答なんだ。ありがとう」

「門別に行けるなら、敬はスケジュールなんて関係なしに行くぜ」

深田典夫が下卑た笑みを浮かべた。

「どういうこと？」

「これができたんだよ」

深田典夫は右手の小指を立てた。

「え、ほんと？　どんな女の人？」

「競馬場所属の獣医さんだよ。女医。まあまあの顔。巨乳でも微乳でもない普通の三十代」

「そっか、やっと敬君にも春が来たんだ」

「いい加減にしろよ、典夫。スープが冷めるぞ」

わたしはスープに浮かんでいたグリルした夏野菜を頬張りながら言った。スープも美味いが、野菜も美味い。小野塚緑は地元の農家と契約して、毎日新鮮な野菜を仕入れている。

「結婚を前提としたお付き合い？」

小野塚緑が身を乗り出してきた。

「黙れ」わたしは言った。「黙らないと食い逃げするぞ」

「はいはい。野次馬は退散します。店が跳ねたらＬＩＮＥするね。それで競馬の日、決めよう」

「わかった」

わたしはうなずいた。小野塚緑が厨房に戻っていくのを待って、深田典夫を睨んだ。

「余計なことをべらべら喋って、はんかくさい」

「いただきます」

深田典夫はわたしの叱責を無視してスープカリーを食べはじめた。

＊＊＊

堺町のホームセンターで大工道具を買い込み、野深《のぶか》まで足を延ばして馴染みの牧場に顔を出した。リフレッシュのために帰郷している現役馬の蹄鉄を打ち替えるためだ。

浦河と一口に言っても、町がカバーするエリアは非常に広い。車で町を一周すれば、信号のほとんどない道を走っても一時間は楽にかかる。野深は浦河でもかなり奥地に位置するエリアだ。幌別に戻ったのは夕餉《ゆうげ》の支度をはじめる時間だった。

栗木牧場の角馬場で、栗木恵海がカンナカムイに跨がっているのが見えた。ただ、跨がっているだけだ。遠目にもカンナカムイが戸惑っているのがわかった。わたしは栗木牧場に車を乗り入れ、角馬場の前に停めた。

恵海の頬が赤い。瞼も腫れている。泣いているのだ。

「帰った方がいいかな？」

わたしは窓を開け、恵海に声をかけた。恵海は首を振った。わたしは車を降りた。

「また父さんと喧嘩でもしたのか」

わたしは馬場の柵に両手をかけた。カンナカムイがわたしに向かって歩いてくる。恵海が指示を出したわけではない。カンナカムイが自分の意志で歩いている。自分のパートナーである恵海が全身から漂わせている悲しみに面食らっている。

柵に近づいてきたカンナカムイの鼻先を撫でた。普段なら、そんなことをすればわたしを脅しにかかるのだが、カンナカムイはされるがままになっていた。

「利根《とね》牧場のとねっこ、知ってる？」

恵海が口を開いた。わたしは黙ったままでいた。利根牧場は幌別から西舎に向かう途中にある生産牧場だ。今年は十頭ほどの子馬が生まれている。

「遅生まれでまだ小さかった仔がいるの」

「ああ、知っている」

わたしは答えた。子馬は普通、二月から四月の間に生まれてくることが多い。たまに遅く生まれてくる子馬がいるが、競走馬は生まれが早かろうが遅かろうが同じ年齢として計算され、競走に出ることを余儀なくされる。遅く生まれれば生まれるほど、体の成長が早く生まれた馬たちに追いつけず、デビューも遅れがちになる。

今年、利根牧場で生まれた遅生まれの当歳馬は、キラークイーンという繁殖牝馬が産んだ芦毛の牡だった。キラークイーンはエゴンウレアの親戚に当たる血筋だった。

「あのとねっこがどうした？」

「今朝、放牧地で死んでたんだって。なにかに驚いて逃げようとして、柵に強く頭をぶつけたって、拓也《たくや》が言ってた」

拓也というのは利根牧場の子供だ。恵海と同学年だったはずだ。

「キラークイーンが死んだとねっこの横で呆然としてたんだって。収牧の時間になって呼んでも来ないから、牧場の人が見に行ったら、死んでるとねっこ見つけたって」

わたしは溜息を押し殺した。生まれて間もない当歳馬が死ぬ事故はよく起こる。草むらに潜んでいる野生動物、雷、地震、なにが当歳馬の死の引き金になるかはだれにもわからない。

「あの芦毛のとねっこ、エゴンの一族の割に、人懐っこくて可愛かったんだ」

恵海はそう言って、しゃくり上げた。

「競馬なんて、なくなればいいのに。そうしたら、昼夜放牧もなくなって、事故で死ぬとねっこもいなくなる」

昼夜放牧は、若駒の成育に欠かせない。夜通し動き回ることで健やかな成長を促し、馬房にいたのでは動かすことのない筋肉を動かすことで競走馬としての体を作るからだ。

「競馬がなくなれば、日本中にいるサラブレッドが死ぬことになるな」

わたしはわざと冷めた声を出した。

「そんなのわかってる」

恵海が声を張り上げた。

「野生の馬は、多分、人間が世話を焼いているサラブレッドよりたくさん死ぬ。事故だったり、他の動物に襲われて食べられたり。そういう意味では、サラブレッドの方が安心して生きていける」

「だけど、競走で結果出せなかったら、やっぱり殺されちゃうじゃない」

「そうだな。それが嫌だから、おれは養老牧場をはじめたんだ。人間の都合で競馬をやってるんだから、人間が馬の面倒を最後まで見なきゃ」

恵海が洟《はな》を啜った。

「恵海がもし、牧場の子に生まれたことに罪悪感を持ってるなら、大人になって、働くようになったら、月に千円でいいから、引退馬協会かどこかに寄付をすればいい。それで、一頭の馬が救われる。恵海みたいな人がひとり増えたら、もう一頭の馬が救われる。そうやって、罪滅ぼしをしていくしかないんだ」

「わかってる。わかってるけど、悲しい」

「カンナカムイが困ってるぞ。悲しむなら、ひとりで悲しめ。動物に悲しみをぶつけちゃダメだ」

恵海がうなずいた。

「お父さんは？」

わたしは話題を変えた。

「エゴンがついに重賞獲るぞって、こないだから舞い上がっちゃって、わたしとお母さんはもううんざり」

恵海は顔をしかめた。

「エゴンが勝ったら高い肉ですき焼きやるから、そのつもりでいろって言われてるけど、お母さん、スルーするって」

「用意しておいた方がいいってお母さんに伝えてくれないか」

わたしは言った。恵海が目を丸くした。

「敬さんまでそんなこと言うの？」

「今度ばかりは、本当にエゴンが勝つかもしれない」

恵海が天を仰いだ。心底呆れている。

「エゴンが勝つわけないじゃん」

「勝ったらどうする？」

「ビービーの馬房掃除、一週間やってあげる」

恵海はふてぶてしい表情でわたしを見下ろした。

「エゴンが負けたら、敬さんはなにしてくれるの？」

「カンナカムイの装蹄を、半年、ただでやってやるよ」

「今もただでやってくれてるじゃん」

その通りだった。

「じゃあ、どうしようかな……」

わたしは腕を組んだ。

「新しい乗馬ブーツが欲しいんだ」

恵海が呟くように言った。

「まさか、革製のブーツが欲しいとかいうんじゃないだろうな」

一口に乗馬ブーツといってもピンからキリまである。革のブーツとなれば安くても数万円はするはずだ。

「エゴンが勝つと思ってるんでしょう？　だったら、本革でもいいじゃない」

わたしと賭けの話をすることで、恵海の悲しみは幾分薄れたようだった。

「わかった。エゴンが勝てなかったら、革製の乗馬ブーツをプレゼントしよう」

「約束だよ」

恵海が嬉しそうに体をくねらせ、それに驚いたカンナカムイが後ずさった。恵海は手綱を握り直し、カンナカムイをなだめた。

「じゃあ、もう少しカンナに運動させるから」

恵海が言った。わたしはうなずいた。

「約束、忘れないでね」

「そっちこそ」

わたしは恵海に手を振り、車に乗った。牧場に戻ると、ブラックブリザードがいなないた。いつもの収牧の時間からかなり遅れている。わたしの遅刻を叱責しているのだ。

「すまん、すまん」

わたしはブラックブリザードを馬房に戻し、飼い葉を作って与えた。飼い葉を貪《むさぼ》るように食べるブラックブリザードを見守りながら、厩舎全体を見渡した。

この厩舎には馬房が全部で五つある。同じ作りの厩舎があとふたつ。和泉牧場としては、十五頭の馬を繋養することが可能なのだ。

すべての馬房が埋まっている様子を想像した。

競馬でファンを沸かせた馬、そうではなかった馬、いろんな馬が入り交じって、ここでのんびりと余生を過ごす。

天寿を全うする馬が出れば、また新たな馬が入厩してくる。装蹄師の仕事を続けながら馬の面倒を見、自分が関わった馬たちの競走に一喜一憂しながら年を取っていく。

悪くはない人生だ。

恵海の言うとおり、競馬などない方がいいのかもしれない。だが、現実に競馬は世界各国で開催されているし、わたしは競馬に魅入られてしまった。

自分の責任を果たし、競馬と共に生きていく。

わたしにできるのはただそれだけなのだ。

＊＊＊

味噌汁と肉じゃがを作り終えても亮介は戻ってこなかった。電話をかけてもＬＩＮＥでメッセージを送ってもなしのつぶてだ。

仕方なくひとりで晩飯を食べ、テレビの有料チャンネルで先週のＪＲＡのレースのパトロールビデオを見た。レース中に進路妨害や競走妨害などがなかったかどうかをチェックするために撮影される映像で、通常、テレビなどで放映される映像とは撮影位置が異なるものだ。競走中の馬たちの位置関係などをきちんと把握することができる。

若馬のころ、わたしが装蹄を担当し、デビューした後に順調に出世していた馬が、先週のレースで人気を背負いながら惨敗した。その理由を知りたかったのだが、他の馬に進路を遮られ、行き場を失ったことを確認した。俗に言う詰まった状態で、これでは全力で走ることができない。次走は巻き返せるだろう。

次のレースがはじまった直後、車が家の前に停まる音が聞こえた。

「ただいま」

亮介のくたびれた声がする。

「腹減った」

亮介は居間にやって来ると疲れ切った顔で言った。

「肉じゃがと味噌汁がある。自分で温めて食え」

亮介はうなずき、台所に足を向けた。

「ずいぶんくたびれた顔をしてるな」

わたしは声をかけた。

「札幌まで日帰りしてきた。軽《けい》じゃきついわ。あの車、シートもへたってるし」

「札幌までなにしに？」

わたしは腰を浮かせた。国重の顔と、馬券サイトのトップページが一緒に脳裏に浮かんだ。

「野暮用だよ」

亮介はコンロに載せたままのふたつの鍋を火にかけた。わたしはスマホを取りだし、馬券サイトを開いた。

「ちょっと訊きたいことがあるんだけどな」

「なんだよ」

わたしは台所に移動し、亮介にスマホの画面を見せた。亮介はすぐに顔をしかめた。

「これはなんだ？」

「知らねえよ」

「そんなわけはないだろう。ここに書かれているＪＲＡの元トップジョッキーっていうのは、どう考えてもおまえのことだ」

「だれかが勝手にやってるんだろう」

亮介はコンロに向き直った。わたしはその肩に手をかけ、強引にこちらを向かせた。

「とぼけるなよ。これで借金がチャラになったのか？」

亮介が溜息を漏らした。

「そうだ。経歴を貸すだけでいいと言われた。おれは関わっちゃいない」

今度はわたしが溜息を漏らす番だった。

「これは詐欺同然のサイトだ。おまえを使って客の気を引いているということが公になったらどうなると思ってるんだ。このままじゃマズいだろ。今の仕事もなにもかも失うぞ」

「他に手がなかったんだよ」

亮介は低い声で言った。目は肉じゃがの鍋に注がれているが、なにも見てはいないだろう。

「やっぱり、戻って来るべきじゃなかった」

亮介が言った。

「おまえが浦河に戻ってきて、みんな喜んでる。おれもだ」

「だけど、おまえに心配かけてる。おまえが言ったように、このことが問題になれば、吉村社長にも迷惑をかけることになる」

味噌汁の鍋が沸騰しはじめた。亮介は火を止めた。

「札幌で一緒に商売をやろうって言われたんだ。国重にさ。まあ、結局、そのサイトでやってるのと似たようなことさ。元トップジョッキーだけが知る情報を使って当たり馬券を量産しようとか、そんなやつ」

亮介は喋りながら、お椀に味噌汁を注いだ。

「借金チャラになるだけじゃなく、金儲けもできる。ちょっと心が動きかけたんだけどな、あいつがそれを止めた」

「あいつ？」

「エゴンウレアだよ。あいつを勝たせたい。本気で走れば、間違いなくＧＩをいくつも勝てるだけの力があるんだ。どうやったらあいつを本気にさせることができるのか。毎晩、死ぬほど考えてるんだ」

「それで、鞍上に武藤さんをと言い出したのか……」

「あいつを途中で放り投げる気になれないんだ。おかしいよな。今まで、馬にそんな気持ちを抱いたことなんかないんだ。馬は、おれにとっちゃ道具だった。競走に勝って金を稼がせてくれて、おまけに名誉まで与えてくれる道具だ」

わたしはうなずいた。亮介は華々しく勝つ一方で、一部の競馬関係者やファンには受けが悪かった。馬に対する愛情が感じられなかったからだ。

「あいつに振り落とされたとき、こんちくしょうって思ってよ。馬にまで馬鹿にされるぐらい落ちぶれたのか、おれはってな。だから、なんとしてでもエゴンを御してやろうと思った。和泉亮介を舐めるなよって。ところがどっこい、あいつは一筋縄でいくような馬じゃない。毎日毎日、あいつとばっちばちにやり合ってる感じで背中に跨がってるうちに、お願いだから今日はまともに走ってくれって思うようになった」

「そうなのか」

「そうしたら、あいつ、ちゃんと走りやがるんだ」

亮介は笑い、肉じゃがの火を止めた。器に中身を盛って、立ったまま食べはじめた。

「飯は？」

「いらない。現役の頃から、なるべく炭水化物は摂らないようにしてたから、なくても全然かまわないんだ」

「せめて、食卓で食えよ」

「ここでいい」

亮介は味噌汁を啜った。

「エゴンを勝たせたい。あいつを勝たせるために、おれにできることはなんだってやってやる。そう決めたから、国重の誘いには乗らなかった。ただ、借金はあるから、経歴だけを貸すことにしたんだ。マズいのはわかってた。だけど、他にどうしようもなかった。これ、美味いな」

亮介はジャガイモを頬張っていた。

「これ食ったら、出ていくよ。もう、浦河には戻らない。だれにも迷惑はかけない」

「エゴンはどうするんだよ？　あいつを勝たせるんだろう？　ここはどうするんだよ？　離れを改装して、引退馬のための会員集めをするんだろう？」

亮介は箸を止めた。

「すまない」

「そんな言葉ひとつでゆるしてやるか。エゴンを勝たせろ。離れの改装を一緒にやるんだ」

「だけど、このままじゃマズいって言ったのはおまえだぞ」

わたしは亮介を睨んだ。亮介は怯み、目を逸らした。

「出ていったら、一生、おまえをゆるさないからな」

わたしは恫喝《どうかつ》するように言い、亮介に背を向けた。自室に向かい、戸を閉める。スマホで小田に電話をかけた。

「平野君か、こんな時間に珍しいな」

小田はすぐに電話に出た。ほろ酔い加減の声だった。

「小田さん、お願いがあるんです。厚かましい頼みなんですが――」

「なんだ？　遠慮せずに言ってみろ。和泉亮介の助言のおかげで、エゴンがタイトルを獲るかもしれないんだ。最近のおれは上機嫌だぞ」

「金を貸してください」

わたしは一気に言った。

「それはまた、想定外の頼み事だな。どうしたんだ？」

わたしは肺の空気をすべて吐き出し、また大きく息を吸い込んだ。

「亮介の借金をなんとかしたいんです」

無言のまま聞いている小田に、これまでの経緯を包み隠さず話した。もちろん、亮介のエゴンウレアに対する思い入れも含めてだ。ずるいという思いと、背に腹は代えられないという思いが交互に押し寄せてくる。

「金額は？」

わたしが話し終えると、小田が言った。

「とりあえず、五百万。ぼくと亮介で必ずお返しします。時間はかかるかもしれませんが」

「無担保で貸すことはできんよ、悪いが。牧場を担保にしてもらうことになる」

「それで結構です」

溜息が聞こえた。

「その牧場は君の夢なんだろう。そんなに簡単に言っていいのか」

「亮介は浦河に必要なんです」

わたしは言った。

「亮介が調教をつけてくれるというんで、吉村ステーブルに馬を放牧に出したいと言う馬主が増えています。亮介は、日高にとって、千歳グループの外厩にはない切り札になる可能性があるんですよ。絶対に、手放しちゃだめです」

「彼ひとりで、千歳グループとの差をひっくり返せるはずがないだろう」

「わずかでも、差を縮めることはできます。日高には、そういう希望が必要なんです」

「だったら、おれじゃなくてキサラギさんにお願いした方がいいんじゃないのかな」

小田は言った。

「エゴンの馬主さんにお願いしたいと思ったんです。亮介が調教をつけて、本番で武藤邦夫が跨がれば、エゴンはきっと勝てます。重賞だけじゃない。GIだってきっと獲れる」

「GI勝ったら、数千万が入ってくるなあ。先行投資か……」

「お願いします」

わたしはだれもいない空間に向かって頭を下げた。

「来週、日高に行く予定が入ってるんだ。そのとき、詳しい話をしよう」

「ありがとうございます」

「エゴンの話を出されたら、無下にはできないよ。君も痛いところを突いてくるよな」

「申し訳ありませんでした」

「しかし、和泉亮介が日高の切り札か。大風呂敷もいいところだが、インパクトあるよ。装蹄師よりコピーライターにでもなった方がよかったんじゃないか」

小田は笑いながら電話を切った。わたしはスマホをズボンのポケットに押し込み、ほっと息を吐き出した。額が汗で濡れている。自分で思っていた以上に力が入っていたのだ。

部屋を出ようとして驚いた。戸の向こうに亮介が立っていた。

「大馬鹿野郎が。おれは感謝なんかしないぞ」

亮介は暗い目をしていた。

「おまえのためじゃない。日高のためだ」

わたしは亮介の傍らを抜けて台所に移動した。冷蔵庫から缶ビールを取り出し、一気に半分近くを飲み干した。

11

午後の装蹄を終え、無人のスタンドに座って缶コーヒーを啜っていると調教師の安永貞男がやってきた。馬場では、今日の開催に向け、専用車がハロー掛けをしていた。ダートの砂をならしているのだ。

六月の半ばすぎから雨の日が増えていた。かつて、北海道には梅雨がないと言われていたが、ここ数年は雨が多い。

「仕事は終わりかい？」

安永はわたしの左隣の席に腰を下ろした。

「ええ。競走の準備はいいんですか？」

「今日は出走する馬がいないんだ」

安永は顔をしかめた。

「ここのところ、馬を預けてくれる馬主が減ってきている。わやだ」

「たまたまですよ。最近セリも盛況だし、来年には預託馬がどんと増えるんじゃないですか」

「だといいんだが……」

安永は頭を掻き、加熱式タバコを取り出した。

「渡辺さんの調子はどうだ？」

「おかげさまで、順調に回復しているようです」

渡辺はすでに退院し、帰宅していた。週に三日、リハビリのために通院している。職場復帰は当分先のことになりそうだった。

「なら、平野君もしばらくは遠距離通勤が続きそうだな」

「そうなりますね」

わたしは缶コーヒーを飲み干した。

「いっそのこと、競馬場の専属になればいいのにな」

「浦河にも、ぼくの装蹄を認めてくれてる人たちがいるので」

「平野君がこっちに来たら、和泉亮介も一緒に来るかい？」

わたしの言葉は安永の耳を素通りしたようだった。はじめから、わたしではなく亮介のことを考えていたのだろう。

「えらく評判がいいんだわ。亮介が調教つけた馬は、トレセンに戻ってきたら、そのまま競馬に使えるぐらい調子がいいって。中央の調教師たちが言ってるんだぞ」

安永は鼻の穴を膨らませた。

「知ってます。実際、あいつが馬の背に跨がってるところを何度も目にしましたが、うっとりするぐらい美しい乗り姿ですよ。あれなら、馬も気分よく走れるでしょう」

「うちで乗り役になってもらえんかなと思ってさ。どう思う？」

「乗り役になるには免許が必要でしょう」

わたしは応じた。厩舎に所属して馬に調教をつける乗り役は、中央では調教助手という呼称が使われるが、地方競馬では調教師補佐と呼んでいる。いずれにせよ、試験を受けて免許を得る必要があった。

「調教師や馬主が署名集めて嘆願すればなんとかなるんでないかい。刑務所入って罪は償ってるんだしな。試験を受けてもらう必要があるけど、簡単に通るべさ。なんてったって、中央のジョッキーだったんだから」

わたしは肩をすくめた。実技試験だけなら簡単にパスするだろうが、亮介は昔から筆記試験が苦手だった。

「中央に復帰するのはいくらなんでも無理だべさ。あれだけのトップジョッキーだった男が、今さらトレセンで乗り役なんてできん。でも、道営ならどうだい？　はんかくさいこと言う人間もおらんし、尊敬もされる。こないだ、調教師仲間で飲んだときもそういう話になったんだ。ひとつの厩舎専属でなくても、いくつもの厩舎掛け持ちして乗り役やってくれたらいいのになって」

「吉村ステーブルがあいつを手放しませんよ」

わたしは言った。

「いくら給料もらってるんだべ？　こっちはそれにいくらか色つけるつもりもあるんだ」

「ぼくじゃなく、亮介に直接話したらどうです」

安永が困ったという表情を浮かべた。

「以前にさ、〈いなば食堂〉で亮介と飯食ったときのこと、平野君に訊かれたことがあったべさ。あのとき、亮介に雇ってくれって言われたんだけど、色よい返事してやれなかったのさ。そのおれが今さら乗り役やってくれなんて、どの面《つら》下げて言えるかって話さ。なんとか、平野君が話つけてくれると助かるんだわ」

亮介の評判はうなぎ登りだ。だが、わたしがあいつの借金を肩代わりしようとしていることはだれも知らない。

なんだか馬鹿らしい気分になって、わたしは腰を上げた。

「とにかく、あいつに直接話してください。あいつはぼくの女房ってわけじゃない」

安永に一礼し、スタンドを一番下まで降りた。パドックの脇を通って競馬場の外に出る。駐車場に停めておいたハイエースに乗って、厩舎地区に戻った。

厩舎地区に入ると、自転車を漕いでいる若者が視界に入ってきた。谷岡明良だ。学校から帰宅する途中らしい。

「こんにちは」

わたしは窓を開け、車を併走させながら声をかけた。

「こんにちは」

明良は面食らったような表情を浮かべたが、きちんと挨拶を返してきた。

明良は半袖のワイシャツに黒い学生ズボン姿だった。足もとは年季の入ったスニーカー。剝き出しの顔や腕は日焼けして真っ黒だった。

「平野さん」

アクセルを踏んで彼を追い越そうとする寸前、声が飛んできた。わたしはブレーキを踏んだ。ギアをパーキングに入れ、窓から顔を出す。

「どうした？」

明良はハイエースの右横で自転車を停めた。ハンドルを握ったまま自転車を降りる。

「あの……、平野さん、明日、浦河に戻るんですよね？」

「そうだけど」

「その時、乗せてもらえませんか？」

「浦河まで？　どうして？」

「和泉亮介さんの追い切り、見てみたいんです」

また亮介だ。わたしは溜息が漏れそうになるのを辛うじて堪《こら》えた。

「学校があるだろう」

「休みます。どうしても亮介さんの乗り方をこの目で見てみたいんです。おれ――ぼく、高校を卒業したら乗り役になりたくて」

明良の目はこの上なく真剣だった。

「帰りはバスを使います。行きもそうしようかと思ったんだけど、小遣いの残りが少なくて……」

「明日は、ここを昼過ぎに出る。浦河に着く頃には追い切りはとっくに終わってるぞ。となると、追い切りを見られるのは明後日の朝だ。夜はどうするつもりだ？」

「テントと寝袋持っていきます。それさえあれば、どこでも寝られますから」

わたしは熱を帯びている明良の目を見つめた。かつて、わたしと亮介も同じような目をしていたはずだ。

あれは中学生の時だったか。和泉雅明が亮介とわたしを開催中の札幌競馬場へ連れていってくれたことがあった。わたしたちは第一レースから本馬場の前に陣取り、騎手たちの手綱捌きに目を凝らした。

その日は札幌記念というGⅡのレースがあり、有力馬はもちろん、リーディング争いを演じているトップジョッキーたちも札幌に集結していた。

わたしたちのお目当ては武藤邦夫だった。騎手としてデビューした年に百勝を挙げ、翌年からもコンスタントに勝ち続けて、あの年は十年連続最多勝利騎手という栄誉に王手を掛けていた。夏の札幌競馬が開催された時点では二位の騎手に二十勝以上の差をつけて独走しており、今後はどれだけ勝ち鞍を増やすかというところに焦点が当てられていた。

すでにGIでの勝利も前人未踏の数字に達しており、古今東西、並び立つ者のいないスーパージョッキーとして競馬界の頂点に君臨していた。

武藤の騎乗フォームは他のジョッキーとは一線を画していた。背筋を伸ばし、馬の背とほとんど平行になるまで上体を倒す。膝は柔らかく、すらりとした見た目とは裏腹に腕力も外国人ジョッキーに引けを取らない。

逃げてよし、追ってよし。

わたしも亮介も、武藤のような乗り手になりたいと切望していた。

この日、武藤は十二レース中八レースに騎乗し、七勝を挙げるという獅子奮迅《ししふんじん》の活躍を見せた。圧巻だったのはメインレースの札幌記念だ。武藤が乗ったのは十二頭立て五番人気の馬だった。近走の成績が思わしくなく、鞍上が武藤でなければもっと人気を落としていただろう。

ゲートが開いた瞬間、競馬場にどよめきが起こった。後方で待機し、最後の直線で一気にスパートするという走法しかしたことのないその馬に、武藤はハナを切らせた――先手を取らせたのだ。他の騎手たちは面食らい、武藤の出方をうかがった。その隙に武藤は馬のマイペースで逃げさせた。千メートル通過五十九秒ジャスト。速すぎもせず、遅すぎもしない。最後の三コーナーに入る前に一度ペースを落とし、後続の馬たちを引きつけると、コーナーで再び馬を加速させた。直線に向いたときには二番手の馬とは一馬身以上の差があり、そこからゴールまでは差を広げていく一方だった。

「すげえ」

亮介が言った。

「すげえ」

わたしが応じた。それ以外の言葉が出てこなかった。追い込み馬を逃げさせて勝つその姿は言葉にしがたいほど美しい、いや、神々《こうごう》しいほどだった。

それまでも、武藤の騎乗フォームを意識して馬に乗っていたが、その日以降、わたしも亮介もさらに武藤の騎乗フォームを真似ることに躍起になった。逃げ切るにはペース配分がなにより大切で、そのためには体内時計が正確でなければならない。ふたりしてストップウォッチを使って六十秒を体に染みこませようと必死になった。

やっぱり、映像で見るのと実際に見るのは違うよな——亮介は壊れたレコードのように同じ言葉を繰り返すようになった。

目の前の明良の目は、あの頃のわたしたちと同じなのだろう。体が大きくなりすぎて騎手になる夢は捨てざるを得なかったが、馬の背中に跨がる仕事をするという夢にしがみついている。

わたしたちにとっての武藤邦夫が、明良にとっては和泉亮介なのだ。

「お父さんの許可を取ってくれれば連れていってやるよ。吉村ステーブルにお願いして、間近で亮介の調教を見られるようにもしてやる」

わたしは言った。

「本当ですか？」

明良の目が輝いた。

「お父さんが許可を出してくれたらだ」

「すぐに親父に話してきます。渡辺さんのところに帰ります？」

「ああ」

「待っててください」

明良はサドルに跨がると、猛然とペダルを漕ぎ出した。競輪選手さながらのスピードで後ろ姿が遠ざかっていく。

わたしは苦笑した。ペダルを漕ぐたびに上下する背中を見つめながら、あの若者のささやかな夢が叶いますようにと、抜けるような青空に向かって祈った。

渡辺家につくと、夫婦喧嘩の真っ最中だった。もっと真面目にリハビリに励めという一枝に、光徳がこれ以上ないほど真面目に取り組んでいると言い返している。

「夫婦喧嘩は犬も食わない」

わたしはわざとらしく声を張りながら居間に足を踏み入れた。一枝がばつの悪そうな表情を浮かべて口を閉じた。光徳は口をへの字に曲げている。

「敬ちゃん、喉が渇いてるでしょう。お茶を淹れてくるわね」

一枝がそそくさと立ち上がり、台所に消えていった。

「まったく、大人げない。いくつになったんですか」

わたしは光徳に言った。

「あれが口うるさすぎるんだ。ただでさえ、体が思うように動かなくて苛々《いらいら》しているというのに……」

「渡辺さんのことを思って言ってるんですよ。その思いを汲み取ってあげないと」

「おまえまであいつの味方か」

「早く仕事ができるようになってもらわないと、遠距離通勤はけっこうきついですよ」

「だったら、ここの専属になればいい」

「それは無理だって言ったじゃないですか」

光徳の頑固さに辟易《へきえき》していると、スマホに電話がかかってきた。谷岡靖からだった。

わたしは光徳に断りを入れ、電話に出た。

「平野かい？　すまんねえ。今、明良から話を聞いたところなんだが……」

「どうします？」

「どうもこうも、学校休んでただの追い切り見学に行くなんて、親としてゆるせると思うか。追い切りなら、ここでいくらでも見ることができるというのに」

「和泉亮介の追い切りを見たいんですよ」

「それはわかっているが……」

谷岡の口調は歯切れが悪かった。

だれかが咳払いする音が聞こえた。女性のものだ。

それで察しがついた。そばに、妻がいるのだろう。妻の手前、学校をサボって追い切りを見に行くことに許可を出せないのだ。

「どうせ、明良君は大学に行くつもりはないんでしょう？」

「それはどうかな。親としては進学してもらいたいんだが……」

「ぼくも昔、武藤邦夫のレースを生で見て感激しました。同じ経験をさせてあげられたらと思うんですよ」

「和泉亮介だからな。デビューしてすぐ、第二の武藤邦夫と言われるようになった乗り役だ」

「なんとか奥さんを説得してあげてください。明良君のためです」

「お見通しか」

谷岡が苦笑した。

「わかった。君がそこまで言うなら、しょうがないな」

谷岡はいきなり口調を変えた。わたしではなく、妻に聞かせている。

「明良も、学校を休む分、ちゃんと自習すると言っているしなあ」

わたしは吹き出しそうになるのを辛うじて堪えた。谷岡は大根役者だ。

「ところで、明良はテント持参で野宿すると言っているんだが……」

わたしは言った。

「ぼくの家に泊めますからご安心ください」

「そうか。君の家に泊めてくれるか。だったら、和泉君からいろんな話が聞けるな。明良も喜ぶよ、ありがとう。それじゃ、よろしく頼むよ」

電話が切れた。わたしは微笑みながらスマホをポケットに押し込んだ。タイミングを見計らっていたかのように、一枝がお茶を運んできた。

「聞いてよ、敬ちゃん。この人ったら――」

一枝の愚痴に耳を傾けながら、お茶を啜り、溜息を押し殺した。

光徳の顔が少しずつ紅くなっていく。そのうち怒りが爆発しそうだった。どうしたものかと思案を巡らせていると、呼び鈴が鳴った。

「平野さん、谷岡明良です」

明良の若く勢いのある声が響いた。

「おお、明良君か、どうした?」

わたしは谷岡同様、わざとらしい台詞を口にして腰を上げた。

明良様々だ。

わたしは外に出た。スウェットの上下に着替えた明良が待ち構えていた。

「親父がＯＫしてくれました。ありがとうございます」

「お母さんは大丈夫だったか？」

「親父に散々文句言ってますけど……お袋は大学に行けってうるさいんです。ぼくは高校出たら、すぐに親父の下で働くつもりでいるんですけど」

「そっちのお家事情は自分でなんとかするんだな。とにかく、明日、おれは君を浦河に連れていく」

「本当に家に泊めてくれるんですか？　亮介さんも一緒なんですよね？」

「泊めてやるが、明日の夜、亮介がどこでなにをする予定なのかはわからん。夜遅くまで帰って来ないこともよくあるぞ」

「それでもいいです。おれ、もう胸がドキドキしちゃって……」

「話をすると、ただのしょうもないおっさんだと気づくかもな。馬乗りを見てるだけの方がいいかもしれないぞ」

「そんなことないですよ。現役時代の話とか、たくさん訊きたいことがあるんです」

亮介がその手の質問に喜んで答えるかは疑問だと思ったが、口には出さなかった。

「じゃあ、明日の午後二時にここで。せめて午前中は学校へ行けよ」

「はい、そうします。じゃあ、明日、よろしくお願いします」

明良は深々と頭を下げた。

＊　＊　＊

朝の装蹄に向かう途中、藤澤敬子を見かけた。

敬子はスマホを頰に押し当て、なにかをまくし立てているようだった。頰が紅潮し、目が心なしか吊り上がっているのは怒っているからだろうか。わたしはハイエースをゆっくり走らせながら敬子の様子を観察した。

「痴話喧嘩かな」

そう結論を出し、アクセルを踏んだ。一人前の女性が人目もはばからずに怒りまくっているのだ。相手の男を詰っているとしか考えられなかった。

厩舎に着くと、厩務員や騎手たちが敬子を話題にしていた。

「藤澤先生、わやな剣幕だったな」

「あんなの、初めて見たわ。相手は男だろ？　浮気でもされたのかな？」

「電話の相手は平野さんだと思ってたのに、平野さん、しらっとした顔して現れるしなあ」

わたしは彼らの会話を愛想笑いで聞き流し、仕事をはじめた。

なんとなくもやもやとしたものが胸の奥で渦巻いていたが、それも仕事をしているうちに消えていった。余計なことを考えていると、馬に見透かされる。こちらが真剣ならそれなりに応じてくれるが、心ここにあらずだと馬の集中力もおろそかになってくるものなのだ。

五頭の装蹄を終え、休憩を取っていると調教師の津村がやってきた。

「みんな、ご苦労さん。平野君も、お疲れ様」

「どうも」

わたしは軽く頭を下げた。

「藤澤先生、えらい剣幕で車を飛ばしていったけど、平野君、先生となにかあったかい？」

「なにもありません」

津村は右の眉を吊り上げた。

「したっけ、平野君は先生と付き合ってるんだべ？」

津村のあけすけな物言いには苦笑するしかなかった。

「付き合ってませんよ」

「けど、あちこちで噂になってるぞ」

「ただの噂です」

「そうなのかい。こっちはお似合いのカップルだなと思ってたんだけどな」

「他の男どもが放っておかないでしょう。ぼくの出る幕はありませんよ」

わたしは肩をすくめ、仕事に戻る準備をはじめた。

「でも、藤澤先生、札幌で失恋してそれでこっちに来ることに決めたって言ってましたよ」

若い厩務員が言った。

「敬ちゃんのこと、根掘り葉掘り訊かれたしなあ」

年かさの厩務員が続いた。

「札幌の彼氏とよりを戻したんじゃないのか。さ、お喋りをしてる暇はないぞ。時間が押してるんだ。次の馬を連れてきてくれ」

自分の声に棘《とげ》があるのに気づいた。付き合っているわけでもない女のことで心がささくれ立っている。

まだ修業が足りないな——口の中でそっと呟き、わたしは額に浮かんだ汗を拭った。

＊　＊　＊

一枝が作ってくれた親子丼を平らげ、お茶を啜りながらぼうっとしていると呼び鈴が鳴った。明良がやって来たのだ。

「それじゃ、ぼくは帰ります」

光徳と一枝に挨拶をして外に出る。明良は半袖のTシャツにヨットパーカを羽織り、ジーンズを穿いていた。リュックサックを背負っている。

「それじゃあ、行こうか」

「はい」

明良は威勢のいい返事をしてハイエースの助手席に乗り込んだ。わたしは運転席に座り、エンジンを掛ける。

「トイレに行きたくなったら遠慮なく言ってくれ。飲み物はかまわないが、食べ物は禁止だ」

仕事道具に食べ物の匂いがつくと、馬がそちらに気を引かれてしまうのだ。馬の嗅覚はとても優れている。

「だいじょうぶです」

明良はリュックのサイドポケットから水の入ったペットボトルを抜き、カップホルダーに立てた。

わたしはギアをドライブに入れ、ゆっくりとアクセルを踏んだ。明良の横顔を盗み見る。緊張しているのか、頬が強張っているように思えた。

「卒業したら、武者修行には出ないで、すぐにお父さんの厩舎で働くのかい？」

「今、迷ってるところです。道営以外の他の地方競馬のことも知りたいし……でも親父が、他で働くと、なかなか馬には跨がらせてもらえないぞって言うし」

「それはそうかもしれないな」

わたしはうなずいた。谷岡は自分の息子であるからこそ、技量も心得ているはずだ。どんな馬なら任せられて、どんな馬なら手に負えそうもないか、そういったことが的確に判断できる。他の厩舎ではことはそう簡単には運ばない。

「親父の下で二、三年、乗り役として働いて、その後で他のところに行ってみるのもありかなとか思って。うちに馬預けてくれてる馬主さんの中には、そういうことになったら、大井でも船橋《ふなばし》でも金沢でも、知り合いの調教師さんを紹介してくれるって方もいるんです」

競馬場の敷地を出て、国道に出た。涼しい風が車内に吹き込んでくる。

「あ、敬子先生の車だ」

明良が前方を指さした。対向車線を敬子の赤いジムニーが走っている。かなり飛ばしているようだ。

すれ違いざま、敬子の表情をうかがった。目が腫れぼったい。あの電話の後、どこかで泣いていたのかもしれない。

「敬子先生とは連絡取ってますか？」

明良が口を開いた。

「いや。どうして？」

「敬子先生、寂しそうですよ」

明良はにやつきながら答えた。

「敬子先生とは仲がいいのか？」

「暇なときに話し相手にされるんですよ。ほら、厩舎も競馬場も、基本、おっさんばっかじゃないですか。騎手や厩務員に若いのいるけど、そういうやつらはいやらしい目で見てくるって。ぼくだと、余計な気を遣わずに話ができるらしいんです」

「なるほど」

「門別競馬場で働くようになったら一緒にご飯食べようって言ってたのに、全然連絡くれないってこぼしてましたよ」

「そうか」

わたしはハイエースを左折させた。日高富川《とみかわ》インターチェンジで日高自動車道に乗った。アクセルを踏み込み、スピードを上げていく。スピードメーターが時速百キロを指したところでアクセルをゆるめた。自分だけならもっと飛ばしたいところだった。だが、明良を乗せているのだ。自制する他はない。

「平野さんも背が伸びすぎて騎手を諦めたって聞きました」

「そうだ。競馬学校在学中に、遅い成長期が来てね。ただでさえ食事制限が辛かったのに、背が百七十センチを超えた後は地獄だった。君も百七十五ぐらいありそうだな」

明良の背格好はわたしとほぼ一緒だった。

「はい。中三の春にぐんぐん伸びちゃって。騎手になりたくて、小学校の時から食べ物には気をつけていたのに……」

「これぱっかりはしょうがない」

「すぐに諦められましたか?」

「いや」

わたしは首を振った。

「辛くて悲しくて頭に来て、だれかれかまわず八つ当たりしてたな」

「やっぱり……」

「これが自分ひとりなら話は違ってたかもしれないが、おれは亮介と一緒に競馬学校に入学した。亮介は背が伸びないのに、どうしておれだけけって、両親や神様を恨みに恨んだよ。身長の問題さえなきゃ、おれの方が亮介より馬乗りはうまいのに」

「そうなんですか？」

明良が目を丸くした。

「そう思いたかっただけだ」

わたしは言った。

わたしは馬をなだめ、折り合いをつけさせるのが得意だった。亮介は直線で馬を追うのが抜群にうまかった。

わたしは亮介に馬をなだめる方法を教え、亮介はわたしに追い方を伝授してくれた。ずっと二人三脚でやって来たのだ。それなのに、わたしだけレールから外された。

あのときの悔しさ、腹立ち、絶望は今でもはっきりと覚えている。ときおり、あの頃のことを夢に見ては汗まみれになって目覚めるほどだ。

「亮介さんも、騎手を辞めたときは辛かったでしょうね」

明良が嘆息するように言った。

「あいつのは自業自得だ」

わたしはわざと冷たく言った。明良が驚いたというようにわたしを見た。

「自分の進む道を決めるのは自分だ。だれのせいでもない。それだけは忘れるなよ」

明良はしばらくしてから力強くうなずいた。

「時々、暗い目つきで馬を見ていることがあるだろう？　なにを思ってるんだ？」

「ぼくがですか？」

「そうだ。何度か目にした」

「悔しくて」

明良が俯いた。わたしは口を閉じたまま、明良が再び口を開くのを待った。

「親父や厩務員や乗り役が、一生懸命世話をして調教つけて、それでやっと馬が強くなって勝てるようになったと思ったら、中央に返り咲きだとか、大井に転厩だとか、そうなるじゃないですか」

「ああ」

「それが悔しくてたまらないんです」

「しかし、馬主にしてみれば、賞金の高い中央や大井に転厩させたくなるのも無理はない。馬の将来にとっても、そっちの方がいい」

「それはわかってるんです。わかってるけど……」

明良の語尾が震えた。今時の若者には珍しく、熱い心の持ち主なのだ。

「ああいうときは、負けろって念じてるんです」

明良が照れたような笑みを浮かべた。

「おまえ、今日は本気出すな。負けちゃえ。そうすりゃ、もっと長くおれと一緒にいられるぞって。可愛がってる馬にだけですけど」

「それで、人気を背負った馬が負けるのか……」

「偶然ですよ、偶然」

「なんにしろ、馬に負けろなんて言っちゃだめだ。競走馬は勝つことでしか未来が開けない。残酷だが、それが現実だ」

「わかってます」

「馬が去っていくのが悔しいなら、道営所属の馬でも、勝てばステータスがあがって、もっと賞金ももらえるよう変えていくんだ。ひとりじゃなにもできないし、時間もかかる。でも、ゆっくり、ひとつずつやっていくしかない」

「ですよね……」

明良はそれっきり口をつぐみ、浦河に着くまで一言も発しなかった。

12

家の前に亮介の車は見当たらなかった。

「亮介は留守だな」

わたしが言うと、明良はあからさまに肩を落とした。

栗木牧場では、角馬場で恵海がカンナカムイと練習に励んでいた。

「シドレリアが生まれた牧場だ」

わたしの言葉に、明良の目が栗木牧場に向いた。

「あの子は？」

「恵海。あそこの娘さんだよ。跨がっているのはカンナカムイという馬だ」

「カンナカムイ！」

明良の目が輝いた。

「大好きだったんです。シドレリアも、栗木牧場の生産馬だから、なんだか嬉しくって親父に無理を言って世話をさせてもらってるんです」

「どうせ家に行っても亮介はいないし、先に寄っていくか？」

「はい」

若者らしい迷いのない返事を耳にしながら、わたしはウインカーを点滅させた。ゆっくりと、栗木牧場の敷地に車を乗り入れていく。

カンナカムイの動きが止まった。鞍上の恵海がこちらを見て首を傾げた。助手席に乗っているのが見覚えのない若い男だと認識したのだ。

角馬場の横に車を停めた。明良がすぐに車を降りた。スマホを取りだし、恵海とカンナカムイの写真を撮りはじめる。

「ちょっと、勝手に写真撮らないでくれる?」

恵海が柳眉《りゅうび》を逆立てた。

「あ、ごめん。おれ――ぼく、カンナカムイのファンなんだ。それでつい。写真、撮ってもいい?」

明良は恵海を見上げ、瞬きを繰り返した。最初はカンナカムイにしか目が行かなかったのだろう。鞍上が美しい少女だと気づいて動揺している。

「カンナだけの写真ならいいわ。さっき撮ったわたしが写ってるやつ、SNSに上げないでよ」

恵海は言いながら馬上からおりた。カンナカムイは耳を絞り、警戒を露わにしている。

恵海は鞍や手綱を外した。

「いいのか?」

わたしは口を開いた。

「ちょうど練習終わる時間だから」

恵海は答えたが、目はカンナカムイの写真を撮る明良に向けられていた。

「門別競馬場の谷岡調教師の息子さん、明良君だ」

わたしは言った。

「明良、こちらは栗木恵海さん」

明良は写真を撮るのを中断すると、右の掌《てのひら》をジーンズの生地で拭ってから恵海に突き出した。

「よろしく」

恵海は鼻を鳴らし、わざとゆっくり手袋を外してから明良の手を指先で握った。

「カンナカムイと乗馬してるの？　あんなに気性の激しい馬だったのに、だいじょうぶなのか？」

「カンナはわたしが背中に乗ってる分にはおとなしいの」

恵海はいくぶん誇らしげに答えた。

「へえ」

明良はまたカンナカムイの写真を撮りはじめる。

「日高の子がどうして浦河に？」

恵海はわたしに訊いてきた。

「亮介が馬に調教をつけているところを見たいんだそうだ」

「乗り役目指してるの？」

「そうみたいだよ」

恵海はまた鼻を鳴らした。恵海にとって、競馬に関わっている、あるいはこれから関わろうとする人間はみな、悪者なのだ。

「ぼくは高一。君は？」

明良が写真を撮りながら恵海に訊いた。

「高一」

「なんだ、同い年か。偉そうだから、もしかして年上なのかもって思ったよ」

「偉そうってどういうこと？」

恵海は腰に両手を当てて明良を睨んだ。

「偉そうですよね」

明良はわたしに言った。わたしは苦笑するしかなかった。

「写真、もういいでしょ。これからカンナの体洗って、馬房に戻さなきゃ」

恵海は明良とカンナカムイの間に割って入った。

「そろそろ行こう」

わたしは明良を促した。

「ちょっとめんこい顔してるからってなんだよ」

明良は恵海には聞こえないように呟いた。

「あの子は競馬が嫌いなんだ」

わたしは車に乗り込んでから言った。

「なんで？」

「たいていのサラブレッドが死ぬからさ」

わたしの言葉に明良は俯いた。厩舎の子供だ。やるせない事柄は嫌になるほど経験してきただろう。たいていの子供は競馬から離れる道を進むが、中にはそれでも競馬と関わることを選ぶ者もいる。

「ああ、ちょうど亮介が戻ってきたぞ」

車を方向転換させていると、海の方からこちらへ向かってくる軽自動車が見えた。相当飛ばしている。

「あの軽自動車ですか？」

明良が拍子抜けしたように言った。

「現役のときは、ポルシェとかフェラーリ乗り回してたのに」

「今は浦河のしがない乗り役だ。給料だってたかが知れている。中央の現役のジョッキーとは話が違うのさ」

亮介の軽自動車が牧場の敷地に入っていくのを待って、わたしは自分の車を発進させた。

道を横切って敷地に入り、亮介の軽自動車の横に停める。

亮介は軽自動車のトランクから鞍を出して、家の前に椅子代わりに置いてある丸太の上に置いた。

「その鞍はどうした？」

「吉村社長のお古だ。もらった」

革製の鞍は年季の入ったものだが、丁寧に手入れされてきたことは一目でわかる。

「普通、育成牧場なんかじゃビニールの鞍を使うんだ。革は高いし、手入れが大変だからな。だけど、和泉亮介にはビニール製の安っぽい鞍は似合わないって言ってよ」

亮介は丸太に腰掛け、鞍を膝の上に置くと、ジーンズのポケットから布きれを引っ張り出し、鞍を磨きはじめた。

わたしの横で明良が固まっている。憧れの人間に会って緊張しているのだ。

「亮介、谷岡先生の息子さんの明良君だ」

わたしは明良の背中を押した。

「初めまして。谷岡明良です」

明良は深々と頭を下げた。亮介が顔を上げた。

「谷岡先生の？」

「はい。乗り役になりたくて。それで、和泉さんの調教をこの目で見たくて連れてきてもらいました」

「乗り役になるには背が高すぎるな」

「騎手じゃなくて、調教助手です」

「それしかないもんな。だけど、おれを見たってなんの足しにもならないぞ。体つきも違うし、筋肉の付き方も関節の可動域も違う。乗り役にはそれぞれに合った騎乗スタイルがあるんだ」

亮介は素っ気なかった。興味があるのは自分と、自分が乗る馬の調子だけ。元々、そういう男だったのだ。

「それでも、見たいんです」

「好きにしろよ」

明良は今にも泣き出しそうな顔つきになった。

亮介は興味を失ったとでもいうように鞍に視線を落とし、また熱心に磨きはじめた。

「おれたちも邦夫さんの騎乗、生で見たくておまえの親父さんに札幌競馬場に連れていってもらったよな」

わたしは言った。

「ああ、そんなこともあったな」

亮介はどこまでも素っ気ない。わたしは肩をすくめた。

「晩飯は六時だ。それまでは好きにしていい。なにか食べたいものはあるか？」

わたしは明良に顔を向けた。

「なんでも食べます。気を遣わないでください」

「おれはカツ丼が食べたいな」

亮介が言った。

「作ったって、カツ一枚、食べきれないだろう」

「飯が少なめならだいじょうぶだ」

「たまには自分で作っておれに食べさせようと思ったりはしないのか？」

わたしは皮肉を込めて言った。

「おまえの作る料理の方が絶対に美味い。わざわざマズい飯を食いたいのか？」

わたしは溜息を漏らした。揚げ物をやると、後で油の処理に困る。わたしも亮介ももともと油の多いものは口にしないのだ。スーパーで出来合いのトンカツを買ってくるしかないだろう。

「買い物に行ってくる」

わたしは亮介に背中を向けた。車の運転席に座ると、明良も助手席に乗り込んできた。

「スーパーに行くだけだぞ。亮介に訊きたいこともあるだろう。一緒にいろよ」

「なんだか迷惑そうだし……」

明良は俯いた。

「そんなこと気にするなよ。あいつが素っ気ないのは昔からだ。本気で訊けば、本気で答えてくれる」

「そうかなあ……」

明良が首を傾げたとき、わたしのスマホに電話がかかってきた。栗木からだった。

「今、恵海からＬＩＮＥで聞いたんだけど、谷岡先生の息子が来てるんだって？」

「ええ」

「したら、今晩、みんなで家で晩飯食わないか？　家の馬買ってくれた馬主さんから牛肉がたくさん届いたんだ。すき焼きで食べるべ」

「いいんですか？」

わたしはほっとしながら言った。食事の支度をしなくて済むのは助かる。

「自分たちの飲む酒だけ持ってきて。家は今、ビールしかないから。亮介君と三人で、そうだな、六時半でいいかい？」

「それじゃ、遠慮なくご馳走になります」

わたしは電話を切り、明良に顔を向けた。

「カツ丼はキャンセルですき焼きだ。栗木牧場の社長さんがご馳走してくれるそうだ」

「あの女と一緒に飯食うんですか？」

明良が顔をしかめた。

「ただ飯だ。それぐらい、我慢しろ」

わたしは窓を開けた。

「栗木さんが今晩、すき焼きに招待してくれるそうだ。酒だけ持参しろってさ。おまえ、何を飲む？」

亮介は鞍から顔を上げた。

「おれは禁酒中だ」

「禁酒？　初耳だぞ」

「先週からだ。おまえがおれの借金肩代わりしてくれるのに、酒なんか飲んでる立場じゃない」

「おれはかまわないのに」

「いいんだ。しばらく酒は飲まない」

「わかった。だけど、おれは飲むぞ」

「好きにしろ」

車のエンジンをかけ、窓を閉めた。日本酒にするか、赤ワインにするか。迷いながらアクセルを踏んだ。

＊　＊　＊

「なんだい、亮介君、飲まないのかい？」

栗木佑一は拍子抜けしたという表情で手にした缶ビールの中身を自分のグラスに注いだ。すでに顔が赤い。わたしたちが到着する前から飲みはじめていたらしい。

「すみません。二日酔いで追い切りに乗るわけにはいかないんで」

亮介は軽く頭を下げ、わたしが買ってきたノンアルコールビールを自分のグラスに注いだ。

テーブルにはカセットコンロがふたつ用意され、それぞれのコンロの上にすき焼き用の鉄鍋が載っている。たっぷりの野菜とたっぷりの肉、それにざるに山盛りに積まれた生卵がコンロの周りに置かれていた。

「敬ちゃんと亮介君だけならそんなに要らないだろうけど、食べ盛りの高校生が来るっていうから」

睦美が割り下のボトルを運んできて、左側のコンロの前に座った。右のコンロの前には佑一が座り、亮介と向き合っている。睦美の隣には恵海がいて、わたしと明良はその向かいだ。

恵海は明良の存在を完璧に無視しており、明良は居心地が悪そうだった。

「ぼくもそんなに食べないんですけど」

明良がわたしに耳打ちした。乗り役になりたいという夢を抱く若者だ。普段から、食事は節制しているに違いない。

「今日は特別だ。食べろ。一日ぐらい大食いしたところで、体重はそんなに変わらないから」

わたしもまた小声で答えた。

「それじゃ、いただきましょうね」

睦美は佑一を促し、コンロに火をつけた。しばらくすると鉄鍋の中の牛脂が溶けはじめる。

わたしは睦美と自分のワイングラスに持参してきた赤ワインを注いだ。恵海と明良のグラスには烏龍茶が入っている。恵海も乗馬をする関係で体重には気を遣っている。糖分過多の飲み物には決して口をつけない。

「したら、エゴンウレアの重賞初制覇を願って、乾杯」

全員がグラスを手にすると、佑一が言った。

「気が早すぎますよ。社長」

亮介が苦笑した。

「和泉亮介が調教つけて、武藤邦夫がレースで跨がるんだぞ。勝つに決まってる」

佑一はビールを一息に飲み干した。

「こないだからずっとこの調子なのよ」

睦美が呆れながら肉を焼きはじめる。肉にほどよく焼き色がついたところで割り下を入れ、肉の周りに野菜を入れた。

わたしも赤ワインに口をつけた。奮発して買ったワインは香りがよく、口当たりもまろやかだ。

「わたしも恵海もちょっとうんざり」

「競馬が嫌いなんですか?」

明良が驚いたというように眉を吊り上げ、口を開いた。

「馬はめんこくて好きだけど、競馬は嫌いかな。はい、もうお肉、食べられるわよ」

明良は小鉢の生卵をかき混ぜ、箸で肉を入れた。

「そうなんですか……」

「遠慮しないでたくさん食べてね」

睦美はまだなにか言いたそうな明良を遮った。デリケートな話題は避けたいのだ。酔った佑一が、いつ嚙みついてくるかわからない。

わたしも肉を卵にくぐらせてから口に放り込んだ。肉を咀嚼《そしやく》して、ワインを啜る。抜群の組み合わせだ。日本酒にしなくて正解だった。

「しかし、あれだな。敬ちゃんも亮介君も、門別競馬場の調教師たちが虎視眈々と狙ってるらしいじゃないか。まさか、浦河を離れたりしないべな？」

佑一が言った。

「なんの話ですか？」

亮介が首を傾げた。

「あれ、聞いてないのかい。亮介君が調教つける馬たちの調子がいいって、門別でも、中央でも評判になってるのさ。それで、亮介君に調教助手になってもらえないかって考えてる調教師が増えてるって話だ。敬ちゃんも、装蹄の腕を買われてる」

「知ってるって顔つきだな」

亮介がわたしを見た。

「耳には入ってる。雇いたいならおまえに直接話をしろって言っておいた」

わたしはまた肉を口に放り込んだ。

「うちの親父も他の先生たちと亮介さんの話、よくしてますよ」

明良が言った。目が輝いている。

「育成牧場の乗り役やってるのはもったいないって」

「浦河の育成牧場だから、こんなおれでも雇ってくれるんだ」

亮介は乱暴にノンアルコールビールを飲んだ。

「もし、調教師がおれを雇ったら、文句を言う馬主が絶対に出てくる」

「この世界は結果がすべてだ。おまえが調教をつけて馬が勝つようになれば、だれも文句なんか言わないさ」

「おれに出ていってほしいのか？」

「出ていくなら出ていけばいいし、いるならいればいい」

わたしは素っ気なく応じて、今度はネギを食べた。明良は旺盛《おうせい》な食欲を示しているし、恵海はひとりで黙々と食べている。鍋の中の具がなくなるそばから睦美が肉や野菜を足していく。一方、我々男三人の方の鍋は中身がなかなか減らなかった。わたしも亮介も食が細いし、佑一は飲む方に専念してすき焼きにはたまに箸をつける程度だ。

わたしはすっかり火が通ってしまった牛肉を明良の小鉢に載せてやった。

「いくら門別の先生たちが亮介君をほしがったってだめだぞ。せめて、エゴンが厩舎に戻るまでは吉村ステーブルで面倒見てくれないと」

「安心してください。浦河を離れるつもりはありません」

「敬ちゃんは？　渡辺さんもそろそろ引退する年齢だし、後継者にって話は山ほど来てるべさ」

「ビービーを置いていくわけにはいきませんよ」

睦美のグラスが空になっていた。わたしはワインを注いだ。

「ありがとう、敬ちゃん。このワイン、美味しいわね」

「生協の酒売り場担当の人のお薦めです」

「ワインなんて、普段は安いのしか飲まないから」

睦美の頬がほんのりと赤く染まっている。夫と娘、そして牧場の馬たちの世話を焼く毎日だろうが、朗らかさはこれっぽっちも失われていない。前向きな性格なのだ。いつも、見習いたいと思っている。

「乗馬の乗り方って、競馬の乗り方とは全然違う感じだよな」

気持ちがほぐれてきたのか、明良は恵海に話しかけていた。

「全然違うよ。スケートで言うと、競馬はスピードスケート、乗馬はフィギュアスケート」

「そうか。わかりやすいな」

明良はうなずいた。

日高地方でウインタースポーツといえば、スキーではなくスケートだ。雪が少ないからだろう。昔は小学校や中学校の校庭に巨大なスケートリンクを作ったものだ。今では町営のスケートリンクを使っているらしい。教師と保護者たちが協力してスケートリンクを管理していたのだが、今ではそういうことが難しくなっている。我々の頃とは子供たちのあり方は変わってしまった。親も変わってしまったのだ。

「いつから学校でスケートリンクを作らなくなったんですかね?」

わたしは睦美に訊いた。

「さあ、いつの頃からだろう。昔は作ってたものね。雪が積もると、全校生徒が校庭に集まって雪踏み固めて」

「ええ。あれは楽しかった」

「でも、体育の授業が一時間目とか二時間目にあって、前の晩に雪が降るとわやだった」

「そうでしたね」

わたしはうなずいた。早い時間に体育の授業が入っていると、リンクに積もった雪掻き作業に追われるのだ。リンクが広いから、雪掻きも一時間では終わらない。自分たちがせっせと雪掻きしたリンクで、他のクラスや学年の生徒たちがスケートを滑るのを、恨めしい気持ちで眺めていたことを思い出した。

「プールもね、最近は学校にないのよ」

睦美が言った。

「わたしたちの頃はさ、夏休み終わってからプールの授業だったっしょ？　でも、もう寒くて、みんな唇真っ青になって震えながら泳いでたわ。あれは拷問みたいだったから、なくなってよかった」

「夏休みに海で泳ぐときも、まず、焚き火を熾《おこ》してから海に入ってましたよね。そうじゃないと、寒くてたまらない。真夏なのに」

睦美と話しているうちに、いろんな想い出が溢れてきた。

かつて我々が海水浴を楽しんだ砂浜は今はもうない。浸蝕により消え去ってしまったのだ。日高周辺の海岸は浸蝕が進んでいる。昆布漁師にとっては死活問題で、町や道に手を打てと訴えているが莫大な予算が必要となるために、無策のままだ。

人口減少以外、この二十年、なにも変わっていないように見える浦河だが、変化は確実に訪れている。

スマホの着信音が鳴った。小田からの電話だった。

「失礼」

わたしはだれにともなく断りを入れ、玄関に移動した。

「もしもし、平野です」

「平野君、借用書、昨日届いたよ」

三日前に小田宛てに郵送しておいたものだ。

「明日、五百万、振り込んでおくから」

「ありがとうございます」

わたしはだれもいない空間に向かって頭を下げた。

「利子は要らないけど、できれば五年ぐらいで返して欲しいな」

「頑張ります」

「君の夢の牧場を取り上げたくはないからね。頼んだよ」

「はい」

「エゴンの様子はどうかな？」

「亮介を信頼しはじめてます。あんな素直なエゴンは見たことがないって、吉村さんが驚いてましたよ」

「そうか。それは楽しみだな」

小田の声音が変わった。

「じゃあ、これで失礼するよ」

「失礼します」

電話を切り、食卓に戻ろうとすると、また着信音が鳴った。今度は藤澤敬子からの電話だった。

わたしはスマホの画面に表示される「藤澤敬子」という文字を凝視した。

彼女の声を聞きたいという思いと、昼間垣間見た彼女の姿が交錯する。

結局、わたしは電話には出なかった。

食卓に戻ると、明良と恵海が熱心に話し込んでいた。乗馬の騎乗技術や調教方法が明良には目新しいようだ。亮介と佑一は秋のGⅠ戦線について意見を交わしている。

席に着くと、睦美が空になったグラスを突き出してきた。わたしはワインを注いでやった。

「みんな、馬の話ばっかり」

「ですね」

わたしの小鉢には肉と野菜が盛られていた。わたしはそれを食べ、ワインで胃に流し込んだ。

「敬ちゃん、そういえば、繁田《しげた》牧場さんって知ってる？」

睦美が言った。

「ええ」

わたしはうなずいた。野深にある牧場だ。夫婦ふたりでやっている小さな牧場で、その夫婦もだいぶ年を取っている。

「体がきついから、牧場を閉めたいんだけど、繋養してる馬たちの行き先が決まらなくて困ってるの。死なせるのだけはなんとか避けたいって……一頭か二頭、敬ちゃんのところで引き取るわけにはいかないかしら」

「繁田さんのところは何頭、繋養してるんですか？」

「七頭って言ってたわ」

血統のいい繁殖牝馬ならセリに出すなどして買い手を探せばいい。だが、そうでないならば、牧場が閉鎖されると馬たちは行き場をなくす。

「亮介がいるから、二頭ならなんとかなります。残りの馬は、ぼくも、引退馬を繋養してる牧場に連絡を取って引き取り手を探しますよ」

「本当に？　繁田さん、喜ぶわ」

顔に視線を感じた。亮介がわたしを見つめている。

「そんなに簡単に引き受けていいのか？　おれがいなくなったらどうするつもりだ。ずっとあそこにいるつもりはないぞ」

「その時はその時だ」

わたしは答えた。ごまかしやその場しのぎで口にした言葉ではない。本当にそう思ったのだ。

「そうか」

亮介はまた、佑一との競馬の話に戻っていった。

＊　＊　＊

馬房から外に出てきたエゴンウレアは機嫌が悪そうだった。盛んに首を上下に振り、隙あらば立ち上がろうとする。厩務員が引き綱を両手で握り、なんとかなだめようとするが知らん顔だった。

「他の馬たちがみんな耳を絞ってますよ」

明良が言った。

耳は馬たちのコミュニケーションツールだ。その形や向きで彼らの感情をうかがい知ることができる。

耳を絞っている馬はなにかに怒っているか、警戒している。こういう馬に不用意に近づくと、嚙まれたり蹴られたりすることになる。

「トレセンの厩舎でも同じらしい。エゴンウレアが近くに来ると、他の馬たちが動揺するってさ」

「気が強そうですもんね」

明良はスマホで荒ぶるエゴンウレアの写真を撮りはじめた。

「あ、亮介さんだ」

その手が止まったのは、馬房の近くに亮介が姿を現したからだった。

亮介は右手にステッキを持ち、ヘルメットのストラップを締めながらゆったりとした歩調でエゴンウレアに近づいていった。

　エゴンウレアが亮介に気づいた。絞られていた耳が前を向いた。

「おっす」

　亮介が挨拶の言葉を発すると、エゴンウレアは首を丸く曲げた。ツル頸と呼ばれる姿勢だ。調教に向かう準備はできていると亮介に告げている。

「亮介さんには素直なんだ……」

「お互いを認め合ってるんだよ」

　わたしは言った。エゴンウレアの呼吸も落ち着きはじめ、亮介が厩務員の手を借りて背中に跨がるときもじっとしていた。

　亮介が鐙に足を掛け、手綱を手に取った。

「行くか、エゴン」

　なにかアクションを起こすわけではなく、声をかけただけでエゴンウレアは歩き出した。厩務員が持つ引き綱もたるんだままだ。ステーブルの敷地を出、道路を渡ってＢＴＣに移動する間も、エゴンウレアは落ち着き払っていた。

　わたしと明良は距離を置いてエゴンウレアの後を追った。

「凄いトモですよね。やっぱり、中央で重賞戦線を走ってる馬は違うな」

　明良が興奮気味に話す。トモが張っているということは筋肉がよく付いているということになる。

「エゴンはそれほど馬格はないが、筋肉の付き方が理想的なんだよ。それに、柔らかい筋肉なんだ。瞬発力と持久力を兼ね備えている。関節も柔らかくて可動域が広い」

「去年の京都大賞典の時、パドック見て親父が同じこと言ってましたよ。おれならエゴンウレアの単勝、買えるだけ買うって。でも――」

明良は言葉を濁した。あのとき、エゴンウレアは直線半ばで先頭に立ち、だれもが重賞初制覇だと思った次の瞬間、左に斜行して後ろを走っていた馬の進路を妨害した。エゴンウレアを避《よ》けようとした馬は躓《つまず》いて転倒し、騎手が落馬して競走中止に追い込まれた。

エゴンウレアは先頭で入線したが、審議の結果、四着に降着されたのだ。

多くのファンが溜息を漏らし、五万円の単勝馬券を買っていた栗木佑一は頭を抱えてその場に突っ伏した。

「あれはわざとだ」

わたしは言った。

「斜行がですか？」

「ああ。直線で抜け出したとき、鞍上の熊谷さんは、勝ちを確信したんだろうな。ずっと背中に跨がってきて、二着、三着の悔しい思いをしてきたんだ。それがようやく勝てると思ってエゴンを追う腕がほんの少し遅れた。エゴンはその隙を見逃さなかった。わざと斜行して、人間の思うとおりやってたまるかっていうところを見せたんだ」

「それが本当なら、とんでもない馬ですね」

「とんでもないから、どれだけ扱いづらくてもみんなあの馬に惹かれるんだよ」

エゴンウレアはだだっ広いＢＴＣの敷地を横切っていく。今日は、屋内坂路コースを使っての調教だ。レースに出走するため、栗東のトレセンに戻る日が近づいてきている。少しずつ負荷を強くしていって、万全の状態で厩舎に返すのが吉村ステーブルの務めだった。

坂路コースに入ると、厩務員が引き綱を外した。

亮介が踵《かかと》で軽くエゴンウレアの腹を蹴った。エゴンウレアは身震いしてから、軽やかな足取りで坂路を下っていく。

最初のうちはキャンターで坂路を往復する。ウォーミングアップだ。亮介と厩務員の他にスタッフはいない。吉村ステーブルは亮介を信頼しているのだ。

明良はすぐにコースを走る馬の様子をチェックできるモニタの前に陣取った。亮介はまだ鞍に尻を乗せたままだ。エゴンウレアもそれを承知して、ゆっくりと坂路を下っている。

下りきると坂路を登り、また下る。それを三度繰り返したところで亮介の尻がわずかに浮いた。エゴンウレアのキャンターの速度が上がる。だが、まだウォーミングアップの途中だ。エゴンウレアが急ぎすぎないよう、亮介は手綱を巧みに捌いた。

明良はじっとモニタを見つめている。息をするのも忘れているかのようだ。

エゴンウレアがうっすらと汗をかきはじめていた。坂路を下りきったところで、亮介の尻がさらに浮いた。前傾姿勢になり、手綱でエゴンウレアに気合いをつける。

エゴンウレアの体に気が満ちたような錯覚を覚えた。次の瞬間、エゴンウレアが加速しはじめる。
五、六分の力しか出していないはずだ。それでも、エゴンウレアが坂路を駆け上がる姿は迫力満点だった。
「凄《すげ》え」

明良が唸った。父の厩舎が預かる馬が坂路調教を受ける様は何度も見てきているだろう。だが、エゴンウレアは明良の知るどんな馬よりも強く美しいのだ。

「エゴンも凄いけど、亮介さんも凄いですよ」

明良がわたしを見た。

「体幹が全然ぶれないんです」

わたしはうなずいた。現役時代から、亮介の体幹の強さは有名だった。体の軸がぶれないから馬にも優しく、どんな非常事態にも対応できる。

亮介は坂路を駆け上がりきる手前でエゴンウレアをなだめた。エゴンウレアがスピードを落とす。亮介の右手がエゴンウレアの首筋を何度か叩いた。

いいぞと伝えている。

エゴンウレアが目を細めた。わたしには亮介に褒められて喜んでいるように見えた。

「今、エゴン、喜んでましたよね」

わたしは厩務員に訊いた。

「ええ、ぼくも見ました。あいつ、亮介さんに褒められて確かに喜んでましたよ。あんなの、初めて見た……」

厩務員も目を丸くしていた。

坂路の頂上まで登ってきたエゴンウレアが身を翻《ひるがえ》し、また下っていく。亮介との息もぴたりと合っていた。

坂を下っていく亮介の背中が大きく見える。次はさらに強くエゴンウレアを追うつもりなのだ。厩務員も明良もそれを察した。わたしたちは固唾《かたず》を呑んでエゴンウレアの二本目の追い切りを待った。

エゴンウレアは坂路の手前で、前脚でウッドチップを何度も掻き出すように蹴った。走りたくてうずうずしている。

亮介がゴーサインを出すと、弾かれたように走り出した。四百キロを超える馬体がゴム鞠のように弾む。四肢の伸びはスムーズで体全体を使って走っている。関節の可動域が広いからバランスを崩すこともない。

窓から差し込んできた朝日に金色の鬣が輝いた。

頭をぐっと下げ、首を使って坂路を駆け上がってくる様はまさに黄金の冠を戴いたターフの王だ。

どうしてこの馬が大きなレースを勝てなかったのか不思議だった。

本気で走ればだれにも負けまい。ただ、彼を本気にすることのできる人間がいなかったのだ。

亮介がエゴンウレアを本気にさせた。これならば、重賞はおろか、ＧＩを勝つことだって夢ではない。

わたしは唇を噛んだ。

亮介とエゴンウレアの絆がどれだけ強くなろうが、本番のレースで亮介がエゴンウレアに騎乗することはないのだ。

「馬鹿野郎が……」

わたしは呟いた。だが、一番悔しい思いをしているのは亮介だということもわかっていた。ゴーグルに隠れて表情はわからないが、頬がうっすらと赤らんでいる。

強い馬に跨がり、自在に操る喜びに浸っているに違いない。現役の騎手なら、自分が調教をつけた馬にレースで跨がり、真っ先にゴールして栄冠を勝ち獲ることができたのだ。

坂路をもう一本駆け上がったところで今日の調教は終わった。屋内坂路を出て、外の角馬場でクールダウンを済ませると、亮介はエゴンウレアの背中からおりた。

エゴンウレアは厩務員に引かれて吉村ステーブルに戻っていく。この後、体を洗われ、飼い葉を与えられ、それを食べるとしばしの休息につくのだ。

「あれで勝てないなんて嘘だぜ」

亮介がヘルメットとゴーグルを外しながら言った。

「次は勝つさ。和泉亮介が調教をつけて、武藤邦夫がレースで跨がるんだ」

わたしは言った。

「どうかな。とにかく油断ならない馬だよ。いつだって、こっちの隙をうかがってるんだ。ちょっとでも気を抜こうもんなら、すぐに振り落としにかかってくる」

「おまえにはそんな素振り、これっぽっちも見せなかったじゃないか」

「おれをだれだと思ってるんだよ」

亮介はわたしを睨んだ。

「悔しいだろう？　本当は自分でレースに出たくてしょうがないはずだ」

「おまえ、時々、本当に嫌なやつになるな」

「自業自得だ」

「わかってるよ」

わたしたちは吉村ステーブルに向かって歩きはじめた。すぐ後ろを明良がついてくる。明良の目は輝き、頬は興奮に赤らんでいた。

「門別で調教助手になる話、真剣に考えてみたらどうだ。そっちの方が馬のためになる」

わたしは言った。吉村ステーブルをはじめとする育成牧場は、あくまで馬を臨戦態勢に調える仕事をする場所だ。

本気の調整は厩舎で行われ、馬が全力を出すのはレースだけである。せめて、レースの直前まで亮介が跨がることができれば、その馬は自らの力を百パーセント解放できるのかもしれない。

「おまえ、昨日、馬を二頭受け入れるって話したばかりじゃないか」

「牧場はおれひとりでなんとかなるよ」

「装蹄師やって、馬の老後の面倒見てか。おまえの人生はどうなる？」

「おれはいいんだ。競馬に夢を見て、競馬に関わる仕事に就いた。ジョッキーになれなかったのは悔しいけど、それもおれの運命だ。自分の夢は叶えたんだから、今度は世話になった馬たちのために生きる。悪くないだろう」

「おれはそんなのごめんだ」

「わかってる。だから、門別に行けと言ってるんだ」

亮介は足を止め、不思議なものを見るような目をわたしに向けた。

「昔からそうだったけど、おまえは変わり者だ。わかってるのか？」

「嫌になるぐらいわかってる」

わたしは答え、亮介を追い抜いた。

13

久しぶりの札幌は蒸し暑かった。ヒートアイランド化が進んでいるのか、近年の札幌の夏の暑さは本州並だ。夏の訪れも日高より相当早い。

わたしはスマホの地図アプリと首っ引きになりながらすすきのを中心から外れに向かって歩いていた。ハイエースは近くのコインパーキングに停めてある。駐車料金を確認して溜息が漏れたが致し方ない。

田舎の人間にとっては、都会の駐車料金はぼったくりにしか思えないものだ。

「ここのはずだが……」

呟きながらスマホから目を離し、目の前に建つ雑居ビルを見た。住所は合っているようだ。ビルの中に入り左手に設けられた郵便受けを確認した。〈北村金融〉というプレートが貼り付けられているのは五階の郵便受けだった。看板は見当たらない。つまりは宣伝をする必要のない金融会社だということだ。

建物同様ガタの来たエレベーターに乗って五階に上がった。エレベーターは煙草の匂いがした。

今時、煙草を吸ってエレベーターに乗る者などいまい。長年に亘って染みこんだヤニの匂いが消えないのだ。

五階には三つのオフィスが入っていた。左手の一番奥が磨りガラスのドアになっていて、ガラスにかすれた文字で〈北村金融〉と書かれている。

わたしはショルダーバッグのストラップを首から外し、バッグを抱えた。普段は装蹄道具を入れている革のバッグには小田から借りた金が入っている。

息を吐いてドアを開けた。

「すみません」

声をかけたが反応する者はいなかった。オフィスにいるのは四人の男で、みな、それぞれのパソコンのモニタを睨んでいる。一見、どこにでもいるサラリーマン風だった。

「すみません、国重さんに会いに来たんですが」

わたしは少しだけ声のトーンを上げた。入口に近いデスクに座っていた男が顔を上げた。

「どちらさん？」

見た目とは裏腹にぞんざいな口調だった。

「平野と申しますが、会う約束をしておりまして」

「あっち」

男はオフィスの奥に視線を走らせた。ドアがある。

「あそこが専務室。ノックしてから入って」

わたしはさりげなくオフィスを見渡した。他にドアはない。

「失礼します」

わたしはだれにともなく頭を下げ、オフィスを横切った。ドアの前でひとつ呼吸をし、ノックする。

「だれだ？」

中から国重の声がした。

「浦河の平野です」

「ああ、装蹄師さんか。入んな」

「失礼します」

ドアを開けた途端、煙草の煙が流れ出てきた。六畳ほどの室内に煙が充満している。国重が背もたれのある椅子に座り、スポーツ新聞を広げながらデスクの上に両足を乗せて煙草をふかしていた。

部屋の隅にあるテレビには競輪の中継が映っている。

「適当に座っててくれ。すぐにレースがはじまるから、話はその後だ」

国重はわたしを見ようともせず、スマホを使って車券を買いはじめた。わたしは部屋の隅にある応接セットに向かい、一人掛けのソファに腰を下ろした。

「平野君は馬券は買うのかい？」

投票を終えた国重がテレビ画面を見つめたまま訊いてきた。

「自分が装蹄を担当した馬の単勝を時々買うぐらいですが」

「ふぅん。あれか、走る馬かそうじゃないかはすぐにわかるのかい？」

「わかるときもあれば、わからないときもあります。だいたい、筋肉や関節の柔らかさで判断するんですが、これはとても走らないなと思った馬が重賞を勝ったこともありますし」

「なるほどな……お、はじまるぞ」

国重はデスクから足を下ろし、前屈みになってレースを見はじめた。

競輪は門外漢だ。どこで行われているどんなグレードのレースなのか、皆目見当もつかなかった。

レースは数分で終わった。国重は一着の選手が入線する前に舌打ちしていた。車券は外れたのだろう。

「まあ、遊びで買った車券だ。こんなもんだろう」

国重は短くなった煙草を消して腰を上げた。デスクにあったリモコンでテレビを消す。リモコンを手にしたままわたしの方へやってきて、三人掛けのソファに座った。

「金は？」

「持ってきました」

わたしはバッグの中から金の入った茶封筒を出した。国重は封筒を受け取ると中身を一瞥してテーブルの上に置いた。

「金額を確認しないんですか？」

「信じるよ。おれらのような人間を騙してただで済むと考えるような馬鹿じゃないだろう」

「きっちり五百万あります」

国重はスーツの内ポケットから折り畳んだ紙を取り出した。

「これが完済を証明する書類だ。確認しろ」

わたしは紙を広げ、文言に目を通した。確かに、貸していた金、五百万を完済してもらったという内容の書類で、北村金融の社印も押してある。

「確かに」

わたしは紙を再び折り畳み、ショルダーバッグのポケットに丁寧に入れた。

「この金、平野君の貯金か？」

「いいえ」

わたしは首を振った。

「ってことは人に借りたのか。酔狂だな。幼馴染とはいえ、赤の他人の借金を肩代わりするなんてよ」

「ただ幼馴染だというだけじゃ、これだけの金、用意しませんよ」

「じゃあ、なんのためだい？」

「馬のためです。あいつが調教をつけると、馬が生まれ変わったみたいになるんです。浦河と日高の馬のために、あいつがいるのはプラスになるから……」

国重が笑った。

「馬のためか。そりゃいい。気に入った。あいつを使った予想サイト、結構な実入りがあったんだぜ。それがおまえ、馬に邪魔されるとはな」

「すみません」

「いいんだ。きっちり金は返してもらったんだからな。ただし、和泉には言っておけよ。次はこんなもんじゃすまねえ。金を用立ててくれた幼馴染と馬のために真面目に働けってな」

「伝えます」

わたしは腰を浮かせた。

「エゴンウレアって馬も、あいつが調教をつけて変わったのか？　そんな殊勝な馬には思えねえがな」

エゴンウレアの名を耳にして、わたしはまた腰を落とした。

「去年まではよ、あの馬の馬券を買い続けてたんだよ。そろそろ一着獲るだろうって思ってよ。ところが、一向に来やしねえ。最後の直線、いつもこりゃ突き抜けるなって勢いで駆けてくるのに、最後にやめやがる。やっと一着に来たと思ったら降着だ。やってられねえ。あの馬は人間を舐めてるんだよ」

わたしは苦笑した。

「同じ思いをしている競馬ファンはたくさんいますよ」

「昔は重賞に出ても二、三番人気になることもよくあったが、最近は五番人気以下ってことも多くなってる。ファンも見限りはじめてるんだよ。どうなんだ？　本当に変わってるのか？」

「変わってはいます。ただ、それは亮介が乗っているときだけで、他の乗り役が跨がると昔のエゴンと変わりません」

「やっぱり、クマじゃ御せねえか……」

わたしは思わず唇を舐めた。鞍上が替わると口に出しそうになったのだ。

「ん？　平野君、今、顔色が変わったぞ」

国重は目敏《めざと》かった。

「そうか。クマを見限るんだな。鞍上を替えるんだ。だれだ？　だれが跨がるんだ」

「それは……」

「それぐらい教えてくれたっていいじゃねえか。和泉の借金、おまえが返すと言ってきた日から利息つけてねえんだ。その利息分だと思ってよ」

「レジェンドの予定だそうです」

わたしは言った。いずれ、レースが近づけば鞍上は公式に発表されるのだ。

「武藤が乗るのか……」

「あくまで予定です」

「レースは？　どのレースだ？」

「チャレンジカップか中日新聞杯を予定しているようですが」

「芝の二千メートルか。ちょっと短くねえか？」

「二千以上なら、なんの問題もないと亮介は言ってます」

「よし。久しぶりにあいつの馬券、買ってみるか。鞍上が武藤に替わったからって、今までのあの馬を知ってる連中は単勝じゃ買わねえからな。単勝にぶっ込むぞ」

「自己責任でお願いしますよ。後で話が違うと怒鳴り込まれても困ります」

「そんなことはしねえよ」

国重は苦笑した。

「それじゃ、ぼくはそろそろ失礼します」

わたしは腰を上げた。

「エゴンウレアが一着に来たら、なんでも好きなもの奢ってやるから、遊びに来いよ」

「その時は、是非」

わたしは頭を下げた。なんだかんだ言いながら、国重もエゴンウレアという馬に魅了されているのだ。

人に抗い、人を馬鹿にし、人に攻撃さえする。それなのに、人を引きつけてやまない。

エゴンウレアはそういう馬だった。

＊＊＊

コインパーキングに戻る途中でスマホに着信が来た。

藤澤敬子からだった。一瞬躊躇ってから電話に出た。

「何度も電話かけたし、メールも送ったのに無視ってどういうこと？」

いきなり、怒声が鼓膜を震わせた。

「すまない。色々忙しくて」

目を腫らした藤澤敬子を見かけてから一月近くが経っていた。彼女からの電話やメールも無視し続けていたのだ。

「酷いわ……」

わたしはたじろいだ。今度は涙声だ。精神的に相当参っているのだろうと簡単に推察できた。

「今、どこにいるの？」

「苫小牧」

敬子は洟を啜りながら答えた。

「おれは今、札幌なんだ。苫小牧に寄るから、お茶でも飲もうか」

「お酒がいい」

「飲んだら帰れなくなる」

「帰らなきゃいいじゃない」

敬子は駄々をこねる子供のようだった。

「とにかく、苫小牧に寄るよ。そうだな、ドン・キホーテのＡｉｂａの前で、二時間後に」

「わかった。待ってる」

わたしは溜息を押し殺しながら電話を切った。すっかり狼狽《うろた》えていた。彼女の涙の原因がわたしにあるのかもしれないと思うと、それだけで罪悪感が押し寄せてくる。

ハイエースをパーキングから出すと、最寄りのインターチェンジから高速に乗った。制限速度を厳守して苫小牧を目指す。道警のスピード違反取締りは苛烈だ。内地のように、多少のオーバーなら目をつぶってもらえると考えていると痛い目に遭うことになる。

途中、輪厚《わっつ》のパーキングエリアに立ち寄り、用を足した。空腹を覚え、フードコートでラーメンを食べた。敬子の涙声が気になって、ろくに味わえなかった。

意を決して渡辺一枝に電話をかけた。地獄耳の彼女ならなにかを知っているかもしれない。

「あら、敬ちゃん、お休みの日に電話なんて珍しい」

一枝の声は朗らかだった。

「ちょっとお伺いしたいことがあるんですが」

「なにかしら？」

「獣医の藤澤先生ですけど、最近の様子はどうですか？」

含み笑いが聞こえた。

「そんなに気になるの？」

「そうじゃありませんが――」

「なんだか元気がないわ。普段は明るい女性なのに、よく溜息を漏らしてる。敬ちゃんのせいじゃないの？」

「どうして元気がないのか、わかりますか？」

「だから、敬ちゃんのせいでしょう」

「一枝さん」

わたしは声に苛立ちを滲ませた。

「怒っちゃった？　ごめんなさい」

一枝は悪びれたふうもなく言った。彼女には腹を立てるだけ無駄なのだ。

「先生を狙ってる厩舎の男の子たちも心配そうだけど、理由はわからないみたいよ。慰めてあげたら。株がもっと上がるわよ」

わたしはわざとらしく溜息を漏らした。

「だって、藤澤先生、絶対に敬ちゃんに気があるもの。敬ちゃんだってそうでしょう？　わざわざ電話をかけて訊いてくるんだから」

「気になる女性であることは認めます。もう、切りますよ」

「頑張ってね。敬ちゃんもそろそろ身を固めなきゃ」

「先生によろしくお伝えください。それじゃ」

わたしは電話を切り、再び溜息を漏らした。

重い足取りで車に戻る。一枝に電話をかけてももやもやが増すばかりだった。

結局、本人の口からでなければ本当のところはわからないのだ。

＊＊＊

藤澤敬子はＡｉｂａの入口の前でスマホの画面を睨んでいた。白いブラウスに濃紺のスーツの上下、足もとは踵の高いパンプスで、獣医というよりは仕事のできるキャリアウーマンという風情だった。

「お待たせ」

声をかけると、慌ててスマホを上着のポケットに押し込んだ。ショルダーバッグのストラップを左手で握り、わたしに向かって歩き出す。

「十分の遅刻」

敬子はそう言って唇を尖らせた。化粧のせいか、顔に涙の痕跡は残っていなかった。

「道が混んでたんだ。すまない」

「いいわ。ゆるしてあげる」

敬子の右腕がわたしの左腕に絡みついてきた。

「この辺、喫茶店はないみたい。ファストフードの店ならあるけど、そこでもいい？」

「ああ、かまわないよ」

わたしと敬子は腕を組んだまま歩き出した。

「なにかあったのかな？」

わたしは歩きながら訊いた。

「どうしてそう思うの？」

「さっきの電話、泣いているように聞こえた」

「平野さんの気を引くための嘘泣きだったかも」

敬子は微笑んだ。わたしはそれ以上追及するのはやめにした。彼女に話す気がないのならそれまでのことだ。

ふたりとも無言で歩き、無言のままファストフード店に入った。店内は空いていた。敬子が窓際の席を選び、わたしはカウンターでコーヒーをふたつ、注文した。すぐに出されたコーヒーを持って席に戻る。

「札幌にはなんの用だったの？」

敬子はコーヒーには口をつけようともしなかった。

「借金を返済しに行ってきた」

「借金？　牧場の？」

わたしは首を振った。

「亮介の借金を肩代わりしたんだ。金は馬主の小田さんに用立ててもらった。それでここのところ忙しかったんだよ」

「嫌われて無視されてるのかと思った」

「そんなことはない」

わたしはコーヒーを啜った。敬子の目元が暗い。なにか悩みがあるのは確実だった。

「話せば、楽になるかもしれないよ」

わたしは水を向けた。

「話すってなにを？」

「悩みがあるって顔に出てる」

敬子は唇を舐めた。わたしの目を見つめ、目を伏せ、また見つめてくる。

「初めて門別競馬場で会ったときのこと、覚えてる？」

意を決したように口を開いた。

「もちろん」

「あのとき、シドレリアっていう馬が一番人気だったのに凄く焦れ込んで、負けたわ」

わたしはうなずいた。

「あの後にも、何度か似たようなことがあったの。どの馬も谷岡厩舎の人気馬。なにか興奮剤でも使われたのかと思って検査したけど、薬物反応はなし」

わたしは口を閉じたまま続きを待った。

「なにかおかしいなと思って、時間があるときは、谷岡厩舎の馬房に目を光らせてたの。そうしたら……」

敬子は口を閉じた。テーブルの上に置かれた手がきつく握られている。

「田島《たじま》っていう厩務員がいるんだけど……」

わたしは田島の顔を思い浮かべた。無口で、暗い男だ。年齢は三十代の半ばというところか。

「彼が、夜、ひとりで馬房に入っていくところを偶然見かけたの」

「なにをしていた」

「犬笛を吹いて、その直後に馬が嫌がることをするの。それを毎晩、短時間だけど繰り返して、レースの当日、パドックやゲート裏で輪乗りしてるときに犬笛を吹くのよ。馬は条件反射であっという間にテンションが上がっていく」

わたしも無意識のうちに拳を握っていた。馬は犬と同じように人間には聞こえない高周波の音を聞き取ることができる。犬笛の音も聞こえるのだ。

「馬房にいる現場を押さえて、叱ったわ。自分がなにをやってるかわかってるのかって。そうしたら、厩務員の給料じゃ生活が苦しくて、穴馬券を当てるためにやったって言うの。馬券まで買ってるなんて……それが公になったら、谷岡先生にまで迷惑がかかることになるでしょう？」

調教師や騎手はもちろん、厩務員も馬券を買うことは禁じられている。谷岡が連帯責任を問われるのは間違いない。

「だから、黙っているから、もう二度とこんなことはしないでって。田島君も泣いて謝っていたし……」

敬子はコーヒーに口をつけた。カップをそっとテーブルに置くと、右手と左手を組んだ。

「でも、また同じことが起きたの。わたし、もう腹が立って腹が立って、全レースが終わった後に、田島君のところに怒鳴り込みに行ったわ。そうしたら、いきなり彼のスマホ渡されて、電話に出てくれって。柄の悪い話し方をする男が電話の相手で、事情を知ってて口を閉ざしてたんだからわたしも同罪だって言うの。この件を公にしたら、わたしもただじゃ済まないって。後で口座の残金調べろとも言われたわ。それで、翌日、銀行に行ってみたら、知らない男から五十万振り込まれてた。男から電話がかかってきて、その金は口止め料だ。警察が介入してきたら言い訳できないぞって」

敬子は一気にまくし立て、唐突に口を閉じた。目が潤《うる》んでいる。

「わたし、どうしたらいいかわからなくて、平野さんに相談に乗ってもらおうと思って電話かけても出てくれないし――」

「そんなことになっているとは夢にも思っていなかった。すまない」

「どうしたらいいの？」

「少し、考えさせてくれ」

わたしはコーヒーを啜った。苦いだけだった。

敬子や谷岡に難が降りかかるのを避けたいと思えば、事を公にはせず、隠密裏に収める他はない。

だが、やくざらしき人物が関わっている。厄介だった。

スマホを手に取り、明良に電話をかけた。

「あ、どうも、平野さん。この前はお世話になりました」

「お父さんの厩舎に、田島という厩務員がいるだろう？」

「ええ。田島さんがどうかしましたか？」

「内緒で彼の住所を調べることはできるか？」

「できますけど、どうして？」

「おれを信じて理由は訊かないでくれないか」

「わかりました。折り返し電話するんで、少し待っててください」

「待っているよ」

わたしは電話を切った。敬子がじっとわたしを見つめていた。

「田島君の住所を知ってどうするの？」

「君は家に帰れ。この先のことはなにも知らない方がいい」

「なにをするつもり？」

「まだなにも考えてはいない」

本音だった。田島の住所を知ってどうするつもりなのか、自分でもわからない。ただ、急いで行動を起こせと内なる声がわめき立てている。

「平野さん――」

敬子が焦れたように口を開いた次の瞬間、スマホの着信音が鳴った。明良からだ。

「住所、わかりましたから、メールで送ります」

「ありがとう」

明良には浦河に来たときにメールアドレスを教えてあった。

電話を切ると、すぐにメールが届いた。田島の住所を確認して、わたしは腰を上げた。

「この件はおれがなんとかする。君はなにもしないように」

「だから、なにをするつもりなの？」

「わからないと言ったじゃないか」

わたしは苛立ちを露わにした。敬子に怒っているわけではない。馬を金儲けの道具としか考えない人間、馬をないがしろにして良心の痛むことのない人間に対して腹を立てている。

わたしは滅多に怒らないが、怒ると歯止めが利かなくなる。わかってはいるのだが、一度怒りに火がつくと、自分でもどうしようもなくなるのだ。

「心配することはない」

わたしは口調を和らげ、敬子の肩に手を置いた。敬子は不安そうな目をわたしに向けるだけだった。

＊＊＊

　田島は富川という門別競馬場に近いエリアの、パチンコ屋のそばのアパートに住んでいた。築年数の古い二階建てで、外壁の塗装がひび割れているようなアパートだ。

　わたしはパチンコ屋の駐車場にハイエースを停め、田島が帰宅するのを待った。すでに厩務員としての仕事を終えてから数時間が経っている。

　腕時計を見た。午後八時を回ったところだった。馬と関わる人間の朝は早い。それほど待たされることなく、田島は帰宅するだろう。

　車を停めてから、すでに二時間近くが経過していた。耐えがたい空腹に襲われ、それを紛らわすためにカーラジオをつけようとしたところで、アパートの駐車場に車のヘッドライトが向かっていくのに気づいた。

　真新しい軽自動車だ。アパートの駐車場に停めると、中から田島が降りてきた。

　馬をいたぶって稼いだ金で買った新車だ。そう思った瞬間、わたしの怒りに油が注がれた。

　車を降り、アパートに向かった。右手には装蹄道具の金槌を握っている。

「田島君」

　金槌を背中に隠し、アパートの外階段を登ろうとしている田島に声をかけた。田島は立ち止まり、怪訝《けげん》そうな仕草でこちらを向いた。

「平野だよ、装蹄師の」

「ああ、平野さん。どうしたんですか、こんなところで？」

「そこのパチンコ屋で負けて出てきたら、君の姿が目にとまったんでね」

「平野さん、パチンコやるんですか」

田島は嬉しそうに笑った。馬の世話をしているときにはついぞ見たことのないような笑顔だった。

「ここに住んでるのかい？」

わたしは足早に近づいた。気が急《せ》いている。落ち着け——頭の中で自分に何度も言い聞かせた。

「ええ。おんぼろですけど、家賃が安いんで」

「ちょっと水でも飲ませてもらえないかな。喉がからからなんだけど、素寒貧《すかんぴん》なんだ」

「相当やられましたね。どうぞ。お茶ぐらい淹れますよ」

田島はなんの疑いもなくわたしに背を向けて階段を登った。わたしは駆け足でその後を追った。

「狭くて汚い部屋ですけど、どうぞ」

田島がドアを開けた。わたしはその背中を乱暴に押した。部屋の中に入るとドアを閉め、鍵をかけた。

「なにをするんですか」

床に転がった田島が顔をしかめて立ち上がった。わたしはその顔の前に金槌を突き出した。

「八百長に手を貸してるな」

「な、なんですか、いきなり」

田島は後ずさり、靴を履いたまま部屋に上がった。

「とぼけるなよ。全部、藤澤先生に聞いた。あの人まで罠にはめたらしいじゃないか」

「お、おれじゃないですよ。おれはただ、指示に従っただけで」

「だれの指示だ」

わたしは声を荒らげた。

「勘弁してくださいよ」

わたしは金槌で、田島の額を軽く小突いた。田島は小さな悲鳴を上げ、畳の上に転がった。

「だれの指示だと訊いてるんだ」

「は、早坂《はやさか》さんです」

「早坂？」

「苫小牧のやくざですよ。麻雀で借金があって、仕方なくやらされたんです。ゆるしてください」

田島は畳の上で土下座した。

「あんなこと、本当はおれだってやりたくなかったんです。馬が可哀想で……でも、借金の取り立てがきつくて、つい」

「馬が可哀想でも金が入ると新車を乗り回すんだな」

「そ、それは……」

「藤澤先生の口座番号をその早坂という男に教えたのもおまえか？」

田島が首を振った。

「おれは先生の名前と電話番号を教えただけです。他のことはなにも知りません」

「早坂の連絡先は？」

「こ、ここに」

田島はジーンズの尻ポケットからスマホを取りだした。わたしはそのスマホを操作し、早坂の電話番号とメールアドレスを書き留めた。

「早坂はどこの組に所属してるんだ？」

わたしはスマホを返しながら訊いた。

「室井《むろい》興業ってところですけど……」

「よし。これからおれの言うことをよく聞け」

わたしは押し殺した声で言った。

「今夜中に門別から出ていけ。二度と戻ってくるな。そして、二度と馬に関わる仕事に就くな」

「そ、それは――」

わたしは田島の胸倉を摑み、引き寄せた。息がニンニク臭い。餃子でも食べてきたのだろう。罪悪感などこれっぽっちも覚えてはいないのだ。

「人間同士がどんな醜い争いごとをしようが知ったことじゃない。だが、人間が馬を傷つけるというのはどうにもゆるせない。おれは腸《はらわた》が煮えくりかえっている。おまえたちが藤澤先生を巻き込んだりしなければ、今すぐ警察に突き出してやるところだ」

田島はわななきながら口を閉じた。

「明日、またここに来る。まだおまえがいたら、叩きのめしてやる。どこかの厩舎で働いているという噂を耳にしたら、飛んでいって叩きのめしてやる。嘘じゃないぞ。おれが権藤を殴った話は聞いているだろう。気が短いし、喧嘩っ早いし、やると決めたら徹底してやる」

田島がうなずいた。

「わ、わかりました」

わたしは田島の胸倉を乱暴に放した。田島は畳の上に尻餅をついた。

部屋を出ようと踵を返したとき、真新しいテレビに気づいた。部屋にはそぐわない、大型の液晶テレビだ。これもまた、馬をいたぶった代償に得た金で手に入れたものだろう。

「くそったれが」

わたしはテレビに近づき、金槌を液晶に叩きつけた。液晶に微細な亀裂が入り、テレビは台の上から床に落ちた。

「な、なにをするんだ――」

「やかましい。本当なら、おまえがこうなっているべきなんだぞ」

わたしは金槌でテレビを指した。田島が口を閉じた。目尻に涙が浮いている。

「くそったれ」

わたしはもう一度悪態をつき、田島の部屋を後にした。

＊＊＊

ハイエースに戻ると、国重に電話をかけた。

「もしもし？」

国重の声はくぐもっていた。声の向こうに麻雀牌をかき回す音もする。くわえ煙草で麻雀を打っているのだ。ねっからの博打好きなのだろう。

「浦河の平野です」

「わかってる。どうした。もう、二度と会うこともねえだろうと思ってたのに」

「ちょっとお願い事がありまして。今、いいですか？」

「ちょうど一局終わったところだ。いいぜ」

「苫小牧の室井興業という暴力団、ご存じですか？」

「知ってる」

国重の答えは簡潔だった。

「そこに所属してる早坂という男のことを知りたいんですが」

「いいけど、おれに頼むと高くつくぞ」

「お願いします」

く。

「その男のなにが知りたいんだ？」

「住所や立ち回り先、それに、どんな男なのかということを」

「わかった。一時間後にもう一度連絡してこい」

「よろしくお願いします」

わたしは電話を切った。ハイエースのエンジンをかけ、田島のアパートに目をやる。スーツケースを持った田島が部屋から出てきた。スーツケースを軽自動車に積み込むと、また部屋に戻っていく。

わたしの脅しは効いたようだった。

パチンコ屋の駐車場から出て、苫小牧に向かった。一時間ほどで到着するだろう。そこで国重に電話をかければいい。

早坂をどうするつもりなのか、はっきりとした考えがあるわけではない。相手はやくざだ。田島のように脅して済むはずがないのだ。かといって、警察に駆け込めば、藤澤敬子が苦境に立たされることになる。

調べが進めば、口座に振り込まれた金が彼女をはめるための罠だったということは判明するかもしれないが、彼女が不正を知りながら目をつぶったのは事実なのだ。

高速に乗る直前、スマホに着信が来た。敬子からの電話だった。わたしはハイエースを路肩に停め、電話に出た。

「今、どこ？」

「浦河に帰る途中だよ」

わたしは嘘をついた。

「なんだか胸騒ぎがして」

「なにが心配なんだ?」

「だって、平野さん、凄い怖い顔をしてたし……昔、権藤さんを殴った過去があるでしょ。また腹を立ててまずいことするんじゃないかと思って」

「あの頃のおれはまだガキだった。今は大人だ。心配する必要はない」

自分で言って、自分で笑ってしまった。結局のところ、わたしはちっとも変わっていないのだ。少々の分別はつくようになったが、本質は同じだ。自分がゆるせないと考える行いをする人間には激高して自分をコントロールできなくなる。

「なにがおかしいの?」

「君が意外に心配性なんだと思ってね。明日も早いんだ。もう、切るよ」

「無茶はしないって約束して」

「無茶はしない。約束する」

わたしは電話を切った。

＊＊＊

駅前にハイエースを停め、国重に電話をかけた。

「三下だな」

電話に出るなり国重が言った。

「室井興業自体、落ち目の組なんだが、その中でも早坂はうだつの上がらねえチンピラみたいなもんだ。自分の女に体売らせてそれで食ってるヒモだよ。組の中でも厄介者扱いされているらしい」

「ありがとうございます」

「ヤサは──」

わたしは国重が口にした住所をメモに書き取った。

「夜は雀荘か馴染みのスナックに入り浸っているらしい」

国重はスナックと雀荘の名前を言った。

「検索かけりゃ、住所や電話番号はすぐにわかるはずだ。早坂の面はわかってるのか？」

「いいえ」

「なら、後で写真を送ってやるよ」

「ありがとうございます。それで、料金なんですが──」

「エゴンウレアの情報分を割引して二十万だ」

思わず、溜息が漏れた。

「高《たけ》えか」

国重が笑った。わたしの溜息が聞こえたのだ。

「いいえ。そういうわけじゃ……」

「まあ、和泉の借金肩代わりしたばかりだしな、金がないだろうことは察しがつく。よし、こうしよう。次の重賞でエゴンウレアが勝てば情報料はただにしてやる。ただし、勝てなかったら五十万。どうする？　二十万で手を打った方が得かもしれねえぞ」

「勝てばただでお願いします」

わたしは即答した。国重が口笛を吹いた。

「よっぽど自信があるんだな」

「競馬だから、なにが起きても不思議じゃありません。エゴンウレアはもともとああいう気性の馬ですから。それでも、まともに走れば勝つという自信はあります」

「その自信に乗りたいんだよ、こっちは。じゃあ、勝ったらチャラ、負けたら五十万ってことでいいな」

「はい」

「ところで、その早坂って男にどんな用があるんだ?」

国重がいきなり話題を変えてきた。わたしは返答に詰まった。

「堅気が筋者《すじもん》に因縁をつけるのはよした方がいいぜ。なんなら、おれが話をしに行こうか?」

「もう、金がありません」

「そうか。これぱっかりはサービスってわけにはいかねえしなあ。無茶はするなよ」

「ありがとうございます」

わたしは電話を切った。すぐに国重からメールが届いた。添付ファイルを開くと、崩れた雰囲気の中年男の写真が表示された。小太りで、肩まで伸ばした長髪だ。似合っていないし、不潔感丸出しだった。

検索で見つけた雀荘に電話をかけた。

「早坂さん、今日、見えてます?」

「ええ、一時間ほど前からいらしてますよ。電話、替わります」

「いえ。結構です」

電話を切り、ハイエースのエンジンをかけた。雀荘は錦町《にしきまち》という繁華街の一角にある。車で数分の距離だった。

繁華街の外れにあるコインパーキングにハイエースを停め、歩いた。雀荘は雑居ビルの三階にあった。ビルの出入口のはす向かいにある電柱の陰に隠れ、人の出入りを見張った。

ビルに出入りする人間はちらほらいたが、早坂が姿を現すことはなかった。わたしは辛抱強く待ち続けた。

二時間ほど経った頃だろうか、スマホを睨みながらビルから出てきたのが小太りで長髪の男だった。

早坂だ。

わたしは口の中に溜まった唾を飲み込んだ。早坂はスマホを睨んだまま、迷う素振りも見せずに繁華街を歩いていく。十分な距離を取って後を追った。繁華街を歩く人間の数は少ない。用心しなければ尾行に気づかれてしまうだろう。

早坂は数分歩くと、赤提灯《ちょうちん》がぶら下がっている居酒屋に入っていった。躊躇《ちゅうちょ》したあと、わたしも居酒屋に入った。

麻雀好きには見えなくても、居酒屋の客なら通用するだろう。

十人ほどが座れるカウンターと、小上がりがあるだけの小さな店だった。客は数人いるだけだ。

早坂はカウンターのほぼ真ん中に陣取って、生ビールを注文していた。

カウンターの中にいるのは白衣を着た初老の男ひとりだけだ。

わたしはカウンターの入口に近い端に座り、壁に貼り付けられた品書きに目を向けた。

「いらっしゃいませ。なんにしますか?」

大将がわたしの前にやってきた。わたしはホッキ貝とマツカワガレイの刺身にポテトサラダ、烏龍茶を注文した。

「お客さん、初めてですよね?」

大将は烏龍茶の入ったグラスをわたしの目の前に置きながら訊いてきた。

「ええ」

「どちらから?」

「日高です。仕事が押しちゃって、もう、腹ぺこで」

「すぐに用意できますから」

大将は微笑み、離れていった。

早坂はビールを飲みながら相変わらずスマホを睨んでいる。不機嫌そうな横顔は、麻雀で負けたことを物語っていた。

刺身とポテトサラダが運ばれてきた。ホッキ貝もマツカワガレイも見た目は上等だったが、味はよくわからなかった。緊張が味覚を麻痺させているのだ。

早坂はザンギを頬張り、ビールで流し込んでいる。目の前に並んでいる皿は、カロリーの高そうなものばかりだ。

わたしはゆっくり刺身とポテトサラダをつまんだ。

「日高っていうと、競馬関係かなにか？」

大将がわたしの前にやってきた。

「いえ」

わたしは咄嗟《とっさ》に首を振った。視界の隅に、早坂が「競馬」という言葉に反応するのが映ったからだ。

「違うのかい。どうも、日高と聞くと、馬産しか頭に浮かばなくてねえ。なにやってる人？」

「水道屋です」

自分でも、なぜそんな嘘をついたのかよくわからない。

「へえ、水道屋さんねえ。食っていけるのかい？」

「なんとか」

わたしは苦笑した。

「まあ、いいけどね。こっちもカツカツでやってるしね」

小上がりの客に呼ばれ、大将は離れていった。わたしは肩の力を抜いた。早坂の視線はもうこちらには向けられていない。

早坂はビールのお代わりと、ホッケの塩焼きを追加で注文した。どうやら、長居するつもりのようだった。

わたしは仕方なしにタコの酢の物を頼んだ。もう空腹ではないし、味もわからない。しかし、烏龍茶だけをちびちび飲んで居酒屋に長居するのも憚《はばか》られる。

早坂が身の厚いホッケを頰張っていると、女がひとり、店に入ってきた。香水の匂いをプンプンさせ、丈の短いスカートをはいている。茶色に染めた髪をアップにまとめ、顔は濃いめの化粧で彩られていた。

三十を超えた年齢をなんとかごまかそうと努力しているのだが、その努力は報われていなかった。

「ノリちゃん、お待たせ」

女は早坂の右隣に腰を下ろした。国重から送られてきた添付ファイルには、早坂の下の名は典靖《のりやす》と表記されていた。女は早坂の情婦なのだろう。

「おまえもなんか食うか？」

早坂が女に訊いた。女は首を振った。

「店でお客さんが出前で取った鮨ご馳走になったから」

「鮨か。上客だな」

早坂の目がいやらしい光を孕んだ。

「だめだよ。ママの大切なお客さんなんだから。大将、お勘定して」

女がハンドバッグから財布を取り出した。

「まだホッケが残ってる。ゆっくり食わせろよ」

「外にタクシー待たせてるの。今日はもう帰ろう。くたくたなの。ね？」

女の言葉を耳にして、わたしは慌てて残りの料理を平らげた。

「ちょっと小便してくるから待ってろよ」

早坂が席を立った。トイレのドアが閉まるのを待って、わたしも大将に声をかけた。

「こっちもお勘定お願いします」

女が支払いを終えた。早坂がトイレから出てくる様子はない。すでに四、五杯、生ビールのジョッキを空けていた。膀胱《ぼうこう》もぱんぱんに張っていたのだろう。

手早く支払いを済ませると、早坂たちより先に外に出た。

店の前にタクシーが停まっている。

わたしは左右に視線を走らせた。繁華街の中をゆっくり流しているタクシーを見つけた。手を振ってタクシーを停め、乗り込んだ。

「あのタクシーの後を追ってください。気づかれないように」

運転手は怪訝そうな表情を浮かべたが、余計な質問はしてこなかった。

店から早坂と女が出てきて、タクシーに乗り込んだ。最初の角を左折していく。

「じゃあ、行きますよ」

運転手がのんびりと言って、わたしの乗ったタクシーも動き出した。角を曲がると、先に動いたタクシーのテールランプが見えた。

早坂たちの乗ったタクシーは繁華街を抜けて駅前に通じる道を右折した。さらに、国道三六号を左折し、十分ほど走ったところで速度を落とした。狭い路地に入ると、古びたマンションの前で停止した。

わたしのタクシーの運転手が咄嗟にヘッドライトを消した。

「さすがに、ライト点《つ》けたままじゃ気づかれますでしょ」

「ありがとう」

「どうします？　あのマンションが目的地みたいだけど降りますか？」

「いや。また、乗ったところまで戻ってもらわないと。この辺りじゃ、流しのタクシーなんてまずいないでしょう？」

「そうですね。じゃあ、待ちますか」

運転手は路肩にタクシーを停めた。

早坂と女がタクシーを降り、マンションに入っていった。

「ここら辺はなんという町ですか？」

「新中野《しんなかの》ですよ」

国重が送ってきた早坂のデータでは、住居は別の所番地になっていた。どうやら、女のマンションに転がり込んでいるようだ。

早坂たちが乗っていたタクシーが走り去った。

「じゃあ、戻りますか？」

運転手が言った。

「そうしてください」

わたしはシートの背もたれに体を預け、目を閉じた。

首筋に疲れが溜まっている。

いったい、なにをしたいんだ？——自分に問うてみたが、答えは返ってこなかった。

14

日中は装蹄や牧場の仕事に努め、夜は苫小牧へ行って早坂の後をつけ回すという日々を送っているうちに数週間が過ぎさってしまった。その間に夏は駆け足で過ぎていき、朝夕には秋の気配が立ちこめるようになっていた。

早坂をどうすべきなのか、まだ結論は出ていない。ただ、じっとしていられないから動き回っているというにすぎない。

我ながらしょうがない性格だと自嘲する。

田島が厩舎からいなくなったからといって、早坂が諦めるとは思えない。なんとかしなくてはと気が焦るばかりだ。

寝ぼけ眼《まなこ》をこすりながら病人のようにベッドから降りた。寝坊だ。ブラックブリザードを放牧地に出す時間はとっくに過ぎている。慌てて洗面所に向かうと亮介が朝食の支度をしていた。

「今日もまた寝坊だ」

亮介は味噌汁の味見をしながら言った。ここのところ、亮介の料理の腕は急速に上がっている。

「すまん」

「ビービーはもう放牧地に出したし、馬房の掃除も済んでるから、慌てる必要はないぞ。毎晩、深夜すぎに帰ってくる。なにをしてるんだ？」

「野暮用だよ」

わたしは言った。

「どうせなら泊まってくればいいんだ」

味噌汁の味付けに満足だったのか、亮介はうなずきながらコンロの火を消した。

「なんの話だ？」

「毎晩、あの獣医さんのところに通ってるんだろう。馬の面倒ならおれが見るから、ゆっくりしてくればいいんだ」

「そうじゃない」

「ごまかさなくてもいい。苫小牧で、おまえと獣医さんが腕を組んで歩いてるところを見たやつがいるんだ」

わたしは舌打ちしそうになるのを辛うじて堪えた。日高に比べれば苫小牧は都会だが、それにしたって地方都市であることに変わりはない。狭いのだ。どこに行っても知り合いか、知り合いの知り合いがいる。

「平野敬にもやっと春が来たってみんな喜んでる」

「だから、違うと言っただろう」

「じゃあ、どこでなにをしてるんだ？　寝坊して、馬の世話がおろそかになるなんて、おまえらしくもない」

「野暮用だと言っただろう」

わたしは話を切り上げたくて、洗面所に移動した。亮介の声が追ってくることはなかった。

顔を洗い、歯を磨きながら首の後ろを指で揉んだ。台所から魚を焼く香ばしい匂いが漂ってきた。朝食のメニューは焼き鮭に味噌汁、漬物といったところだろう。

歯磨きを終えて居間に移動すると、テレビをつけた。データ放送でひととおりのニュースに目を通す。

「来月、エゴンがトレセンに戻ることになった」

朝食を載せたお盆を運んできた亮介が言った。

「そうか」

わたしはうなずいた。どのレースに使うにせよ、そろそろトレセンに戻って本格的な調教をはじめなければならない時期だった。

「トレセンの乗り役は驚くだろうな」

わたしは箸に手を伸ばしながら言った。

「どうかな。乗り手が替われば、以前のエゴンに戻るかもしれない」

「その可能性はあるな」

「一筋縄じゃいかない馬だからな」

亮介は微笑んだ。我が子を自慢する父親のような表情が浮かんでいる。

「昨日、栗木さんに会ったんだ。あまり過剰な期待はするなと釘を刺しておいたよ」

「聞いちゃいなかっただろう」

「うん。もう、勝ったつもりでいる。あの人も困ったもんだ」

「浦河で小さな牧場やってる人間にとっては、夢みたいな馬なんだよ」

「わかってる」

亮介は味噌汁に口をつけた。ジャガイモとワカメの味噌汁だ。先日、知り合いの農家から大量のジャガイモをもらったばかりだった。

「寂しくなるな」

わたしは焼き鮭に手をつけた。

「そんなことはないさ。競馬でいい走りができれば嬉しいし、そうでなきゃ、また、すぐにこっちに戻ってくることになる。あいつが引退するまで付き合いは続くんだ」

「もし、来年GIを獲ったら、それで引退かもしれないぞ」

「あいつがそう簡単にGI馬になると思うか？」

「なって欲しいんだがな。そうなれば、浦河生産馬としては十年ぶりのGI馬だ」

「GIはそう簡単に勝てるもんじゃない」

亮介は白米を頬張りながら言った。現役時代、二十近いGIレースを勝っている男の口から出る台詞は十分に重かった。

「馬の能力がぬきんでていることはもちろん、ベストコンディションでレースに臨めるかどうか、天気や馬場状態、もちろん、ジョッキーの調子、すべてが噛み合ってやっと、勝つチャンスが出てくる。完璧に仕上げて完璧に騎乗しても勝てないことの方が多いんだ」

「そうだな。GIは簡単じゃない。でも、勝って欲しい。そう思ってるのは栗木さんだけじゃない」

「そんなこと言ったって、エゴンはまだ重賞ひとつ勝ったことがないんだぞ」

「本気で走れば、重賞なんていくらでも獲る馬だよ、あれは」

「本気で走らせることができないんだったら、どんなに能力の高い馬でもだめだ。そんな馬、いくらでも見てきた」

ありあまる能力を持ちながら、気性が激しすぎてレースで力を発揮できない馬、逆に臆病すぎて他の馬に囲まれるとすくんで走れなくなる馬、調教を嫌い、まったく動かなくなる馬。そんな馬は嫌になるほどいる。

育成牧場やトレーニングセンターで競馬に携わる人間たちは、それぞれの馬の性質に合わせてなんとか競馬で勝たせようと日々奮闘しているのだ。

しかし、どれだけ力を尽くそうとも、どれだけ愛情を注ごうとも、結果に結びつかないことの方が多い。

負けても負けても、レースから戻った馬を労《ねぎら》い、褒め称え、疲れを癒してやり、次こそはとまた厳しく辛い日々に戻っていく。

だからこそ、自分が手塩にかけた馬の勝利は何物にも代えがたい喜びをもたらしてくれる。未勝利戦だろうが、GIレースだろうが、勝ちは勝ちだ。喜びに優劣はない。

だが、牡馬は著しい成績を収めなければ種馬にはなれない。種馬になれなかった馬の引退後には厳しく暗い現実が待ち受けている。種馬になるにはGIを勝つしかないのだ。

おまえのためなんだよ、どうしてわかってくれないんだよ——調教でもレースでも本気で走らない良血馬の背中に跨がりながら泣いていた調教助手を覚えている。

なんとしてでも勝たせてやりたいのだ。種馬への道を作ろうと必死で努力しているのだ。それなのに、馬が一向に応えてくれない。

気持ちが萎え、心が折れる。それでも、なにくそと唇を嚙みしめ、前へ進む。

人間にできることはそれしかないのだ。

野生の馬を勝手に改良し、人間と一緒でなくては生きていけないようにし、用が済めば殺してきた。

おれは、おれたちはそんな人間の罪を償わなければいけない——いつからか、そんな気持ちが芽生えた。養老牧場をやろうと決めたのはそのためだ。

GIを勝てる能力がありながら勝てなかった馬たち、せっかくGIを勝ったのに、種馬失格の烙印を押された馬たち。

そんな馬たちを受け入れ、競馬がなくても生きていける場所を作ってやる。

わたしの贖罪《しょくざい》の道行きはまだはじまったばかりだった。

「おれだって競馬に関わって生きているんだ。ＧＩを勝つことがどれほど難しいかはわかっている。わかっていてなお、勝って欲しいんだ」

エゴンウレアがＧＩを勝てば、日高の、とりわけ浦河の生産者たちは諸手《もろて》を挙げて種馬として迎え入れるだろう。年を取って種馬を引退した後は、栗木牧場で功労馬として繋養されるはずだ。

だから、頑張れ、エゴンウレア。

人間に従うのは腹立たしいだろうが、一時の我慢だ。レースで勝て。勝って勝って勝ちまくれば、おまえは長生きできる。辛い調教やレースに向き合う必要はなくなり、牝馬と子作りに励むだけで後はのんびりと草を食む暮らしを送ることができるようになる。

だから、やるんだ、エゴンウレア。

「おまえの顔つき、栗木さんと一緒だぞ」

亮介が笑った。

「あいつの勝つところがどうしても見たいんだ」

わたしは言った。

わたしとて、自分が装蹄を手がけた馬が最後にＧＩを勝ってから長い時間が経っている。自分が携わった馬がＧＩを勝つ瞬間は格別なのだ。

初めて、エゴンウレアに装蹄を施した日のことは鮮明に覚えている。つなぎに触れ、筋肉に触れ、関節の可動域を確かめ、確信したのだ。

この馬はＧＩを勝つ。

わたしが間違っていなかったと証明してもらいたいのだ。

真面目に走りさえすれば、エゴンウレアは並の馬ではない。これまでは、真面目に走らせることのできる人間に恵まれなかっただけだ。

だが、亮介が調教をつけた今なら――

期待しすぎてはいけない。それがわかっていても、期待せずにはいられない。

突然、亮介が手を止めた。顔を窓の方に向ける。

「車が来たな。こんな時間にだれだ？」

「おれが見てくるよ」

わたしは腰を上げた。

「おまえはゆっくり食べてろ。今日も調教つける馬がいるんだろう？」

「吉村社長にこき使われてる」

亮介は苦笑した。

亮介をその場に残して玄関に向かった。牧場の敷地に入ってきた車が家の前で停まるのがわかった。聞き覚えのあるエンジン音だ。

外に出ると、赤いジムニーから敬子が降りてくるところだった。

栗木牧場にいる人影がこちらを見ていた。きっと栗木だろう。これでまた、わたしと敬子が付き合っているという噂の信憑性が増すというわけだ。

「おはよう」

わたしは敬子に声をかけた。

「おはよう」

敬子の顔には覇気がなく、声も弱々しい。

「こんな朝っぱらからどうしたのかな？」

「谷岡厩舎の田島厩務員が姿を消したって聞いたわ」

「そう」

「なんのことわりもなしに突然仕事に来なくなって、アパートにも戻ってないって。わたし、なんだか怖くて」

「心配はいらない」

わたしの言葉に、敬子は眦を決した。

「あなたがなにかしたの？」

「消えていなくなれ、二度と馬に近づくなと脅した」

「そんな……」

敬子は両手で口を押さえた。

「君はなにも心配しなくていい。おれがなんとかする」

「でも――」

「せっかく来たんだ。朝飯、一緒に食べていきなよ。亮介の手作りだ。最近、料理の腕がめきめきと上がってる」

「でも――」

わたしは敬子の肩を抱いた。横顔に、栗木の視線を痛いほど感じた。

「おれを信じて」

敬子の耳に囁いた。

「なにが起ころうと、君を傷つけたりはしない。約束する」

敬子の肩から力が抜けていった。

「さあ、入ろう」

敬子を促し、家の中に戻る。

「お邪魔します」

敬子は遠慮がちに言って靴を脱いだ。

「亮介、朝飯、もう一人前追加頼む」

居間に声をかける。

「了解」

間髪を容れず声が返ってきた。

「そう言えば、亮介と話したことは？」

「まだ一度も」敬子が首を振りながら答えた。「ちょっと緊張する」

「馬乗りしか知らない馬鹿だからだいじょうぶだよ」

「だれが馬鹿だ」

台所の方から声が飛んできた。わたしと敬子は破顔しながら居間に入った。

「鮭焼くだけだから、すぐに用意できるよ」

台所から亮介が戻ってきた。右の掌をジーンズにこすりつけてから敬子に差し出す。

「和泉亮介です。敬から時々話はうかがってます」

「藤澤敬子です」

敬子はおずおずと亮介の手を握った。

「思ってたより美人だな。敬にはもったいない」

「わたしは別に――」

「いいから、座って。食事の後は、敬がコーヒーを淹れるから。こいつの料理も悪くないけど、コーヒーは絶品。あ、もう知ってるか」

「いい加減にしろよ、亮介」

わたしは低い声で言った。

「すまん、すまん。だって、おれたち、ガキの頃から三十年以上の付き合いなのに、おまえにガールフレンドを紹介されるのなんて初めてだからな」

「おまえは会うたびに違う女を連れてきていたけどな」

「若気の至りってやつだよ」

亮介は悪びれることなく、朝食に戻った。茶碗の中の白米はほとんどなくなっている。わたしも亮介も、炭水化物はあまり食べないのだ。

「あの木、見える？」

亮介は箸で窓の外を指した。放牧地の真ん中に聳《そび》える木が見える。

「昔はここまで高くなかったけど、ガキの頃、敬はあの木に登って降りられなくなって、わんわん泣いて助けを求めたことがあるんですよ」

思い出した。亮介が下にいて、なにかあったら父親を呼んできてくれるというので木によじ登ったのだ。だが、途中の枝まで登ったところで下を見ると、亮介の姿が消えていた。途端に不安になり、降りるに降りられなくなって泣いてしまった。

亮介は厩舎に隠れてそんなわたしの様子を眺め、笑っていたのだ。

「そうなんですか」

敬子が微笑んだ。

「やっぱり、笑顔の方が素敵だね。敬もその笑顔にやられたのかな」

「いい加減にしないとぶっ飛ばすぞ」

わたしが殴る真似をすると、亮介は肩をすくめた。

「そろそろ焼けたかな」

立ち上がり、台所に消えていく。

「モテるのわかるなあ」

敬子が言った。

「超一流のアスリートでお喋りも面白い。いろいろゴシップがあったけど、うなずける」

わたしは心の中で亮介に感謝した。亮介の軽口が、敬子の心の内に巣くっていた不安を一瞬といえども消してくれたのだ。

「お待たせ」

お盆を持った亮介が戻ってきた。茶碗も箸も、亮介の母が使っていたものだった。

「じゃあ、遠慮なくいただきます」

「どうぞどうぞ。たいしたものじゃないけど」

敬子は箸を手に取り、まず、味噌汁に口をつけた。

「美味しい。塩加減もちょうどいいし。味噌にこくがあって」

「味噌は、吉村ステーブルの落合っていう人のお母さんの手造り。漬物も。美味いっしょ？」

敬子がうなずき、鮭を口に運んだ。目が丸くなる。

「焼き加減が抜群」

「こいつが半生だの焼きすぎだの口うるさいから、嫌でも上達するんだ。敬子さんも、こいつと結婚するつもりなら気をつけた方がいいよ。絶対に亭主関白気質だから」

「気質って」

敬子が口を押さえて笑った。

「ほざいてろ」

わたしは憎まれ口を叩き、残りの朝食に手をつけた。もう腹は膨れていたが、無理矢理口に押し込んでいく。

今夜も苫小牧へ行くつもりだった。エネルギーを補充しておかなければならない。

亮介の軽口が途切れることなく続き、やがて敬子も食事を平らげた。

「ご馳走様でした」

箸を置き、両手を合わせて亮介に頭を下げる。

「お粗末様でした」

亮介はそう言うと正座して居住まいを正した。

「敬子さん、いたらぬ男ですが、敬のこと、よろしくお願いします」

畳に両手を突き、頭を下げる。

「なにやってるんだ、おまえ」

わたしの言葉に、亮介が頭を上げた。

「こうやってひとつ屋根の下で暮らしてる以上、兄弟みたいなもんだろう。おれもおまえもとうに両親を亡くしてる。となったら、親の代わりを務めなきゃ」

「はんかくさい」

わたしは言った。

「この馬鹿の言うことには耳を貸さなくていいから」

「幼馴染で兄弟同然だからわかるんだ。敬はあんたに惚れてる。だから、よろしくお願いします」

亮介はまた頭を下げた。わたしは呆れ果て、食器を下げて台所で洗った。

洗い物をしている間中、亮介の話し声と敬子の笑い声が途切れることはなかった。

＊　＊　＊

装蹄の仕事を終えると、わたしは車を苫小牧に向けて走らせた。

明日からはまた門別競馬場での仕事だ。渡辺が仕事に復帰する予定は延び延びになっている。リハビリが予定通りに進まないのだ。苫小牧から戻ったら、渡辺の家に泊まることになる。渡辺夫妻の夜は早い。あまり遅くなるわけにはいかなかった。

途中、新冠のラーメン屋で腹ごしらえをしていると、ＬＩＮＥに亮介からのメッセージが届いた。

〈日高中の競馬関係者がおまえと敬子ちゃんは付き合ってると決めてかかってるんだ。天邪鬼なおまえだからそれが気に食わないんだろうが、諦めて付き合っちまえよ。彼女もその気っぽいぞ〉

わたしはメッセージを無視して食事を終え、再び苫小牧を目指してステアリングを握った。

厚賀《あつが》のインターチェンジで日高自動車道に乗ったが、確かめておきたいことがあって、富川インターチェンジで高速を降りた。門別競馬場に車を乗り入れ、谷岡厩舎の近くに車を停めた。

すでに調教や馬房の掃除は終わっており、厩舎に人の姿はなかった。馬たちが飼い葉を食べたり寝たりしているだけだ。

どうしたものかと厩舎の前で腕を組んでいると、明良が自転車を漕ぎながら戻ってきた。

「平野さん！」

明良はわたしに気づくと朗らかな笑みを浮かべた。

「親父に用ですか？」

「いや」

わたしは首を振った。明良はわたしの横に自転車を停めた。サドルに跨がったままこちらに笑顔を向ける。

「厩務員のひとりが急にやめたって聞いたんでね、様子を見に来た。人手は足りてるのかい？」

「みんな仕事の割り当てが増えてぶつくさ文句言ってるけど、なんとかなってるみたいですよ」

「様子が変わった厩務員や乗り役はいない？」

わたしは訊いた。田島がいなくなり、早坂が別の厩務員にちょっかいを出しているのではないかと疑ったのだ。

「別に気づきませんでした」

察しがいいのか、明良は詮索せずに答えてくれる。

「ならいいんだ。明日、谷岡厩舎の馬に装蹄するから、ちょっと様子を知っておこうと思ってさ」

「人手が足りなくなったのは間違いないんで、急いで新しい厩務員探さなきゃって、親父は頭抱えてますけどね」

「わかった。お父さんによろしく伝えてくれ」

「エゴンウレアがもうすぐトレセンに帰るって聞いたんですけど」

「ああ、そうみたいだね」

「エゴンがいなくなったら、亮介さんも浦河からいなくなりますかね？」

そう訊《たず》ねてくる明良の表情はどこか不安げだった。

「いや。あいつはずっと浦河にいるよ。これからも、日高の馬に調教をつけ続けるんだ」

「だったらいいんですけど……」

「なにか耳にしたのかい？」

「親父が調教師仲間と話してるのを聞いたんですけど、ノール・ファームの外厩が、亮介さんを欲しがってるって」

わたしは眉を吊り上げた。初耳だったのだ。

「吉村ステーブルで亮介さんが調教つける馬の調子がすこぶるよくなるって言うんで、ノール・ファームの人が浦河まで見学に行ったらしいんですよ。それで、亮介さんの腕に惚れ込んで引き抜きたいって。ノール・ファームなら、吉村ステーブルの倍の給料出すだろうから、亮介さん、行っちゃうんじゃないかって言ってたんです」

「倍の給料出されたら、行くかもしれないな」

「平野さん、止めてくださいよ」

「ノール・ファーム常陸《ひたち》かな？」

「そうです」

ノール・ファームは茨城と滋賀に外厩を持っている。

「亮介が行くと決めたらだれにも止められない」

わたしは言った。おそらく、ノール・ファームは亮介にコンタクトを取っているはずだ。それをわたしに話さずにいるということは、亮介の腹はもう決まっているのかもしれない。

ノール・ファームは他の追随をゆるさない、日本一の競馬産業帝国である。そこで生産・育成される馬も超の字がつく良血馬たちだ。乗り役なら、いい馬に跨がりたいと願うのが自然の成り行きだった。

「平野さん……」

明良は不服そうにわたしを見た。

「これぱかりはどうしようもない」

わたしは明良をその場に残して、車に乗り込んだ。

＊＊＊

早坂と女は、毎日夕方になるとマンションから出てきてタクシーに乗り込む。繁華街で食事を摂った後で、女は出勤し、早坂はパチンコ屋か雀荘に繰り出すのだ。

だが、今日は様子が違った。女がひとりでタクシーに乗り込み、早坂が出てくる気配はなかった。

ハイエースに乗ったまま見張りを続けていると、空腹と眠気が同時に襲ってきた。早坂がパチンコか麻雀に興じている間、どこかでなにかを食べようと思っていたのだ。

午後六時前、早坂が姿を現した。マンションの駐車場に停めてあったプリウスに乗り込む。

「プリウスっていう柄かよ」

わたしは呟き、ハイエースのエンジンをかけた。おそらく、プリウスは女の車だろう。早坂はなにからなにまで女にたかって生きている。

プリウスの後を尾《つ》けた。早坂を監視するようになって初めての動きだ。ステアリングを握る手に力が入った。

プリウスは郊外に向かい、やがて日高自動車道に乗った。

「競馬場に行くつもりか……」

わたしは呟いた。今日は門別競馬場でナイター競馬が開催されている。パチンコや麻雀の代わりに競馬をやるのかもしれない。

案の定、プリウスは日高富川インターチェンジで日高自動車道を降り、そのまま門別競馬場に入っていった。

早坂は駐車場にプリウスを停めると、喫煙所で煙草を吸い、予想紙を買ってAスタンドに入っていった。

わたしはその後を追いながら、すれ違う顔見知りと挨拶を交わした。

早坂はスタンドの隅でふたりの男と合流した。ふたりとも崩れた雰囲気だ。堅気ではないのだろう。早坂はふたりに対して尊大な態度で応じていた。

「あれ、平野君じゃないか。スタンドにいるなんて珍しいね」

軽食スタンドでコーヒーを買っていた男がわたしに手を振った。日高町で牧場を経営している野《の》中《なか》という男だ。

「今日はこっちの仕事じゃないもので」

わたしは視界の隅に早坂たちの姿を捉えながら近づいてくる野中に笑顔を見せた。

「じゃあ、何でここに」

「自分が装蹄した馬の走りをチェックしておこうかなと思いまして」

「馬主席に小田さんが来てるよ。今日はシドレリアが走るんだ。前回は焦れ込んじゃって競走にならなかったけど、今日はどうかな」

「まともに走ったら、勝ち負けです」

早坂たちはモニタに映し出されるオッズと予想紙を交互に見比べていた。

「ちょっと、オッズを調べてきます」

わたしは野中に断りを入れ、さりげなく早坂たちに近寄っていった。

「なんとかならないんすか？」

背の低い男が早坂に恨みがましい目を向けていた。もうひとりのスキンヘッドの方は眉間に皺を寄せて予想紙を睨んでいる。

「早く別のやつをハメましょうよ。博打好きの厩務員なんて、掃いて捨てるほどいますよ」

「わかってる。だがな、なんであいつが逃げ出したのか、まず、それを確かめねえことにはよ」

「そんなかったるいこと言わないでくださいよ。おれたち、ケツに火ぃついてるんですから」

スキンヘッドが口を開いた。

「あの女獣医使えば一発じゃないですか。脅して、馬にクスリかなにか使わせて。その後で、一発どころか何発もちんぽこぶち込んで、すすきのの風俗にでも売り飛ばせばいいんですよ」

わたしは拳をきつく握った。素知らぬ顔でモニタを見続けた。

「だからおまえはだめだって言うんだよ。ただの女じゃないんだぞ。獣医だ。国家資格ってやつを持ってるんだよ。頭使えば、いろいろ使い道が出てくるだろう。ほんとに、やることしか考えてねえんだからよ」

早坂は丸めた予想紙でスキンヘッドの頭を叩いた。

わたしは早坂たちから離れた。やはり、田島がいなくなったからといって諦めるつもりはないのだ。新たな獲物を見つけ、血祭りにあげようとしている。

どうすべきか。藤澤敬子を守りつつ、連中の悪事を止めるにはどうしたらいいのか。

考えても考えても答えは見つからない。

軽食スタンドでサンドイッチとコーヒーを買って空腹を癒していると、小田が姿を現した。どうやら、わたしを探しているようだった。残っていたサンドイッチを口に放り込み、コーヒーで胃に流し込んだ。小田がわたしに気づいた。

「平野君が珍しくひとりでいるって聞いてね」

わたしは苦笑した。わたしがひとりで競馬場のスタンドにいるのがそんなに珍しいというのだろうか。

「ノール・ファームが亮介君を引き抜こうとしてるって噂、聞いたかい？」

小田は声をひそめた。

「ええ」

わたしはうなずいた。

「吉村さんや、吉村さんのところに馬を預けてる馬主の有志数人でさ、浦河に残るよう、亮介君を説得しようって話が出てるんだ」

「そうなんですか？」

「亮介君が吉村ステーブルで調教つけるようになって、目に見えて馬の成績が上がってるだろう？彼ひとりの力でノール・ファームに対抗できるとは言わんが、彼がいてくれれば、日高の馬にだってチャンスは生まれる。みんな、そう考えてる」

「なるほど」

「吉村ステーブルの給料が安いというなら、有志で補塡《ほてん》してやろうという話も出てるぐらいなんだ。平野君、どう思う？」

「そう言われましても……」

わたしは言葉を濁した。

「エゴンは中日新聞杯に使おうと思ってる。もし、そのレースに勝ったら、次は有馬記念だ」

小田は言葉を切り、唇を舐めた。静かな興奮が伝わってくる。

「エゴンが重賞を勝つようなことになったら、ノール・ファームは本気で腰を上げると聞いた。その前に、手を打ちたいんだ」

「負けるかもしれませんよ」

わたしは言った。小田のこめかみが痙攣《けいれん》した。

「確かに、亮介が跨がったときのエゴンウレアはこれまでとは別馬のようです。でも、他の乗り役だと、以前と同じように暴れまくる。いくら邦夫さんでも、御せるかどうかは微妙です」

「武藤邦夫は天才だぞ」

「もしかしたら、亮介はその上を行く天才かもしれませんよ」

わたしの言葉に、小田は目を丸くした。

「真面目にやってたら、もしかすると、邦夫さん並、いや、それ以上の勝ち鞍を上げていたかもしれません。長く騎手をやっていたら、邦夫さんの記録を抜くことも夢じゃなかったかも」

武藤邦夫の騎乗フォームが美しいことはだれもが知っている。亮介もデビューしたてのころは武藤邦夫の騎乗を真似ながら馬に跨がっていた。デビュー年は五十勝を超え、最優秀新人騎手のタイトルを手にし、翌年も周囲の期待にこたえる勝ち鞍を上げた。だが、新人騎手に与えられる減量特典が消えると同時に勝ち鞍も減り、周囲の評価も無謀な騎乗をする騎手へと変わっていった。

亮介が変わったのは、武藤邦夫のコピーであることをやめると決めてからだ。あれはデビューして五年ほどが経った頃だろうか。人気薄の馬で重賞に出走した亮介の姿をテレビで見て、おやと首を傾げた。

騎乗フォームがそれまでと変わっていたのだ。それが亮介だと知らなければ、ヨーロッパの騎手が乗っているのかと思っただろう。美しく、力強い。武藤邦夫の真似をしている時の亮介の騎乗フォームはただ美しいだけだった。

亮介は勝った。重賞を勝ったのは数年ぶりだった。単勝は数千円、三連単は百万を超える配当がついたはずだ。

そこから、亮介の快進撃がはじまった。一年間の勝ち鞍は百を超えるようになり、GⅠを勝つようにもなった。トップジョッキーの仲間入りを果たしたのだ。

おれにはおれに合った乗り方があることがわかった。

電話で話したときの、なぜ騎乗フォームを変えたのかというわたしの問いに対する亮介の答えである。

自分に合った乗り方。言葉にすれば簡単だが、何年経ってもそれを見つけられずに引退する騎手の方が圧倒的に多い。つまり、亮介もまた天才なのである。

「國村《くにむら》先生も本当に残念がってたからなあ」

小田が嘆息した。國村というのは栗東トレセンに所属する調教師だ。GⅠ馬を何頭も輩出し、名伯楽と称えられている。亮介は新人の頃、國村厩舎に所属していた。

「まあとにかく、我々は彼に浦河に残ってもらいたいと真剣に願っている。聞き入れてもらえると思うかい？」

わたしは首を横に振った。

「わかりません。今は浦河での暮らしをよしとしているようですが、もともと、スポットライトの当たる場所が好きだし、似合う男なんです。浦河とノール・ファームを天秤にかけたら、ノール・ファームに行きたいと思うのが普通でしょう」

「君からも浦河に残るように説得してくれないかな」

「あいつは子供の頃から、ぼくの言葉に耳を貸したことなんかありませんよ」

わたしは言った。小田が溜息を漏らした。

「とにかく、近々、吉村さんも交えて、亮介君と話をしてみるよ。それにしても――」

小田はわたしを睨んだ。

「武藤邦夫でも手に負えないかもしれないと本気で思ってるのかい？」

わたしはうなずいた。

「エゴンウレアは人智を超越した馬ですよ」

わたしの言葉に、小田は何度もうなずいた。

＊　＊　＊

早坂たちはレースの合間にグリルハウスと呼ばれる小屋でジンギスカンを食べ、ビールを飲んだ。馬券は当たったり外れたりを繰り返しているようだった。

最終レースが終わると、駐車場へ移動し、早坂はプリウスに、他のふたりはアルファードに乗り込んだ。飲酒運転だが気にしている素振りはなかったし、見咎《みとが》める人間もいなかった。競馬場を出ると、アルファードはインターチェンジ方面に走り去っていったが、早坂の運転するプリウスは国道を苫小牧方面に向かった。わたしは十分な車間距離を取ってその後を追った。

どうせ苫小牧で女と合流し、マンションに戻るだけだろうとは思っても、尾行をやめることはできなかった。

むかわ町に入って少しすると、プリウスのウインカーが点滅した。左折して海沿いの狭い道に入っていく。わたしは一瞬躊躇したが、後を追った。

この時間、交通量も極端に減っている。狭い道を後ろからついていけば不審がられるかもしれない。

もしものときは、道に迷った振りをすればいい。

自分に言い聞かせ、さらに車間距離を取って早坂を追った。

背後からヘッドライトが追ってきた。こんな時間のこんな道に車が三台も入ってくることがあるのかと不審に思い、ルームミラーに目をやった。ヘッドライトの強烈な光のせいで車種まではわからない。だが、車のシルエットには見覚えがあった。

アルファードだ。

罠だ――そう思ったときには、前を行くプリウスのブレーキランプが点灯していた。後ろからはアルファード。脇道はない。完全に挟み込まれてしまった。

わたしは車を停めた。アルファードがすぐ後ろで停まった。二台の車から男たちが降りてくる。

早坂が運転席の窓を拳で叩いた。わたしは窓を開けた。

「なんですか、こんなところで急に停まったりして」

わたしは言った。

スキンヘッドの男が、小型の懐中電灯の明かりをわたしに向けた。

「やっぱりこいつですよ、早坂さん。あの女獣医のこれだ」

スキンヘッドが親指を立てた。わたしは唇を噛んだ。

事に巻き込む前に、この男たちが藤澤敬子の周辺を調べただろうことは最初から考慮に入れておくべきだったのだ。

「だろう。この前からおれの周りをうろつきやがって、どこかで見た顔だと思ってたんだ。おい、てめえ」

早坂の口調が変わった。

「装蹄師だろう？　面は割れてるんだ。道に迷った振りしても無駄だぞ。ずっとおれのこと尾けてただろう」

「なんのことだか……」

無駄な足掻きだとはわかっていたが、わたしはとぼけた。

「おい」

早坂が小柄な男にうなずいた。男が早坂になにかを手渡した。モンキーレンチだった。

「これで頭かち割ってやろうか？」

言葉が終わるやいなや、早坂は半分開いただけのハイエースの窓にレンチを叩きつけた。粉々に砕けたガラスが飛び散った。

「なにをするんですか」

「怪我をしたくなかったら、おとなしくついてこい。逃げようたって無駄だぞ。この道は脇道なんてほとんどないからな」

早坂が濁った目をわたしに向けた。装蹄師のわたしを田島の後釜に据える気なのだ。

「もし逃げられたとしてもよ、こっちはあの女獣医のヤサからなにから全部知ってるんだ。あの女になにかあったら、全部てめえのせいだぞ」

「逃げたりはしない」

わたしは言った。

「よし。それでこそ男ってもんだ。ついてこい」

早坂はモンキーレンチを小柄な男に渡し、プリウスに戻っていった。

「後ろからきっちり見張ってるからな。余計な真似はするなよ。よこしな」

小柄な男が右手を突きだしてきた。

「よこせって、なにを？」

「スマホだよ、スマホ」

わたしは男たちを睨んだ。小柄な男がレンチをハイエースのドアに叩きつけた。

「早くしろよ」

舌打ちを堪え、スマホを渡した。

「あのプリウスにちゃんとついていくんだぞ」

小柄な男は勝ち誇ったような笑みを見せ、スキンヘッドを促してアルファードに戻っていった。

「くそ」

自分の迂闊さを呪いながら、わたしはシフトノブをドライブに入れた。プリウスがゆっくり発進していく。

ハイエースのアクセルを思い切り踏んで追突してやればプリウスなどひとたまりもないだろうなと思いながら、わたしはその後に続いた。

藤澤敬子のことが重しになっている。わたし自身になにが起ころうとそれはわたしの責任だ。だが、藤澤敬子に害が及ぶのは耐えがたい。

プリウスは住宅街を抜け、海岸線に並行して走る道に入った。太平洋はどこまでも暗く、割られた窓から吹き込んでくる風は冷たい。

しばらくすると、建物が見えてきた。漁師小屋のようだ。プリウスがその漁師小屋の前で停まった。わたしはハイエースをその後ろに停めた。アルファードがハイエースの左横で停止する。

「降りろよ」

車を降りた早坂たちが、ハイエースの運転席に近づいてくる。わたしは腹をくくり、ハイエースを降りた。小柄な男が相変わらずレンチを、スキンヘッドはバールを持っていた。

「そんな顔するなよ。聞き分けをよくしてくれたら、すぐに帰してやる」

早坂はわたしに背を向けると、漁師小屋に入っていった。

「おまえも入るんだよ」

レンチで背中を小突かれ、わたしは足を進めた。魚の匂いが鼻をつく。小屋に入ると、早坂が煙草に火をつけていた。

「吸うか？」

煙を吐き出しながら、煙草のパッケージをわたしに差し出してきた。わたしは首を振った。

スキンヘッドたちが入ってきて小屋の戸を閉めたが、あちこちから隙間風が入り込んでくる。

早坂が笑った。

「頼みがあるんだよ、平野さん。まあ、だいたい察しはついてると思うけどよ」

「断る」

わたしは言った。

「まだなんにも言ってねえよ」

「察しはつく。断る」

いきなり、右足の膝の裏を蹴られた。わたしはその場に跪《ひざまず》いた。

「おまえ、自分の立場わかってんのか？」

頭上で小柄な男の声が響く。

「やってもらいたいのはたいしたことじゃねえんだ」

早坂は煙草をふかしながら言葉を続けた。

「門別競馬で働いてる厩務員や調教助手の中で、弱みのあるやつを教えてもらいたいんだよ。弱みってのはなんでもいいんだ。博打が好きだとか、酒に飲まれるとか、なんでもいい」

「知らん」

「教えてくれたら金をやる。けっこうな金額だぞ」

「いらん」

「だれも傷つかねえし、だれにも迷惑はかからねえ」

わたしは口を閉じたまま早坂を睨んだ。

「頼みを聞いてくれねえと、おまえの大事な女が困ったことになるぞ。八百長を見て見ぬ振りしたんだ。競馬界から追放されるし、下手すりゃ獣医師免許も剝奪だ。それがわかってるから、おれのこと尾けまわしてたんだろ？」

早坂は腰を落とし、わたしと視線を合わせた。馴れ馴れしく微笑みかけてくる。

「おまえが頼みを聞いてくれたら、女には手を出さねえ。どうだ、悪い話じゃないだろうが？」

頭上で、小柄な男が掌にレンチを叩きつける音が続いていた。レンチが自分の体にめり込むシーンを想像した。金玉が縮み上がる。騎手を目指していたころは何度も落馬した。骨折したこともたびたびある。装蹄師になってからも、何度も馬に蹴られた。一般人よりは痛みに慣れっこになっているはずだが、それでも、自分が怪我をすると考えるのは楽しいことではない。

「なあ、仲良くやっていこうじゃねえか」

「断る」

わたしは早坂の目を見て言った。

「勝てない馬がどうなるか知ってるか？　中央の馬なら地方に都落ちするという手もあるが、地方の馬はだいたい、そこがどん詰まりだ。勝てない馬だって生かしておくだけでも金がかかる。勝てず、賞金を稼げない馬は馬主に見切りをつけられる。その先は死だ。殺されて、食肉にされる。おれたちは携わった馬を勝たせるために全力を尽くしてるんだ。馬を負かすことに力を貸すことなんかできるか」

一気にまくし立てた。

「馬が死ぬのが可哀想なんだとよ」

早坂は嘲《あざけ》りの声を上げ、わたしの背後に視線を移した。

「馬鹿じゃねえの」

小柄な男の声がした。その瞬間、わたしの中でなにかが切れた。

唸り声を上げ、腰を浮かせる。早坂の顔面にわたしの額がぶつかった。早坂は鼻血を出し、両手で顔を押さえた。そのまま馬乗りになり、早坂の首に両手をかけた。

「なにしやがる」

背後から体を抱えられた。両脇の下に腕を入れられ、羽交い締めにされた。

「こいつ、ふざけやがって」

小柄な男がわたしの正面に回ってきた。わたしを羽交い締めにしているのはスキンヘッドなのだ。

小柄な男がわたしの腹を蹴った。馬の蹴りに比べれば子供の遊びのようなものだが、痛みが走り、咳き込んだ。

「早坂さん、だいじょうぶですか?」

小柄な男が早坂の前に屈み込む。

「痛《いて》ぇよ、くそ」

早坂が起き上がった。顔の鼻から下が血まみれだった。前歯が一本欠けている。

「なめたことしやがって」

早坂はわたしに近づいてくるなり、鳩尾《みぞおち》に拳を叩きこんできた。蹴られたのとほぼ同じ場所だ。

わたしはまた咳き込み、サンドイッチのなれの果てを吐いた。

「優しく言ってりゃつけあがりやがって」

顔を殴られた。右、左、右、左。痛みはさほどでもなかったが、目眩《めまい》がした。耳鳴りもする。自由になろうともがいたが、スキンヘッドの力は強く、羽交い締めから逃れることはできなかった。

「ぶち殺してやるからな」

早坂が喚《わめ》いた。

「おまえの女もやりまくってソープに売り飛ばしてやる」

わたしは言葉にならない声を絞り出した。右足を後ろに撥《は》ね上げる。くるぶしのあたりがスキンヘッドの股間を直撃した。悲鳴が聞こえ、羽交い締めが解けた。その隙を逃さず、早坂に突進した。タックルをぶちかまし、そのまま板張りの床に倒れ込む。

「クズがっ」

早坂の顔を殴った。

「おれたちの世界を汚すな」

また殴った。もう一発殴ろうと右腕を振り上げた次の瞬間、硬い物で頭を殴られた。意識が飛びそうになり、わたしはそのまま床に倒れた。激しい痛みに苛まれながら、レンチで殴られたのだと気づいた。

殴られたのは右のこめかみだ。右手をこめかみに押しつけると、ぬるりとした感触があった。出血している。血が目に流れ込んできた。

「この野郎」

憤怒に滾《たぎ》る早坂の声がした。倒れたままでいると、体中を容赦なく蹴られた。痛みが全身を襲い、やがて、なにも感じなくなった。感覚が麻痺したのだ。

「そいつを押さえろ」

早坂のだみ声が耳に飛び込んでくる。だれかが背中に乗ってきた。

「腕を伸ばして、手を床に押しつけろ」

力任せに右腕を伸ばされ、手を床に押しつけられる。

「装蹄師ってのは、手が商売道具なんだろう？」

早坂の言葉で、濁りかけていた意識がはっきりした。わたしの手を潰すつもりだ。させてはならない。

抗った。体をばたつかせ、足を振る。それでも、わたしを押さえつける力が弱まることはなかった。

「こっちを見ろ！」

早坂が叫んだ。わたしは顔を上げた。目に入った血のせいで視界が狭まっている。見えたのは早坂の顔の一部だった。腫れ、痣《あざ》ができている。左の瞼が潰れていた。

「死ぬほど後悔させてやるからな、クソ野郎が」

早坂の体が動いた。両腕を振り上げたのだ。わたしは瞬きを繰り返した。少しずつ、視界が広がっていく。早坂の腕が見えた。その手に握っているものが見えた。

バールだった。

「やめろ」

わたしは叫んだ。早坂がバールを振り下ろした。

右手の甲に激烈な痛みが走った。悲鳴を上げた。

「馬鹿野郎、しっかり押さえろ。狙いが狂ったじゃねえか」

「すんません」

早坂と小柄な男の声が耳を素通りする。わたしは悲鳴を上げる痛みの塊だった。心臓が脈打つたびに、耐えがたい痛みが全身を駆け抜ける。

痛む手をまた床に押しつけられた。痛みが酷すぎて、どこを傷つけられたのかも定かではない。

「行くぞ。ちゃんと押さえておけよ」

早坂がまた両腕を振り上げた。

「やめろ」

叫んだ。叫ぶことしかできなかった。

「今さら遅《おせ》えんだよ」

早坂が腫れた顔を歪ませた。わたしは目を閉じて衝撃に備えた。頭の中が揺れた。いや、揺れているのはわたしの頭の中ではなかった。

目を開ける。早坂がたたらを踏んでいた。小屋の柱がみりみりと音を立てている。屋根から埃が落ちてくる。

地震だ。それも、相当に強いやつだった。背中にかかっていた荷重が消えた。スキンヘッドが床を転がっていく。小柄な男が床に這いつくばっていた。わたしも痛みを忘れて体を床に押しつけた。横揺れが続いたと思ったら、いきなり、縦への衝撃が来た。それまでとは比べものにならない揺れ方だった。

早坂が尻餅をついた。バールがわたしの目の前に転がってきた。わたしは左腕を伸ばし、バールを摑んだ。

みりみり、みしみし、みちみちと小屋のあちこちで嫌な音がする。

小屋ごと潰れる前兆だ。

わたしは腹ばいになったまま、出入口の方に体を向けた。轟音《ごうおん》が聞こえる。地鳴りだ。大地が咆《ほう》哮《こう》している。いっそう強い揺れが来た。腹ばいになっていても動けない。地鳴りと共に、柱が立てる音も大きくなった。

崩れる。

そう直感し、手にしていたバールを頭の上に掲げた。

次の瞬間、屋根が崩れ落ちてきた。

15

背中になにか重いものが載っていて体が動かせなかった。バールを掲げたおかげで頭部周辺には空間があった。深呼吸を繰り返し、どうやってここから脱出すべきか、頭を捻った。

凄まじい地震だった。周辺の牧場や門別競馬場にも被害が出ているだろう。一刻も早くここから抜けだし、恐れおののいているだろう馬たちを一頭でも多く救ってやりたかった。

バールを少し動かしてみた。瓦礫《がれき》が崩れ落ちてくる様子はなかった。バールを顔の前に持ってきて、瓦礫を崩しにかかる。

崩れ落ちないように、慎重に慎重を期す。余震があるたびに動きを止め、また、バールを動かす。どれぐらいそうしていたかわからないが、やがて、瓦礫の向こうに星空が見えた。どうやら、漁師小屋は完全に瓦解してしまったらしい。

できた隙間にバールの先端を突っ込み、かき回すようにして隙間を広げていく。十分な隙間ができると、今度は左手で瓦礫を取り除いていった。

右手が痛む。ほんの些細な振動が伝わるだけで動きと息が止まった。どうやら、中指と人差し指が折れているらしい。容赦のない一撃だったのだ。最悪の場合、骨が砕けている可能性もあった。

右手は無視することにした。どんな怪我だとしても、ここから抜け出さない限り、病院にも行けないのだ。

まずは脱出が最優先だった。

痛みに耐えながら、少しずつ瓦礫をどかしていく。すぐに時間の感覚がなくなった。隙間から見える星に助けを呼んでくれと祈った。

助けは来なかった。

これほどの大地震だ。みな、自分のことに追われているはずだ。自分を助けられるのは自分だけなのだ。

どれほどの時間が過ぎただろう。やっと、上半身を動かせるようになった。下半身はまだ自由にならないが、瓦礫に半ば埋まっているよりよっぽどましだ。

左手で右手を押さえ、呻いた。痛みが引く様子はない。このまま治療を受けずにいたら装蹄ができなくなるかもしれない。

そう考えると恐怖に心臓が暴れ出した。わたしは痛みを無視して、バールを使いながら遮二無二瓦礫をどかした。やがて、瓦礫の下から太い柱の一部が姿を現した。苦労しながら柱をどかすと、右足にかかっていた重みが消えた。

おそるおそる立ち上がる。

右手以外に強い痛みはなかった。打撲や擦り傷はあるが、それだけだ。レンチで殴られたこめかみがときおり痛む。

「おい、みんな無事か」

わたしは瓦礫の山に向かって声を出した。

返事はなかった。それどころか、命の気配というものが微塵《みじん》も感じられない。

三人とも死んでしまったというのだろうか。

背中を悪寒が駆けのぼっていった。

よろめきながら車に足を向けた。幸い、車にダメージはなさそうだった。

アルファードの助手席に、わたしのスマホが転がっていた。車に鍵はかかっていない。わたしは助手席のドアを開けてスマホを手に取った。

一一〇番に電話をかける。電話は繋がらなかった。今度は一一九番にかけてみた。やはり、繋がらない。

わたしは呆然として集落のある方に目をやった。見えるはずの明かりがなかった。なにもかもが闇に覆い尽くされている。普段なら闇を切り裂くはずの、国道を通る車のヘッドライトすら見当たらない。

停電だ。地震のせいでこの辺り一帯が停電しているのだ。

「助けを呼んでくるからな」

わたしは瓦礫の山に声をかけ、ハイエースに乗り込んだ。祈りながらエンジンをかける。エンジンはすぐにかかり、ヘッドライトが前方を照らした。光がどれほど大切なものであるか、これほど切実に思ったことはない。

ゆっくりと国道へ向かう。地割れがあるのではないかと不安だったが、道に変化はなかった。

国道の手前にさしかかると、一瞬迷ってから右折した。むかわの病院や警察の方が近いはずだが、土地勘がない。門別競馬場のある富川なら、暗闇の中でも警察署や病院にはたやすくたどり着ける。

指の痛みが堪えがたかった。わたしは泣きながら車を走らせた。

町境を越えても明かりは見えなかった。停電はどこまで広がっているのだろう。ブラックブリザードのことが心配だった。わたしが関わったすべての馬のことが心配だった。藤澤敬子のことが心配だった。

あちこちでサイレンが鳴り響いている。遥か遠くに見えるヘッドライトは救急車か消防車のものだろうか。火の手は見えない。

ラジオを点けた。NHKに合わせる。アナウンサーが切迫した口調で地震の概要を説明していた。震源地は胆振地方。マグニチュードは六・七。厚真《あつま》町で震度七。むかわや安平、日高町で震度六。

浦河は震度四。

浦河の揺れがそれほど強くなかったことを知って安堵した。

それにしても、震度七とは尋常ではない。

アナウンサーは全道で停電が続いているとも話した。復旧の目処は立っていない。

真冬でなくてよかった。電気が来ないということは、暖房設備も動かないということだ。真冬に暖が取れなくては多くの人間がより苦しむことになる。

スマホにＬＩＮＥのメッセージが届いた。苦労してメッセージを開く。亮介からだった。

〈こっちは大丈夫だ。ビービーも落ち着いている。どこにいる？〉

車を路肩に停めた。電話をかけたが繋がらなかった。仕方なく、左手で返信を打った。

〈門別競馬場に向かっている。凄まじい揺れだった。渡辺さん夫婦や馬たちのことが心配だ。様子を見てくる〉

すぐに返事が来た。

〈厚真は震度七らしい。富川も近いから心配だな。浦河は大丈夫だから、急いで戻る必要はないぞ〉

わたしはスマホに向かってうなずいた。すぐに、藤澤敬子にメッセージを送る。

〈君は大丈夫か？〉

しばらく待ったが、既読がつくことも返信が来ることもなかった。

舌打ちし、再び車を発進させた。

交差点で警官が交通整理をしていた。わたしは窓を開けた。

「競馬場の被害の様子はわかりますか？」

警官に声を張り上げた。警官は首を振り、早く行けと言わんばかりに腕を動かした。

だれもが混乱しているのだ。被害状況がわかるのは明日以降のことだろう。

門別競馬場が見えてきた。車が出入りする門が開け放たれている。わたしは車を競馬場の敷地内に入れた。スピードを出しすぎないように意識しながらトレセン地区へ向かった。

藤澤敬子の住む宿舎に着いた。家の前にジムニーが停まったままだ。わたしは車を降り、ドアを激しくノックした。

「敬子、無事か？　家にいるのか？」

返事はなかった。家は静まりかえっている。藤澤敬子は競馬場所属の獣医だ。馬の様子を見て回っているに決まっている。それでも、動揺は抑えられない。

車に飛び乗り、先を急いだ。

厩舎の関係者が慌ただしく動いている。知り合いの厩務員の顔を見つけ、わたしは車を停めた。

「馬の様子はどうですか？」

厩務員が足を止めた。ヘッドランプを点けたままわたしに顔を向ける。わたしはそのまぶしさに顔を背けた。

「平野さんかい？　その顔どうした？　血まみれじゃないか」

「落ちてきた看板がぶつかって……」

わたしは咄嗟に嘘をついた。

「とりあえず、うちの馬たちはなんもないよ。ちょっと興奮してるけどさ。他の厩舎も似たようなもんでないかな。ただ、電気が来てないし、水も止まった。わやだわ」

馬は毎日大量の水を飲むし、体を洗うのにも水を使う。停電よりも断水の方が厳しい。

「電話も通じたり通じなかったりだし、カーナビでテレビ映して、それで情報を得ようとしたけど、震度しかわからんのさ。北海道全域で停電してるって言ってた。わやだわ」

「装蹄師の渡辺さんは無事でしょうか？」

「ああ、さっき、奥さんが外に出てきてたよ。家の中はわやなことになってるけど、ふたりとも無事だって言ってたべ」

「ありがとうございます。それと、獣医の藤澤先生を見かけませんでしたか？」

「厩舎の馬を見て回ってる。さっき、うちの馬も見てもらったところだ。どっかの厩舎にいるべさ」

「どうも」

わたしは男に頭を下げた。車をその場に残し、渡辺の家に向かった。

「先生、平野です。無事ですか」

勝手にドアを開け、中に声をかけた。

「敬ちゃん？」

一枝の声がして、奥から明かりが近づいてきた。懐中電灯を手にした一枝だった。一枝はわたしの顔を見て声を詰まらせた。

「地震のせいです。大したことはありません。先生は？」

「大丈夫よ。食器棚や本棚が倒れたりして家の中は凄いことになってるけど、わたしもあの人も怪我はしてない」

「よかった……」

「敬ちゃんはなんでこんなところにいるの？」

「用事で近くにいたんです。おふたりのことが心配で駆けつけました」

「浦河は大丈夫なの？」

「あっちはこっちほどの揺れじゃなかったようです」

「厚真の方が被害が凄いってだれかが言ってたわ。向こうの牧場なんかは大変でしょうね。馬が無事ならいいんだけど」

わたしはうなずいた。馬産に関わる人間たちは、人間よりまず馬の安否を気遣うものだ。

「さ、わたしたちは大丈夫だから、早く行ってあげなさい」

一枝が言った。

「はい？」

「本当はわたしたちより藤澤先生のことが心配なんでしょう？　さ、急いで急いで」

「そんなことは――」

「わたしは急ぎなさいと言ったのよ」

「わかりました。家の片付け、手伝いますから」

「彼女の無事を確認したら、病院に行くのよ」

わたしは外に出た。ドアを閉めた瞬間、指の付け根に激しい痛みがあってその場にうずくまった。

一枝の言う通り、病院に行くべきなのだ。だが、その前に、藤澤敬子の顔を見たかった。無事でいることをこの目で確認したかった。

折れた指を左手で押さえ込みながら厩舎を歩いて回った。三軒目の厩舎で藤澤敬子を見つけた。

「無事だったか」

彼女が馬房から出てくるのを見つめながら、わたしはほっと溜息を漏らした。

「平野さん」

わたしに気づいた彼女が駆け寄ってくる。

「どうしてこんなところにいるの？」

「近くに用事があって、そこで地震が来た。君のことが心配で急いで駆けつけたんだ」

わたしは言った。いつもなら、自分をごまかしていただろう。だが、この大災害のただ中で、自分に嘘はつけなかった。

彼女のことが心配だったのだ。心配で心配でたまらなかったのだ。

「酷い傷」

藤澤敬子は医者の目でわたしを見た。ほとんど告白と言っていいわたしの言葉は見事に無視された。

「なにがあったの？」

藤澤敬子はわたしの額に手を当てた。

「熱もあるわ」

わたしは右手を差し出した。彼女はその手を取った。

「腫れてる……この指、骨折してるじゃないの。どうして病院に行かないのよ。顔の怪我も酷いわ」

「だから、君の無事を確かめたくて――」

「本当に馬鹿なんだから」

彼女はきつい目でわたしを睨んだ。悪さをした息子を叱る母親の目だ。

「わたしが無事かどうかなんて、電話かＬＩＮＥで確認すれば済むことでしょ。早く処置してもらわないと、指が曲がらなくなるかもしれない。装蹄の仕事ができなくなるかもしれないのよ」

それでも、おまえの無事な顔が見たかったんだ――喉元まで出かかった言葉をわたしは呑み込んだ。

「並木《なみき》さん！」

藤澤敬子は隣の馬房に声をかけた。

「なんですか？」

馬房から、彼女の助手のような役目を務めている並木という男が出てきた。

「馬は大丈夫だから、この人を病院に連れていってあげてくれる？　外科のある病院。大至急。多分、救急車はこっちまで手が回らないと思うから」

「わかりました。行きましょう」

並木がわたしを促した。

「怪我人は足手まといよ。わかるでしょう？」

藤澤敬子に睨まれ、わたしはたじろいだ。プロフェッショナルとしての彼女に接するのはこれが初めてだ。抗いがたい威厳があり、神々しいほどだった。

自分が必要とされていないという寂しさを感じつつ、わたしは並木と共に車に乗った。車が発進すると、次の厩舎へと大股で向かっていく藤澤敬子の姿が遠ざかっていった。

16

連れていかれたのは以前に渡辺が入院していた病院だった。院内はごった返していた。自家発電をしているのか、電気は通じていた。

並木が目の回るような忙しさに殺気立っている看護師を捕まえ、わたしの症状を訴えた。看護師は医者を呼びに行き、やってきた医者は、看護師にレントゲンを撮るよう指示した。長い時間待たされ、やっとレントゲンを撮ってもらう。

何度か余震が来て、そのたびにどこかで悲鳴があがった。

看護師はどうして自分が受付の仕事までやらされるのかと愚痴を漏らしながらわたしのカルテを

作り、医者の待つ診察室へ連れていった。緊急時だから、保険証は後日持参するということで話がついた。

医者はレントゲン写真を見るとなにやら呟き、右手でわたしの手首を握り、左手で折れた指を引っ張った。

わたしの悲鳴が院内に谺《こだま》した。

医者はわたしの痛みなど歯牙にもかけず、看護師にその後の処置の指示を出すと、わたしを診察室から追い出した。

副《そ》え木のようなもので指を固定され、包帯で巻かれた。顔の傷は消毒され、絆創膏を貼られた。縫うほどの深傷ではなかったのだ。鎮痛剤を注射されたが、痛みはなかなか引かなかった。

入院の必要はないと言い張ったが、聞き入れてはもらえなかった。

空いているベッドがある病室に連れていかれると、横になれと命じられた。痛みが我慢できないときはコールボタンを押せと言い残して、看護師は出ていった。病室は四人部屋で、年老いた男たちが不安そうな面持ちでわたしを見つめ、外の様子を訊いてきた。

「わやですよ」

わたしはそう言って、ベッドに横たわった。抗う間もなく睡魔が押し寄せ、意識が途切れた。

＊＊＊

目が覚めるのと同時に早坂たちのことを思い出した。

鎮痛剤が切れたのか、指の痛みが間欠的に襲いかかってくる。歯を食いしばりながらベッドから抜け出し、ロビーへ向かった。

昨日は気づかなかったが、壁掛けのテレビがついていた。NHKのニュースが流れている。一晩が過ぎて、地震の被害状況が少しずつわかってきているようだ。

被害が一番大きいのは、やはり震源に近い厚真町のようだ。大規模な土砂崩れが起き、連絡の取れない人たちが多数いるとアナウンサーが告げていた。

道内の停電はまだ続いていて、復旧の見通しは立っていないようだった。

病院の外へ出て、はたと立ち止まった。わたしの車は門別競馬場にある。だれかに迎えに来てもらわなければどこへも行けない。

「なにをしてるんですか？」

昨夜、わたしの面倒を見てくれた看護師が怒りをあらわにして外に出てきた。

「寝てなきゃだめじゃないですか」

「警察へ行かなければならないんです。でも、車がない」

わたしは呆けたように答えた。

「警察？　どうして？」

「建物の下敷きになった人たちがいるんです。早く助けなきゃ」

「こっちへ来て」

看護師はわたしの左手を取り、院内に引き返した。外科の診療病棟へ向かう。診察室の前に、制服を着た中年の警官が座っていた。額の絆創膏で貼られた脱脂綿に血が滲んで痛々しい。

「小林《こばやし》さん、こちらの方が、建物の下敷きになってる人がいるって」

看護師は警官に声をかけた。

「どこですか？」

小林と呼ばれた警官が立ち上がった。

「むかわなんですが、海沿いの漁師小屋が地震で倒れて、中に人が三人います」

「その怪我も地震の時に？　あなたもそこにいたんですか？」

「たまたま見かけたんです」

咄嗟に嘘をついていた。早坂たちは死んでいると、どこかで確信していたからだ。わたしは後ろめたい思いを腹の底に押し込んだ。

「詳しい場所はわかりますか？」

「待ってください」

わたしはズボンのポケットからスマホを引っ張り出し、地図アプリを開いた。

「この辺りです」

漁師小屋があった場所を指で示す。

「なるほど。この辺りなら見当はつくな」

小林はわたしに背を向け、無線でだれかと話しはじめた。

わたしは小林が座っていた椅子に腰を下ろした。指の痛みが堪えがたい。

「顔色が悪いわね」

看護師が体温計をわたしに手渡した。

「熱を測って。先生に言って、鎮痛剤を処方してもらうわ」

看護師が去っていく。

「下敷きになられた方々はお知り合いですか？　もし、身元がわかるようなら――」

小林が振り返った。

「知りません。遠くから見かけただけなので」

「わかりました――すみません、身元はわからんそうです」

小林はまた無線に戻った。しばらくすると、無線での会話が終わった。

「一応、むかわの交番に連絡を入れてもらいました。日高よりむかわの方が被害が大きくて、すぐに対応できるかどうかは不明ですが」

「むかわは倒壊している建物がけっこうありました」

わたしは言った。

「どうしてむかわの病院じゃなくてこっちに？」

「競馬関係の仕事をしているもので、門別競馬場の被害が気になりまして」

「ああ、競馬の。牧場の被害はまだ聞いてませんよ。ただ、停電と断水がねえ。警察署も電気が通じなくて大変で」

小林は頭を掻き、ついで顔をしかめた。

「ってぇ。いや、ご老人のひとり住まいを回って安否確認をしていたら、とある家の神棚が落ちてきて直撃ですよ。なんの罰が当たったのやら」

小林はまた顔をしかめた。

「平野さん、先生が診てくれるそうです。あちらの診察室へ入ってください」

看護師が戻ってきて二番と書かれた診察室を指さした。

「それじゃあ、ぼくはこれで」

わたしは小林に一礼した。

「ああ、お名前と連絡先を教えていただけませんか。万一、その倒壊した漁師小屋が見つからなかったときに、もう一度話を聞かせてもらうかもしれませんので」

わたしは名前と電話番号を小林に告げた。

「ありがとうございます。三人とも、無事だといいんですがね」

「ええ」

顔の筋肉が強張るのを感じながら、わたしは小林に背を向けた。

＊　＊　＊

もう一日入院して様子を見たいという医者に、牧場で馬の世話をしなければならないと言い張って退院を許可させた。三日に一度、診察を受けに来るという条件付きではあったが。

痛み止めの処方箋を書いてもらい、治療費、入院費は後日払いに来るということで勘弁してもらった。

渡辺光徳に電話をかけて事情を説明し、だれかに病院まで迎えに来るよう手配してもらった。

ロビーで迎えを待っていると、赤いジムニーが敷地内に入ってくるのが見えた。藤澤敬子がわたしを迎えに来たのだ。

わたしが外に出るのと、ジムニーが出入口の前に停まるのがほとんど同時だった。

「どんな感じ？」

助手席側の窓が開き、藤澤敬子が顔を覗かせた。

わたしは答える代わりに包帯を巻かれた右手を掲げた。左手でドアを開け、車に乗り込む。

「どこか、開いている薬局はないかな」

「まだ停電が続いてるのよ。どこも休業。痛み止めなら、わたしの家にあるから分けてあげる。当面はそれでしのいで」

「そうするよ」

ジムニーが急加速した。藤澤敬子の運転は男勝りだった。一見乱暴だが、加減速のめりはりが利いていて小気味よい。

「どこでそんな怪我をしたの？」

「倒壊したガレージの下敷きになってる人を見つけて、助けようとしたら……ざまはない」

わたしはまた嘘をついた。早坂たちのことは墓場まで持っていくつもりだった。

「見かけによらずおっちょこちょいなんだから」

藤澤敬子が鼻を鳴らした。

「競馬場の被害は？」

「ほとんどないわ。食器棚が倒れたりなんだりで軽傷を負った人が少しいるぐらい。日高町の牧場でも大きな被害はないみたい。でも、厚真やむかわはもっと被害が大きいみたい」

ふいに、昨夜の地鳴りとてつもない揺れを思い出し、わたしは身震いした。尋常ではない状況下だったため、どこか現実味を欠いていたが、家でくつろいでいるときにあの地震に襲われたら恐怖は倍増していただろう。

「停電はしょうがないにしても、断水が続いていて、新冠とか新ひだかとか、断水していないところから水を運んでもらえないかって、みんなでメールやらＬＩＮＥやらしまくってるみたい」

「まだ電話も通じないのか？」

「キャリアによるけど、通じたり通じなかったり。ネットには繋がるから、みんな、ネットで情報収集してるわ。厚真やむかわの方は液状化現象が起こってアスファルトが波打って通れなくなってる道がたくさんあるみたい。復旧には時間がかかりそう。競馬も開催は無理ね」

藤澤敬子の表情が曇った。

競馬が開催されなければ賞金も生じない。一部の馬主は、レースで得られる賞金をトレセンへの預託料などにまわしている。いわば、自転車操業だ。賞金が入らないとなれば、馬を競馬場の厩舎に預ける余裕がなくなり、その結果、命を失う馬も出てくる。

競馬はただの博打ではないのだ。多くのファンが投じる金で、人間が作りだしたサラブレッドという生き物を生かし続けるという側面がある。

天変地異が起きようがどうしようが、競馬の開催だけは続けて欲しい。

それが競馬に関わるすべての人間に共通する思いだった。

「わたしの家で休むといいわ。幸い、たいした被害もなかったし」

「いや。一度浦河へ帰るよ。亮介から無事だという連絡はあったけど、いろいろ心配だし――」

「馬鹿を言わないで。そんな手で運転できるわけないじゃないの」

藤澤敬子が横目でわたしを睨んだ。

「自分がどんな顔してるか鏡で見た？」

わたしは彼女の剣幕に押され、ただ、首を振った。

「痛みと腫れが引くまでは運転は禁止」

できの悪い生徒を叱る女教師のような声だった。

「仰せのままに」

わたしは答えた。

「とにかく、北海道にいるすべての馬が無事であることを祈るわ。なんていったって、神経質な生き物だから。放牧中にあんな地震が襲ってきたら、パニックになった馬、たくさんいるに違いないもの」

慌てふためいて放牧地の柵に激突して死んだ馬の話は毎年のように耳に入ってくる。空を飛ぶ鳥の影にも驚き、パニックに陥る生き物なのだ。肝の太い馬ならなにが起きようと気にしないが、繊細な馬は万全の注意を払っても事故が起きる可能性が常にある。

「それにしても、あんな地震、初めて。東日本大震災のことがあるから、津波が来るんじゃないかって不安でしょうがなかったわ」

「浦河は地震が多いところだけど、こんなのは経験したことがないな」

わたしは応じた。

スマホにＬＩＮＥのメッセージが届いた。亮介からだった。

〈いつ戻れる？〉

わたしは苦労して左手で返信を打った。

〈右手の指を骨折して運転ができない。いつ、そっちに帰れるかは不明。すまないが、ビービーのことを頼む〉

すぐに返信が来た。わたしと違って、スマホで文章を打つのになんの支障もないのだ。

〈骨折？　また、ドジったのかよ〉

「やかましい」

わたしは返事を書く代わりに呟いた。藤澤敬子が苦笑した。わたしがだれとどんなやりとりをしたのか察しがついたのだろう。

「あの人がいてくれて助かったわね。馬のことも家のことも任せられる」

藤澤敬子が言った。わたしはうなずいた。

＊　＊　＊

藤澤敬子の家は思ったよりも片付いていた。元々、家具や食器が少ないため、被害もそれほどではなかったのだろう。居間にあるソファベッドには布団が敷かれ、枕が置かれていた。

「これを飲んで、少し寝て」

藤澤敬子が二種類の錠剤とペットボトルの水を持ってきた。痛み止めと胃薬だ。

「本当はなにか食べてからの方がいいんだけど、コンビニも閉まっちゃってるし……ごめんなさいね。自炊はあまりしないから、家に食べる物がほとんどないの。厩舎の有志が集まって、後で炊き出しをやると言ってたから、それまで待ってて」

「腹は減ってないよ」

わたしは錠剤を口に放り込み、水で胃に送り込んだ。

「わたしはちょっと出かけてくるけど……やっぱり、牧柵に激突した子がいるみたいで怪我の具合を見て欲しいって言われてるの」

「いい子にして寝てるよ。おれのことは気にせず、行ってきて」

わたしは上着を脱ぎ、ソファベッドに潜り込んだ。

「なにかあったら電話して」

「なにもないよ」

わたしは目を閉じた。指の付け根がずきずきと痛んで寝られそうもない。だが、藤澤敬子を安心させようと目を閉じた。

しばらくすると、彼女が出ていく気配がした。わたしは目を開けた。

遅かれ早かれ、早坂たちの遺体は見つかるだろう。あそこにいたという物証が出れば、わたしは釈明を余儀なくされる。

本当のことを言うべきか、それともしらばっくれるべきか。

昨日から折にふれて考えているのだが、いつまで経っても答えは出ないのだ。

馬の死には激しく心が痛むが、馬を悪用して金儲けをしようとした人間の死はどこか他人事だった。

わたしもまた、どこかが壊れた人間なのだろう。

考えている内に薬が効いてきたのか、痛みが和らいでいった。

この地震で競馬の開催が中止になれば、馬を殺処分にしようとする馬主や、経営が成り立たなくなって廃業する牧場が出てくるかもしれない。

どれだけ頑張れば、どれだけの馬を救えるのだろう。

思考はどうどう巡りに陥り、やがて、なにもかもが面倒になって、わたしは睡魔の誘いに身を委ねた。

＊＊＊

柔らかいものが唇に触れる感触で目が覚めた。藤澤敬子がわたしに口づけしていた。

わたしが起きたことに気づいたのか、藤澤敬子の顔が遠ざかっていった。

「ごめんなさい」

藤澤敬子が言った。

「なにを謝る？」

わたしは彼女の顔を見つめた。家の中は薄暗い。日が傾いているようだった。

「安心しきって眠っている寝顔を見たら、つい、むらむらしちゃって」

「だったら、続きをしよう」

わたしの股間ははち切れんばかりになっていた。思春期の少年のように猛っている。

体を起こそうとしたが、彼女に制された。

「怪我人はじっとしていて」

彼女は再びわたしに唇を押しつけてきた。口の中に舌を入れてきて、わたしの舌と絡ませながら両手でわたしのジーンズとトランクスを器用に脱がせていく。

彼女は着衣のままだ。

剝き出しになったわたしのペニスを右手で優しく握り、しごき上げていく。心地よさに、わたしは背中を反らせた。

「気持ちいい？」

わたしはうなずいた。

「ちょっと待ってて」

彼女はわたしから離れると、手早く服を脱いだ。ブラとショーツだけの姿になると、わたしの股間に顔を埋めた。

「一昨日から風呂に入ってない」

わたしは言った。

「あなたなら気にならない」

彼女はそう言って、わたしのペニスを口に含んだ。わたしの口から吐息が漏れた。

しばらくすると、彼女が顔を上げた。

「もう、我慢できない」

かすれた声で囁く。わたしはうなずいた。彼女はショーツを脱ぐと、わたしに跨がった。ペニスが濡れた温かい粘膜に包まれていく。彼女はわたしに覆い被さってきて、首筋に舌を這わせた。

「初めて会ったときから、こうなるって思ってた」

わたしはブラの上から彼女の胸を揉みしだいた。

「おれも、思っていたよ」

「全然誘ってくれなかったくせに」

彼女が静かに腰を上下させる。ペニスを根元まで飲み込むたびに切なげな吐息を漏らした。

「好きって言って」

「おまえが好きだ」

わたしは言った。彼女の腰の動きが速まった。

「もっと言って」

「おまえが好きだ。一目見たときからこうなりたいと思っていた」

彼女の唇がわたしの唇を塞いだ。お互いに舌を吸う。両肩にかけられた彼女の手に力がこもっていく。わたしは左腕を伸ばし、彼女の尻の肉を左手で摑んだ。ふくよかな尻を自分の方に押しつける。

彼女の唇が離れた。のけぞりながら体を震わせる。

その瞬間、わたしも射精した。

彼女がわたしに抱きついてきた。わたしたちは繫がったまま余韻に浸った。やがて、彼女がくすくすと笑い出した。

「未曾有《みぞう》の大地震でみんな大変な目に遭っているっていうのに、わたしたち、なにしてるのかしら」

「こんな時だからこそ、大事なことかもしれないぞ」

わたしは言った。

「どうしよう。断水でシャワーも浴びれないのに」

彼女が離れた。ソファのそばに置いてあったティッシュを数枚抜き取り、股間に押し当てる。

「凄いいっぱい出てくる」

「禁欲生活が長かったからね」

彼女はわたしの頰にキスすると姿を消した。戻って来たときには新しい下着に着替え、手にウェットティッシュの箱を持っていた。ウェットティッシュでわたしのペニスを丁寧に拭いてくれる。

「また硬くなってきたわよ」

彼女が言った。

「言っただろう。禁欲生活が長かったんだ」

「もう一度したいけど、炊き出しがもうすぐはじまるから、手伝いに行かなきゃ」

「水が出るようになったら、飽きるまでしよう」

わたしが言うと、彼女は頰を赤らめた。わたしにそっと口づけをする。

「愛してる」

彼女は言った。

「愛してる」

わたしも言った。

早坂たちの死に関することは、永遠に口をつぐむ――わたしは胸の内でそう誓った。

そのことで後ろめたい思いを一生抱えようが、だれかに呪われようが知ったことではなかった。

わたしはわたしの愛する女を守るのだ。

17

翌日からは寝ていることにも飽き、被害の大きかった競馬関係者の家の後片付けを手伝った。といっても、右手がほとんど使えないのだ。役に立ったとは言いがたい。

空いている時間に、用事があるという人間の車に乗せてもらって、競馬場の外に出た。全壊している家屋は見当たらなかったが、ブロック塀が崩れたり、家が傾いたりしている景色が多く見られた。

停電は二日目に復旧したが、断水はまだ続いているエリアが多い。被害の大きかった地域では避難指示が出たままになっている。

少しずつ全道の被害状況もわかってきた。震源地に近い日高より、札幌の方がよっぽど被害が大きいようだった。厚真では畑や牧場地帯が土砂崩れにより見るも無惨な姿に変わり、多くの人命が失われていた。

夜は藤澤敬子とベッドの中で過ごした。バケツに汲んだ水で濡らしたタオルを絞り、互いの体を洗い、洗っている内に興奮して交じり合い、また互いの体を洗い合うということを繰り返した。

地震から三日後には断水が復旧し、温かいシャワーを浴びられることがどれほどありがたいかを実感した。

五日目の朝、わたしは浦河に向けて車を発進させた。指はまだ副え木を当てられたままだが、痛みはだいぶ引いていた。

日高町を過ぎて新冠に入ると、大地震の痕跡は見当たらなくなった。いつもと変わらぬ光景が広がっているだけだ。

牧場が近づいてくると、放牧地で草を食んでいるブラックブリザードの姿が見えてきた。道を挟んで向かいの放牧地にいる芦毛はカンナカムイだ。むかわ町や日高町と違って、目に見える地震の被害はどこにもない。

震源地に近い厚真町では、土砂崩れによって大勢の人間が命を奪われ、景観まで変わってしまったというのに、新ひだか町から東では大地震などなかったというように以前と同じ景色が広がり、人々が暮らしを営んでいる。

牧場の敷地に入る直前、ブラックブリザードが顔を上げてこちらを見た。エンジンの音でわたしが帰ってきたと悟るのだ。馬の五感は常に研ぎ澄まされている。捕食者の存在をいち早く知ることが生き残る最善の方法だからだ。

ブラックブリザードはわたしが車を停める前に草を食む仕草に戻っていた。牝馬を連れてきたわけでもないし、ニンジンやリンゴなどの匂いもしないのなら、わたしに用はないというわけだ。

亮介の車はなかった。出かけているらしい。

玄関のドアに施錠はされていなかった。都会で暮らす人間には不用心に映るらしいが、窃盗事件などまず起こらないし、よしんば泥棒に入られたとしても、盗まれて困るものはゼロに等しい。

家の中は予想と違って片付いていた。亮介が額に汗した結果だ。本棚の本の並び方が以前と違っているのはご愛敬だった。

わたしは台所に行って、水道の蛇口を捻った。水は出るし電気も点く。水を入れたヤカンをコンロにかけてみると、ちゃんと火がついた。

沸かした湯でコーヒーを淹れ、居間の食卓の椅子に腰を下ろした。スマホを取りだし、コーヒーを啜りながらＬＩＮＥで亮介にメッセージを送った。

〈戻ったぞ〉

コーヒーを飲み終える頃に、タイミングを見計らったかのように返事が来た。

〈吉村ステーブルに来いよ。エゴンウレアの最後の調教だ〉

エゴンウレアは明後日、栗東のトレーニングセンターに向けて出発する。長い休みを終え、仕事に復帰するのだ。厩舎のスタッフによる調教で徐々に負荷をかけられ、馬体と精神を研ぎ澄まし、競馬に備える。

吉村ステーブルにおける亮介の調教は、トレーニングセンターで本格的な調教を受けるための準備運動に過ぎない。

〈すぐに行く〉

わたしは返信を打ち、コーヒーの残りを啜った。

家を出て車に乗り込む。エンジンをかけた。パーキングブレーキを解除し、ギアをドライブに入れたところで道路の向かいの人影に気づいた。

栗木恵海だ。恵海はカンナカムイのいる放牧地の牧柵にもたれかかっていた。カンナカムイがそばに寄ってきても無視を決め込んでいる。

様子がおかしい。わたしは車を発進させると、そのまま道路を横切って栗木牧場の敷地に入っていった。

「学校はどうした?」

車を降りながら恵海に声をかける。

「自主休校」

恵海が答えた。表情にも声にも覇気がない。数日見なかった間にげっそりとやつれていた。

「なにかあったのか?」

わたしは恵海の隣に移動して、同じように牧柵に背中を預けた。

「その顔と手、怪我? 地震で?」

恵海は答える代わりにわたしに質問をぶつけてきた。

「そうだ」

わたしはまだ包帯を巻いたままの右手を掲げた。

「仕事大丈夫？　利き手でしょ？」

「骨がちゃんと元通りくっついてくれればいいんだけどな」

「くっつかなかったら？」

「装蹄師は廃業だ」

「装蹄師やめてどうするの？」

わたしは自分の牧場に視線を向けた。

「さてね。馬たちの世話をして暮らすかな」

「馬の仕事なんてやらなきゃいいのに」

恵海の言葉には棘があった。わたしは栗木牧場の牧草地を見渡した。それぞれの牧草地に、母馬と子馬の群れが放たれている。一頭だけ、子馬がそばにいない牝馬がいた。キサラギハニーという馬だ。

栗木牧場で生まれ、真木芳治が買い取って馬主になった。中央で重賞をふたつ勝った名馬で、栗木牧場で期待の繁殖牝馬の一頭だ。春先に牡馬を産んだはずだが、その子馬が見当たらない。

「ハニーの子、地震で死んじゃった」

恵海が言った。

「馬房で寝てたんだけど、地震でハニーがパニックになっちゃって、子供を踏んじゃったの」

恵海の目が見る間に潤んでいく。

「可愛い子だったんだよ。やんちゃだけど人懐っこくて。でも、もういないんだ」

恵海が両手で顔を覆った。わたしは痛ましさを覚え、同時に栗木のことを思った。

キサラギハニーの子馬の父はフラッグシップである。ノール・ファームの生産馬で現役中は五つのGIタイトルを獲得した。種牡馬入りしてからも産駒の活躍が続いている。一千万を超える種付け料がかかる。栗木は経済的に無理をしてキサラギハニーにフラッグシップを付けたはずだ。セリに出せば種付け料の数倍で売れただろうが、死んでしまっては元も子もない。

サラブレッドの生産は博打的な側面がある。種付けが成功し、子馬が無事に生まれ、セリで売れればよし。そうでなければ借金だけが増えていく。牧場の売り上げに見合った種牡馬ばかりを選んで自分のところの繁殖牝馬に付けていればいいのだろうが、それでは夢を見ることができない。

いつか、自分の生産した馬がＧＩ馬に——その思いが、きつくてつらいサラブレッドの生産という仕事を支えているのだ。

そのためには、時に無理をしていい種牡馬の種を付ける。あるいは、繁殖牝馬のセリで千歳グループが放出した牝馬を買い付ける。あるいは、海外まで飛んで、安いけれども血筋のいい牝馬を見つけてくる。

すべては夢を実現させるための努力だが、生産した馬が売れることが前提になっているのだ。不慮の事故で馬が死んだり、セリで売れなかったりすることは珍しいことではないが、そのたびに、小さな生産牧場は痛手を受ける。痛手の積み重ねがボディブローのように効いて、結局牧場を畳まざるを得なかった生産者は多い。

「わたし、もうここにいたくない」

恵海が言った。

「もう、馬が死ぬの、嫌だよ」

「早く死ぬ人間の赤ん坊もいるし、子犬や子猫にも死ぬ子がいる」

わたしは言った。

「競走中の事故で死ぬ馬もいるし、交通事故で死ぬ人間もいる。野生の馬はライオンみたいな捕食獣に襲われて死ぬ」

「それはわかってるけど――」

「馬は大きいから、死んだときのショックも大きい。でも、みんな同じ命だ。人間も馬も犬も、他の動物たちも。命あるものはやがて死ぬ。長生きするものもいれば、早く死ぬものもいる。それはその命の運命なんだ」

「でも、牧場の子じゃなかったら、こんなに馬が死ぬところ見なくて済むよ」

「自分の目に映らなかったら、馬がどれだけ死んでもいいのか？　自分には関係ないか？」

恵海が唇を噛んだ。

「まあ、ほとんどの人間はそう思ってるだろうな。どこの牧場でどんな馬が死のうが関係ない。いや、そんなことがあるってことにすら気づかない人間が大半だ。それでも、毎年どこかで馬は生まれ、死んでいく。恵海はそのことを知っている。こればかりはどうしようもない。牧場の子として生まれてきちゃったんだからな」

恵海は体を反転させた。すぐそばで恵海の様子をうかがっていたカンナカムイの鼻面を撫でさする。

「いつか、カンナカムイも子馬を産む。その子が不慮の事故で死ぬかもしれないし、カンナカムイもやがて死ぬ」

わたしは言葉を続けた。

「子馬を失って寂しいとき、もうすぐ自分が死ぬというとき、カンナカムイは恵海にそばにいて欲しいんじゃないかな」

「馬がそんなこと考える？」

恵海はカンナカムイを撫で続けていた。カンナカムイの大きな漆黒の瞳に、泣きはらした目の恵海の顔が映り込んでいる。静かで穏やかな目は、恵海の悲しみを飲み込もうとしているかのようだった。

「考えないって断言できるか？　カンナカムイが恵海を必要としてないと思うか？」

　恵海が首を振った。

「この子はわたしがいなきゃだめなんだもん。お父さんやお母さんが放牧地に出そうとしても、馬房から一歩も出ないんだから。わたしが行くと、すぐに出てくるのに」

「恵海とカンナカムイが巡り会えたのも、お父さんが牧場をやっていたからだよ。おれも、もし、装蹄師をやめることになったとしても、牧場を畳むつもりはない。ビービーがおれを必要としているからな。ビービーだけじゃない。これから、行き場をなくした馬を引き取って世話をしていくつもりだ。その馬たちもおれを必要とする。生活は大変だけど、しょうがない」

「どうして？」

　恵海が訊いてきた。その問いはいろんな意味を含んでいるように思えた。

「馬と関わってきた人間の責任だから。馬は——サラブレッドは人間がそばにいてやらないと生きていけない動物だからだ」

　わたしは答えた。

「競馬は嫌い。でも、馬は大好き。大人になって、もし、牧場を継ぐことになったら、生産牧場やめて、敬さんみたいに引退馬の養老牧場やろうかな。カンナに教えてるみたいに乗馬のトレーニングして、遊びに来るお客さんに乗ってもらうの」

　恵海の頬に朱が差していた。いつもの彼女らしい表情も戻っている。

「いい考えだ」

　わたしは言った。

「もし、わたしがここを出て戻って来なかったら、お父さんやお母さんが年取って働けなくなったら、馬たちが困っちゃうよね」

「そうだな」

「カンナも寂しがるよね」

「そうだ」

「考えてみる」

「時間はあるんだ。ゆっくり考えるといい。おっと、もう行かなきゃ」

わたしは腕時計に目を走らせた。つい、長話をしてしまった。

「どこに行くの？」

「吉村ステーブルで、エゴンウレアの最後の調教があるんだ」

「エゴン、もうすぐトレセンに戻るんだもんね。わたしも見に行っていいかな？」

「いいよ。一緒に行こう」

恵海はカンナカムイの肩の辺りを叩いた。

「ちょっと行ってくるね」

カンナカムイはぷいと横を向くと、放牧地の中央に移動して草を食みはじめた。恵海はもう大丈夫だと確信したのだろう。

馬は賢い。賢すぎるぐらいに賢い。

わたしは恵海を助手席に乗せると、吉村ステーブルに向けて車を走らせた。

＊　＊　＊

エゴンウレアが雄大なストライドで坂路を駆け上がってくる。鞍上の亮介は手綱を握ったままだ。

押していない。

エゴンウレアは自分の意志で走っている。以前は乗り役がどれだけ押しても真面目には走らなかった。いや、それどころか乗り役を振り落とそうとあの手この手を使ってきたものだ。

そんな馬が走っている。もちろん、本気の走りではない。強い負荷をかけられて走るのはトレーニングセンターでの調教からだし、百パーセントの本気で走るのはレースの時だけだ。

それでも、エゴンウレアの走りは惚れ惚れするほど美しかった。重賞をひとつも勝ったことのない馬とは思えない。

坂路を登りきる手前で亮介が手綱を引いた。エゴンウレアの体から力が抜けていく。余力で坂路を駆け上がると、走り足りないと言わんばかりに首を上下に振った。

「こんなの初めて見た」

モニタルームでエゴンウレアの走りを見守っていた栗木が呟くように言った。

「この馬との付き合いも長いけど、わたしも初めてですよ」

栗木の隣に立つ吉村が何度もうなずいた。

「これなら行けるでしょう、社長。あいつが重賞勝つところ、やっと見ることができる」

「相変わらず栗木さんは気が早いなあ。競馬は相手がいる。なにが起こるかわからないのが競馬じゃないですか。エゴンウレアは間違いなく調子がいい。でも、調子がいいからって勝てるわけじゃない」

「いや、おれにはわかります。亮介君のおかげで、エゴンウレアはやっと本物になったんですよ、社長」

吉村が苦笑した。わたしの横で、恵海が気恥ずかしそうにしている。父親が臆面もなく自分の生産馬を褒めているのが気に食わないのだ。

「敬ちゃんもそう思うだろう？」

栗木がわたしに顔を向けた。

「この年齢《とし》になってやっと、走ることに前向きになったみたいですね」

わたしは答えた。

「それだよ、それ。今までエゴンは真面目に走ったことがなかったんだ。それでGⅠを何度も二着になってるんだぞ。本気で走ったら、GⅠのふたつやみっつ、あっという間に勝つに決まってる」

栗木は興奮の極みにいた。無理もない。数十年サラブレッドの生産に携わり、最高傑作だと自信を持った馬がエゴンウレアなのだ。二歳でデビューしてからのこの四年、ただただエゴンウレアがGⅠレースを勝つ日を待ち望んできた。

エゴンウレアが坂路を下ってきた。調教はこれで終わりだ。あとはクールダウンを兼ねて芝の上をキャンターで走り、厩舎に戻って体を洗ってもらうことになる。

「下に行きましょう」

吉村に促されて、我々はモニタルームを後にした。

「あんなふうに走るエゴンウレア、初めて見た」

恵海がわたしに囁いた。

「うん」

「走る気なんかこれっぽっちもない馬だったのに。中央のジョッキーってやっぱり凄いんだね」

「カンナカムイが恵海に巡り会ったのと同じで、エゴンウレアも亮介に巡り会って変わったんだよ」

わたしは言った。

逆もまた真なりだ。亮介もエゴンウレアに巡り会うことで変わったはずだ。

外に出て待っていると、すぐにエゴンウレアが姿を現した。坂路を登った直後だというのに、息づかいは荒くない。

「亮介君、エゴンの調子はどうだい？」

栗木がエゴンウレアの背中に跨がる亮介を仰ぎ見た。

「おれがつきっきりで面倒見て来たんですよ。絶好調に決まってるじゃないですか」

亮介は太々《ふてぶて》しい笑みを浮かべた。現役時代によく見せていた表情だ。見る人間によっては傲慢と取られかねないほどの自信に満ちている。

「エゴン、頼むぞ。今度こそ勝ってくれ。勝って、年末は有馬だ。地震で被災した日高のひとたちのために勝ってくれ。日高の馬だってＧＩで勝てるんだってことを全国の競馬ファンに見せつけてやってくれ」

栗木がエゴンウレアに語りかけた。懇願と言っていいほど、悲痛な口調だった。

「クールダウンさせてきます」

亮介はエゴンウレアを芝の走路に誘導していった。

「本番でも亮介君が乗ってくれたらいいのにな」

栗木が呟いた。

「本番は生きるレジェンドが乗るんですよ。心配ありません」

吉村が苦笑を押し殺しながら言った。

「これからも、エゴンが浦河に戻ってきたら、亮介君が調教つけてくれますよね？」

「さあ、どうかな。ノール・ファームが連れて行っちゃうかもしれません」

「止めてくださいよ、社長」

「止めたいけど、金の話になったら、こっちは相手にしてもらえませんよ。向こうは現役のときは年収一億、二億っていうジョッキーだったんですよ。うちが払えるのは一割以下だ」

「そこをなんとか」

「無い袖は振れないっていうの、栗木さんもわかってるでしょう」

栗木と吉村は肩を並べながら吉村ステーブルの厩舎に向かって歩いていった。

「亮介さん、ノール・ファームに行っちゃうの？」

恵海がわたしに訊いてきた。

「さあな。決めるのは亮介だ」

「そうなんだ」

恵海は足もとに転がっていた小さな土塊《つちくれ》を爪先で蹴った。土塊が砕けて土埃が舞った。恵海の横顔は不満げだった。

＊＊＊

「まったく、倒れた建物の下敷きになったわけでもないのに、なんでそんな怪我するんだよ」

亮介はイクラ丼を頬張りながらわたしの右手を睨んだ。イクラは栗木からの差し入れだ。エゴンウレアの調子のよさに財布の紐がゆるんだらしい。

「自分でもどうしようもないドジだと思ってるよ」

わたしは応じた。怪我に至ったすべての経緯は、だれにも話さず、墓場まで持っていくつもりだった。

「手がだめになったら、装蹄の仕事、どうするんだよ」

「諦めるしかないだろうな」

わたしもイクラ丼を口に運んだ。右手が使えないから、左手に持ったスプーンを使う。噛むたびにイクラが音を立てて弾け、口の中に滋味が広がっていく。イクラの下に敷いた海苔と大葉の風味がいいアクセントになっている。

「装蹄師やめてどうするんだよ？　他に能もないくせに」

「ここで馬たちの世話をしながらつましく暮らしていくさ」

「それでいいのか？」

亮介が丼を食卓に置いた。

「まだ四十にもなってないんだぞ。爺《じじい》になって引退するまでの数十年、ただ馬の世話をするだけで過ごすっていうのか」

「それでかまわんと思ってる」

わたしはまたイクラ丼を口に運んだ。

「おれには本当の気持ちを言えよ」

「本当の気持ちだ。おまえの親父さんからこの牧場を譲り受けたときに腹をくくったんだ。これからの人生、馬のために捧げるってな。そうじゃなきゃ、牧場なんて買わん」

「おまえひとりで頑張ったって、死んでいく馬の数は減らないぞ」

「おれひとりじゃない」

わたしは言った。

「日高のあちこちで、引退馬を繋養する牧場が増えてる。引退馬協会に集まる寄付金も年々増えてるんだ。中央の調教師たちだって、引退した馬たちのセカンドキャリアをなんとかしようって動き出してる。そのうち、ＪＲＡも金を出さざるを得ない状況になるだろう。おれひとりじゃないんだよ、亮介」

亮介は答える代わりに鼻を鳴らした。

「まあ、おまえはいいよな。獣医が女房なら、食いっぱぐれる心配はない」

「だれが女房だって？」

「一時間おきにＬＩＮＥのメッセージが入ってきてるじゃないか」

わたしは味噌汁に口をつけた。亮介の言うとおり、藤澤敬子からひっきりなしにメッセージが送られてくる。

「おまえがやろうとしてること、彼女、知ってるのか？」

「きちんと話したことはない」

「早く話した方がいいぞ。どれだけ惚れてようと、貧乏な牧場の社長と結婚したいって女は滅多にいないからな」

「余計なお世話だ」

わたしは言った。

「おれのことよりおまえはどうするんだ」

「おれ？」

「ノール・ファームから誘いが来てるんだろう？」

「何度か電話がかかってきた。外厩で乗り役をやらないかってな」

「なんて答えたんだ？」

「少し時間をくれって言ってある」

「そうか」

わたしはスプーンを置いた。まだ中身は残っていたが、食欲が失せてしまった。

「すぐに返事をしときゃよかったよ」

亮介も投げ出すように箸を置いた。

「とりあえず、月給五十万、ボーナスは年に二回、おれが調教をつけた馬が重賞を勝ったら特別手当も出してくれるって話だ。気前がいいだろう？　断るやつなんていねえよな」

わたしは口を閉じたままでいた。亮介はわたしの意見を聞きたいわけではない。

「今の給料の倍以上だぞ。おまけにノール・ファームの馬だ。重賞だってばんばん勝ちまくる。特別手当のもらい放題だ。そんなの、天秤にかけるまでもねえ」

亮介は天井を見上げた。唇の端がかすかに震えている。

「地震が来なかったらなあ」

溜息を漏らし、俯いた。

「こっちは厚真やむかわほどの被害は出なかったけど、それでも、停電はあったし、いくつかの地域じゃ水が止まった。厩舎や牧柵が破損したり、パニックになって暴れて怪我をした馬もいる。栗木さんところじゃ、とねっこが母馬に踏まれて死んだ」

「聞いたよ」

「みんな総出だ。被害のなかったやつらは被害のあったところに行った。自分のできることを探して懸命に手伝った。一息付けるようになると、今度は日高町やむかわや安平の牧場が水が出なくて困ってるって話が飛び込んでくる。みんなで給水車見つけて水を運んだりした。おれも給水車、運転したぜ」

「そうか」

「困ったときはお互い様って、みんなの顔に書いてあった。とりわけ、馬は人が手をかけてやらないと生きていけないからな。普段は仲の悪いやつらでも、こういうときは文句一つ口にしないで助けに駆けつけるんだ。おれらがガキのころは、違う町の牧場なんて敵だったじゃねえか」

わたしはうなずいた。まだ千歳グループは産声を上げたばかりだった。ノール・ファームは影も形もなかった。サラブレッドの生産といえば日高で、勝つのは決まって日高の馬だった。

浦河は浦河、静内は静内というようにお互いに闘志を燃やし、競い合っていたものだ。

千歳グループの隆盛とノール・ファームの出現がすべてを変えた。同じ地域でいがみ合っていてはノール・ファームに太刀打ちできない。日高の生産者は身内じゃないか。敵は千歳グループ、とりわけノール・ファームだ。ノール・ファームに一泡吹かせてやろうじゃないか——それがいつしか、日高の生産者たちの共通認識に育っていったのだ。

「それが水を運んだり、壊れた厩舎の補修を手伝ったり……そんなのを見て、おれだけノール・ファームに行くなんて言えるか？　おれだって、日高の牧場のために駆けずり回ったんだぞ」

亮介は湯飲みに手を伸ばし、冷めた茶を一息で飲み干した。

「新ひだかでも新冠でも日高町でも言われたよ、和泉君が吉村ステーブルにいるなら、うちの馬の育成、吉村ステーブルに頼もうかなってよ」

「噂が飛び交ってるからな。おまえが調教をつけた馬は競馬に戻るとよく走るって」

「決めた」

亮介が突然、声を張り上げた。

「なんだよ、いきなり大声を出して。びっくりするじゃないか」

わたしは亮介を睨んだ。

「決めたぞ、敬。エゴンウレアが次のレースで勝ったら、おれは浦河に残る。勝てなかったら、ノール・ファームに行く」

「そんなことで決めていいのか」

「決めたものは決めたんだ」

亮介は吐息を漏らした。

「おまえと暮らすようになって、おまえの馬鹿が伝染《うつ》ったんだな。責任取れよ」

「どうしておれが責任取るんだよ。おまえが勝手に決めたことだろう」

「おれはおまえとは違う人種だったんだ」

「同じだよ」

わたしは言った。

「おまえもおれも、馬に魅せられた人間だ。同じ人種なんだ」

亮介が鼻で笑った。

わたしは腰を上げ、食器をお盆に載せて台所に運んだ。洗い物をはじめると、亮介がやって来て冷蔵庫から缶ビールを出した。

「おれがノール・ファームに行ったら、おまえに借りてる金、早く返せるようになるぞ。行った方がいいか？」

「おれに訊くな。決めるのはおまえ自身なんだろう？」

わたしは邪険に答えた。背後でビールの缶を開ける音がする。亮介は喉を鳴らしてビールを飲んだ。

「素直じゃねえな、相変わらず」

ゲップに続いて声が飛んできた。

「一緒にいてくれってお願いしてみろよ」

「もしおれが結婚することになったら、真っ先におまえを叩き出すからな」

わたしは言った。亮介が笑った。わたしも釣られて笑った。

＊　＊　＊

「どういう状況だったのか、はじめからお話ししてもらえますか」

テーブルの向かいに座った年かさの警官が口を開いた。

昨日、倒壊した漁師小屋が撤去され、早坂たちが見つかったのだ。三人とも、死んでいた。警察から事情を聞きたいという連絡が入り、わたしは朝一で浦河を発ち、むかわの交番までやって来たのだ。

「小便が我慢できなくなって、国道を外れたんです。車を停めて、立ち小便をしていたら二台の車がやって来て、男たちが車から降りて小屋の中に入っていくのが見えました」

嘘が滑らかに口から流れ出てくる。この日が来るのを想定して、頭の中で何度も練習を繰り返したのだ。

「車から降りてきた人たちに見覚えは？」

警官の質問にわたしは首を横に振った。

「漁師には見えなかったし、柄も悪そうだったので、早く立ち去らなきゃと思ったら、地面が揺れました。立っていられないほどの揺れで、尻餅をついて。そうしたら、小屋がいきなり崩れはじめたんです。揺れが収まってから、なんとか助け出そうとしたんですが……ひとりの力じゃどうにもならないし、助けを呼ぼうにも電話も繋がらなかったし」

「手の怪我は、その時に？」

「ええ。瓦礫を掘り起こしていたら、上から屋根の梁みたいなのが落ちてきて。骨折しました」

「それは大変でしたね」

「競馬関係の仕事なもので、競馬場にいる馬のことが心配で、救助を断念して日高町に向かいました。その後、怪我が酷くて病院に行き、偶然そこにいたお巡りさんに漁師小屋のことを伝えたんです」

警官が何度もうなずいた。

「我々も、できるだけ早く漁師小屋の下敷きになった人たちの捜索をしたかったんですが、いかんせん、被害が大きすぎて……」

遺体の発見までに時間がかかったことの言い訳だった。

「こちらをご覧ください」

警官がテーブルの上に写真を並べた。早坂たちのものだ。粒子が粗いのは、免許証の写真を拡大したためのようだった。

「もう一度お伺いしますが、この三人に、見覚えはありませんね？」

「ええ。知らない人たちです」

「結構です。わざわざご足労いただいてすみませんでした」

「三人の身元は判明したんですか？」

わたしは訊いた。警官が顔をしかめた。

「苫小牧のやくざたちです。あんなところでなにをしてたんだか」

「そうですか」

わたしは腰を上げた。交番を出ると、車を海岸に向かって走らせた。漁師小屋の周りには立入禁止を示すテープが巡らされており、その内側に重機が一台、ぽつんと取り残されている。小屋の残骸は重機の脇に乱雑に積み上げられ、もの悲しい雰囲気を漂わせていた。

わたしは車を降り、小屋のあったところに向かって両手を合わせた。

呪うならいくらでも呪うがいい。だが、おまえたちの死の真相は永遠にだれにも知られることはない。

車に戻り座席の背もたれに体重を預けた。くたびれている。自分の選択が間違っているとわかっているときはいつもそうなのだ。頭の奥でだれかが正しい道を進めとがなり立てている。その声に耳を塞ぐだけでぐったりと疲れてしまう。

それでも、わたしはわたしの選んだ道を遮二無二進んでしまうのだ。子供の時からずっとそうだった。おそらく、死ぬまで変わらないのだろう。

スマホにＬＩＮＥのメッセージが届いた。藤澤敬子からだった。

〈診察は終わった？〉

彼女には、今日は病院に行くと伝えてあった。

〈まだ。なんだか混んでるんだ〉

わたしは返信を送った。

〈今夜、泊まっていかない？　晩ご飯、腕によりをかけて作るわよ〉

この腕で彼女を抱きしめたいと痛切に思った。彼女の体に溺れ、頭の奥の声をシャットアウトするのだ。だが、自分がそうしないことはわかっていた。

〈今日は浦河に戻らないとならないんだ。近々、時間を作るよ〉

〈冷たい男。釣った魚には餌をやらないタイプね〉

わたしは微笑んだ。

〈そんなことはない。愛してるよ〉

スマホを左手だけで操作しながら、わたしの顔から笑みが消えることはなかった。

〈今の餌、凄い。もう満腹。こんなにストレートに感情表現する人だとは思ってなかった。わたし

も愛してる〉
スマホを助手席に置き、車のエンジンをかけた。国道に戻ると、病院に向けて車を走らせた。

＊＊＊

浦河に戻る途中、国道から外れた寂れた場所にあるカフェで昼飯にカレーを食べた。左手でスプーンを使って食事をするのにもだいぶ慣れてきた。

スパイスの利いたカレーを食べながら、医者の話を頭の中で反芻した。

手は順調に回復しているが、以前と遜色なく動かせるようになるかどうかは今の時点ではなんとも言えない。よしんば、完全に回復するにしても、長いリハビリが必要になるだろう。

医者はパソコンのモニタに映るレントゲン写真を見つめたまま、最後までわたしに顔を向けようとはしなかった。

「潮時かな」

カフェを出て再び車を走らせながらわたしはひとりごちた。装蹄師の仕事をやめ、養老牧場の経営に専念するのだ。十年、二十年後にやろうと考えていたことが、自分が思っていたより早くはじまる。ただそれだけのことではないか。

「でもな……」

わたしはまたひとりごち、ステアリングを握る左手に力を込めた。どうにも煮え切らない。装蹄師としての自分に未練があるのだ。

自分の牧場で生まれた馬がＧⅠを勝つことを夢見る生産者と同じように、わたしも自分が装蹄を手がけた馬がＧⅠを勝つ日を夢見ている。

牧場に戻ると、栗木恵海がブラックブリザードの放牧地にいた。ブラックブリザードにニンジンを与えている。

「カンナのファンの人がニンジンを段ボール一箱分送ってくれたの。ビービーにお裾分け」

わたしが車から降りると、恵海が振り返った。ビービーはわたしには見向きもせず、ニンジンを貪っている。

「学校は？」

「来週から行く。ねえ、聞いてくれる？」

「いいよ」

わたしは言った。

「こないだの話、考えたの」

「ここから出ていくか、残るかっていう話かな？」

恵海がうなずいた。

「今度のレースでエゴンウレアが勝ったら、わたし、牧場を継ぐ。負けたら、好きなことをやる」

「おい――」

「牧場を継いでも、もうサラブレッドの生産はやらないよ。敬さんみたいに養老牧場にして、引退したサラブレッドをリトレーニングして、遊びに来たお客さんに乗ってもらう。そんな牧場にしたいの」

「それは悪くないが――」

「でもとにかく、エゴンウレアが勝ったらの話」

恵海はわたしの言葉を遮るように声を張り上げた。

「競馬の勝ち負けに自分の人生を託していいのか？」

恵海は両手を背中にまわし、うつむき加減になった。

「エゴンはお父さんの夢の馬だし。牧場の経営だって、エゴンに左右されることもあるでしょ？　GIを勝ったりしたら種馬になれるかもしれないし、ジャージーガールが産む子が高く売れるようになるかもしれない」

ジャージーガールはエゴンウレアの母だ。日高の生産者たちが長い時をかけて繋いできた血統の牝馬である。これまで、エゴンウレア以外に目立った成績をあげた子供はいない。しかし、エゴンウレアがGIを勝てば、繁殖牝馬としての価値は上昇する。

「それもこれも、エゴンが次のレースで勝てるかどうか。昨日、お父さんが小田さんと電話で話してたの。もし、次のレースで負けたら、エゴン、引退だって。お父さん、もしそうなっても、エゴンは功労馬として家で繋養するって言ってる」

「そうか」

「だから、エゴンに託すの。牧場とわたしの未来を」

「わかった。おれも、エゴンに託そうかな」

わたしは言った。

「敬さんも？」

「ああ」

エゴンウレアが勝てば、リハビリに身を入れて装蹄師を続ける。負ければ装蹄師をやめて養老牧場に専念する。

栗木も恵海も、亮介も、エゴンウレアに未来を託そうとしているのだ。わたしがそれに乗ったとしても、迷惑がる人間はいないだろう。

「敬さんはエゴンになにを託すの？」

「藤澤先生って知ってたっけ？」

わたしは訊いた。恵海がうなずいた。

「門別競馬場の獣医さんでしょ？」

「エゴンが勝ったら、彼女にプロポーズする」

恵海の目が丸くなった。

「今、なんて？」

「だから、エゴンが勝ったらプロポーズする」

「マジ？」

「マジだよ」

わたしは笑った。

エゴンウレアが勝ったら装蹄師を続け、なおかつ、藤澤敬子に結婚を申し込む。

我ながら都合のいい男だ。そう思うと、笑いが止まらなくなった。

＊＊＊

東田《ひがしだ》が緊張した面持ちで装蹄用具を確認していた。

東田はわたしより少し年上の装蹄師だ。わたしのピンチヒッターとして、この数日、吉村ステーブルの育成馬たちの装蹄をやっている。

「東田さん、落ち着いてやれば大丈夫ですよ」

わたしは東田の背中に声をかけた。

「ここに来た頃に比べればエゴンも落ち着いてますし、亮介がそばにいますから」

東田がうなずいた。

この後、エゴンウレアの装蹄をすることになっているのだ。トレーニングセンターに戻る前に、新品の蹄鉄に打ち替える。

東田はステーブルのスタッフたちにエゴンウレアの暴れっぷりを散々聞かされて、神経質になっている。

「敬ちゃん、よりにもよって、こんな時に怪我するなんてよ」

東田が恨めしそうにわたしを見た。

「今度、〈深山〉で飯を奢ります」

「なら、ゆるしてやる」

東田の顔に強張った笑みが浮かんだ。

「じゃあ、エゴンを馬房から出します」

厩舎の奥で落合の声がした。しばらくすると、落合と亮介に引かれたエゴンウレアが見えてきた。相変わらず肉食獣と見まがうような猛々しい雰囲気だが、亮介がそばにいるときはいつも落ち着いている。

エゴンウレアは東田の前まで来ると、東田をぎろりと睨んだ。東田は視線を逸らした。視線を受け止めると襲いかかってくることがあると前もって知らされているのだ。

「すぐ終わるからな。おとなしくしてろよ」

落合がエゴンウレアに声をかける。エゴンウレアは亮介を見た。亮介は引き綱を持ったままでことさら反応を示さなかった。

「じゃあ、はじめましょうか」

東田が腰を落としながら言った。声が少しかすれているのは緊張のせいだろう。ベテランの装蹄師でも初めての馬には慎重を期す。それがエゴンウレアなら、恐怖を覚えても仕方がない。

亮介がエゴンウレアを前に促した。エゴンウレアが右前脚を踏み出す。東田がその脚を両手で抱えた。

「綺麗にすり減ってるなあ。どこにも偏りがない。真っ平らだ」

蹄鉄を覗きこみながら呟いた。エゴンウレアはわたしに視線を向けてきた。今日はどうしておまえじゃないいんだと訊かれているような気がした。

東田は慣れた手つきで蹄鉄を外した。いろんな角度から蹄を確認し、ヤスリをかけていく。右脚が終わると左脚、ついで右の後脚、左の後脚と流れるように作業が進んだ。

「歩かせてみて」

左の後脚の蹄にヤスリをかけ終えると、東田は亮介に声をかけた。亮介はうなずき、エゴンウレアと共に東田から離れていく。数メートル離れると、また東田の方に向き直った。東田は目を細めてエゴンウレアの歩様を確認していた。

「ばっちりじゃないか？」

東田がわたしに顔を向けた。

「ええ。ばっちりだと思います」

わたしは東田を安心させるため、大袈裟にうなずいた。

「よし」

東田は真新しい蹄鉄を金槌で打ち始めた。たった今確認した歩様に合うように、蹄鉄の形を整えていく。東田は一流の装蹄師だ。わたしはしばしその手つきに見とれていた。

「もう一度連れてきてくれ」

蹄鉄を打ち終えると、東田は亮介を手招きした。エゴンウレアの前脚を抱え、蹄鉄を専用の釘で蹄に固定する。四本の蹄鉄を付け終えると、再び歩様の確認だ。

「ちょっと、左後脚が高いかな?」

「二ミリほど高いですかね」

東田の問いかけに、わたしは答えた。東田がうなずき、エゴンウレアの左後脚から蹄鉄を外し、打ち直す。

歩様の確認と微調整を繰り返し、やがて、装蹄作業は終わった。

亮介と落合がエゴンウレアを馬房に連れ戻していく。エゴンウレアの姿が馬房に消えると、東田は額に浮いた汗を拭った。

「真夏でもないのに、装蹄でこんなに汗掻いたの初めてだわ。おっかねえ馬だな、あれは」

「こっちに戻ってきて最初に装蹄したときに比べたら可愛いもんですよ」

わたしは言った。

「何度も蹴り殺されそうになりました」

「だべな。ありゃあ、馬の形をした虎だ。隙を見せたら襲いかかられると思うと、おっかなくてしかたなかった。早く怪我治せや、敬ちゃん。代打はいくらでもやってやるけど、あの馬だけは勘弁だわ」

東田は道具を仕舞いはじめた。これで、吉村ステーブルにおける今日の装蹄は終わりなのだ。

亮介と落合が戻ってきた。

「東田さん、ご苦労様。お茶でも飲んでいくかい」

「ああ、喉がカラカラだ。車じゃなかったら、ビールを飲みたいところだべや」

「平野君もどうだい。スタッフのひとりが札幌から美味い大福買ってきたんだ」

「後で追いかけます」

わたしは答えた。三人が厩舎から出ていくのを見送り、エゴンウレアの馬房に足を向けた。

エゴンウレアは寝藁を食べていた。わたしが馬房の入口に近づくと耳を絞った。

自分の縄張りに近づくものに容赦はしない。それがエゴンウレアの流儀だ。

「頼みがある」

わたしはエゴンウレアに語りかけた。エゴンウレアはわたしを見ようともせず、黙々と寝藁を食んでいた。だが、耳の動きでわたしの声が届いているのはわかった。

「勝ってくれ」

わたしは言った。

「次のレースで勝ってくれ。おまえが競馬なんかどうでもいいと思っているのはわかってる。それでも、おまえに勝って欲しいんだ」

口を閉じると、エゴンウレアが寝藁を食む音だけが響いていた。

「栗木さんのため、恵海のため、おれのため、亮介のため、なにより、日高の人たちのために勝ってくれ。頼む」

わたしはエゴンウレアに頭を下げた。数多くの馬と関わってきたが、馬に頼み事をしたことなどない。

「一度でいいんだ。本気で競馬を走る姿を見せてくれ。そうすれば、楽勝のはずだ。勝てば、亮介はここに残る。おまえがここに戻ってきたら、また亮介を背中に乗せることができるんだ。どうだ？　勝ちたくならないか？　あいつがノール・ファームの乗り役になったら、永遠に会えなくなるぞ」

エゴンウレアの耳が動いた。亮介という音の響きに反応しているのだ。

「おまえが重賞を勝てば、日高の生産者たちの意気も上がる。もしＧⅠを勝って種牡馬として凱旋したら、どんなことになるかな」

ズボンのポケットに押し込んでいたスマホから着信音が流れてきた。亮介からの電話だった。

「なにやってんだよ。みんな待ってるぞ」

「今行く」

わたしは答えた。

「なあ、亮介――」

「なんだ？」

「エゴンはいい馬だな」

「悪い馬なんて、一頭もいないさ」

亮介の返事に、わたしは深くうなずいた。

＊　＊　＊

「もしだよ、もし、エゴンがＧⅠを勝つようなことがあったら、うちの調教馬で芝のＧⅠを勝つのはバルコドラード以来ってことになるんですよ」

落合が缶ジュースを飲みながら言った。バルコドラードは日高町で生産された芦毛の牡馬だ。馬名はスペイン語で「黄金の船」という意味である。皐月賞や菊花賞、有馬記念など、生涯でＧⅠを六つ勝ち、今は新冠で種牡馬となっている。バルコドラードも若い頃はこの吉村ステーブルが馴致育成を手がけていたのだ。

「短距離やダートならいざ知らず、芝の中長距離のＧⅠはノール・ファームの独占状態が続いてますからねえ。勝って欲しいなあ」

「GⅠは馬の力と運が両方合わさらないと勝てないですよ」

亮介が言った。

「まあ、バルコドラードみたいな怪物なら、運がなくても勝ちますけどね」

「エゴンも怪物だと思うんだけどな」

「あれは人を襲う怪物だよ」

スタッフのだれかが茶化して、室内に笑いが沸き起こった。我々が休んでいるのはスタッフたちの休憩室だ。

長く馬に携わり、GⅠ――いや、重賞を勝つということの大変さをわきまえている男たちが、エゴンウレアが重賞を勝つと信じて疑っていない。

亮介と出会い、見違えるように調教で走るようになったエゴンウレアの姿に感銘を受けているのだ。

「おまえ、厩舎で長いことなにしてたんだよ」

亮介がわたしに水を向けた。

「エゴンに勝ってくれとお願いしてた」

わたしは答えた。

「おまえが？　珍しいこともあるな」

「勝って欲しいんだ。浦河や日高の生産者のためにも、栗木さんと恵海のためにも、そしておれとおまえのためにも」

「おれもかよ」

亮介は苦笑した。

「エゴンはおまえの再起の象徴だからな」

「関係ねえよ。馬に乗るしか能がないから、馬に乗り続ける。それだけだ」

亮介が突然、口を閉じた。次の瞬間、建物がみしみしと音を立てて揺れはじめた。

あの夜の恐怖がよみがえった。

揺れは小さく、揺れている時間も短かった。余震だ。震度は一か二といったところだろう。それがわかっていてもなお、恐怖は生々しい。

厩舎が建ち並ぶ方角から、馬のいななきが聞こえてきた。

「たいしたことはないと思うけど、ちょっと馬たちの様子を見てきます」

落合たちが慌ただしく休憩室を出ていった。

「厚真の方は大丈夫かな」

亮介がスマホを手に取った。

「震度三だってよ」

「そんなもんかな」

「エゴン、ほんとに勝ってくれねえかな」

亮介がスマホをしまいながら言った。

「勝つさ」

わたしは答えた。

＊＊＊

濃い霧が大地を覆っていた。この時期にガスがかかるのは珍しい。

霧を引き裂いて、馬運車のテールランプが近づいてくる。エゴンウレアはこの車に乗って、遠く滋賀の栗東にあるトレーニングセンターまで運ばれるのだ。

まずは陸路を函館へ走り、函館から青森まではフェリー、青森からは日本海側のルートを通って、新潟競馬場で休息を取ってから栗東へ向かう。二泊三日の旅程だ。

運送会社の人間がふたり、栗東からやってきたトレーニングセンターの厩務員ひとりがエゴンウレアの旅の仲間だった。

馬運車が停止すると、エゴンウレアが落合たちに引かれて馬房から出てきた。栗木親子はもちろん、亮介、吉村雅巳、そしてステーブルの主立ったスタッフがエゴンウレアの旅立ちを見送ろうと集まっていた。

馬がトレーニングセンターに向かうというだけのことなのに、これほどの人数が集まるのは珍しい。それだけ、エゴンウレアに対する期待が大きいのだ。

風が吹き、霧を払いのけた。

まずは念願の重賞制覇、そして、その先のＧＩへ。ここに集った人間たちの熱い思いが風を呼んだかのようだった。

エゴンウレアが暴れることもなく、馬運車に向かっていく。乗り込む直前、亮介に一瞥をくれた。亮介がうなずいた。

恵海が胸の前で両手を組んでいた。エゴンウレアの旅の無事を祈っているのか、勝利を祈っているのか。あるいは両方かもしれなかった。

エゴンウレアが乗り込んでしばらくすると、馬運車の荷台の扉が閉じられた。

「それでは行ってきます」

運送会社の男が言って、馬運車の運転席に乗り込んだ。もうひとりは助手席だ。厩務員は、エゴンウレアと共に荷台の席で道中を過ごす。

「よろしくお願いします」

栗木が呟いた。

馬運車が静かに動き出す。亮介が息を吐いた。

「もう、おれたちにできることはなにもない。あとは、トレセンの連中にお任せだ」

「そうだな」

わたしはうなずいた。

トレーニングセンターの人間は、亮介と出会って変わったエゴンウレアの姿に驚くだろうか。それとも、亮介と離れれば、エゴンウレアは相変わらずかつてのエゴンウレアのままだろうか。

蓋を開けてみるまではだれにもわからない。

我々にできるのは、ただ、祈ることだけだった。

18

「なんだかやかましいな」

亮介がタオルで濡れた顔を拭きながら台所にやってきた。

まだ朝の五時だというのに、栗木牧場の馬たちがいなないている。

今日は中日新聞杯が行われる。

栗木のテンションが高すぎて、馬たちがそれに反応しているのだ。

栗木は午前中の飛行機で名古屋へ飛び、中京競馬場へ向かう。エゴンウレアの晴れ姿をなんとしてでも競馬場で見るのだと張り切っていた。

「こんなに朝早くから入れ込んで、栗木さん、レースがはじまる頃にはバテちゃうんじゃないのか」

亮介が苦笑交じりに言った。

「あの人は生粋のステイヤーだ。エゴンがレースに出るときはいつもああだし、バテたことはない」

わたしは答えた。ステイヤーというのは長距離が得意なスタミナ自慢の馬を指す言葉だった。

亮介は鼻を鳴らした。タオルを肩にかけると、スマホを手に取った。

「五番人気、単勝で十二倍だ。舐められすぎだと怒るべきか、美味しいオッズだとほくそ笑むべきか」

亮介はスマホで前日発売の馬券のオッズを確認していた。

エゴンウレアは休み明けでは凡走することが多かったから、妥当な人気ではある。鞍上が武藤邦夫でなければ、もっと人気が下だったとしても不思議ではなかった。

「栗木さんは単勝に十万突っ込むって言ってたぞ」

わたしは言った。

「エゴンが勝てば百二十万か。〈深山〉でしこたま飲み食いできるな」

エゴンウレアが勝てば、栗木は亮介に金に糸目を付けずに奢ってくれるだろう。

「おれも一万円、単勝を買ったよ」

わたしは昨日のうちに、インターネット投票で単勝を買っていた。

「おれも乗るよ。もう一万、買い足しておいてくれ」

中央競馬の騎手は、中央競馬の馬券を買うことができない。辞めた今では関係のない話なのだが、亮介は自ら馬券を買おうとはしなかった。

「わかった。後で買い足しておくよ」

わたしは帽子を被り、外に出た。ブラックブリザードを放牧地に出して、馬房の掃除をするためだ。

フリースの上からライトダウンを羽織っていたのだが、外の空気は予想外に冷たかった。ここ一週間で季節が一気に進んだ。もうすぐなにもかもが凍てつく本格的な冬がやってくる。

わたしは慌てて手袋をはめた。まずは左手、次いで右手。ギプスが外れたばかりの右手は妙に生白く、作り物のように思える。

骨はくっついてくれた。まだ指は強張ったままで動きは覚束《おぼつか》ないが、リハビリをすれば以前のように動かせるようになると医者は太鼓判を押してくれた。

わたしは装蹄師を続けられるのだ。

右手にも手袋をはめ、厩舎に急いだ。ブラックブリザードが痺れを切らして馬房の壁を蹴っている。穴をあけられては大変だ。

「そう急かすなよ」

厩舎に入って声をかけると、ブラックブリザードが壁を蹴るのをやめた。馬房の戸を開け、頭絡に引き綱を付けるとブラックブリザードを放牧地に連れて行く。

放牧地の中で引き綱を外す。ブラックブリザードは身震いすると、放牧地の中をぐるりと駆けた。亮介が乗り運動をするようになって、ブラックブリザードはかつての活力を取り戻しつつあるようだった。

走るのに満足すると、ブラックブリザードは放牧地に生えている牧草を食みはじめた。わたしは厩舎に戻り、馬房の清掃に取りかかった。古い寝藁を掻き出し、床を掃き、新しい寝藁を敷き詰めていく。

年が明けると、二頭の馬が和泉牧場にやってくる予定になっていた。二頭とも繁田牧場で繋養されていた馬だ。残りの五頭は、引退馬協会が預託先を探してくれている。

もし、預託先が見つからなければ、あと二頭は預かれるかもしれないと、引退馬協会には告げてある。

それも、亮介が浦河に残った場合だ。わたしがひとりで装蹄師を続けながら馬の面倒を見ることができるのは三頭が限度だ。それ以上は世話が行き届かなくなる。

馬房の掃除を終えて外に出ると、栗木牧場を出た車がこちらに向かってくるのが見えた。栗木の運転する軽トラだ。これから新千歳空港に向かうのだろう。

軽トラが家の前で停まった。新調したスーツを身にまとった栗木が降りてくる。古びた軽トラと真新しいスーツ姿の栗木は不釣り合いだった。

「どうだ、このスーツ」

栗木は自慢げに両足を開いて立った。靴も新品のようだった。

「よく睦美さんが買うのをゆるしましたね」

「エゴンウレアの晴れ舞台だぞ。よれよれのスーツで行けるかって」

「エゴンの調子はどうですか？」

「昨日、テキと電話で話したんだけど、状態はすこぶるいいってよ。後は、レース前のテンションと、本気で走る気になってくれるかどうかだって。まあ、武藤邦夫が乗るんだから、そこは大丈夫だろう……お、亮介君、おはよう」

栗木がわたしから玄関に視線を移した。出かける支度を整えた亮介が姿を見せたのだ。亮介はこの後、いくつかの育成牧場を回って数頭の馬に調教をつける予定になっていた。今や、亮介は引っ張りだこだった。吉村ステーブルも浦河の馬産のためにと、亮介がよそで騎乗することを認めている。

「栗木さん、決まってますね」

亮介は栗木の姿を見て微笑んだ。

「だろう。わざわざ札幌のテーラーで仕立ててもらったんだ。エゴンの口取り式にも出るんだから、これぐらいはしないと」

口取り式というのは、レース後、勝った馬と関係者が記念写真を撮るちょっとしたセレモニーだ。馬主や生産や、調教厩舎のスタッフたちにとっての晴れ舞台といっていい。

「飛行機の時間は大丈夫ですか？」

わたしは言った。栗木が腕時計を覗きこみ、顔色を変えた。

「いかん、急がなきゃ。じゃあ、ふたりとも、エゴンの応援、頼んだよ」

「気をつけて行ってきてください。スピード違反で捕まったら、それこそ飛行機に乗り遅れますよ」

「わかってる」

栗木は軽トラに乗り込むと、慌ただしく走り去っていった。

「子供の初めての学芸会に行く親みたいだな」

亮介はまだ微笑んでいた。

「しょうがないさ」

「これで、エゴンが負けたら目も当てられない」

「負けるか？」

「競馬に絶対はないし、あれはアテにしちゃだめな馬だ」

「おまえがレースでも乗れたらいいのにな」

亮介の顔から微笑みが消えた。

「無茶を言うなよ。おれはもう、レースには乗れない」

「乗りたいとは思わないのか？　なんなら、海外に行くって手もあるんじゃないか？」

「考えたことはある。アメリカやヨーロッパじゃなくても、南米でもインドでもどこでもいい、騎手に戻れるなら、どこにだって行くってな。でも、騎手じゃなくても馬には乗れる。レースで跨がれなくても、馬にしてやれることはある。ここにいて、それがわかった」

亮介は自分の車に足を向けた。

「ここに来たときは、おまえは相変わらず馬鹿だと思った。競馬に関わってきた人間の責任？　なにを甘いこと言ってやがるんだ。そんなの、スポットライトを浴びたことのない人間のたわ言だ」

亮介は車のドアを開け、振り返った。

「だが、地震のせいかな。ちょっと考えが変わった。おまえの考える責任が、引退馬を引き取ることなら、おれの責任は、馬が能力を引き出せるよう稽古を付けてやることだ。ひとつでも勝てば、肉にされる日は遠ざかる。そうだろう？」

「そうだ」

わたしはうなずいた。

この世から競馬がなくなってもかまわないのではないか。

かつて、そう考えていたときがある。競馬がなくなれば、悲惨な目に遭う馬もいなくなる。

だが、事はそう簡単には運ばない。

日本全国に数万頭のサラブレッドがいる。彼らは競馬があるからこそ人に養われているのだ。競馬がなくなれば、彼らのほとんどがこの世から去ることになる。

犬や猫とは違い、一頭の馬を養うのに、年間で最低百万からの金がかかる。

競馬が馬の繋養費をまかなっている。

野生の馬に人が手を加えることで生まれてきたのがサラブレッドだ。彼らは人なしでは生きられない。そして、人は競馬がなければ彼らを養えない。

それが現実だ。

日本だけでも、毎年、七千頭前後のサラブレッドが生まれてくる。世界規模なら数万頭だ。

そのうち、天寿を全うできるのはひとにぎり。それでも競馬は続けなければならない。ならば、競馬に関わる者ひとりひとりが、それぞれの責任を負えばいい。

わたしは養老牧場を開くことにした。

亮介は乗り役として調教をつけ、馬が少しでも長く生きていけるよう力を貸す。

それでいい。

それぞれの人間ができることをやっていけばいいのだ。

「そのうち、おれが調教をつけた馬がＧⅠを勝つかもしれない。おれはそれで十分だ」

亮介が車に乗り込んだ。

その横顔は若き日のままだった。

共にジョッキーになることを夢見、ともに汗を流してきたあの頃。

騎手としてスポットライトを浴びるようになると、亮介の顔つきは変わっていった。テレビ画面に映るのは、傲慢で鼻持ちならない男だった。

挫折を経、エゴンウレアに出会って亮介はかつての亮介に戻ったのだ。前科持ちで借金まみれ。それでも、覚醒剤に溺れていた頃よりは遥かに一日、一日が充実していることだろう。

亮介の車が視界から消えた。

わたしは厩舎に戻り、ブラックブリザードのための飼い葉を用意してから、馬房の修繕に取りかかった。

新しくやってくる二頭の家族のために、ねぐらを快適にしてやるのだ。

＊＊＊

二時前に諸々の作業を終え、シャワーを浴びた。浴室から出ると、亮介が戻っていた。

「おれの分の馬券は？」

「買ったよ」

シャワーを浴びる前に、エゴンウレアの単勝を一万円分、買い足しておいたのだ。その時点でエゴンウレアは相変わらずの五番人気。単勝のオッズは十三倍ほどになっていた。

一番人気から三番人気までがノール・ファーム生産の良血馬で、エゴンウレアは伏兵扱いだ。単勝に比べ複勝やワイドの馬券が売れているのはエゴンウレアのこれまでの戦績を物語っている。

来ても二着か三着まで。

そう思われているのだ。

「セラーズで買ってきたぞ」

亮介はダイニングテーブルに視線を走らせた。コンビニのレジ袋の中に、大仰な箱が入っている。

「シャンパンだ。店にある、一番高いのをくれって言ったら、それが出てきた」

「祝杯用か。エゴンが勝つと信じてるんだな」

「そうじゃねえよ。ただ、万一勝ったら、祝杯をあげてやりてえなと思って。安い酒じゃだめだろう。もし負けたら、別の日におれがひとりで飲む」

「そういうことにしておいてやろう」

わたしは洗面台の前に移動して、ドライヤーで髪の毛を乾かした。栗木のようにスーツを新調するというわけにはいかないが、せめて、身だしなみを整えるのが礼儀だと思ったのだ。

「そろそろ行こうか」

ドライヤーのスイッチを切ると、亮介が声をかけてきた。

今日も、栗木の家でレースを観戦することになっている。栗木はいないが、恵海が睦美とふたりだけでレースを見るのが怖いからとわたしたちを誘ったのだ。

誘われたのは我々だけではない。〈深山〉の深田典夫と有美も来ることになっていた。

「もうすぐ彼女が来ることになってる。おまえは先に行っててていいぞ」

「なんだよ、彼女も呼んだのか」

「今夜はおれは、AERUに泊まる」

一週間前に部屋の予約は入れてあった。

「好きにしろ。じゃあ、先に行ってるぞ」

亮介はシャンパンの入ったレジ袋をぶら下げて出ていった。

わたしは和泉夫妻が使っていた寝室に入り、仏壇の前に座った。久々に線香に火を点け、鈴《りん》を鳴らした。両手を合わせる。

「エゴンウレアが怪我することなくレースを終われるよう、そして、この牧場をうまくやっていけるよう、力を貸してください」

信心深いわけではないが、折にふれてこうして夫妻に手を合わせている。わたしが装蹄を手がけた馬のデビュー戦で、馬の無事を祈願することが多い。

「できれば、エゴンウレアを勝たせてやってください」

畳に両手を突いて一礼し、腰を上げた。

車のエンジン音が近づいてくる。腕時計を覗くと午後二時三十分になろうとしていた。藤澤敬子がやってきたのだ。

「ごめんください」

玄関に向かう途中で彼女の声が響いた。

「いらっしゃい」

わたしは微笑みながら彼女をハグした。

「どうしよう。ドキドキしてきた」

軽い口づけを交わした後で、彼女が言った。

「おれと一緒だから？」

「馬鹿ね。もうすぐエゴンウレアのレースがはじまるからでしょ。もっとこうしてたいけど、行かなきゃ。車にお酒と食べ物が積んであるわ。どうせ、夜は代行でＡＥＲＵに向かうんだから、わたしの車で移動しましょ」

「そうしよう」

わたしは着替えや洗面道具を詰め込んだリュックサックを担いだ。家を出て、彼女のジムニーに乗り込む。後部座席には段ボール一箱の缶ビール、赤、白、ロゼと色とりどりのワインが数本、それにパック詰めにされた惣菜が詰め込まれたコンテナが所狭しと積まれている。

「こんなに食い切れないし、飲みきれないだろう。典夫たちが食事を用意してくると言ってたし、睦美さんだってなにか用意してるはずだ」

「だからって、手ぶらでは行けないわよ」

藤澤敬子がエンジンをかけた。わたしの方に体を傾けると、目を閉じた。キスをせがんでいるのだ。

わたしは彼女の要望に応えた。

長く濃厚な口づけのあと、彼女は深呼吸をした。

「エゴンウレア、勝つかしら？」

「どうかな」

わたしは言った。勝つと答えたかったが、なにが起こるかわからないのが競馬だ。

ジムニーが国道を渡り、栗木牧場の敷地に入っていく。すでに栗木家の前には深田典夫の四駆が停まり、家の中からは亮介と典夫の声が聞こえてくる。

「いくつになっても男は変わらないって感じね」

藤澤敬子は四駆の隣にジムニーを停めながら言った。

「幼馴染だからな。幼稚園から中学までずっと一緒だった」

「和泉亮介君と平野敬君は競馬学校へ、深田典夫君は調理師学校へ？」

「典夫は高校に進学したよ。調理師学校は高校を出た後だ」

「亮介、典夫、手伝ってくれ」

わたしはジムニーを降りて家の中に声をかけた。怪我人の特権を最大限活用してやるのだ。

ふたりが出てきて、ジムニーの中の荷物を家に運びはじめた。

わたしはひとり、家の中に入った。

「お邪魔します」

台所から包丁を使う音が響いてくる。恵海がひとりで居間にいた。テレビは競馬中継を映している。テレビを見つめる恵海の顔は青ざめていた。

「今からそんなに気負ってちゃ、レースがはじまったら息もできなくなるぞ」

わたしは恵海に声をかけて近づいた。

「もう、朝から心臓がバクバク」

恵海は両手で胸を押さえた。

「今まではエゴンのレースなんて、冷めた目で見てたのにな」

「だって、わたしの人生がかかってるんだよ」

「ただの競馬だ。もしエゴンが負けたって、気にすることはない。恵海は恵海の生きたいように生きればいいんだ」

「ちょっと、手伝ってくれない？」

玄関から藤澤敬子の声が飛んできた。恵海がなにか言いたそうだったが、わたしは玄関に向かった。

「もう、深田君がお刺身からなにから用意してくれてるのに、こんなに食べ物持ってきちゃって」

睦美が亮介が運んできたコンテナの中身を覗きこんで首を振っていた。

「ごめんなさい。万一足りなかったらどうしようと思って」

藤澤敬子が恐縮している。

「余った分は、おれと敬が持って帰りますよ」

亮介が言った。

「なんなら、吉村ステーブルにも持っていきましょう。あそこは食べ盛りの若い衆もいるし」

わたしも言った。

「まあ、持ってきたものはしょうがないわね。とにかく、全部台所に運んでちょうだい」

「了解です」

亮介と深田典夫が酒や食料を台所に運んでいった。わたしはただ眺めているだけだ。

「働かないの？」

藤澤敬子がわたしを睨んだ。

「怪我人だから」

わたしは肩をすくめた。

有美が台所から顔を出して、わたしたちに挨拶をし、また台所に引っ込んでいった。

「それじゃあ、女性陣で盛り付けなんかはするから、男性陣はビールでも飲んでて」

荷物をすべて運び終えると、睦美が邪魔者扱いするように我々を居間に追い立てた。

「じゃあ、パドックでも見ながらビール飲むか」

亮介が言った。テレビの画面には、中京の十レースに出走する馬たちのパドックの映像が流れていた。

路面が濡れている。中京競馬場には小粒の雨が降っていた。芝コースの馬場状況は重《おも》。切れる脚だけではなく、パワーも要求される。

我々は絨毯の敷かれた畳の上に直に腰を下ろし、深田典夫が持ってきた缶ビールを開けた。

「前祝いだ」

亮介が缶ビールを掲げ、わたしと深田典夫もそれに倣った。

「パドックなんか久しぶりだな」

ビールに口をつけながら、亮介は視線をテレビに移した。

「やっぱり、おれたちとジョッキーじゃ、馬の見方も違うんだろうな」

「そんなことはない。おれたちも、実際に跨がってみるまでは馬体のよしあしなんて、そんなにわからないよ。毛艶がいいとか、筋肉の張りがいいとか、それぐらいしかわからん」

「それでも、おれたちよりはマシだろう。このレース、どの馬がよく見える？」

「ちょっと待ってろ」

亮介は真顔になって、テレビに映る馬たちの品定めをはじめた。

「五番だな」

すべての馬を見終えると、亮介はまたビールに口をつけた。

「五番って、十番人気の馬だぞ」

深田典夫が目を丸くした。十番人気の単勝のオッズは五十倍を超えていた。

「人気は知らない。とにかく、よく見えるのは五番だ。毛艶や筋肉の張りはもちろん、歩様にも勢いがあって、なにより、馬がやる気に満ちてる。おれがこのレースに出るなら、五番の馬に気をつける」

「よし。試しに、五番の単勝買ってみるよ」

深田典夫がスマホを手に取った。インターネット投票で馬券を買いはじめる。

「ねえ、亮介さん、後でエゴンの馬体も見てくれる？」

恵海が身を乗り出してきた。真剣な面持ちだ。

「ああ、もちろん」

「わたし、牧場の娘なのに、馬体見てもなんにもわかんない。カンナが痩せてるか太ってるかぐらい」

「これから勉強すればいいんだ」

わたしは言った。

「なにを偉そうに。おまえにパドック見てもらっても、脚に触ってみないとわからないって答えたじゃないか。ほんと、使えないやつだわ」

深田典夫がわたしを茶化した。

「お待たせ。とりあえず、これを食べてて」

深田有美が大皿を運んできた。チャーシューや鳥の唐揚げ、ポテトサラダなどが並べられている。

藤澤敬子が持ってきたものだ。

「わざわざ苫小牧まで行って買ってきてくれたんですってよ。鳥の唐揚げで有名なお店なんですって」

深田有美が皿をテーブルに置くと、恵海が割り箸を配った。

「もう少し下ごしらえしたら、女性陣もこっちに参加するわね。レースが終わったら、すぐにはじめられるようにしておくから」

「ご苦労様」

わたしは頭を下げた。

「あれ、持ってきてくれたか？」

亮介が深田典夫に訊いた。

「アクアパッツァか？　おまえがしつこいから、ちゃんと作ってきたよ」

アクアパッツァは〈深山〉の裏メニューだ。調理の最中に出る魚のアラで出汁を取り、ホッキ貝やホタテをメインに、白ワインを利かせて作る。バゲットとの相性が抜群で、亮介の大好物だった。

「あのシャンパンでアクアパッツァだぞ。最高だろう？」

亮介がわたしの方に顔を向けた。

「おまえもたまにはいいことをする」

わたしは言った。

「レースがはじまるよ」

恵海の声が響いた。テレビからレース前のファンファーレが流れてくる。中京の十レースがはじまるのだ。

わたしは腕時計に視線を走らせた。午後二時五十五分。エゴンウレアが出走する中日新聞杯の発走は午後三時三十五分の予定だった。

ゲートが開いてレースがはじまった。一番人気の馬がダッシュを決めてハナを奪う。五番の馬も行きっぷりがよく、三番手のインにつけた。

レースは坦々と流れ、三コーナーに入っても隊列に変化はなかった。隊列に変化が起きたのは最終四コーナーの手前で、隊列の後方にいた馬たちが馬群の外に出て先頭目指して加速しはじめた。

「馬鹿だな。この展開で四角《よんかく》で馬に脚を使わせてどうする」

亮介がゲップを漏らしながら言った。

「逃げ馬に勝ってくださいって言ってるようなもんだ」

亮介の言葉通り、後続の馬たちが追いついてくる前に、ハナを切っていた馬が加速しはじめた。自分のリズムで逃げていたのだ。余力は十分にある。

逃げ馬を追おうとしていた二番手に付けていた馬の脚色が鈍い。代わりに、三番手につけていた五番の馬が二番手にあがった。

「お、なかなかの脚じゃんか」

深田典夫が目を瞠《みは》った。ジョッキーが追い出しはじめるのと同時に五番の馬はギアを一段上に入れたかのような加速をはじめた。ゴールまで残り五十メートルの地点で逃げ馬に並んだ。

「追い比べだ。負けるな、五番!」

深田典夫が声を張り上げた。

躱《かわ》そうとする五番と、そうはさせじとする逃げ馬が、後続を引き離しながらゴールに向かっていく。

「差せ! 差せ!!!」

深田典夫が立ち上がった。おそらく、五番の馬の単勝と複勝を買っているのだろう。二着でも当たりは当たりだが、単勝と複勝では配当に天と地ほどの開きがある。

「差したろ？」

二頭がゴールした瞬間、深田典夫は目を大きく見開いてテレビ画面を凝視した。わたしの目には、ほんのわずかだけ、五番の馬が先着したように見えた。

「差したよ」

亮介が言った。

「マジか？」

深田典夫がわたしを見た。わたしはうなずいた。

「差したよな？　ハナ差でも勝ちは勝ちだよな？」

「そうだ」

亮介がビールを啜った。

「くそ。だったら、一万買っておけばよかった」

「いくら買ったんだ？」

「単が千円、複が二千円」

千円なら配当は五万円、一万円なら五十万。その差は大きい。

「せこいやつだな。おれなら単に十万、複に二十万は賭けたぞ」

「嘘つけ。そんな金、ないくせに」

「十万賭けておけば、おれへの借金、一発で返せたな」

わたしは言った。

「そうだな。でも、馬券は買わん」

亮介が腰を上げた。

「レースがはじまる前に、小便してくる」

トイレへ向かう亮介の背中を見つめながら、深田典夫が溜息を漏らした。

「ジョッキーって凄いな」

「たまたまあいつの目にとまった馬が勝ったってだけさ。たまたまだよ」

わたしは言った。

「だけどさ――」

深田典夫は途中で言葉を切り、テレビに顔を向けた。レースが確定したのだ。五番の馬が勝っていた。単勝の配当は五千二百円。複勝は八百円ついた。

「よし。今のレースで儲けた金、エゴンウレアの単勝に全部ぶっ込むぞ」

「馬券買うより、有美さんになにか買ってあげた方がいいと思うな」

恵海が言った。

「エゴンの単勝でもっと儲けて、その金で買ってやるさ」

深田典夫の言葉に、恵海は肩をすくめた。もう、男という生き物の愚かさを知り尽くしているのだ。

「あ、中日新聞杯のパドックがはじまるよ」

恵海は居住まいを正した。わたしと深田典夫もそれに倣った。

「みんな、パドックがはじまるぞ」

わたしは声を張り上げた。台所にいた女性陣がすぐにやってきた。亮介が少し遅れて戻ってきた。

「なによ、料理に手をつけてないじゃない」

藤澤敬子がテーブルに視線を走らせて言った。

「それどころじゃなかったんだよ。後でゆっくり食べるから。さあ、みんな座って」

わたしが促すと、女性陣も絨毯の上に腰を下ろした。

すでにパドック中継ははじまっていた。

エゴンウレアは四枠七番。直前の単勝オッズは五番人気で十五倍になっていた。

「三番の馬がいいな」

パドックの様子を見つめていた亮介が呟いた。三番の馬は断然の人気を集めているノール・ファーム生産馬だった。わたしの目にもぬきんでているように映った。張り詰めた筋肉は弾力に富んでいるように見える。毛艶もよく、体の締まり具合もいい。関節のつなぎも柔らかそうで、切れのいい走りをするのは明らかだった。

「エゴンはどうだ？」

深田典夫が亮介に訊いた。

「まだ出てきてないだろう。焦るなよ」

亮介が苦笑する。わたしは新しい缶ビールを開けた。喉が渇いていた。

新しいビールを三口飲んだところで画面にエゴンウレアが現れた。

周りを気にするふうもなく、堂々とパドックを歩いている。

「馬体は仕上がってますね。ただ、ご存じのように、この馬は馬体がよくてもそれなりにしか走りませんから」

パドック解説者の言葉に、深田典夫が鼻を鳴らした。

「わかったふうなこと言いやがって」

「今までのエゴンを知っている人間なら、そう思って当然だよ」

わたしは言って、亮介に目を向けた。

「厩舎はきっちり仕上げてくれたみたいだな」

「そうだな。文句の付けようがない仕上がりだ」

亮介がうなずいた。

馬体は吉村ステーブルにいたときよりさらに引き締まり、浮き出た筋肉にもメリハリがついている。ここ一年では最高と思える見た目のよさだった。

「で、どうなんだよ？　勝てるのか？　重馬場でも平気か？」

深田典夫が焦れったそうに口を開いた。

「勝つかどうかはわかんないよ。さっきのレースと違ってこれは重賞だ。他の馬たちも強いし、きっちり仕上げてきているからな」

亮介が言った。

「だが、エゴンは馬場は気にしない。軽かろうが重かろうが関係なく走る。そういう馬だ」

他の馬たちがのめりながら走るような重い馬場を、エゴンウレアが軽々と走る。そんなレースは何度も目にしてきた。筋肉の質や蹄の形、走り方などで、馬の馬場適性は異なってくる。エゴンウレアはオールラウンダーだった。

「単勝買っても大丈夫かな？」

「おれと敬はそれぞれ一万ずつ単勝を買ったぞ」

「なら、おれもさっきの勝ち分に一万プラスして買う」

「万が一の押さえなら、三番の馬との馬連にワイドだな。ワイドはつかないだろうけど、五番人気なら、馬連はまあまあつくんじゃないか」

「二着、三着の馬券なんていらねえよ」

「ちょっと、プロの意見に少しは耳を貸したら」

深田有美が夫を睨んだ。

「亮介は馬乗りのプロだけど、馬券のプロじゃないからな」

深田典夫は妻に背を向け、手にしたスマホを覗きこんだ。

「まったく、いつもこの調子なんだから。敬子さん、飲まない？　お酒がないとやってられないわ」

「いいわね。ワイン、飲んじゃおうか？」

藤澤敬子と深田有美は連れだって台所へ行くと、白ワインのボトルとワイングラスを用意して戻ってきた。

中日新聞杯のパドック中継もそろそろ終わりに近づいている。

「ワイン開けてくれる？」

藤澤敬子がわたしにボトルとワインオープナーを押しつけてきた。わたしはうなずき、ワインのコルクを抜いた。女性陣のグラスにワインを注いでいく。

「じゃあ、エゴンウレア初重賞制覇の前祝いってことで、乾杯」

藤澤敬子がグラスを掲げた。

「どうせまた負けるわよ」

睦美が顔の前で手を振った。

「栗木ったら、単勝を買うんだって、十万円も持っていったのよ。九万円と一万円に分けて単勝を買って、一万円の方は払い戻しをしないで記念に取っておくんだって。ほんと、はんかくさいんだから」

「単勝、十五倍ついてますよ。勝ったら百五十万円じゃないですか」

深田有美が目を丸くした。

「だから勝たないってば。よくて二着か三着よ。これまで、ずっとそうだったんだから」

「今日は違うかもしれませんよ」

深田有美が亮介にさっと視線を走らせた。

「こっちでは亮介が調教つけてたんだし」

「どうだか。これまでだって、いろんな人が真剣にあの馬に調教つけてたのよ。和泉君が中央のトップジョッキーだったからっていっても、あの馬の性根が直るとは思えないわよ。さ、わたしは支度してくる。有美ちゃんと敬子さんはレース終わるまでゆっくりしてていいわよ」

睦美はグラスの中のワインを飲み干すと、台所へ戻っていった。

「ああ言ってるけど、母さん、エゴンが勝ったら大泣きするよ」

恵海が笑い、大人全員がつられて笑った。

＊　＊　＊

中日新聞杯に出走する馬たちが本馬場に入り、返し馬がはじまった。

雨は一段と激しさを増していた。客の入っているスタンドは傘で埋め尽くされている。

エゴンウレアの鞍上には武藤邦夫が跨がっていた。いきり立つエゴンウレアをなだめながらキャンターで走らせていく。

「エゴンの背中に武藤邦夫が乗ってるってだけで、栗木さん、もう泣いてるんじゃないのかな」

深田典夫が言った。

「絶対泣いてると思う」

恵海が肯定した。

「間違いないべね」

睦美が台所から戻ってきて恵海の隣に座った。藤澤敬子と深田有美はワインのボトルをあらかた空にしていた。新しいワインが開けられ、男たちもビールからワインに切り替えた。

返し馬が終わり、出走馬たちがゲート裏に集まった。輪乗りがはじまる。各馬が列をなして円を描くように歩き、それぞれのゲート入りの順番を待つのだ。

エゴンウレアが視界に入る馬たちを睨みつけていた。威嚇している。いつもの彼の姿だ。目に入るものは人も馬もすべて敵。味方も仲間もいない。

まさしく孤高の馬だ。

「格好いい」

わたしの横で藤澤敬子が感に堪えぬという声を出した。

ゲート入りがはじまった。まず、奇数番号の馬からゲートに入り、ついで偶数番号、そして、最後に大外の馬がゲートに入る。

ごねる馬もおらず、各馬がすんなりゲートに入った。

「エゴンウレアがゲート入りでごねるのまず見たことがないな」

深田典夫が口を開いた。

「パドックや返し馬じゃ散々気性の激しさを出すのに、ゲート入りは静かだし、スタートも上手い」

「そうだな」

わたしはうなずいた。荒ぶる心が、ゲートに入った瞬間、レースへと向けられるのだ。どの馬よりゲートを速く出、好位につけ、レースを進める。だが、ゴール直前になると気を抜き、他の馬に先着をゆるす。

だが、今日は違うはずだ。和泉亮介と武藤邦夫というタイプは違うが天才肌のジョッキーがふたり、この馬に調教をつけたのだ。なにかが変わったはずだ。いや、変わっていてくれ。

祈りにも似た思いを胸に抱きながら、わたしは固唾を呑んでテレビ画面を見つめていた。

わたしだけではない。亮介はもちろん、ここに集っただれもが、食べるのも飲むのも喋るのも忘れて画面に見入っている。

各馬を誘導していた係員たちがゲートから離れた。

次の瞬間、ゲートが開き、馬たちが飛び出した。

エゴンウレアはいつものように好スタートを切り、ハナを切った馬の三番手、内ラチぴったりに位置を取った。

「さすが邦夫さんだ。馬に無理させることなくいいポジションを取ったぞ」

雨を吸って重くなった芝を馬たちが蹴り上げていく。逃げ馬以外のすべての人馬があっという間に泥まみれになっていった。

亮介が最大の敵だと指摘した三番の馬は、エゴンウレアの二頭後ろ、中段の前めにつけていた。走り方がいつもと違ってぎこちない。重馬場を苦にしているふうだった。

「三番は苦しいな」

わたしは亮介に囁いた。

「ああ。ここまで馬場が悪くなると、あの馬じゃ無理だ」

亮介は画面を見つめたまま言った。

馬の隊列は縦に細長くなっている。ペースは速くないが、重馬場に苦戦する馬たちが追走に苦労していた。

「これ、行けるんじゃねえの？」

深田典夫が声を張り上げた。

「まだわからん。他の馬なら勝つだろうが、あいつはエゴンウレアだ」

わたしは言った。恵海が胸の前で両手を組んでいた。指の付け根が白い。ありったけの力を込めて、エゴンウレアの勝利を祈っている。

向こう正面の半ばを過ぎると、隊列が徐々に短くなりはじめた。後ろにいたままでは届かないと、各ジョッキーたちが馬を鼓舞してスピードを上げさせたのだ。

気持ちはわかるが、それではただでさえ追走に苦労している馬の脚をさらに削ることになる。

エゴンウレアは三番手をキープしていた。二番手の馬との差は二馬身ほど。鞍上の武藤邦夫は焦る素振りも見せず、エゴンウレアを淡々と走らせている。

三コーナーに入っても動く様子は見せず、四コーナーに入ると後続の馬たちが殺到してきた。

「まだ追わないのかよ！」

深田典夫が痺れを切らした。

「まだだ。まだ早い」

亮介が言った。

早く追い出せば、必ずゴール前で力を抜く。武藤邦夫もそれはわかっているのだ。ぎりぎりまで追い出しを待つつもりだろう。

直線に入る前に逃げ馬が失速した。雨でぬかるんだ内ラチ沿いを避けようと、ほとんどの馬が馬場の外側に走るコースを探している。

四コーナーを曲がり終えると、武藤邦夫の手が動き出した。各馬が避けている内ラチ沿いを、エゴンウレアが加速していく。

先頭の馬を躱すと、武藤邦夫はエゴンウレアを少しずつ馬場の外に誘導していった。

「行け、エゴン、行け!!」

恵海の叫び声が居間に響いた。

「そのまま！　そのまま!!」

深田典夫が立ち上がった。

他の者たちは声も出さず、真剣な眼差しをテレビ画面に向けていた。

一頭の馬がエゴンウレアとの距離を詰めはじめていた。

十番の馬だ。時計のかかる重い馬場を得意とする血統で、ただ一頭、次元の違うスピードで走っている。

「先頭に立つのが早すぎたんじゃないか？」

わたしは亮介に訊いた。エゴンウレアは前に馬がいないと気を抜く癖があるのだ。

「前の馬がバテたんだ。しょうがない」

亮介が答えた。目尻が軽く痙攣しているのは気持ちが昂ぶっていることの表れだ。

ゴールまで残り二百メートルを切った。エゴンウレアと十番の馬の差は七馬身。その差は見る間に縮まっていく。

武藤邦夫が鞭を振るった。エゴンウレアがまた加速した。それでも、十番はじりじりと差を詰めてくる。

「エゴンウレアだ。エゴンウレアが先頭だ！」

実況のアナウンサーがエゴンウレアの名前を連呼しはじめた。声が上ずっている。歴戦の猛者《もさ》であるはずのアナウンサーも、エゴンウレアの重賞初制覇を目前にして興奮を抑えられずにいる。

「エゴン、頑張れ！」

藤澤敬子が立ち上がった。

「勝て!!」

睦美も立ち上がり、右の拳を突き上げた。

「そのまま！　そのまま!!」

深田典夫も叫び続けている。妻の有美はきつく目を閉じていた。

「エゴンウレアだ。差が縮まらない。エゴンウレアが押し切るぞ」

実況の声に合わせて恵海が飛び跳ねはじめた。

「エゴン、エゴン、エゴン!!」

恵海の声に、深田典夫が唱和する。睦美も、藤澤敬子もそれに倣った。

エゴン、エゴン、エゴン!!

居間の空間が声で埋め尽くされていく。

馬のいななきが聞こえた。人間たちのテンションに触発されたのだ。いななきが他の馬たちにも伝染して、遠くまで広がっていく。

まるで、浦河の馬たちも一緒になって、エゴンの名前を叫んでいるかのようだ。

気がつけば、わたしも両手をきつく握っていた。人と馬の唱和に自ら加わっていく。

頑張れ、エゴン！　行け、エゴン！　地の果てまで駆け抜けろ!!　おまえの力を日本中の競馬ファンに見せつけてやれ。

鞍上の武藤邦夫が鞭を振るい、手綱を押し、エゴンウレアを鼓舞し続けている。十番の馬はすぐ後ろまで迫っていた。

その気配を感じたのか、エゴンウレアがさらに加速した。

「よし！」

亮介がひときわ大きな声で叫んだ。エゴンウレアの勝利を確信したのだ。

テレビ画面にゴール板が映った。レースは間もなく終わる。先頭を走っているのは、間違いなくエゴンウレアだった。

「差が縮まらない。エゴンウレアだ。エゴンウレア、悲願の重賞制覇だ!!」

実況の声と共に、エゴンウレアがゴール板を駆け抜けた。

「勝った!!」

だれかが叫んだ。

わたしは立ち上がり、藤澤敬子と抱き合った。

「勝ったぞ。エゴンウレアがついにやったぞ」

藤澤敬子がわたしの頬にキスをした。

床が揺れている。だれもがエゴンウレアの勝利に我を忘れて飛び跳ねている。亮介も例外ではなかった。

一頭の馬の勝利に、これほど胸躍らせたことはない。

エゴンウレアは栗木にとっての夢の馬であり、わたしや亮介にとっては進むべき道を先導してくれる馬だった。

人を敵視し、荒ぶることしかなかった馬が、人の思いに応えてくれたのだ。

エゴンウレアが勝ったというだけではない。栗木が勝ったのだ。亮介が勝ったのだ。わたしが勝ったのだ。恵海が勝ったのだ。エゴンウレアに関わったすべての人間が勝利したのだ。

「鞍上の武藤邦夫、見事にエゴンウレアを重賞制覇に導きました。場内の拍手が鳴り止みません。まるでGIを勝ったかのような歓声です。競馬場にいるすべての人間が、エゴンウレアの勝利を祝福しています」

実況の声に、だれもが口を閉じ、飛び跳ねるのをやめた。

テレビのスピーカーから地鳴りのような拍手の音が聞こえてくる。大雨が降っているというのに、スタンドに開いた傘の花はずっとそのままだ。エゴンウレアの馬券を買った人間もそうでない人間も、エゴンウレアを応援していた人間もそうでない人間も、だれもがエゴンウレアの勝利を祝福している。

長年競馬に携わり、数多くのレースを見てきたが、こんな光景は初めて目にした。

GⅠならいざしらず、これはローカル競馬場で開催されたただの重賞だ。レースもまだ続く。

普通なら、馬券を取った人間は換金しにいく。あるいは次のレースの予想をするために、雨に降られることのない屋内に駆け込んでいく。スタンドに残るのは、その馬を懸命に応援していたファンだけだ。

「みんながエゴンの勝利を喜んでるよ」

恵海が言った。声が震え、湿っている。目尻には涙の粒が浮かんでいた。

「ほんとだね、ほんとだね」

睦美が目頭を押さえ、嗚咽《おえつ》しはじめた。有美がその肩をそっと抱いた。

「敬さん、勝ったよ。エゴンが勝ったよ」

恵海がわたしを見つめた。

「ああ、勝ったな」

「お母さん、わたし、牧場を継ぐよ。エゴンが勝ったらそうするって決めてたの」

恵海は睦美に言った。

「牧場なんてだめだよ。こんな、辛くてきつい仕事、恵海にはやって欲しくないよ。お父さんのことはわたしが説得するから、恵海は好きな仕事をやればいいの」

「決めたの。お父さんにはまだ言わないでね。帰ってきたら、びっくりさせてやるんだから」

「牧場はだめだってば」

睦美と恵海以外の人間は苦笑する他なかった。

「亮介、シャンパン開けようぜ。祝杯だ」

「おう、そうだな。取ってくる」

亮介が台所に駆け込んだ。睦美と恵海の口論はまだ続いている。他の人間たちはふたりに穏やかな眼差しを向けている。

「確定したぞ」

深田典夫が言った。

中日新聞杯、優勝、エゴンウレア。

テレビ画面にエゴンウレアの名前が映し出された。

「勝ったんだ。本当に勝ったんだよ、睦美さん」

深田典夫が睦美の手を取った。

「栗木さん、今頃、馬主席で号泣してるな」

睦美のスマホから着信音が流れてきた。深田典夫が言ったように、栗木は号泣していて電話をかける余裕はないだろう。

浦河の牧場仲間からの祝福の電話に違いない。

「はい、栗木です」

睦美が電話に出た。

「ありがとうございます。本当に勝つなんて、わたし、まだ信じられなくて」

睦美の目から涙がぽろぽろとこぼれた。

「さあ、祝杯をあげよう」

亮介がシャンパンのボトルを持って戻ってきた。溢れるのもかまわず、みなのグラスに注いでいく。

「睦美さん、こんなことで泣いてちゃだめだよ」

亮介はまだ電話の最中の睦美に声をかけた。

「エゴンはまだまだ勝つよ。GIだって勝つ馬だ」

亮介がグラスを高く掲げた。我々もそれに倣った。

「エゴンウレア、おめでとう」

グラスを合わせて中身を飲み干す。

わたしは藤澤敬子の肩に両手を置いた。

「なに？」

「エゴンウレアが勝ったらやろうと決めていたことがある」

「だから、なによ？」

「結婚してくれ」

藤澤敬子は唇をきつく結んだ。睨むようにわたしを見る。

「おれは金持ちじゃないし、養老牧場をやっていこうなんて考えてる馬鹿だし、頼りにならない男だが、君を想う気持ちはだれにも負けない」

横顔に視線を感じた。電話で話している睦美以外の人間の目がわたしに注がれている。

「おれは牧場を離れられないし、君には君の仕事がある。一緒に暮らすのは厳しいかもしれないが、それでも――」

「馬鹿ね」

藤澤敬子が口を開いた。

「そんなこと、言われなくてもわかってるわよ。それに、こんな時にプロポーズするってどういう

「エゴンが勝ったら、プロポーズすると決めていたんだ」

視界の隅に映る恵海が何度もうなずいている。

「受けてくれるかい？」

神経なの？」

藤澤敬子がうなずき、わたしに抱きついてきた。

深田典夫が歓声を上げげた。

「よし、今日はエゴンと敬の祝勝会だ。とことんまで飲むぞ。亮介、いいだろう？」

「もちろんだ。おい、いつまで抱き合ってるんだよ。続きをしたいなら、道路渡って向こうでやってこい」

「うるせえ」

わたしは藤澤敬子を抱きしめたまま、亮介に毒づいた。

すぐに宴がはじまった。

だれもが笑い、時に涙ぐむ。そんな宴だった。

睦美のスマホは、夜遅くなっても着信音が鳴り続けていた。

19

昼寝から目覚めると、カップ麺の匂いがした。一階に降りると、台所で亮介が麺を啜っていた。

「悪い。腹減り過ぎちゃって、勝手に食わせてもらってる」

「いつ来たんだ？」

わたしは寝ぼけ眼をこすった。

「十分ぐらい前かな。昼寝なんて珍しいじゃないか。さては、昨日、敬子が来てたか」

亮介は人をからかうような笑みを浮かべた。わたしは生あくびをしてごまかした。亮介が指摘したように、昨夜は久々に敬子が泊まっていったのだ。

夜遅くまで語らい、布団に入ってからは何度もお互いを貪り合ってほとんど眠れなかった。

「まあ、結婚してもしばらくは別居が続くんだし、しかたないか」

亮介はスープを啜った。

敬子とは今年の五月に式を挙げることになっていた。競馬シーズンの真っ只中なので、身内だけのこぢんまりとした結婚式にしようと思っている。結婚した後も、わたしは浦河で装蹄師と養老牧場の場主の仕事を続け、敬子は門別競馬場で獣医の仕事を続ける。一緒の時間を過ごせるのは週末だけという新婚生活になる予定だ。

それでも夫婦水入らずの邪魔をするわけにはいかないと、亮介は昨年末から西舎にアパートを借りて一人住まいをはじめていた。

栗木牧場の方で、車が慌ただしく出ていく音がした。

「栗木さん、もうイーストスタッドに向かったのかよ」

亮介は箸を置き、呆れたというように首を振った。

「エゴンウレアがスタッドインするんだ。気も逸《はや》るさ」

わたしは言った。

今日の夕方、競走馬を引退したエゴンウレアが到着するのだ。イーストスタッドは種牡馬を繋養する牧場だ。かつて、浦河にいくつもあった種牡馬場を統合する形で一九九一年に設立された。

わたしと亮介もエゴンウレアのスタッドインを見学に行くつもりだった。

「紆《う》余曲折《よきょくせつ》があったけど、なんとか種馬になれたな。感慨深いぜ」

亮介が言い、わたしはうなずいた。

「まあ、イーストスタッドに入れなくても、栗木さんがプライベート種牡馬として自分の牧場で繋養しただろうけどな」

中日新聞杯で初重賞制覇を果たしたエゴンウレアはこれまでにない期待を集めて年末に行われるビッグレース、有馬記念に駒を進めた。

だが周囲の期待を鼻で笑うかのような凡走で、見せ場もないまま六着に敗れた。

年明け初戦のGⅡ、日経新春杯は一番人気に推され、人気に応えて快勝した。勢いに任せてドバイに遠征したGⅡのレースでは、圧倒的一番人気だった馬を目を瞠るような末脚《すえあし》で追い込み、ゴール直前、ハナ差で相手を躱して凱歌を揚げた。

次こそはGⅠ制覇だと陣営の意気は揚がったが、帰国初戦の春の天皇賞は四着、六月の宝塚記念は五着に終わった。

シルバーコレクターの異名に翳《かげ》りが出てきたのは加齢による衰えではないかと指摘する声も聞こえてくるようになった。

馬主の小田がここで腹をくくり、エゴンウレアは再び浦河に戻ってきた。夏の間、吉村ステーブルで亮介にみっちり鍛えてもらい、競走馬としては最後の秋のシーズンに備えるためだ。

GⅠを勝とうが勝つまいが、エゴンウレアはこの年いっぱいで引退することが決まっていた。

七月と八月の二ヶ月間は、亮介とエゴンウレアにとっての蜜月だった。調教がある日もない日も、亮介はエゴンウレアに跨がった。時に褒め、時に叱咤《しった》してエゴンウレアに付き合い続けた。

その間、栗木はエゴンウレアを種牡馬にしようと奮闘していた。

GⅢとGⅡを三勝しただけの馬である。普通なら、種牡馬になるのは難しい。

イーストスタッドとの長い協議の末、エゴンウレアがGⅠをひとつでも勝てば、種牡馬として繋養すると話がまとまったのだ。

なんとしてでもGIを勝つ。

それが残り短いエゴンウレアの競走馬人生の最大目標となった。

八月の終わりにエゴンウレアは栗東のトレーニングセンターに戻っていった。府中競馬場で行われる芝二千メートルのGI、秋の天皇賞に出走するためだ。

エゴンウレアが初重賞制覇を達成する直前まで、和泉亮介が吉村ステーブルで調教をつけていたという事実は競馬ファンの多くが知るところだった。今回も、亮介が調教をつけたということで、エゴンウレアは三番人気に推された。これまでGIではよくても四、五番人気がせいぜいの馬だったのだ。ファンの期待の大きさが表れていた。

だが、エゴンウレアはまたも人間の期待を裏切った。最後の直線で鋭い末脚を見せたものの、ゴールまで後五十メートルというところで左によれて二番人気の馬に差されてしまったのだ。直線で左によれるのはエゴンウレアの癖だったが、亮介が矯正していた。なのに、ここ一番という大舞台で再びその癖が現れてしまったのだ。

やはり二着。GIでは勝てない。

競馬場に集ったエゴンウレアのファンの間に、諦めに似た悲鳴が上がったものだ。

このレースの後、馬主と調教師の間で話し合いがもたれた。

エゴンウレアの残りのレースをどうするのか。

予定どおり、ジャパンカップを経て有馬記念に向かうか。あるいはジャパンカップはパスして有馬記念にすべてを賭けるか。結論が出ないまま長い時間がすぎ、業を煮やした馬主の小田が亮介に電話をかけてきた。

——君はどう思う?

藁にも縋りたい気持ちだったのだと思う。エゴンウレアを種牡馬にしたいという気持ちは、小田も栗木に負けていなかった。

——香港はどうですか？

電話に出た亮介は答えた。隣にいたわたしは息を呑んだ。小田も同じだったろう。

——ドバイの競馬で思ったんですけど、あいつこれまでに経験したことのない環境に行くとやる気を出すんじゃないですかね。

亮介はそう言った。

——国内のGIはどれも走ったことのあるレースばかりじゃないですか。出走する馬もみんな顔馴染み。でも、海外に行けば競馬場も馬も違う。あいつ、本気出すと思いますよ。

亮介のこの言葉で、エゴンウレアの最後のレースは香港で行われる芝二千四百メートルの国際GI競走、香港ヴァーズに決まった。

有馬記念を回避して香港に向かうと発表されると、ファンの間から非難の声が上がった。香港まで応援に行けるファンは一握り。エゴンウレアのラストランを競馬場で応援したいと願っていたファンは、その思いを踏みにじられたと感じたのだ。

ファンの思いは大切だが、なにより重要なのはエゴンウレアの将来だ。

陣営はファンに頭を下げ、エゴンウレアを香港に送り出した。

「まったく、いつもは左によれるくせに、あのレースに限って右によれやがった。とにかく人間の思うとおりになりたくないんだな。根性の曲がった馬だぜ」

亮介は立ち上がり、カップ麵のスープを台所のシンクに流した。

「邦夫さんの神騎乗がなかったら、あいつがイーストスタッドに来ることもなかったもんな」

「ああ、あれは天才武藤邦夫にしかできない手綱捌きだった」

わたしはうなずいた。

「馬鹿言え。あれぐらい、おれだってできる」

亮介が唇を尖らせた。浦河に来てから、ずいぶんと丸くなったが、負けず嫌いは健在だった。

負けをよしとしないからこそ、トップジョッキーの地位に昇り詰めることができたのだ。

「そろそろ行こうか。イーストスタッドの連中じゃ、栗木さんの相手しきれないだろう」

「そうだな。行くか」

わたしはうなずき、出かける準備をはじめた。

＊　＊　＊

馬運車が正門からイーストスタッドの敷地に入ってきた。わたしの隣で栗木が生唾を飲み込んだ。

その横顔は緊張に引き攣《つ》っている。

栗木が生産した馬が種牡馬になるのはこれが初めてなのだ。

馬運車が停止した。イーストスタッドの社員たちが馬運車の後部に駆け寄っていく。ふたりが荷室のドアを開け、別のふたりが中に入っていく。

「怪我しないよう、慎重にな」

栗木が社員たちに声をかけた。

「素人じゃないんだから。あいつらに任せておけばいいんですよ」

亮介が栗木をなだめにかかった。

ふたりに引かれて、エゴンウレアが馬運車から降りてきた。きつい目で人間たちを睥睨《へいげい》する。

人間どもよ、今度はおれになにをさせるつもりだ？

そう語っているようでもあった。

エゴンウレアの視線が亮介のところで止まった。目つきが心なしか柔らかくなる。

「よう」

亮介がエゴンウレアに近づいていった。エゴンウレアは鼻を鳴らし、身震いした。

亮介はエゴンウレアの正面で足を止め、目を細めた。

「お疲れさん」

腕を伸ばし、エゴンウレアの頭を撫でる。

「最後のレース、よく勝ったな。いつもあんなふうに走れば、GⅠなんて、いくつでも勝てたのによ」

「本当だよ」

亮介の言葉に栗木がうなずいた。

「香港の走り、敬ちゃんも覚えてるだろう。ああいう脚が使える馬なんだよ。普段からあの脚使ってれば、ノール・ファームがうちで種牡馬にさせてくださいって頭を下げて頼みに来たはずなんだから」

わたしは栗木に微笑みながら、あの日、香港の沙田《シャティン》競馬場で行われたレースに思いを馳せた。

パドックに姿を現したエゴンウレアのゼッケンには、日本でお馴染みのカタカナの馬名ではなく、香港側がつけた漢字の馬名が記されていた。

黄金旅程。

エゴンウレアという馬名の由来から香港の主催者がそう名づけたのだ。

いい名前だ、最高の名前だ——香港での馬名が発表されると、栗木は満足そうに何度もうなずいた。亮介も満更ではなさそうだった。

エゴンウレアの馬生はこのレースで終わるというわけではない。競走馬を引退してからも続いていくのだ。

黄金の旅路のその途上。

できすぎの感すらある漢字名だった。

香港ヴァーズには地元の猛者たちはもちろん、イギリスやアイルランド、オーストラリアの馬たちも出走登録をしていた。日本からは二頭。エゴンウレアとブランニューボーイ。ブランニューボーイは有馬記念を勝ったこともある名馬で有力視されていたが、現地のオッズを見る限り、エゴンウレアは伏兵扱いでしかなかった。

十二頭中の八番人気。単勝のオッズは三十倍近かった。

一番人気はイギリスの名血、ビタレストピルだ。単勝オッズは一・八倍。鞍上は世界一の騎手と自他共に認める名手、ジャンルイジ・ガットゥーゾ。イタリア生まれの騎手はイングランドを主戦場としており、今年はビタレストピルと共に欧州のGⅠで四勝と荒稼ぎをしていた。

ドバイでエゴンウレアが二着に負かした馬の鞍上もガットゥーゾだった。

レースがはじまると、ビタレストピルが果敢にハナを奪った。出足のスピードが違うのだ。他の馬たちはついていくのがやっとだった。エゴンウレアも追走に苦しんだ。日本の芝中距離のレースでは経験したことのない序盤のペースだったからだ。道中の位置は十番手。ビタレストピルとの力差を考えると絶望的な位置と言ってよかった。

最終コーナーを曲がったときのビタレストピルと二番手の馬との差は五馬身。エゴンウレアとはまだ十馬身近い差がついていた。

ビタレストピルの脚色が鈍る気配はない。だれもが彼の勝利を信じて疑わなかっただろう。

だが、エゴンウレアと鞍上の武藤邦夫は違った。ビタレストピルに追いつこうと猛然と加速しはじめたのだ。

瞬く間に先行する馬たちを躱し、二番手に上がった。エゴンウレアの加速は衰えず、ビタレストピルとの差がどんどん縮まっていく。これまで一度も見せたことのない暴力的なほどの凄まじい末脚だった。

亮介の言ったとおり、未知の環境に放り込まれて、エゴンウレアの闘争心に火が点いたのだ。

「行け！　エゴン、おまえなら届く!!」

隣で一緒にテレビを見ていた亮介が叫んだ。敬子は目をきつく閉じていた。

もしかするともしかする。

わたしがそう思った瞬間、エゴンウレアが内柵に向かってよれた。沙田競馬場は右回りのコース設定になっている。内柵に向かったということは右によれたということだ。

普段は左にばかりよれるくせに、よりにもよってこの肝心な時に右によれるのか。

人の思い通りになってたまるか——エゴンウレアの反骨心をまざまざと見せつけられる思いだった。

亮介も隣で呻いている。真っ直ぐに走っていれば勝てたものを、ここで右によれるというのは致命的だ。

エゴンウレアの勝ちはない。亮介もそう思ったに違いない。

だが、鞍上の武藤邦夫はまだ諦めていなかった。咄嗟に左手に持っていた鞭を右手に持ち替え、左手で手綱を引きながら右から鞭を入れたのだ。

後に神騎乗と称えられる手綱捌きだった。

エゴンウレアは再び真っ直ぐ走り出した。相変わらず脚色に衰えは見られない。

まるで背中に羽が生えているかのような疾走だった。

ゴールまで残り五十メートルでビタレストピルとの差は一馬身に迫っていた。ビタレストピルの方は脚が上がっている。エゴンウレアの猛追に余力を使い切ってしまったのだ。

一馬身が半馬身、半馬身が首差と見る間に差は縮まっていく。

「躱せ！」

亮介がそう叫ぶのと二頭がゴール板の前を走り抜けるのはほとんど同時だった。

「差したか？」

亮介がわたしを見た。

「わからん」

わたしは答えた。勢いではエゴンウレアに分があった。だが、ほんの数センチでも先にゴール板に届いたものが勝者となる。

実況のアナウンサーもどちらが勝ったとも、どちらが優勢だったとも言えず、狼狽えている。

「差したよ。エゴンが勝った」

亮介が言った。それはわたしの耳に祈りのように聞こえた。

「あそこで右によれたりしなければ……」

わたしも譫言《うわごと》のように呟いた。

テレビがレースのリプレイを流しはじめた。ゴール前はスローモーションに切り替わる。

苦しそうに頭を上げ、懸命に前に進もうとするビタレストピル。頭を低くし、飛ぶように迫ってくるエゴンウレア。

ゴール板に届いた瞬間、かすかにエゴンウレアの鼻先が前に出ていた。

「差した！」

亮介が拳を握った両手を宙に突き上げた。

「ほんと？　ほんとにエゴンウレアが勝ったの？」

敬子がわたしを見た。すでに両目は潤んでいる。

「勝った。エゴンが勝った。世界一の馬と世界一のジョッキーを負かしたんだ」

エゴンウレアの勝利を確信した実況アナウンサーが雄叫びに似た声を上げはじめていた。

「嘘。本当に勝ったの？　エゴンがＧⅠ馬になったの？」

「そうだよ。これで、胸を張って種牡馬になれる」

敬子がわたしに抱きついてきた。

わたしと亮介のスマホから着信音が流れてきた。

エゴンウレアの勝利を称え、喜びを分かち合いたいと願う者たちからの電話だ。

わたしも亮介も電話には出なかった。もう少し、勝利の余韻に浸っていたかったのだ。

「やったぞ」

亮介が震える声で言った。

「やったな」

わたしの声も震えていた。

「おれが手塩にかけて育てた馬が、世界一の馬を差してＧⅠ馬になったんだ」

亮介が目を閉じた。右の目尻から、涙が一粒こぼれ落ちた。

＊＊＊

エゴンウレアが厩舎に入っていった。しばらく休養を取ってから、試験種付けなどを経て、本格的に種牡馬としての道を歩みはじめることになる。

今年の種付けシーズンはもうはじまっている。GIを勝ってイーストスタッドに繋養されることがはっきりと確定したのが昨年末なので、本格的な種付けがはじまるのは来年からということになる。

「エゴンに最初につけるのはカンナカムイだ」

栗木がエゴンウレアの消えた厩舎を見つめながら言った。

「種がついたら乗馬できなくなるじゃないですか。恵海ちゃん、怒らないですか？」

わたしは言った。

「カンナにエゴンの最初の子を産ませたいと言ったのは恵海なんだよ」

栗木は嬉しそうだった。

「大学は畜産大学に行って馬の勉強して、卒業したら戻ってきておれの後を継ぐんだと。牧場もおれの代で終わりだと思ってたんだが、エゴン様々だなあ」

「まだ若いんだから、後で気が変わるかもしれませんよ」

「香港ヴァーズで取ったエゴンの単勝。恵海の大学の学費にしようと貯金してあるんだ」

わたしの意地の悪い言葉は栗木の耳を素通りしたようだった。

「敬ちゃん、おれの作った馬が種馬になったんだぞ。信じられるか？　あんなちっちゃな牧場で生まれた馬が、世界の強豪を倒してGI馬になったんだ」

わたしに語りかけているようでいて、栗木が言葉を向けているのは自分自身に対してだった。

わたしは栗木からそっと離れ、亮介に目配せをした。

ひとりにしておいてやろう。

時代の流れに翻弄されながら、歯を食いしばってサラブレッドの生産牧場を続けてきたのだ。感慨もひとしおだろう。

車に向かいながら、わたしは厩舎の真ん前にある放牧地の馬の出入口に目を向けた。

柵にこの放牧地を使う馬のプレートがかけられている。

〈エゴンウレア　黄金旅程〉

香港での馬名が使われることなど滅多にない。イーストスタッドの社員も、あの馬名がたいそう気に入ったのだ。

亮介が放牧地に近寄り、プレートに記された馬名を指でなぞった。

「きっと、種馬になってもおれたちの思うようにはならないぞ」

亮介が言った。

「とにかく、人間の言うとおりに振る舞うのが嫌いなんだ、あいつは」

わたしはうなずいた。

ノール・ファームが自分のところの繁殖牝馬にエゴンウレアの種をつけようと考えるとは思えない。

日本の競馬はノール・ファームを中心に回っている。種牡馬も繁殖牝馬も、ノール・ファームの馬でなければGⅠをなかなか勝てない。それが現実なのだ。

エゴンウレアは日高の牧場が抱える血統的に見劣りのする繁殖牝馬たちと組んで、ノール・ファームに太刀打ちしなければならないのだ。

黄金の旅路のその道のりは尚、険しい。

それでも――

わたしはエゴンウレアの入っていった厩舎に目を向けた。

人の想像を遥かに超える走りで香港ヴァーズを勝ったあの馬なら、人の想像を遥かに超える種牡馬になるかもしれない。

厩舎からいななきが聞こえた。エゴンウレアのものだ。

腹に響くいななきは、先輩種牡馬たちに、今日からここの主はおれだぞと宣言しているように聞こえた。

香港でのレース後、ガットゥーゾがエゴンウレアの引退を知って「グッド・ニュース」と微笑んだそうだ。二度も苦杯を嘗めた馬の名前と姿は、世界一の名手の頭にしっかりと刻み込まれていたのだ。

「相手がガットゥーゾだと知ってたのかもしれないな、あいつは」

わたしは呟いた。

ドバイでも香港でも、エゴンウレアは世界一と称される人間を負かそうと走ったのだ。

そう思わせるなにかが、エゴンウレアには確かにあった。

エピローグ

テレビ画面に映る競馬場は熱気に満ち溢れていた。

一頭のスターホースが偉業を成し遂げるかどうか、競馬ファンの関心は一点に集中していた。

アインツァビダイア。バスク語で栄光の旅路を意味する名前を持つ芦毛の三歳の牡馬だ。二歳時こそ目立った成績を挙げられなかったが、三歳になると頭角を現しはじめた。条件戦を大差で圧勝すると、クラシック初戦の皐月賞への出走権を得るためのトライアル競走で優勝し、その勢いを持続して皐月賞を制した。

続くダービーも府中の芝二千四百メートルの競馬への適性は低いという下馬評を覆して勝った。

ただダービーを勝っただけではない。皐月賞に続いてクラシックを連勝し、三冠馬となるための権利を得たのだ。

栗木牧場はもちろん、浦河は町を挙げての大騒ぎになった。浦河の生産馬がダービーを勝つのはもちろん、三冠馬ということになれば前代未聞の出来事だ。

アインツァビダイアは今日行われる菊花賞を勝てば、史上九頭目の三冠馬となる。クラシックレースすべてを制するのは至難の業なのだ。

パドックにアインツァビダイアが姿を現した。その名を告げるアナウンサーの声がかすかに上ずっている。

生まれたときは父に似た栗毛に体を覆われていたが、年をとるにつれ母に似て馬体が白くなっていった。まだ体のあちこちに栗色のまだら模様が残っているが、いずれ母と同じ灰色がかった白い馬になっていくだろう。

アインツァビダイアはエゴンウレアとカンナカムイの二番目の子供だ。

栗木牧場で育ち、吉村ステーブルで馴致育成を受けた。育成を担当したのは、もちろん、亮介だった。亮介は傍目にもそれとわかるほど身を入れてアインツァビダイアに英才教育を施した。この馬の素質に惚れ込んだのだ。

わたしも装蹄を施すときにこの馬の脚に触れ、筋肉の弾力と関節の可動域の広さに目を瞠った。競走馬としての能力は父を凌駕《りょうが》する。後はその能力を開花させるだけだ。

デビューに備えてトレーニングセンターに入厩すると、馬主の小田と調教師はまず武藤邦夫に声をかけた。主戦騎手としてアインツァビダイアの成長に手を貸して欲しいと頭を下げたのだ。

一度背中に跨がっただけで、武藤邦夫はその申し出を承諾した。

「こいつはエゴン以上の競走馬になりますよ」

武藤邦夫はそう言ったらしい。以後、調教師と武藤邦夫は亮介にも連絡を取りながら、アインツァビダイアの調教スケジュールやレース出走のローテーションを考えていった。

両親の激しい気性を受け継ぎ、初勝利を挙げたときも、ゴール後に背中の武藤邦夫を振り落とした。パドックや返し馬でも二足歩行になって他の馬を威圧する。レース中に先頭に立つと途端にやる気を失い、ゴール手前で失速して負ける。

だが、三歳になると馬が変わった。チーム・アインツァビダイアの地道な苦労が実ったのだ。狂気を内包した走りは他馬を寄せつけず、皐月賞もダービーもぶっちぎりの圧勝だった。

もちろん、菊花賞でもダントツの一番人気に推されている。

武藤邦夫はこのレースに勝てば、二度目の牡馬クラシック三冠制覇を成し遂げることになる。生ける伝説に新たな一ページが書き加えられるのだ。

「亮介君、緊張してるだろうね」

敬子が言った。我々はソファで肩を並べてテレビに見入っている。

アインツァビダイアはダービーを勝った後、吉村ステーブルが茨城県に新設した外厩、吉村ステーブル・イーストに放牧に出された。亮介も茨城に移動してみっちり調教をつけた。秋になってアインツァビダイアがトレセンに戻っても、亮介は茨城にとどまった。

アインツァビダイアが三冠馬になるその時を、できるだけ近くで見守りたかったのだ。

亮介の思い入れの深さがうかがえる。現役の騎手だった時にも、一頭の馬にこれほど入れ込んだことはなかったはずだ。

表舞台には立てずとも、裏方として稀代の名馬に携わった——亮介はそれで大いなる満足を得ているようだった。自分にスポットライトが当たらないとすぐにふて腐れていた頃の面影はない。

「凄いことよね」

敬子が言った。

「日高の馬が三冠馬になるのよ」

「そうだな。凄いことだ」

ノール・ファームの生産馬を差し置いて、日高の種牡馬と日高の繁殖牝馬の間に生まれた馬がクラシックをすべて制する。

十年前のわたしにそう告げたら、鼻で笑うだろう。

ありえない。およそ非現実的なお伽噺《とぎばなし》だ。

だが、そのお伽噺が現実のものになろうとしている。

栗木の夢の結晶だったエゴンウレアの子が、日高の夢の結晶になろうとしている。

そう考えただけで体が震える。

来年以降、エゴンウレアの種付け頭数は飛躍的に増えるだろう。ノール・ファームでさえ、自分の繁殖牝馬にエゴンウレアの遺伝子を植えつけようと躍起になる。

それほど、アインツァビダイアの走りは凄まじい。

無事引退すれば、アインツァビダイアも種牡馬になる。エゴンウレアの血は引き継がれ、やがて次の三冠馬、次の次の三冠馬が生まれてくるかもしれないのだ。

黄金の旅路はまだまだ続く。

長く続いたノール・ファームのひとり勝ち状態に風穴が開くかもしれない。

穴を開けるのはエゴンウレアの血だ。

エゴンは人智を超えた馬だ――アインツァビダイアがダービーを勝ったとき、亮介がぽつりと呟いた。

GIをひとつ勝っただけの日高の馬が、ノール・ファームに比べれば血統的に遥かに劣る繁殖牝馬たちとの間に子をもうけ、その子たちが次々と勝ち名乗りを上げていく。そして、ついには三冠馬が誕生しようとしている。

常識では考えられない。

栗木の狂気にも似た夢がたぐり寄せた奇跡だ。

エゴンウレアは種牡馬になってなお、人間たちを嘲笑い続けている。

おまえたちの思い通りにはならんぞ——それがあの奇跡の馬の真骨頂だ。

スマホに電話がかかってきた。栗木からだった。

「もうすぐだな、敬ちゃん」

栗木の声はすでに潤んでいる。緊張が高じて電話をかけてきたのだろう。本当なら競馬場で応援する予定だったのだが、目の前でアインツァビダイアが三冠馬になったら卒倒してしまうかもしれないと自宅応援に切り換えたのだ。

「レースが終わったら、敬子ちゃんと家に来てくれよ。内輪だけの祝勝会だ。睦美が海鮮やらステーキやらいろいろ用意してるから」

「伺います」

わたしは食卓の上に目をやった。セラーズで買ってきたシャンパンやら赤ワインやらが段ボール箱に詰め込まれている。

栗木は内輪だけと言ったし、事実招かれているのはわたしと敬子だけなのだが、アインツァが勝てば大勢がやって来るのは目に見えていた。

皐月賞の時もそうだった。ダービーの時もそうだった。

ダービーを勝った時には、家に入りきらないほどの花や酒が栗木のもとに届けられた。

今度は三冠である。どんなことになるのか、想像もつかなかった。

「返し馬がはじまったわよ」

敬子が言った。

「切りますよ。もうすぐレースがはじまる」

わたしは栗木に告げた。

「心臓が破裂しそうだ」

栗木は弱々しい声を出した。

「そんなんじゃ、エゴンに笑われますよ。どんと構えてなきゃ。それじゃ、後ほど」

わたしは電話を切った。

テレビに目をやる。背中に武藤邦夫を乗せたアインツァビダイアが闘志を漲らせて本馬場を軽やかに走っていた。二歳時のように騎手を振り落とそうとすることはなくなったが、不用意に近づくものがいれば容赦はしないという雰囲気は変わらない。

スマホをテーブルの上に置こうとしたところで、タイミングを見計らったかのようにＬＩＮＥのメッセージが入ってきた。

亮介からだった。

〈エゴンの血が日本の競馬を変えるぞ。今日がその幕開けだ〉

わたしは微笑み、スマホを置いた。

最近の亮介は栗木に似てきている。栗木は馬を生産し、亮介は若馬に調教を施す、違うのはそこだけだ。ふたりともエゴンウレアの産駒が日本の競馬界を引っかき回すことを望み、心血を注いでいる。

わたしは台所に行き、冷蔵庫から缶ビールを出して飲んだ。やけに喉が渇く。

わたしも緊張しているのだ。

そういえば、今日は町が静かだった。どの家も静まりかえり、国道を走る車の数も少ない。牧場関係者はもちろん、一般の町民もアインツァビダイアの快挙達成の瞬間を固唾を呑んで見守っているのだろう。

わたしはソファに座り直し、傍らの敬子の腹の上に手を置いた。敬子はわたしの子を宿している。

自分が父親になるなど、考えたこともなかった。

十年前のわたしなら、これまた鼻で笑っただろう。

おれが父親に？　冗談はやめろよ。

だが、エゴンウレアの血が日本の競馬を変えつつあるように、人もまた変わるのだ。

わたしは変わった。亮介も変わった。

馬を愛する子になりますように。それ以外のことは望みません。

わたしは敬子の体温を感じながら心の中で祈った。

「さあ、ゲート入りがはじまります」

アナウンサーが高らかに宣言した。各馬がゲートに入っていく。アインツァビダイアは不敵なまでに落ち着き払っている。他の馬たちを睨みつけながら、順番が来るとおとなしくゲートに入った。

わたしは生唾を飲み込んだ。敬子がわたしの手をきつく握りしめた。

永遠にも等しい時間が過ぎていく。

ゲートが開いた。

栗木の夢を、小田の夢を、亮介の夢を、わたしの夢を、そして日高の夢を背負った芦毛が勢いよく飛び出した。

真っ直ぐに延びる緑のターフを、エゴンウレアの血を継いだ馬が駆けていく。

黄金の旅路はまだはじまったばかりだ。

【初出】「小説すばる」二〇二〇年一月号〜二〇二一年六月号
単行本化にあたり、加筆・修正を行いました。なお、本作品はフィクションであり、人物、団体等を事実として描写・表現したものではありません。

【装幀】　岡　孝治
【写真】　shutterstock.com

馳 星周（はせ・せいしゅう）

一九六五年、北海道生まれ。横浜市立大学卒業。九六年『不夜城』でデビュー。翌年に同作で第一八回吉川英治文学新人賞を受賞。九八年『鎮魂歌　不夜城Ⅱ』で第五一回日本推理作家協会賞、九九年『漂流街』で第一回大藪春彦賞を受賞。二〇二〇年『少年と犬』で第一六三回直木賞受賞。他の著書に『ソウルメイト』『陽だまりの天使たちソウルメイトⅡ』『約束の地で』『淡雪記』『雪炎』『神奈備』『雨降る森の犬』など多数。

黄金旅程《おうごんりょてい》

二〇二一年一二月一〇日　第一刷発行

著　者　馳《はせ》　星周《せいしゅう》
発行者　徳永　真
発行所　株式会社集英社
〒一〇一-八〇五〇　東京都千代田区一ツ橋二-五-一〇
電話　〇三-三二三〇-六一〇〇（編集部）
〇三-三二三〇-六〇八〇（読者係）
〇三-三二三〇-六三九三（販売部）書店専用
印刷所　凸版印刷株式会社
製本所　株式会社ブックアート

ISBN978-4-08-771774-7　C0093
定価はカバーに表示してあります。

駅 星周の本

集英社文庫

ソウルメイト

人間は犬と言葉を交わせない。けれど人は犬をよく理解し、犬も人をよく理解する。本当の家族以上に心を交わし合うことができるのだ。余命わずかと知らされ、その最期の時間を大切に過ごす（「バーニーズ・マウンテン・ドッグ」）、母の遺した犬を被災地福島まで探しにいく（「柴」）など、犬と人間を巡る七つの物語。著者渾身の家族小説。

馳 星周の本

集英社文庫

陽だまりの天使たち

ソウルメイトⅡ

人間が犬を選び、犬が人間を選ぶ。その先に生まれる信頼関係が〝ソウルメイト〟の証。長年寄り添った愛犬の最期の時。家族の決断とは――（「フラットコーテッド・レトリーバー」）、自殺を踏み止まらせてくれた一匹の犬の存在（「フレンチ・ブルドッグ」）など、七犬種七話収録。犬と生きる喜び、犬を失う悲しみ。犬と人との美しき絆を描く、珠玉の短編集。

馳 星周の本

集英社文庫

淡雪記《たんせつき》

北海道の自然豊かなリゾート地・大沼。義父の別荘で暮らし、写真を勉強している敦史は、森を抜けたところで少女が倒れているのを発見した。黒髪に白い肌の美少女は有紀といい、知的障害のある彼女は画家の伯父と洋館に住んでいた。敦史は彼女をモデルとして写真を撮りはじめる。出逢うべくして出逢い、惹かれ合う二人を待ち受けていたのは、過酷な運命だった。

馳 星周の本

集英社文庫

雪炎《せつえん》

東日本大震災から一年。三基の原発が立地する北海道・道南市で市長選挙が始まった。元公安警察官の和泉は、「廃炉」を公約に掲げて立候補した旧友の弁護士・小島を手伝うことに。何百億円もの原発利権に群がり、しがみつく者たちの警察ぐるみの苛烈な選挙妨害に、和泉は公安時代の経験で抵抗するも、ついにはスタッフが殺され……。社会派長編。

馳　星周の本

集英社文庫

神奈備《かむなび》

霊山・御嶽の麓の町で悲惨極まりない人生を送ってきた少年・潤。山に棲まう神に会い、生きることの意味を知りたい……。切ない望みを胸に、潤は誰もいない山へひとり姿をくらましてしまう。そんな潤を強力《ごうりき》の孝が思わぬ理由で捜索することになる。神を求め、信じる潤。長く山で暮らしながら、神を信じない孝。極限の人間心理を描破する、哀哭の山岳ノワール。

馳 星周の本

集英社文庫

雨降る森の犬

九歳で父を亡くした中学生の雨音《あまね》は、新たに恋人を作った母親が嫌いだった。学校にも行かなくなり、バーニーズ・マウンテン・ドッグと立科で暮らす伯父・道夫のもとに身を寄せることに。隣に住む高校生・正樹とも仲が深まり、二人は登山の楽しみに目覚める。わだかまりを少しずつ癒していく二人。自然と犬が与えてくれた、生きるためのヒント。心に響く長編小説。